ANEL DE SATURNO

ANEL DE SATURNO

BIA MARINHO

astral
cultural

Copyright ©2024 Bia Marinho
Todos os direitos reservados à Astral Cultural e protegidos pela Lei 9.610, de 19.2.1998. É proibida a reprodução total ou parcial sem a expressa anuência da editora.

Editora Natália Ortega

Coordenação editorial Fernanda Costa

Editora de arte Tâmizi Ribeiro

Produção editorial Andressa Ciniciato, Brendha Rodrigues e Thais Taldivo

Preparação de texto Alexandre Magalhães

Revisão de texto Carlos César da Silva e Fernanda Costa

Design de capa Marcus Pallas   **Ilustração de capa** Bruna Andrade

Foto da autora Lucas Candido

Dados Internacionais de Catalogação na Publicação (CIP)
Angélica Ilacqua CRB-8/7057

M29a
    Marinho, Bia
       Anel de Saturno / Bia Marinho. — Bauru, SP : Astral Cultural, 2024.
       416 p.

       ISBN 978-65-5566-524-6

       1. Ficção brasileira I. Título

24-2063   CDD B869.3

Índice para catálogo sistemático:
1. Ficção brasileira

BAURU
Rua Joaquim Anacleto Bueno 1-42
Jardim Contorno
CEP: 17047-281
Telefone: (14) 3879-3877

SÃO PAULO
Rua Augusta, 101
Sala 1812, 18º andar
Consolação
CEP: 01305-000
Telefone: (11) 3048-2900

E-mail: contato@astralcultural.com.br

*Para os meus pais, Iêda e Rogério,
que, quando duvidei, acreditaram.
E para Duda, que sempre será
o meu primeiro e grande amor.
Amo você, irmãzinha.*

Prólogo

Os olhos do Zac Efron parecem atravessar a minha alma.

Meu quarto de adolescência contém a mesma decoração do dia em que encaixotei minhas coisas e parti para São Paulo para cursar a faculdade de Direito, e é justamente nele que estou me escondendo neste exato momento.

Estou agachada entre as caixas de tralhas dos meus pais, minha bagunça que trouxe de volta de São Paulo e pôsteres que colecionei durante anos e anos de assinatura da revista *Capricho*, incluindo o pôster do Zac Efron sem camisa que pensei ser perfeito para colar na parede de frente à minha cama. E eu estar aqui não tem nada a ver com o fato de que Luana, minha irmã mais nova, está ficando noiva hoje.

Eu só precisava ficar um pouco sozinha e respirar fundo, mesmo que o mofo acumulado neste ambiente seja o catalisador perfeito para uma crise de rinite.

Acontece que a terapia anda muito cara e eu preferi usar o dinheiro das sessões deste mês — e dos próximos — na viagem de casamento da Lu. Sim, eu também acho um abuso ela pensar que todos têm condições de simplesmente pedir folga do emprego e embarcar até Portofino por uma semana para comemorar o fato de que existe um cara disposto a colocar um anel no dedo dela. Não que eu tenha um emprego no momento, mas o meu sentimento ainda é justificado. Um pouco.

Neste exato momento, a minha família inteira está na sala, brindando e rindo, todos muito felizes com o iminente casamento.

Será que eu sou a única que a acha jovem demais para se casar?

Cara, ela só tem vinte e um anos! Ainda não é a idade certa para se casar. Com vinte e um anos, eu namorava um cara que morava com os pais e gastava todo o dinheiro em bebida e maconha, e eu jurava que ele era o amor da minha vida! Até a desagradável surpresa de pegá-lo em flagrante aos beijos com a minha ex-amiga, Marilu. Acho que não devia ter ficado tão chocada.

A questão toda é: minha irmãzinha vai casar e eu continuo solteira. Sim, também é espantoso para mim e aparentemente para toda a minha família. Já estou cansada de ficar ouvindo piadinhas sobre o fato de eu já ter quase trinta anos e não ter tido nenhum namoro sério desde o meu término com o Vinícius, aos vinte e cinco.

Em minha defesa: é praticamente impossível conhecer um homem decente que queira algo sério e que seja, no mínimo, atraente. Eu culpo a minha obsessão por novelas. Talvez, se não tivesse crescido acompanhando os folhetins mais clichês que se possa imaginar, eu não fosse tão exigente no quesito homem. Mas qual é? Qualquer pessoa que tenha assistido inúmeras vezes a um mocinho se declarando para uma mocinha na reta final de uma novela ficaria um pouco pirada em relação às expectativas quanto aos homens de carne e osso!

Carlos, o noivo da Lu, é um empresário podre de rico e, para ser sincera, acho ele um pouco velho para ela. O cara tem a minha idade e vai casar com uma menina que ainda está na faculdade. Acho que, aos trinta, a gente tem de se tocar e só se relacionar com pessoas acima de trinta! Coloquei o meu limite em quarenta e cinco e, se antes eu fugia de um cara com filhos, hoje já considero um bônus. Pelo menos a família já viria pronta, e eu não teria de me estressar com a diminuição da minha produção de óvulos, como o resto da minha família se estressa.

O tempo está passando, Cat! Quando teremos netinhos correndo por aqui?

Sim, tenho total noção de que não estou rejuvenescendo. Acredite: se eu tivesse a fórmula da juventude, talvez não estivesse em uma situação financeira tão complicada, tendo de pedir dinheiro emprestado à tia Maitê para conseguir pagar essa viagem à Itália. A verdade é que, desde que decidi largar meu emprego como advogada em um escritório renomado e me dedicar à minha verdadeira paixão, que é escrever, minhas crises de ansiedade sempre que abro o aplicativo do banco começaram.

Até consegui juntar algumas economias em todos esses anos morando sozinha, mas sei que o dinheiro não vai durar para sempre e, quando acabar... digamos que a última coisa que quero é ter de pedir ajuda aos meus pais.

Já basta a tia Maitê.

Algumas pessoas me chamam de corajosa ou dizem que gostariam de ser como eu, mas ninguém entende que fiz essa escolha por questão de sobrevivência. Eu não duraria muito mais tempo se continuasse presa naquele emprego, com aquela rotina, com aquelas pessoas.

Então, quando recebi a oferta de um amigo editor para publicar o meu primeiro romance, fiz algo que nunca tinha feito na vida: agarrei a oportunidade sem pensar duas vezes.

O livro foi um fracasso de vendas, o que me deixou com o orgulho ferido e o bolso um pouco mais vazio, uma vez que tive de pagar uma multa à editora por não atingir a meta mínima estipulada em contrato.

Minha história épica sobre um cavaleiro medieval que se apaixona pela rainha presa em um casamento de fachada com um rei tirano era clichê demais, tola demais, chata demais; e eu só consegui vender o humilhante número de quarenta e cinco cópias de uma tiragem de vinte mil.

A maioria para familiares e amigos.

A história de como voei perto demais do sol apenas para me queimar e despencar lá de cima correu por todos os membros da família, acionando o modo prático e racional da minha mãe, que jamais entendeu o porquê de eu nunca ter conseguido ser feliz com o que tinha — não que eu a culpe... É um mistério para mim também.

— Você conhece o Luca Treviani, não conhece? Ele é amigo do noivo da Lu e tem um escritório de advocacia. Por que não aproveita a viagem e faz um pouco de *networking*? Você até pode estar longe do mercado há algum tempo, mas sempre foi uma advogada competente, tenho certeza de que ele não se oporia em empregá-la.

O fato é que eu prefiro comer vidro a ter de voltar a advogar, ainda mais se o meu novo chefe for o Luca, melhor amigo do Carlos e meu maior rival da época da faculdade.

Eu não preciso de mais humilhação nessa vida.

Vou dar um exemplo simples de como o *doutor* Treviani fez da minha vida um inferno no breve tempo em que, juntos, fomos monitores da matéria de direito empresarial.

Eu estava radiante: tinha sido escolhida para a monitoria pelo meu professor preferido, o doutor Teixeira. Quando paro para pensar, sendo bem honesta, não entendo bem o porquê de ter ficado tão feliz pela oportunidade de trabalhar feito uma mula pela remuneração mixuruca que ganhava, mas eu estava feliz.

Logo no meu primeiro dia como monitora, quando entrei na sala vazia para preparar minha aula sobre valores mobiliários, me deparei com um sujeito absurdamente alto que mexia sem nenhuma cerimônia nas apostilas deixadas pelo professor para que *eu* entregasse aos alunos.

— Ei, o que você tá fazendo? — perguntei, na esperança de que, assim que visse que tinha sido flagrado, ele se desculparia veementemente por ser tão intrometido, mas não foi o que aconteceu.

Em vez da reação arrependida e envergonhada que estava esperando, o gigante de olhos azuis apenas se virou em minha direção e sorriu. Um sorriso debochado e irritante que, depois, descobri ser sua marca registrada. Junto com aquelas covinhas ridículas e o cabelo castanho despenteado.

— Oi! Você é a Cat, não é? A nova monitora? — Ele sabia meu nome. Naquele momento me senti vulnerável e exposta; ele sabia minha identidade, mas eu não fazia ideia de quem aquele cara abusado era.

— Catarina — corrigi com a voz controlada. Só meus amigos e minha família me chamavam de Cat, não um estranho qualquer na sala de monitoria. — Não me respondeu o que está fazendo. Quem é você?

— Ah, eu sou o Luca, o Marcos não te falou?

Estreitei os olhos. Ele chamava o doutor Teixeira pelo primeiro nome, e o sorrisinho idiota ainda não tinha saído daquele rosto, o que só me irritou ainda mais.

— Eu vou dividir a monitoria com você. Ele achou que seria bom que tivesse um veterano te auxiliando. Eu tô no nono período, você tá no quinto, né?

A partir daquele momento, Luca se tornou meu maior rival naquela faculdade. Os professores o adoravam, assim como os alunos. E eu... bem, eu o detestava.

Detestava a maneira como ele me fazia sentir menor do que eu era; detestava o modo como sempre parecia estar caçoando de mim, como sempre parecia saber mais do que eu. Eu era a monitora da matéria, mas, ao lado dele, sempre me sentia uma assistente.

E agora minha mãe quer que eu vá me humilhar diante dele por uma vaga de emprego? Rá! Talvez no dia em que o sol congelar ou eu conseguir ir à academia todos os dias da semana.

Ouço a voz do meu pai me chamando e respiro fundo, guardando as lembranças de Luca junto das tantas outras que este quarto abriga. Respiro fundo novamente, na esperança de que conseguirei enfrentar as perguntas indiscretas dos familiares distantes que me esperam do outro lado da porta.

Teremos um casamento na família, afinal. É hora de comemorar.

1

Meu voo para Gênova poderia muito bem ser considerado um voo para o inferno, tendo saído diretamente da mente imaginativa e genial de Dante Alighieri. A companhia aérea escolhida por mim — encontrada em uma das muitas madrugadas que passei procurando promoções de passagens — era, no mínimo, questionável.

A viagem, que para o resto da minha família durou apenas doze horas em um voo direto, acabou durando vinte e sete horas para mim, entre escalas e troca de aviões, que por acaso estavam caindo aos pedaços e pareciam que iam despencar do céu a cada turbulência — e não foram poucas as vezes em que isso aconteceu.

Claro que tia Maitê havia se oferecido para comprar minhas passagens no mesmo voo que o resto da família, mas eu fazia absoluta questão de pagá-la de volta e não conseguiria fazê-lo se ela insistisse para que eu fosse com os outros convidados do casamento.

Tia Maitê, a irmã rica de papai, é cantora de chuveiro, rebelde sem causa, e a melhor pessoa do mundo. Ela adquiriu sua fortuna após a morte prematura de seu querido marido — que era apenas algumas décadas mais velho do que ela —, e nunca teve filhos. Eu a adoro. Por muitas vezes, durante a infância e a adolescência, senti que ela era a única capaz de me compreender em nossa família terrivelmente tradicional e, sem nenhuma surpresa, foi a única que não me julgou quando decidi largar o mundo do direito empresarial e abraçar minha veia criativa.

Uma comissária de bordo de sorriso amarelado e olhar triste se dirige até a parte da frente do avião e nos comunica que finalmente podemos desembarcar da aeronave. Enquanto um casal de idosos se levanta na fileira atrás da minha e o homem ajuda a mulher a pegar uma mala de bordo laranja-néon do compartimento superior, eu ignoro o sentimento irritante que toma conta de mim sempre que vejo um casal que aparenta estar junto e feliz por muitos anos e me levanto também, usando o tecido do punho da minha blusa para limpar o suor que começou a escorrer na testa.

Eu não esperava que a Itália fosse tão quente nessa época do ano, mas, quando saio da aeronave, sou atingida por uma onda de calor e xingo minha irmã mentalmente. Estamos em maio, aparentemente considerado o mês das noivas, e, de acordo com a cerimonialista contratada por ela e Carlos, a primavera é a melhor estação para se casar na Riviera Italiana.

A ideia de um casamento na Itália veio de Carlos, que, sendo um cara totalmente descolado da realidade, tinha sido convidado para o casamento de um primo da parte europeia de sua família alguns anos antes e, tendo sido essa a melhor experiência de sua vida, ele *precisava* fazer a mesma coisa.

Eu estaria superanimada em conhecer a Europa — sério! — se não estivesse tão falida, mas a realidade é que, estar aqui, onde ficarei rodeada de pessoas bem-sucedidas e felizes, parece mais uma sessão de tortura feita especificamente para minha autoestima, em constante declínio nos últimos meses, do que com uma oportunidade turística.

Minha mala verde-limão aparece na esteira de bagagens e eu a puxo com certa dificuldade, me surpreendendo por um instante por não ter tido de pagar adicional de peso. Parando para pensar, enquanto a arrasto com sua rodinha quebrada pelo aeroporto, talvez eu tenha exagerado na quantidade de roupas para uma viagem de uma semana, ou talvez só precise passar mais tempo puxando peso na academia, em vez de ficar na esteira assistindo a séries no celular.

Quando finalmente encontro o senhor baixinho com um bigode grosso segurando uma placa com meu nome na área de desembarque, me permito sentir certo alívio porque a Lu não se esqueceu de mim. Não que ela tivesse o hábito, mas com os preparativos para o casamento, a cabeça dela andava uma bagunça e, em mais de uma ocasião, ela havia saído de casa com os sapatos trocados nos últimos meses. Pelo menos era o que as piadinhas sem graça do Carlos no grupo da família indicavam.

Eu me aproximo do homem, com um sorriso simpático no rosto e tentando não demonstrar minha irritação com o calor e com o cansaço da viagem.

— *Ciao!* — Aponto para a placa que ele segura contra o peito e depois trago meu dedo indicador para mim mesma. — Sou eu, Catarina Fonseca.

— *Sí!* Catarina! — Ele sorri de volta e estende a mão para pegar minha mala, o que eu deixo sem qualquer protesto. Estou exausta e qualquer ajuda é bem-vinda. — *Mi chiamo Alfredo, possiamo andare?*

Sigo Alfredo até o estacionamento do aeroporto, e agradeço mentalmente pelo fato de o português ser uma língua derivada do latim, assim como o italiano, o que me proporciona o entendimento de algumas das palavras que ele continua falando sem parar em nosso caminho até o carro. Para ser honesta, eu só consigo entender as palavras Portofino, *villa* e festa, então apenas sorrio e aceno com a cabeça na esperança de parecer interessada no que ele tem para dizer. Alfredo parece ser um senhor muito meigo; não quero ofendê-lo.

Finalmente alcançamos o carro, e meu queixo vai até o chão. O carro que Lu contratou para me levar a Portofino parece coisa de um filme da Sophia Loren, um conversível azul-claro e compacto que me faz querer viver uma aventura tal qual Lizzie McGuire viveu em *Um sonho popstar*. Já consigo ouvir "Volare" tocando na minha cabeça assim que ocupo o assento do passageiro, enquanto Alfredo guarda minha bagagem no porta-malas e dá uma corridinha para entrar do outro lado.

Ignoro o calor infernal que nos cerca, o suor escorrendo nas minhas costas e a vontade de dormir durante dois dias seguidos, e tento relaxar, mentalizando que, em menos de uma hora, poderei tomar um banho decente e beber o champanhe caro que ajudei Lu a encomendar — e que foi pago por Carlos para os convidados que ficarão hospedados na *villa* que eles alugaram para o casamento.

Ao meu lado, Alfredo continua conversando sozinho, falando algo sobre restaurantes e seus filhos, que, deduzo, trabalham ali. Tento contribuir com alguma opinião sobre comida italiana, mas ele não entende o que falo, e logo decido que é melhor ficar calada para não correr o risco de falar alguma besteira e deixá-lo chateado.

É um dom que tenho desde que me entendo por gente: falar a coisa errada sem querer.

O caminho até Portofino dura uns quarenta e cinco minutos e, depois de um tempo, o motorista para de falar e liga o rádio, me permitindo admirar a paisagem do percurso até a Villa dell'Amore, o luxuoso casarão do século XVII com vista para o mar Mediterrâneo que foi escolhido para ser o cenário da união entre minha irmã e seu futuro marido.

Quando Alfredo finalmente estaciona o carro em frente à construção antiga, eu tenho certeza de que meu rosto parece o de uma criança que está vendo o Papai Noel pela primeira vez.

O lugar é espetacular.

Imediatamente entendo o porquê de o casamento ser na primavera. O jardim que rodeia a enorme construção de tijolos aparentes está completamente tomado por flores das mais variadas cores e espécies, e a mistura da vegetação com o azul do mar que se estende até o horizonte logo abaixo da *villa* forma uma imagem quase que de sonho. A vista é incrível, com diversas casinhas coloridas conversando perfeitamente com a beleza idílica do local.

É, talvez Carlos não seja tão idiota assim.

Saio do carro e Alfredo vai pegar minha mala no mesmo instante que minha irmã aparece, linda, bronzeada e com um sorriso capaz de curar qualquer tristeza.

— Cat! Finalmente! — Ela dá uma corridinha até onde estou e me envolve em um abraço apertado. — Estávamos começando a ficar preocupados com a demora do seu voo!

— Bem, não foi dessa vez que vocês se livraram de mim! — Deixo escapar uma risada constrangida e me desvencilho dos braços de Lu, que me encara com reprovação. — Que foi?

— Não se brinca com essas coisas, Cat.

Alfredo vem até nós e coloca minha mala no chão, sorrindo com gentileza antes de voltar para o carro. Minha irmã acena para ele e se vira novamente em minha direção:

— Eu espero, de verdade, que você não faça esse tipo de piada na frente da família do Carlos. Você leu o e-mail que eu enviei com as instruções para a semana?

Reviro os olhos e puxo minha mala em direção à porta de entrada da *villa*, o atrito das rodinhas com as pequenas pedras que ornamentam a entrada da garagem dificultam a ação.

— Sim, eu li o e-mail...

Luana havia feito questão de redigir um e-mail imenso detalhando exatamente tudo o que seria esperado de cada membro da família na semana do casamento, com muitas palavras em negrito, pontos de exclamação e parênteses direcionados a mim.

— Sinceramente, Lu, você acha que não sei me comportar na frente de um monte de gente metida? Eu passei anos trabalhando como advogada, *estudei* pra isso, me dá um pouquinho de crédito — acrescento, um pouco irritada, talvez pelo cansaço da viagem ou talvez por causa da mania que minha irmã tem de sempre fazer com que eu me sinta inadequada.

— Só estou falando porque eu te conheço e sei que você adora deixar todo mundo desconfortável — ela diz, abrindo a porta para que eu possa passar com minha mala e me seguindo casa adentro. — Bom, acho que vai gostar de saber que terá seu próprio quarto! Se a Laura perguntar, fala que foi você que pediu! Ela vai ter que dividir com as crianças e não ficou nada feliz...

Laura é nossa prima mais velha e, assim como eu, solteira. Tenho de me controlar para não fazer uma dancinha da vitória ao saber que terei privacidade nessa viagem, em vez de precisar dividir um quarto com três crianças que poderiam muito bem participar de um episódio da Super Nanny — antes de ela chegar para ajudar os pais.

Não que eu não ame meus priminhos, mas amo mais o fato de que não precisarei passar minhas noites ouvindo conversas sobre *Free Fire* enquanto tento me concentrar em meu novo livro.

Passamos por uma sala enorme e bem decorada, com obras de arte que, tenho certeza, devem valer mais do que meus rins. Em seguida, atravessamos um longo corredor.

Consigo ouvir algumas vozes por trás das portas de cada quarto, o que me confirma que realmente fui a última a chegar. Lu para na frente de uma porta no fim do corredor e a abre, revelando o quarto em que ficarei hospedada durante os cinco dias que passarei em Portofino.

É um cômodo espaçoso, com portas de vidro duplas que revelam uma varanda com vista para o mar. Viro-me para minha irmã e, desta vez, sou eu quem a abraça forte.

— Obrigada, Lulu! Amei o meu quarto! — Abro as portas de vidro e entro na varanda, admirando a vista encostada no parapeito; sorrio tanto que meu rosto começa a doer. — Pode deixar, se a Laura vier reclamar comigo, eu vou mandar ela calar a boca.

Luana balança a cabeça em reprovação e vai até a porta.

— Eu tô falando sério, Cat, se controla! — E então ela me deixa sozinha em meu quarto de princesa de contos de fadas.

Para alguém que é quase dez anos mais jovem do que eu, minha irmã com certeza adora agir como minha mãe. Entendo que talvez tenha sido difícil para ela crescer com o fardo de tentar ser a filha que vai dar certo, em vez de seguir os passos de sua irmã fracassada psicologicamente e, nos últimos tempos, profissionalmente também.

Nossos papéis sempre foram invertidos na família, com ela sendo a responsável, a filha que passou em Medicina aos dezesseis anos; e eu, a rebelde, aquela que, por mais que tentasse se encaixar no padrão estabelecido por nossos pais, nunca seria o que eles queriam que eu fosse.

E eu tentei... tentei tanto correr atrás dessa pessoa perfeita que eles queriam como filha, que acabei me deixando para trás e me perdendo no caminho, e cara... não pensei que fosse tão difícil encontrar a mim mesma.

Afasto-me do parapeito da varanda — com a sorte que tenho, posso acabar caindo e quebrando o pescoço, e com isso destruir a viagem que foi planejada com tanto cuidado por minha irmã — e volto para o interior do quarto, tomando impulso para pular na cama enorme e macia, coberta por lençóis de fios infinitos e que provavelmente foram produzidos em algum lugar exótico como Tombuctu ou em alguma ordem centenária e reclusa de freiras cegas, que fazem lençóis desde os tempos dos Médici e escondem o segredo sobre a volta de Cristo.

O cheirinho que foi borrifado no tecido me envolve em uma atmosfera da mais completa paz e, antes que eu possa pensar em qualquer outra coisa, me rendo ao cansaço da viagem.

Quando acordo, a única iluminação no quarto é a luz do luar que entra pelas portas abertas da varanda. Ergo meu tronco, me apoiando nos cotovelos, e esfrego os olhos, tentando me situar. Ao que parece, dormi demais e, tendo em vista que ninguém veio me chamar, devem ter entendido que eu estava exausta. Levanto da cama e vou até minha bolsa, que, na empolgação, acabou jogada no chão perto da entrada do quarto. Procuro meu celular e percebo que está sem bateria.

Ótimo.

Eu sabia que estava esquecendo alguma coisa quando fiz as malas! Claro que esqueci de trazer o adaptador de tomada. Lembro-me perfeitamente de deixá-lo separado em cima do balcão da cozinha, mas não me lembro de tê-lo colocado na bolsa. Bem, terei de pedir um emprestado para algum dos convidados. Guardo o aparelho desligado na bolsa e vou até minha mala — pelo visto, Lu a guardou no closet quando eu não estava prestando atenção.

Escolho um vestido de verão azul-claro e vou até o banheiro, pronta para enfim tomar um banho depois de dois dias sem saber o significado de um chuveiro.

O banheiro da minha suíte — assim como o resto da *villa* — é enorme e conta com duas pias, chuveiro e uma banheira de hidromassagem, claramente resultado de uma reforma recente, uma vez que tenho quase certeza de que os ricaços aristocratas que construíram esse casarão não foram os inventores dos jatos de água quente.

Quer dizer, eu acho.

Eu me contento com um banho rápido, mas eficiente, no chuveiro e aproveito para lavar meus cabelos, a essa altura grudados no meu couro cabeludo devido ao suor e à oleosidade dos últimos dias. Quando finalmente saio do quarto, com os fios molhados pingando no tecido leve do meu vestido, me sinto pronta para enfrentar minha família, a família do noivo e... *ele*.

2

Encontro meus pais em uma mesa perto da piscina, envolvidos em um papo animado com alguns parentes de Carlos enquanto bebem *clericot*, o que, mesmo já sendo noite, parece apropriado — tendo em vista a temperatura elevada —, com a brisa do mar balançando os cabelos louros de mamãe e dando a ela uma aura de estrela de cinema da era dourada de Hollywood.

Acho que passei boa parte da infância e da juventude ouvindo de todos que mamãe era *idêntica* à Grace Kelly, e isso fez com que eu desenvolvesse uma obsessão temporária por filmes antigos, em uma tentativa de parecer inteligente e interessante, até finalmente aceitar que não importava quantos filmes de Hitchcock eu assistisse, ainda seria completamente apaixonada pelo Paul Rudd em *As patricinhas de Beverly Hills*, e Elle Woods, de *Legalmente loira*, sempre seria minha heroína favorita.

Eu não me importo com o que digam, a cena do julgamento em *Legalmente loira* é uma obra-prima do cinema, e, cá entre nós? Foi o que me fez aguentar os cinco anos da faculdade de Direito.

Meu pai percebe minha presença primeiro e acena com a cabeça para que eu me junte a eles, o que faço quando tomo um assento ao lado de um primo do noivo, que, para ser honesta, é muito atraente.

— Achamos que só iríamos vê-la amanhã. — Minha mãe serve uma das taças que estavam em uma bandeja e me entrega, tomo um gole longo, e ela me olha de cima a baixo, daquele jeitinho que só dona Tereza tem de me julgar pelo que estou vestindo ou pela minha postura que nunca é reta o suficiente. — A Lu disse que você estava exausta. Quer saber, não entendo por que preferiu viajar sozinha... Nós poderíamos ter inteirado o valor da sua passagem, filha.

Tento ignorar o calor que sobe até minhas bochechas ao ser exposta de tal maneira na frente de um estranho, e um estranho gato ainda por cima! Além do mais, já sou velha demais para ficar corando como uma pateta, então, em vez de deixar que o comentário de mamãe me cale, como sempre acontece, apenas respondo:

— Estava precisando de algumas horinhas sozinha antes de enfrentar uma semana na sua companhia, mamãe.

Meu pai se engasga com a bebida e me lança um olhar de reprovação. Minha mãe dá um pigarro constrangido, e eu finalmente me viro para cumprimentar os estranhos na mesa.

— Olá, eu sou a irmã mais velha da Luana! — Estendo a mão para o cara incrivelmente bonito que está sentado ao meu lado e dou o meu melhor sorriso de "estou disponível, mas não sou fácil!", por mais que talvez eu seja... fácil, quero dizer. Disponível também. — E você é primo do Carlos, não é? Qual seu nome?

Ignoro os olhares que meus pais me lançam e me concentro na covinha adorável no queixo do estranho gato quando ele sorri para me responder.

— Sou o Eduardo, o primo mais bonito e mais interessante do Carlos. — Dou uma risadinha educada enquanto ele aperta minha mão e gesticula para a mulher que está atrás dele. — Essa é a Bel, minha irmã caçula e dor de cabeça diária.

— Prazer, Catarina — digo, apesar de saber que eles já sabem disso, uma vez que a Luana só tem uma irmã mais velha.

Bel parece ter a mesma idade que a Lu e é tão bonita quanto, com sua pele bronzeada e cabelos longos e escuros.

Ah, como é bom ter vinte e um anos! Daria tudo para voltar atrás e fazer tudo diferente. Teria trocado de curso sem me importar com o julgamento dos outros e saído de casa mais cedo. Teria adquirido o hábito de me exercitar e virado vegana — agora é tarde demais para mudar todos os meus hábitos alimentares e de vida. Algumas coisas ficam cimentadas na gente, e não tem jeito.

— Como foi sua viagem, filha? Fiquei preocupado! Nunca ouvi falar dessa companhia aérea... — Meu pai chama minha atenção, claramente tentando apaziguar minha mãe, que ainda tenta me matar com os olhos. — Pegou muita turbulência?

— Foi tranquilo, eu dormi a maior parte do tempo.

— Sabe, Cat, a Bel estava nos contando que está cursando Direito! — Mamãe interrompe. — Por que vocês não conversam sobre o curso? Catarina é advogada, mas está dando uma pausa na carreira para meditar, não é, filha?

Sufoco a vontade de dar uma resposta atravessada. Ela sabe muito bem que eu não voltaria a advogar nem mesmo se Jesus descesse dos céus e me dissesse que era a única maneira de salvar a humanidade, mas continua tratando minha transição de carreira como uma crise de meia-idade precoce e me colocando em situações constrangedoras como esta. Do canto do olho, posso ver que o casal de irmãos está interessado em minha resposta, então apenas dou uma risada constrangida.

— Claro! Por que você não me procura amanhã, Bel? Posso te contar um pouquinho da minha experiência... — Tomo outro gole da minha bebida e evito olhar para os meus pais. — Você já está estagiando? Tenho alguns contatos em escritórios, se quiser.

Bel sorri para mim e assente com a cabeça de uma maneira um pouco enérgica demais.

— Pode ter certeza que vou te procurar! Na verdade, eu tô estagiando com o Luca, sabe? O amigo do Carlos?

— Sei sim, claro. Ele é um ótimo advogado, você deve estar aprendendo muito... — Engulo em seco, disfarçando a inquietação que sempre sinto quando *ele* é mencionado.

— Sem contar o fato de que trabalhar olhando para um monumento de homem como aquele não deve ser nenhuma tortura, não é, Bel? — minha mãe comenta de maneira totalmente inapropriada, mas a prima de Carlos não parece incomodada, ela apenas sorri mais largamente e concorda, enfática.

— Ele é muito gato, sim! E aquela pose de durão só deixa ele mais charmoso! — Bel dá uma risadinha, e eu tenho de engolir o vômito. — Mas, por favor, não espalhem o que eu disse. Não pega bem ficar babando no chefe, vocês entendem, não é?

Será possível que todas as pessoas que sentem atração por homens fiquem completamente enfeitiçadas por Luca Treviani? Será que o problema sou eu? Adoraria saber qual o poder bizarro que ele tem, um poder que faz com que até a minha mãe, a mulher mais viciada em julgar do mundo, queira beijar o chão que ele pisa. Quem sabe, se eu descobrisse qual é o segredo, não estaria em uma situação tão deplorável.

Claro, ele é bonito, mas beleza não é suficiente quando sua personalidade o torna tão insuportável e arrogante. Não é?

Meu pai começa uma conversa com Eduardo sobre as vinícolas da região, enquanto Bel e minha mãe continuam conversando sobre como Luca é o melhor homem que já existiu, o que faz com que eu perceba que minha presença ali já expirou sua validade. Levanto sem nenhuma cerimônia e peço licença com um sorriso amarelo quando os quatro pares de olhos se concentram em mim, e percebo que, enquanto ando de volta para o interior da casa, um deles continua me seguindo até que eu desapareça por trás das portas pesadas de madeira.

A cor do vestido das madrinhas, escolhida por minha irmã, é de um tom questionável de amarelo-pálido que me faz parecer um ovo cozido. E, sim, eu sei que tenho um pouco de culpa por não ter me interessado em analisar direito o modelo quando ela mandou a foto no grupo das madrinhas, mas, em minha defesa, ela sempre pegou minhas roupas emprestadas, então confiei em seu bom gosto e em sua capacidade de escolher algo que não me deixasse parecida com um personagem do filme *Alice no país das maravilhas*, do Tim Burton.

Viro de costas e analiso meu reflexo por cima do ombro. Achei que fosse impossível, mas meus braços parecem ainda maiores que no dia anterior, e o modelo de alcinha só realça esse fato.

Luana e Laura estão sentadas na minha cama enquanto bebericam champanhe em taças de plástico com frases como EU NÃO TENHO PROBLEMAS COM BEBIDA! NÓS NOS DAMOS MUITO BEM!, que encomendamos para a noite da despedida de solteira, mas, por algum motivo, elas acharam que seria divertido usar antes.

— Não estou entendendo o problema, Cat, você tá uma gata! — Laura diz, e eu faço uma careta para o espelho. — Quem me dera ter esses peitos!

— Exatamente. Você é gata, Cat! — Lu concorda e toma mais um gole de seu champanhe.

Para ser justa, eu realmente tenho peitos lindos, um pequeno presente que ganhei da minha mãe na loteria genética.

— Obrigada pelos elogios, mas essa cor não está me favorecendo...

— Você vai ter tempo para pegar um bronze antes da festa, e aí o contraste do amarelo com a sua pele vai ficar perfeito! — Luana sorri.

Eu juro que às vezes parece que minha irmã não me conhece. Enquanto ela herdou um gene misterioso da família que a permite pegar sol tranquilamente e adquirir uma coloração dourada e brilhante na pele, eu fui amaldiçoada com o gene da família de mamãe, com o qual apenas cinco minutos tomando banho de sol são o suficiente para me deixar vermelha como um camarão.

Ela se levanta do colchão para me ajudar a abrir o zíper do vestido, fazendo com que o tecido se amontoe em volta da minha cintura, e escuto novamente a voz da minha prima:

— Eu só espero que o Carlos tenha alguns amigos interessantes para nos apresentar, Luana! Você tem que ajudar suas parentes que ainda estão encalhadas!

— Fale por si, Laura, eu não tenho interesse em nenhum dos amigos metidos do Carlos, e *não* estou encalhada — retruco, deslizando o vestido por minhas pernas e devolvendo-o ao cabide no qual Lu o entregou para mim.

Talvez eu esteja encalhada. Só um pouquinho. Mas também não estou desesperada para mudar essa situação tão cedo, não quando tenho coisas muito mais importantes com que me preocupar, como o meu futuro profissional, por exemplo. Além disso, se os amigos do meu cunhado forem todos parecidos com Luca, acho que o melhor é manter distância, afinal, não preciso conhecer mais ninguém com essa facilidade de me tirar do eixo: um já é demais!

— Ei! Os amigos do Carlos são ótimos! Inclusive, tem uma pessoa que quero te apresentar, Cat — Lu diz, meio na defensiva, e volta a se sentar na cama enquanto visto meu pijama, que consiste em uma camisa surrada e estampada com uma foto do Tony Soprano que roubei de um ex-ficante qualquer e uma cueca samba-canção que comprei em uma de minhas expedições à 25 de março.

Junto-me a elas e pego a minha própria taça de plástico, que diz: SE ÁLCOOL NÃO FOSSE BOM, NÃO TERMINARIA COM COOL.

— Eu tô tranquila, guarda esse cara pra Laura.

— Sim, por favor! Eu tô aceitando! — minha prima fala, e eu deixo escapar uma risadinha diante da expressão irritada que começa a tomar conta das feições da minha irmã. Ela é virginiana com ascendente em capricórnio. Acho que não preciso dizer mais nada.

    Passamos mais algum tempo bebendo champanhe e fofocando sobre os convidados que chegarão amanhã, e preciso me controlar algumas vezes para não chorar quando lembro que minha irmãzinha já é uma mulher adulta e dona da própria vida. De acordo com Lu, a lista de convidados é composta primordialmente de amigos do trabalho de Carlos e de amigos da faculdade dela, tornando o evento todo muito eclético.

    Bem, tão eclético quanto um bando de estudantes de Medicina e de empresários bem-sucedidos pode ser.

    Quando elas finalmente se cansam e vão para seus respectivos quartos, com Laura jogando indiretas sobre o fato de estar sendo obrigada a dividir o dela com as crianças, abro meu notebook em cima da penteadeira e rezo para ser atingida pelo raio da inspiração.

3

O cursor do programa de edição de textos ri da minha cara. Estou há cerca de quarenta minutos encarando o que deveria ser a primeira página de um livro que revolucionará o mercado literário mundial, mas a única coisa que vejo é uma página em branco e um cursor piscando. Certa vez, um amigo, que também escrevia, me disse que o mais difícil sobre escrever um livro era justamente o ato de começar. Depois da primeira palavra no topo da folha em branco, eu teria o resto da minha história. Acho que ele nunca experienciou um bloqueio criativo na vida, porque acho que essa foi uma das frases mais estúpidas que alguém já falou para mim.

E olha que já saí com um cara que acreditava que a Terra era plana.

Fecho o meu notebook com um suspiro cansado quando minha visão começa a ficar cheia de pontinhos coloridos — acho que passar tanto tempo olhando para uma tela em branco pode ser prejudicial aos meus olhos de senhora. O bloqueio é real.

Meu estômago ronca audivelmente, como um lembrete de que estou sobrevivendo pelos últimos dois dias apenas com algumas bolachas água e sal, que recebi da companhia aérea durante o voo, e de que perdi o jantar servido para os hóspedes da *villa*, pois estava dormindo.

Os corredores estão envoltos na escuridão, e o silêncio é um pouco assustador quando saio do meu quarto a fim de encontrar alguma coisa que aplaque minha fome. Já é madrugada, e a diferença de fuso, combinada com as horas que passei no avião, faz com que eu me sinta estranhamente energizada para o horário, enquanto passo pelas portas fechadas sem fazer barulho, afinal, não quero acordar o resto dos convidados e irritar ainda mais meus pais ou minha irmã.

Mais cedo, antes de me trancar no quarto com meu notebook para tentar escrever um mísero parágrafo, eu havia sido acompanhada por Laura em um tour rápido pelos cômodos que ela julgava importantes, e, obviamente, a cozinha era um deles. Minha prima é chef de seu próprio restaurante, um lugarzinho charmoso em Pinheiros especializado em comida mediterrânea, e será a responsável por assinar o cardápio da festa de casamento. Claro que, com Lu sendo a noiva, a coitada precisou aguentar meses de tirania para conseguir entregar algo que atendesse às expectativas da minha irmã, ou seja, tudo precisava estar perfeito.

A cozinha da *villa* fica nos fundos da construção, em um nível abaixo da área social e com um acesso um tanto quanto difícil, através de uma escadaria estreita que é um perigo, tendo em conta a pouca iluminação que o local recebe. Isso me faz pensar que a reforma implementada para modernizar a construção não levou em conta a locomoção de eventuais funcionários de buffet com bandejas pesadas da área de serviço até a área social.

Quando desço os degraus e finalmente chego à entrada da cozinha, sou surpreendida por uma luz acesa, que sai pela fresta da porta de madeira escura, e um barulho denuncia a presença de outra pessoa insone por ali.

Abro a porta devagar, tentando ser o mais silenciosa possível para não assustar quem quer que seja que, assim como eu, também resolveu se aventurar pelos corredores escuros e assustadores da *villa* em plena madrugada, tudo em nome de um lanchinho que acabe com a insônia e a fome.

Tenho quase certeza de que ouvi Laura comentar com alguém que o jantar de hoje havia sido algo com *pesto* e tomates, e qualquer comida com *pesto* e tomates vale a pena o risco de ser atacada por fantasmas zangados que talvez morem aqui há mais de duzentos anos.

Eu não faço ideia de quem eu esperava encontrar na cozinha, mas a aparição de qualquer assombração centenária seria menos assustadora do que a imagem que se apresenta diante dos meus olhos assim que entro.

A primeira coisa que prende a minha atenção são as chamas.

Labaredas altas, em tons de laranja e amarelo, sobem perigosamente para perto do teto antigo da cozinha, e eu tenho de levar uma mão até a boca para sufocar o grito de horror que ameaça sair diante do susto de uma ameaça de incêndio. Tenho uma forte suspeita de que os engenheiros do século XVII não eram muito versados em saídas de incêndio, e, estando em um local de tão difícil acesso quanto a cozinha, eu viraria churrasco antes de ter a chance de gritar por socorro.

O culpado pelo perigo que estamos enfrentando parece alheio à minha presença, uma vez que continua concentrado na frigideira de onde o fogo se origina. Não sou uma idiota. É claro que já vi um chef flambar a comida um milhão de vezes, ainda mais tendo uma prima que trabalha com isso, mas nunca na vida eu poderia ser capaz de imaginar que um dia veria Luca Treviani empunhando uma frigideira.

E nem que ele pareceria tão atraente fazendo isso.

Eu estava nervosa quanto a encontrá-lo desde que havia desembarcado do avião e, com certeza, não esperava que nosso primeiro encontro depois de cinco anos fosse na cozinha da *villa*, de madrugada e com ele vestido de maneira tão casual, com uma calça de moletom e uma camiseta com estampa do Queen.

Ele parece tão diferente do cara certinho e arrogante que tenho gravado na memória, que preciso piscar algumas vezes para ter certeza de que não estou alucinando a cena à minha frente. Não seria impossível, haja vista o meu estado de privação de sono e meu estômago, que neste momento está mais deserto que o Saara. Quer dizer, não acho que o álcool ingerido mais cedo possua grandes valores nutricionais.

A última vez que eu havia dividido o mesmo ambiente que Luca Treviani foi em um congresso de direito empresarial, onde ele deu uma palestra sobre novas técnicas de compliance em empresas multinacionais. Depois da apresentação, eu me esgueirei entre os painéis na esperança de não ser vista, mas foi em vão, e ele me encontrou perto da mesa dos salgadinhos na pausa para o café.

Traída pela minha inabilidade de resistir a um lanche novamente.

Ele era a única pessoa que eu conhecia naquele congresso, e foi meio que instintivo ficar ao lado dele nos dias seguintes, sendo apresentada aos seus colegas e professores do doutorado e me sentindo um pouquinho importante, para variar. Foi fácil esquecer o quanto ele me irritava na faculdade quando se referia a mim como uma promessa do direito empresarial e me acompanhava até meu quarto de hotel toda noite sob o pretexto de que eu poderia me perder pelos corredores, como se soubesse muito sobre meu senso falho de direção.

Durante aquela semana, em uma cidade diferente e quando eu tinha acabado de terminar o único relacionamento sério que já havia tido na vida, sofri do que gosto de chamar de síndrome da mulher carente. Eu havia me convencido de que, de alguma forma muito louca, Luca estava interessado em mim e, para minha completa surpresa e horror, eu não tinha achado a hipótese assim tão reprovável.

Para ser justa comigo, ele é um cara muito atraente, com aqueles ombros largos, os olhos azuis e as covinhas irritantes que quase não apareciam quando estávamos com os outros, mas que gostavam de se mostrar com muita frequência quando ficávamos sozinhos.

Eu teria de ser cega para não admitir que, apesar de ele não ser aquele cara com uma beleza óbvia, é possuidor de um charme natural e de uma beleza máscula. Forte.

Não que eu fosse admitir isso para alguém.

Foi inevitável não me iludir um pouquinho, principalmente depois do jantar que compartilhamos naquela última noite, quando pedimos McDonald's pelo aplicativo de delivery e escapamos para o telhado do hotel, longe de todos aqueles velhos engravatados que só queriam falar sobre jurisprudência.

E então, entre uma piada e outra e uma conversa muito profunda sobre algo que provavelmente era raso... eu achei que ele fosse me beijar.

Eu *queria* que ele me beijasse.

Acho que não preciso dizer que o beijo nunca aconteceu e que voltei para São Paulo no dia seguinte, quando decidi enfim dar uma fuçada no Instagram e acabei descobrindo que ele estava noivo da sua namorada da época da faculdade, uma mulher absurdamente linda e sensual. Mesmo que eu saiba que estou longe de ser considerada feia, Clara é alguém em um nível muito acima de nós, mortais; é o tipo de pessoa que nos faz pensar que Deus não é justo por ter gastado um tempinho extra esculpindo um nariz tão empinado.

Luca até tentou me adicionar nas redes sociais depois daquilo, mas bloqueei todas as tentativas, assim como também não respondi a mensagem aparentemente simpática que ele me enviou pelo WhatsApp na semana seguinte, me perguntando se eu não estaria interessada em uma entrevista no escritório que ele havia acabado de abrir.

É claro que o escritório cresceu até se tornar um dos melhores do país, e é claro que o casamento dele com a modelo de bronzeado natural foi o assunto de semanas em todas as colunas sociais.

Assim como o divórcio dramático, resultado de uma traição da esposa entediada, com um certo personal trainer das estrelas.

Eu estaria mentindo se dissesse que não senti um pouquinho de satisfação ao saber que nem mesmo o tão perfeito Luca Treviani estava imune às armadilhas do amor.

— Vai ficar aí me olhando a noite toda?

Percebo tarde demais que o estou encarando por um tempo que pode ser considerado preocupante, e não faço ideia de qual a expressão em meu rosto neste exato momento.

Luca já terminou de preparar o que estava fazendo e serve dois pratos com o que parece ser uma massa com camarão. Ele senta em uma das banquetas de ferro do balcão e gesticula com o garfo para que eu sente na outra, o que faço sem dizer uma palavra.

Tenho certeza de que ele deve pensar que sou louca, mas estou morrendo de fome, e o cheiro que exala da comida é o único argumento que preciso para atacar o prato que, até onde sei, ele montou pra mim.

Deixo escapar um gemido de satisfação ao sentir o gosto do molho de ervas misturando-se tão bem com a suculência do fruto do mar, e catalogo mais esse fato — surpreendente! — no arquivo mental que tenho separado apenas para ele. Luca sabe cozinhar. E bem!

Talvez seja estranho que eu vá juntando pequenas informações sobre ele? Talvez! Mas faço isso com todo mundo. É uma maneira que encontrei de me enturmar com estranhos, depois de anos de interações sociais esquisitas no colégio pelo simples fato de que eu nunca parecia saber falar sobre algo que fosse interessante o suficiente para o meu interlocutor. O arquivo mental sobre Luca ser maior do que todos os outros é apenas um mero detalhe. Algo insignificante.

Percebo com o canto do olho que ele ainda não começou a comer, preferindo me observar descaradamente. Engulo o que estou mastigando e viro meu corpo na banqueta, de modo a ficar totalmente de frente para ele.

— Não vai comer? — pergunto, apontando com o garfo para o prato dele, que continua intocado.

Luca dá uma risada baixa, e aquela covinha maldita aparece, fazendo com que eu fique nervosa de repente. Ele balança a cabeça como se estivesse rindo de uma piada interna maravilhosa, e começa a comer. Eu não sei o porquê, mas isso me irrita, e sinto meu rosto esquentar. Talvez pelo fato de pensar que ele está rindo *de mim*.

— O que é tão engraçado? — Ergo o queixo em desafio, o que é algo impressionante, já que, mesmo sentado, ele ainda é uns bons vinte centímetros mais alto do que eu.

— Nada, *Catarina*. — Meu nome sai da boca dele como se fosse algo muito importante, e eu reviro os olhos, sabendo que ele só me chama assim em razão do dia em que o proibi de me chamar pelo meu apelido. — Apenas achei curioso você começar a comer a comida que *eu* preparei e nem sequer agradecer... Me lembrou os tempos de faculdade.

— Eu não me lembro de você cozinhar qualquer coisa durante a faculdade, muito menos algo tão bom — retruco e, para provar meu argumento, enfio um camarão inteiro na boca e mastigo alto, na intenção de que, talvez, ele fique tão desconcertado quanto eu estou ao vê-lo novamente depois de tanto tempo.

— Eu não estou falando de comida, Catarina.

— E do que você está falando? Posso saber? Ou vai ficar dando essas risadinhas pra me irritar? — Levanto uma sobrancelha no mesmo instante em que ele dá de ombros, se concentrando em sua comida.

Ficamos em silêncio por algum tempo, cada um muito preocupado em limpar o prato o mais rápido possível, e me permito analisar a bizarrice da situação. É provável que ele também estivesse com fome, então desceu para fazer um lanchinho de madrugada, assim como eu. Por algum motivo, ele decidiu fazer comida suficiente para duas pessoas, o que me faz perguntar se ele estava esperando alguém. Talvez Bel? E, se esse for o caso, deve ter levado um bolo, não tendo alternativa a não ser compartilhar sua incrível massa com camarão comigo, a mulher que ele considera a mais desinteressante do mundo.

Na época em que eu tinha dinheiro para pagar a terapia, minha psicóloga, a doutora Janine, costumava me repreender sempre que eu verbalizava esse tipo de pensamento. O pensamento que vem mais como uma sentença final do que como algo abstrato que deveria ser passageiro no fundo da minha mente. Depois de um tempo, parei de compartilhar essas coisas com ela.

Eu ainda me sentia um lixo, e ainda sentia que não era merecedora de qualquer tipo de afeto, mas não falava mais sobre isso e, de repente, era como se estivesse curada e a depressão nunca tivesse existido. Se não fosse pelo pequeno detalhe de que, depois de meus picos de felicidade, produtividade e compras incansáveis com cartões de crédito que sempre acabavam bloqueados... eu ainda me sentia vazia por dentro.

E sim, eu sei que não é nada saudável, mas não é como se tivesse controle sobre minha própria cabeça. Na realidade, sinto que perdi o controle da minha vida bem antes de ela sequer começar. Sempre tentei seguir as instruções deixadas por meus pais, mas, no momento em que tentei seguir com minhas próprias pernas, foi como se eu nunca tivesse aprendido a andar.

Tenho quase trinta anos e não faço ideia de quem eu sou ou de quem quero ser.

A única coisa da qual tenho certeza no momento é que estou servindo de motivo de piada para o todo poderoso doutor Luca Treviani, e a pior parte? Ele realmente tem um doutorado. Não é como aqueles advogados pomposos que insistem no título porque Dom Pedro decidiu que seria assim e pronto.

Luca acaba com toda a massa em seu prato em tempo recorde, e penso que talvez ele também não tenha se alimentado mais cedo, apesar de saber — graças à conversa entre mamãe e a prima de Carlos — que ele participou do jantar oferecido pelos noivos.

— Eu não estava rindo de você. — Ele se levanta da banqueta e leva o prato vazio até a pia. — Só estava me lembrando de como você era na faculdade. Você costumava usar as minhas anotações para dar as aulas da monitoria e nunca disse uma palavra de agradecimento.

Luca volta até o balcão e se inclina em minha direção. Posso sentir o cheiro de sua loção pós-barba, e o efeito que isso tem sobre mim só confirma o fato de que faz tempo até demais desde que estive com um homem. Eu não deveria me sentir atraída por ele, não depois de tanto tempo e, principalmente, não depois daquela rejeição humilhante no telhado do hotel.

— Eu não sabia que eram suas anotações, só supus que eram do doutor Teixeira. — Engulo em seco, tentando disfarçar o nervosismo, e me afasto.

— Bem, eram minhas, mas não se preocupe, seu crime já prescreveu.

Reviro os olhos, e ele se inclina ainda mais em minha direção, tenho certeza de que, se eu me afastar mais, irei cair da banqueta.

Luca estende o braço direito, e me pego com medo de que ele possa ouvir quão rápido meu coração está batendo. Sou patética, e estar disposta a fazer qualquer coisa com esse homem é só mais uma confirmação disso. Seu rosto está perigosamente perto do meu, e consigo sentir sua respiração quente contra meus lábios; é muito injusto como ele é ainda mais bonito de perto.

Desgraçado.

Eu poderia empurrá-lo e sair correndo, mas estou curiosa para saber qual seria a sensação dos lábios dele nos meus. Será que eu iria gostar? Será que *ele* iria gostar? Então fecho os olhos, mas o beijo não vem. Em vez disso, começo a ouvir um barulho de água e abro os olhos novamente, apenas para ver que ele também levou o meu prato vazio até a pia e agora está lavando a louça que sujou, ignorando totalmente a presença da otária de olhos fechados aqui.

É como aquela maldita noite no telhado do hotel, e sinto vontade de chorar de raiva, mas jamais lhe daria a satisfação de saber que me afetou dessa maneira. Levanto da banqueta em um pulo e vou até ele, empurrando-o para o lado com meu quadril e estendendo as mãos para pegar a panela que ele está esfregando com a esponja.

— Você cozinhou. Eu lavo. Considere isso como um agradecimento pela refeição.

Eu devo estar mesmo pirada, porque se tem uma coisa que odeio com todas as minhas forças é lavar louça, mas não quero que ele pense que sou folgada, por mais que eu consiga ser exatamente isso na maior parte das vezes.

— Não precisa. — Ele tenta pegar a panela novamente, mas eu a aperto nas mãos. Luca parece muito maior agora que estamos os dois em pé um ao lado do outro, mas não deixo isso me intimidar. — É sério, Catarina, eu quis cozinhar para *mim*. Você não precisa lavar nada.

— Você até pode ter cozinhado pra você, mas eu comi, não comi? É justo que eu ajude com alguma coisa.

— Eu tinha esquecido o quanto você pode ser teimosa.

Entrego a panela já limpa para ele, que pega um pano de prato jogado ali e a seca.

— Não sou teimosa, Luca. — Eu sei que sou teimosa, mas não quero que ele pense que sabe alguma coisa sobre mim. — Eu só penso que algumas coisas devem ser feitas de certa maneira, e a regra do quem-cozinha-não-lava-a-louça deve ser respeitada, mesmo em território internacional e mesmo que o cozinheiro em questão não estivesse planejando dividir a refeição com uma garota que sente fome de madrugada.

Ele ri, mas dessa vez eu não fico chateada, porque sei que fui charmosa o suficiente para não ser a piada.

— Que sorte a sua, não? Ganhou um jantar digno de um restaurante cinco estrelas e ainda pôde aproveitar minha companhia — ele diz, sua voz assumindo um tom brincalhão.

— Eu tinha esquecido o quanto você pode ser convencido — digo, lutando contra o sorriso que ameaça sair, e passo os últimos utensílios para que ele possa secar, desligo a torneira e espero que ele guarde os pratos no armário em cima da pia.
— Bom, obrigada pelo jantar. Acho que vou tentar dormir agora, quem sabe assim eu acordo em um horário adequado amanhã de manhã.
— Já é quase manhã, Catarina — ele diz, e dou de ombros. — Vem, deixa eu te acompanhar até o seu quarto, assim fico sabendo em qual porta devo evitar bater caso seja atacado por um assassino em série e precise de ajuda para não ser retalhado com um picador de gelo.

Mordo a língua para não falar que esse joguinho de me acompanhar até o quarto não vai funcionar desta vez, mas então me lembro da última vez que isso aconteceu: ele foi bem claro ao dizer que não queria nada comigo e me deixou com o orgulho e a autoestima no chão.

Sério, eu preciso parar de pensar que, sempre que um cara demonstra o mínimo de cortesia comigo, é automaticamente porque ele quer me levar pra cama. Em noventa e nove por cento das vezes que isso acontece, é só porque ele está sentindo pena de mim, ou porque pensa que represento um perigo para o coletivo e preciso ser detida.

Acho que Luca se enquadra nas duas categorias.

4

Uma vez, quando Lu tinha por volta de sete ou oito anos, nossos pais viajaram para o Nordeste e me deixaram como babá. Eu acabei perdendo um show da banda do menino que eu gostava e passei semanas chateada com uma criança, como se ela fosse a culpada pelo fato de que, no dia seguinte ao show, o menino havia postado uma foto no Orkut beijando a nojenta da Cecília Pimenta, anunciando para todos daquela saudosa rede social que ele estava oficialmente fora do mercado namoradeiro.

É claro que eu sabia que a culpa não era da minha irmã, e que, mesmo se não tivesse passado aquela noite de sexta-feira assistindo a filmes da Barbie e me empanturrando de pipoca doce com ela, aquele guitarrista cabeludo cujo nome não me lembro também não teria me escolhido.

Ela ser mais nova e indefesa facilitou o processo de culpá-la por tudo o que eu perdia quando precisava ficar em casa bancando a babá, em vez de sair para matinês como o resto dos adolescentes do meu colégio.

Apesar disso, tem uma lembrança dessa época que eu guardo com muito carinho: em uma das noites dessa viagem que nossos pais fizeram — e que me privou de um suposto relacionamento com um roqueiro —, caiu uma tempestade que deixou toda a nossa rua sem eletricidade.

Precisei improvisar algumas velas que tinham sobrado do aniversário do nosso pai, uma vez que a gente sempre esquecia de comprar pilhas para a lanterna, e Lu construiu um forte de lençóis na sala capaz de aguentar até mesmo um furacão. Nos deitamos juntas, abraçadas, e, naquela noite, imaginamos um mundo inteirinho, um mundo ensolarado, onde nossos pais nos levavam em suas viagens e onde não nos sentíamos tão sozinhas o tempo todo.

Os anos se passaram, eu acabei entrando em uma faculdade em São Paulo e me mudei para longe da família, que continuou morando no interior. Luana cresceu longe dos meus olhos, e nos encontrávamos apenas em eventos como Natal ou aniversários, o que fez com que nos afastássemos gradativamente. Ela virou a luz dos olhos dos meus pais e eu, a pedra no sapato.

— Aproveitando um pouco o sol? — Sou puxada para fora de meus devaneios quando Edu, sorridente, se aproxima da espreguiçadeira onde estou tentando me concentrar para ler um livro.

Acordei um pouco mais tarde do que o restante do pessoal e acabei optando por tentar relaxar na piscina, acompanhada de uma boa taça de mimosa. Para o meu azar, as poucas horas em que consegui dormir foram preenchidas por sonhos nada inocentes, nos quais Luca invadia meu quarto e… bem, não importa. É claro que os sonhos foram uma consequência do nosso encontro de madrugada combinado com a quantidade nada saudável de bebida alcoólica que eu havia ingerido desde minha chegada.

Levanto meus óculos escuros e sorrio:

— Tenho que aproveitar enquanto ele ainda não está pelando. Sabe como é… se eu não quiser ficar igual um tomate nas fotos de casamento.

Finjo não perceber como os olhos dele passam pelo meu corpo, se demorando um pouco demais no decote do meu biquíni de cortininha vermelho. É bom me sentir desejada de vez em quando. Ele se senta na ponta da minha espreguiçadeira, tomando cuidado para não tocar em mim.

— Você seria um tomate lindo. — Eduardo ri baixinho, e eu me esforço para sorrir de uma maneira que não demonstre o quanto achei essa cantada ruim; afinal, ele é muito gato e, na maioria das vezes, um rosto assim não vem acompanhado de um cérebro muito brilhante. Nem todos têm a sorte de nascer como Luca, com a aparência *e* a inteligência em um combo só.

— Escuta, a gente vai dar um passeio de barco e depois vamos almoçar na praia de San Fruttuoso, você não quer vir?

— A gente quem? — pergunto com interesse. Um passeio de barco pela riviera, culminando em um almoço que tenho certeza de que será delicioso, parece algo que poderia ativar meus neurônios criativos.

— Não sei direito quem vai, mas a Bel e eu vamos, e pensei que seria legal se você nos acompanhasse.

Analiso seu rosto, que está claramente nervoso, e sinto um prazer meio fútil por saber que um cara mais novo e absurdamente atraente está tão interessado em mim. Acho que fiquei em silêncio tempo demais, pois ele adiciona:

— Claro que só se você não tiver nenhum compromisso, eu não sei quais são os deveres de uma madrinha de casamento.

Normalmente, não me sinto atraída por caras loiros nem mais jovens do que eu, e sei que, seja lá o que ele espera conseguir desse passeio de barco, não vai acontecer — talvez eu deixe ele me beijar um pouco, mas só isso. Entretanto, fecho o livro e me levanto, deixando que me guie até o píer que conecta a *villa* com o mar.

———

Mas é claro que ele estaria aqui.

No momento em que subo a bordo do iate luxuoso — alugado para ficar à disposição dos hóspedes da *villa* durante a semana do casamento —, posso sentir seus olhos em mim. Viro-me com tudo, perdendo um pouco do equilíbrio, mas

Edu me segura pelo cotovelo e sorrio agradecida. Eu realmente não preciso cair de bunda pra cima na frente do Luca Treviani enquanto uso um biquíni um número menor do que o meu (em minha defesa, parece que só se alimentar de delivery por meses pode aumentar o manequim). Meu olhar encontra o dele, por um átimo de segundo, e sinto meu rosto esquentar.

Ele está de pé ao lado de uma mesa larga, com uma cerveja na mão e os antebraços à mostra graças a uma camisa de linho azul com as mangas dobradas até os cotovelos. Ele parece bem mais adulto e intimidador aqui, à luz do dia e rodeado de pessoas que parecem ser puxadas para sua órbita, como se fossem satélites.

— Cat! — Minha irmã acena para que eu me junte a ela no assento acolchoado na proa do barco, e eu pisco algumas vezes. Ela está ao lado de Carlos, que conversa e gesticula muito com algum cara que nunca vi na vida.

Caminho até onde ela está, acompanhada de Eduardo — que ainda não soltou meu braço, por mais que eu já esteja perfeitamente balanceada —, e me sento na lateral que está livre, com Eduardo ocupando o banco à minha frente.

— Bem, acho que já estamos todos aqui, não é? — Lu se vira para o noivo e diz: — Amor, pode falar pro capitão que podemos zarpar?

Carlos deixa um beijo estalado na testa dela e se levanta, dirigindo-se ao segundo pavimento da embarcação. A interação entre os dois me lembra novamente que Luana é uma mulher adulta, muito diferente da menininha de quem eu tinha que cuidar na infância.

O noivo da minha irmã é um ex-cliente do escritório em que eu costumava trabalhar, e foi assim que eles se conheceram. Um dia, Luana foi me visitar no trabalho e entrou no elevador no mesmo momento em que ele saía, e o resto é história.

Quando eles já estavam namorando, perguntei a ele o porquê de não usar os serviços de advogado de Luca, já que eram tão amigos, mas sua resposta foi apenas a de que não se deve misturar a vida pessoal com a profissional, o que eu achei uma baboseira, já que ele estava namorando a irmã de uma de suas antigas advogadas.

Tudo bem que, para ser justa, eu pedi demissão pouco tempo depois.

Uma risada alta chama minha atenção, e viro meu corpo no banco para ver de onde vem, encontrando Bel praticamente pendurada no braço de Luca enquanto ri de alguma coisa que nem deve ser tão engraçada assim. Sinto uma pontada de satisfação ao perceber que a postura corporal dele grita desconforto.

Isso mesmo! Não paquere com sua estagiária!

O pensamento some tão rápido quanto chega, e fico confusa comigo mesma. É claro que não estou com ciúmes, mas confesso que fico um pouco irritada por não ter recebido nenhum "oi" por parte dele desde que cheguei ao barco, levando em conta que nos encontramos há menos de oito horas, e agora ele parece estar fingindo que nem mesmo me conhece.

Ao meu lado, Lu abre sua bolsa e me entrega um frasco de protetor solar. Eu ergo uma sobrancelha, e ela suspira:

— O sol tá ficando bem forte, Cat, é melhor você se proteger. Se bem te conheço, aposto que até esqueceu de trazer o seu protetor, não foi? — Não respondo, pois ela está certa, e realmente nem me passou pela cabeça adicionar o item em minha mala de viagem.

Eu me levanto do banco e tiro minha saída de praia, uma túnica de tecido transparente e bordada, entregando o frasco de protetor nas mãos de Edu, que continua a me observar da mesma forma que aqueles cachorrinhos de desenho animado observam frangos de padaria.

— Você pode me ajudar? Eu nunca alcanço as costas...

Ele solta um pigarro, e vejo pelo canto do olho quando a atenção de Luca se volta para mim. Ele vira o corpo completamente, até ficar de frente para a cena que estou prestes a protagonizar com o primo gato e mais novo de Carlos.

Eu não ligo para o que ele pensa de mim, não ligo mesmo. Sei que deve estar me julgando, pensando em como sou um caos ambulante que deixa caras que obviamente acabaram de sair da faculdade me apalparem enquanto passam quantidades exageradas do protetor grudento de Luana nas minhas costas.

É isso que leio no fato de ele estar me encarando diretamente, como se eu fosse uma inconveniência enorme em seu dia ensolarado e perfeito na Riviera Italiana.

Sinto o choque da textura cremosa do protetor na minha pele, e logo Edu começa a espalhá-lo, dando atenção especial aos meus ombros que, só agora percebo, estão cheios de nós de tensão. Ele tem mãos grandes e quentes, que contrastam com a temperatura gelada do creme e parecem ter sido feitas exatamente para massagem.

— Prontinho! Devidamente protegida! — Edu exclama quando finalmente termina o trabalho meticuloso de cobrir cada centímetro de pele das minhas costas e me devolve o frasco de protetor solar.

Os olhos de Luca se estreitam em nossa direção, e eu finjo não perceber, me virando para agradecer a Edu com um beijo na bochecha, ciente de que meus motivos não são os melhores e que talvez eu esteja usando o rapaz para provocar Luca de alguma maneira. O porquê disso é algo que não sei se quero entender.

Carlos volta para o lado de Lu e me oferece uma cerveja do *cooler* que eles mantêm embaixo da mesa. Aceito de bom grado, usando o tecido de minha saída de praia, jogada no banco, para abrir a garrafa.

— Você parece bem, Cat — ele diz, e eu dou de ombros, voltando a ocupar o meu lugar no assento do iate que começa a se mover.

— Obrigada, cunhado. Eu me sinto bem. — minto, como se estivesse falando a verdade.

Lu me lança um olhar como se conseguisse enxergar o fundo da minha alma, e eu desvio minha atenção para a paisagem espetacular que se desenrola à nossa frente conforme o barco avança sobre as águas incrivelmente azuis do mar Mediterrâneo.

Os passageiros se ocupam com seus drinks, música animada e conversas sobre assuntos nos quais não tenho o menor interesse.

Edu já se levantou e achou lugar em uma rodinha de amigos de Luana, que comentam algo sobre qual a melhor época do ano para visitar a Europa. Deixo escapar um suspiro cansado e tomo um gole da minha cerveja; está gelada e desce rasgando por minha garganta, me fazendo lembrar do fato desconfortável de que ainda estou aqui. Apesar de tudo.

Carlos e Luana estão presos em uma bolha de amor e carinho que se expande até me expulsar do banco, e então estou de pé, me movendo com uma rapidez graciosa demais para mim, até alcançar a parte de dentro da cabine.

Fico surpresa ao encontrá-la vazia, mas também me sinto grata pela oportunidade de respirar um pouco. O local é bem espaçoso, com uma decoração moderna e luxuosa, denunciando o fato de que também é usado como hospedagem. Meus olhos são atraídos para um quadro pretensioso pendurado na parede, e minha mente brinca com um cenário no qual eu moro em um barco como este e viajo ao redor do mundo, colecionando objetos de arte e decoração que tenham alma e significado, transformando a embarcação em um lar aconchegante, em vez de uma cópia esquisita de uma recepção de clínica de dermatologia. Claro que isso não passa de uma divagação, uma vez que a mera hipótese de ficar mais do que uma hora velejando já é o suficiente para me deixar enjoada, apesar de a solitude ser um atrativo e tanto.

Eu nem sempre fui assim. Até pouco tempo atrás, eu era aquela que amava estar no meio das outras pessoas, como toda boa leonina, e a atenção dos outros servia como um combustível poderoso para mim. Eu amava uma boa festa, conhecer estranhos e viver a vida de um jeito meio atropelado, tentando compensar em todo o resto o grande nada que sentia dentro de mim.

É difícil. Desconstruir-se por completo, demolir todas as paredes para conseguir se construir de novo. Tentar virar uma versão de mim que seja realmente minha, e que não exista apenas para deixar os outros mais confortáveis com quem são.

É pior ainda derrubar tudo e descobrir que não sobrou nada. Que aquela pessoa que eu achei que era, no final... não era ninguém. Era só uma sombra, um emaranhado de certezas que foram colocadas em mim quando eu ainda nem sabia ser gente. E então sou obrigada a encarar o fato de que ainda não sou eu, mas também não sou mais nada.

Ouço passos atrás de mim, e minha atenção é tirada do quadro de linhas retas e cores sólidas.

— Confesso que pensei que você ficaria dormindo até tarde, tendo em vista o horário que subiu para o seu quarto.

Não preciso me virar para saber que é Luca que acabou de entrar na cabine, perturbando a breve atmosfera de paz que consegui ao entrar aqui. Dou de ombros, mas não me viro para encará-lo, preferindo continuar a fingir interesse na suposta obra de arte do dono do iate.

Ele para ao meu lado e, novamente, sou lembrada do quanto ele é alto. Sua camisa está aberta, e tenho de me esforçar para não ficar secando o peitoral largo e bronzeado que, agora, está quase todo exposto. Às vezes penso em como Deus pode ser injusto ao abençoar certas pessoas com uma genética tão maravilhosa, principalmente pessoas como Luca, que não precisam de mais motivos para terem seus egos inflados.

— Você gosta de Mondrian? — ele pergunta, e eu reviro os olhos, tomando mais um gole da minha cerveja.

É *claro* que ele saberia o nome do artista.

— Gosto! Você não?

— Para ser honesto, eu não costumo pensar muito sobre a arte quando compro uma peça. Para mim, é sobre o valor de investimento que ela carrega. — Ele abaixa o rosto e deixa a boca muito próxima do meu ouvido, como se estivesse prestes a me contar um segredo terrível. Ignoro o calor que sobe pelas minhas costas quando sinto sua respiração quente em contato com minha pele. — Então, sim, gosto. São quadros muito rentáveis.

— Não sei por que não me surpreende você não conseguir apreciar a arte em sua essência. — Deixo escapar uma risada seca e dou um passo para o lado, colocando mais espaço entre nós. — É tão típico de você... ver tudo como se fossem transações financeiras.

— Acho engraçado você falar como se tivesse um conhecimento profundo de quem eu sou.

— Sejamos sinceros um com o outro, Luca, não é como se você fosse um cara muito profundo; e o pouco que conheço já é o suficiente para saber que é alguém que só se importa em sair ganhando.

— Isso é irônico, vindo da pessoa mais competitiva que conheço. — Ele sorri, debochado.

— Acho engraçado você falar como se tivesse um conhecimento profundo de quem eu sou — retruco.

Ele encosta sua garrafa de cerveja na minha, em um brinde silencioso.

— *Touché.*

Dentro da cabine, o som que vem do lado de fora se torna abafado, proporcionando uma atmosfera inquietante de privacidade. Sei que estou pirando sozinha, e que, provavelmente, ele nem sequer se lembra do motivo de eu tentar evitá-lo a tanto custo, mas a presença dele aqui é um constante lembrete da Catarina antiga, e cara, como eu quero fugir dela! Não posso me dar ao luxo de perder ainda mais o controle da minha vida, e ele parece desencadear meus instintos mais básicos. É fugir ou me perder de vez.

Nos encaramos por alguns momentos, o ar entre nós pesado por algum motivo. Tomo mais um gole de cerveja, na esperança de que a temperatura gelada ajude a esfriar meu rosto, que, a esta altura, já está em chamas. Sinto-me como uma adolescente, e isso não é nada bom, ainda mais na frente dele.

— Você quer me falar alguma coisa? — pergunto e, ao perceber que ele está se preparando para dar uma de suas respostas sarcásticas que só ele acha que são engraçadas, me adianto: — Vindo até aqui, quero dizer. A festa tá rolando lá fora.

Como que para provar meu ponto, ouvimos alguns gritinhos femininos vindos do lado de fora.

Ele hesita, abre e fecha a boca uma, duas, três vezes, passa a mão livre pelo cabelo, deixando-o bagunçado apenas o suficiente para ser considerado charmoso, e me pergunto o que ele *realmente* quer comigo. Não consigo pensar em nada, já que em todos os anos em que nos conhecemos, mesmo que de longe, nós nunca pudemos ser considerados amigos — talvez algo remotamente similar nos dias daquele congresso, quando eu estava me iludindo com um interesse que não existia da parte dele só para conseguir curar a ferida do fim de um relacionamento que, hoje eu vejo, nem foi tão bom assim.

— Eu... — ele começa, mas é interrompido pelo barulho da porta de correr da cabine se abrindo e, então, duas amigas de Lu entram, rindo e conversando baixinho, indo em direção ao banheiro. Sem qualquer pingo de vergonha, elas lançam olhares nada discretos para o homem ao meu lado.

Elas entram no banheiro e fecham a porta. Estamos sozinhos novamente.

— Você...? — eu o incentivo a continuar, mas ele apenas balança a cabeça como que para expulsar um pensamento intruso. Isso desperta ainda mais a minha curiosidade.

Então ele sorri e o momento passa, com seus olhos azuis voltando a exibir o brilho de deboche que sempre deixa meu sangue fervendo de raiva.

— Não é nada, *Catarina*. — Ele leva a mão até o topo da minha cabeça, e agora é o meu cabelo que ele bagunça. Dou um tapa na mão abusada para que se afaste, e ele ri. — Eu só precisava de um minuto de silêncio, assim como você.

— E quem disse que eu precisava disso? — pergunto, um pouco ríspida demais.

— Às vezes acho que você tem algum tipo de fetiche em contestar tudo o que eu falo, é assim desde as aulas de monitoria. — Ele acaba com o líquido restante na sua garrafa em um gole longo, e então a pousa no aparador de madeira embaixo do, agora eu sei, Mondrian.

Não respondo, afinal, sei que ele tem um pouquinho de razão. É óbvio que eu precisava de um pouco de silêncio e paz, algo que não sei o que é desde que passei a ocupar o quarto de hóspedes na casa dos meus pais, quando as responsabilidades financeiras de bancar um apartamento em uma cidade cara como São Paulo ficaram demais para mim, fato que até hoje, meses depois, ainda me deixa com um gosto amargo na boca e uma sufocante sensação de fracasso. Ninguém quer voltar para a casa dos pais.

E é claro que eu sei que tudo isso foi uma escolha minha, mas ainda é difícil. É desesperador perceber que tenho quase trinta anos e não construí absolutamente nada, enquanto vejo amigos e familiares se moverem pela vida com uma facilidade que faz com que eu me pergunte o que há de errado comigo e por que tudo sempre parece mais difícil para mim. E, sim, sei que estou sendo dramática e que no mundo existem bilhões de pessoas que têm uma vida muito mais difícil que a minha, mas a vida que vivo e as experiências que tenho são o que me moldam, e preciso validá-las também. Não quero parecer ingrata, estou ciente dos meus privilégios, mas eles não apagam todas as minhas feridas.

Neste momento, faço uma resolução: jogarei o Jogo do Contente. Ninguém aguenta uma pessoa rabugenta e infeliz por muito tempo, e, ultimamente, nem eu mesma ando me suportando. Sinto que envelheci dez anos em um. *Pollyanna* era o meu livro favorito durante a infância, justamente pela admiração que eu nutria pela menina amorosa e alegre, que conseguia ver o lado positivo ao ganhar um par de muletas em vez de uma boneca no Natal. Preciso ser mais como Pollyanna, é uma questão de sobrevivência.

 E daí que estou endividada? E daí que estou deprimida e não tenho dinheiro para pagar a terapia? E daí que voltei para a casa dos meus pais e acabei descobrindo que tudo ficou pequeno demais para mim? Logo eu, que sou minúscula! Pelo menos estou endividada dentro de um iate luxuoso em Portofino! E, por mais que Luca seja metido e arrogante, ele também é um gato, e posso ao menos apreciar a vista enquanto estou afundando.

 Viro o que sobrou da minha cerveja, que já está quente, e disfarço a careta diante do gosto ruim que toma conta da minha boca. Deixo a garrafa vazia ao lado da dele na mesinha e limpo minha boca com as costas da mão antes de dizer:

— Vem, vamos voltar pra festa.

 Luca olha para mim como se eu fosse uma grande incógnita, e eu dou de ombros. A porta do lavabo se abre e as amigas de Lu saem de lá, passam direto por nós sem falar nada e saem da cabine. Começo a segui-las, mas sou interrompida pela mão de Luca em meu punho, que me segura no lugar. Ergo os olhos para encará-lo com irritação, mas ele não está olhando para mim, e sim para algum ponto atrás da minha cabeça. Viro o rosto para seguir a direção de seu olhar e vejo exatamente o motivo pelo qual ele me impediu de sair.

 Do lado de fora, Bel procura avidamente por alguma coisa ou por *alguém*. Ela serpenteia pelos convidados, falando alguma coisa, escaneia a proa com os olhos e deixa escapar uma expressão frustrada. Contraio meus lábios em uma linha reta e reviro os olhos. Ela obviamente pensa que essa viagem é a oportunidade perfeita para ter um romance proibido com o chefe, e, por algum motivo que não estou interessada em investigar mais a fundo, isso me irrita por demais.

Puxo meu punho para fora de seu domínio, e ele parece perceber o que fez, focando a marca vermelha deixada por seus dedos em minha pele.

— Desculpa, Catarina. Eu nem percebi que tinha segurado com força.

— Pois é. — Esfrego meu punho com a mão, exagerando o suficiente para que ele se sinta culpado. — Se as atenções dela te deixam tão desconfortável assim, sugiro que seja sincero. Mulheres apreciam isso, sabe?

— Você não entende, minha querida. — Ele suspira e recosta o quadril na mesinha onde deixamos as garrafas vazias, cruzando os braços e evidenciando os músculos com o movimento. — Se eu fizer isso, corro o risco de magoá-la, e se isso acontecer... é capaz de ela ir correndo contar para o pai que, por acaso, está cogitando seriamente se tornar cliente do meu escritório.

Eu me coloco ao seu lado, tomando cuidado para não encostar nele, e estico o pescoço para observar a festa rolando do lado de fora das portas de vidro que separam a cabine do resto da embarcação.

— Eu realmente não entendo... — Consigo ver quando Bel se resigna e se senta ao lado da minha irmã, tomando conta do lugar previamente ocupado por mim, e aceita uma bebida oferecida por Carlos. — Pensei que seu escritório já fosse bem estabelecido o suficiente para aguentar perder um cliente em potencial.

— Ele é apenas dono de uma das maiores redes hoteleiras do país; eu seria louco se deixasse escapar essa oportunidade. Mesmo sendo tio de Carlos, ele ignorou todas as minhas tentativas de contato, até o dia em que a filha começou a estagiar para mim, e então, de repente, ele ficou interessado em me conhecer — Luca responde, como se aquilo fosse algo que qualquer pessoa com um pouco de cérebro pensaria, o que só serviu para me irritar novamente.

— Já que isso é tão importante pra você, por que não fica com a Bel? Assim não apenas você seria advogado desse empresário bambambã, mas também seria genro! Muito mais fácil colocar as garras no dinheiro dele sendo casado com uma das suas herdeiras.

— Não, obrigado. Isso eu deixo pra você. — Ele para por um segundo e sorri, aquele sorriso maldito e debochado que odeio desde os tempos da faculdade. — Do jeito que estava deixando aquele moleque, que é irmão dela, passar a mão em você, acho que tem mais chances do que eu de acabar casada com um herdeiro dessa família.

E aí está: a arrogância e o complexo de superioridade que sempre encontrei — e detestei — em Luca Treviani. Ele fala como se fosse o dono da verdade, o único acima do bem e do mal, e isso me deixa P da vida. O jeito com que as palavras saem de sua boca, com um ar de veneno e ironia, como se ele só estivesse sendo engraçadinho, como se só estivesse fazendo um comentário inteligente, sempre foi uma das coisas que me impediram de vê-lo sob essa luz de encantamento que, ao que parece, todos enxergam. Acho que não importa quão bonito ou bem-sucedido você seja: se for feio por dentro, não há nada que possa ser aproveitado.

E sim, tudo bem, eu posso ter usado Edu para me sentir melhor comigo mesma, mas jamais o fiz pensando em dinheiro, jamais faria isso, e a mera insinuação de que essa foi minha intenção, principalmente vindo de um cara como Luca, que só pensa em ganhar mais e mais e mais, me deixa enojada.

— Nem todos são como você, Luca. Talvez eu tenha deixado ele passar a mão em mim, como você colocou de maneira tão vulgar, pelo simples fato de achá-lo uma companhia agradável e atraente. — Consigo sentir o calor da raiva subindo até minhas bochechas e tenho certeza de que devo estar vermelha como um pimentão. — Já pensou nisso? Que nem todos estão jogando esse jogo de poder no qual você parece basear sua vida?

Não espero que responda — sinto que já perdi tempo suficiente com ele e, a cada minuto que passamos sozinhos, minha energia vital cai mais um pouco —, então me afasto. Não olho para trás quando finalmente saio da cabine, torcendo para que o ar fresco e a luz do sol sejam suficientes para recuperar o meu bom humor, que Luca acabou de destruir.

5

O sol já está se pondo quando finalmente voltamos para a *villa*, e eu me sinto deliciosamente cansada. Depois da conversa desagradável com Luca, pude — com a ajuda do meu bom e velho amigo, o álcool — relaxar e aproveitar o passeio. Depois de alguns drinks, as amigas de Lu não me pareceram tão fúteis assim, e é até divertido participar de uma roda de conversa sobre bronzeamento artificial e seus benefícios, em vez de passar horas conversando sobre a condição humana, que é o tópico preferido dos meus amigos sempre que tomam algumas doses a mais.

Subo a escadaria estreita do píer até o jardim que fica nos fundos da propriedade com a ajuda de Edu, que tem sua mão firme em meu cotovelo para ter certeza de que não cairei direto para a morte. Ele é um doce, e eu não ligo nem um pouco para os olhares esquisitos que Luca me lançou o dia inteiro sempre que eu chegava perto do primo de Carlos. Eu sei exatamente o que quero com ele: sexo quente e sem compromisso, para que eu possa esquecer o total fracasso que sou como um ser humano funcional. E também sei o que eu não quero: dar o golpe do baú.

Sei que estou desempregada e longe de ser rica, mas não é como se eu estivesse tão desesperada por dinheiro a ponto de ter que enganar um pobre jovem no auge dos seus vinte e poucos anos para se casar comigo. Qual é?! É claro que eu iria focar no pai, e não no filho, se esse fosse o caso. E não é.

Quando chegamos ao topo da escadaria, Edu solta meu braço, e caminhamos em silêncio pelo jardim elegantemente decorado para o jantar de boas-vindas que acontecerá hoje à noite. Os outros vêm atrás de nós, cada grupinho entretido em seus próprios tópicos de conversação. Consigo ouvir um pouco do que Carlos diz para alguém, alguma coisa sobre estar ansioso para finalmente entregar algo para Lu, e fico curiosa. Tento diminuir o passo, mas o que quer que tenha sido o assunto, já passou, e agora ele está conversando com alguém sobre o coquetel que será oferecido amanhã para os convidados que não estão hospedados na *villa*.

— Posso te acompanhar no jantar de hoje? — Sou pega de surpresa pela pergunta, quase sussurrada, de Edu, que caminha ao meu lado tranquilamente. — Como um encontro, digo.

O convite inesperado — e totalmente adorável — faz com que eu vire a cabeça discretamente na direção de Luca, que conversa com algum cara que não conheço enquanto tenta manter Bel a uma distância segura. Volto minha atenção rapidamente para Eduardo, que ainda espera minha resposta. O sol fez um bom trabalho ao deixar sua pele em um tom dourado magnífico — com o qual posso apenas sonhar —, e a combinação de seus cabelos loiros com a água do mar o transformou em uma visão digna daquelas capas de caderno com surfistas dos anos 2000.

É *isto* o que tenho de focar: o fato de que tem um cara supergatinho e fofo interessado o suficiente em mim para me chamar para um encontro, e aparentemente não se sentirá envergonhado por ser visto comigo, mesmo eu sendo eu. Não na opinião enviesada e maldosa de Luca, que não sabe nada sobre mim e claramente não sabe nada sobre Edu.

Coloco no rosto o que espero ser uma expressão animada e respondo com um sorriso:

— Claro! A gente se encontra perto da piscina?

Sinto-me satisfeita comigo mesma quando Edu sorri de volta para mim.

— Tenho uma ideia melhor: vou te buscar na porta do seu quarto às oito, ok?

— Combinado!

Nos despedimos um do outro na porta traseira do casarão, e ando todo o caminho até o meu quarto sorrindo de orelha a orelha. Meu sorriso se alarga ainda mais quando vejo a nuvem de tecido amarelo que me espera bem em frente à porta.

Tia Maitê, encostada na parede, está usando uma de suas famosas túnicas, inspiradas na era dourada de Hollywood, enquanto lê alguma coisa. Se existe uma pessoa que personifica a palavra elegância, essa pessoa é minha tia, com seu cabelo volumoso e batom vermelho.

— Ah, Cat! Até que enfim! — Ela se afasta da parede e fecha o livro que, de mais perto posso ver, se trata de uma edição de bolso de *Delta de Vênus*, de Anaïs Nin, e praticamente me esmaga em um abraço apertado. — Estou doida pra falar com você desde que soube que chegou, mas você já tinha saído quando eu acordei...

Sinto-me um pouco culpada por não a ter procurado assim que cheguei à *villa*, mas, em minha defesa, eu estava exausta e não conseguia raciocinar direito, então apenas sorrio e a puxo para dentro do meu quarto, fechando a porta quando ela se joga em minha cama.

— Tia, tenho um encontro.

— Um encontro? — Ela se empertiga na cama, apoiando o peso do corpo nos cotovelos, e me lança um olhar sugestivo. — Não acredito que já esteja de caso com um desses amigos do noivo da Lu, sua danada!

Deito-me no colchão ao seu lado e entrelaço meus dedos em cima da barriga, virando o pescoço para encará-la. Tia Maitê está mais bonita do que nunca, reparo, com um brilho diferente em relação à última vez que nos vimos, na festa de noivado da minha irmã; sua pele adquiriu um tom dourado desde então, e seus olhos parecem refletir alguma emoção desconhecida.

— Não estou de caso com ninguém — digo, me sentindo envergonhada por algum motivo —, mas ele tem um primo bem bonito, que tem se mostrado interessado em mim e... bom... — dou de ombros, um sorriso amarelo tomando conta de minhas feições — ... como não estou fazendo nada...

Minha tia revira os olhos.

— Você sempre faz isso, Catarina, se envolve com homens por quem não se sente atraída e aí fica se perguntando o que tem de errado consigo! — Tento manter minha expressão neutra, e ela continua: — Lembra quando fez uma bateria de exames por pensar que tinha uma disfunção hormonal pelo simples fato de não sentir tesão por aquele cara com quem ficou, apenas porque "não estava fazendo nada"?

— Eu me sinto atraída pelo Edu, tia! Não sei de onde tirou que não me sinto! — digo, na defensiva.

— Eu te conheço muito bem, Catarina Fonseca. Você me lembra muito a mim mesma quando tinha a sua idade — ela começou com o discurso que eu sabia decorado desde que tinha quinze anos e precisei ligar para que ela fosse me buscar na casa de uma amiga, depois de passar mal por misturar vodca com todos os outros destilados que conseguimos encontrar no armário dos pais dela. — Só quero evitar que cometa os mesmos erros.

Fico em silêncio, porque sei que ela tem um pouquinho de razão. Eduardo é bonito e gentil, mas eu não me sinto atraída por ele. Olho para ele como alguém que olha para uma foto de um modelo na internet, sabendo admirar a estética, mas sem sentir nada a mais.

Lembro-me do meu breve romance com Paulo, um cara que, em teoria, era perfeito para mim, advogado como eu, mais velho, bom com as pessoas... e dono de uma beleza tão óbvia que, para mim, se tornava sem graça. Tive uma crise interna tão grande por não sentir atração por ele, que corri para o consultório médico e exigi fazer todos os exames disponíveis.

Eu tinha certeza de que estava com algum problema hormonal por não sentir um pingo de tesão.

No fim, os exames vieram todos perfeitos, e nós paramos de nos falar gradualmente.

Decido mudar de assunto, uma vez que sei que não serei capaz de convencê-la de que é diferente com Edu, quando não consigo nem convencer a mim mesma disso.

— Vamos, quero saber o motivo de você ter me esperado na porta do quarto. Sei que é tudo, menos uma mulher paciente!

O rosto de tia Maitê se ilumina em um instante, e então tenho certeza de que o assunto só pode ter a ver com algum romance.

Ela é assim, apaixonada pelo amor.

O assunto anterior fica completamente esquecido quando ela se senta na cama e começa a falar:

— Estou namorando, Cat! Bem, talvez namoro seja um termo muito juvenil para o que estou vivendo com o Marcos... — Ela sorri, sonhadora, e eu não consigo impedir meu rosto de imitar sua expressão. Acho que tia Maitê apaixonada é a minha favorita! Apesar de temer o momento do fim da relação, quando ela normalmente se fecha por completo e faz alguma viagem maluca para algum retiro espiritual. — E a Luana concordou em tê-lo aqui para o casamento. Não é maravilhoso? Ele está hospedado em um hotel no centro e vem para o jantar de boas-vindas hoje, então poderei apresentá-lo à família.

— Não acredito que contou pra Lu antes de contar pra mim! — Fico um pouco magoada com a revelação e, mesmo sabendo que essa reação é extremamente infantil, não é algo que eu consiga evitar. — Pensei que eu fosse sua sobrinha preferida.

Tia Maitê ri alto e joga os braços à minha volta, me puxando para um abraço troncho na cama.

— Você sempre foi ciumenta, não é, Catarina? — Quando não respondo, ela me aperta ainda mais. — Contei pra Luana antes porque essa é a festa de casamento dela, e não há nada mais deselegante do que um convidado que convida, não acha?

 Concordo com a cabeça e me desvencilho dela com certa dificuldade, pois, enquanto eu passo correndo de qualquer tipo de musculação, tia Maitê tem um personal trainer e malha pelo menos cinco vezes na semana. Ela é muito mais forte do que eu.

— Como o conheceu? — pergunto.

— Na verdade, é uma história engraçada! — Ela se levanta da cama e para na frente do espelho, ajeitando os fios de cabelo que se bagunçaram quando se deitou no colchão, e depois se vira para mim. — Lembra daquela minha amiga? A Romeika?

— Faço que sim com a cabeça, e ela continua: — Bom, ela sempre tá se metendo nesses empreendimentos loucos, e me convidou para investir em um espaço de bem-estar que ela estava montando para o namorado, uma burrice! Apesar disso, decidi comprar uma parte do negócio.

 Não consigo disfarçar minha cara de reprovação, então ela apenas acena com a mão, como se fosse a coisa mais normal do mundo investir em um negócio furado do namorado mais novo de uma amiga, e dá de ombros. Então continua:

— Pensei que ter massagens sempre que eu quisesse não seria um mau negócio, sabe? Mas o garoto simplesmente faliu o lugar em menos de seis meses! Precisei de um advogado, e o Cláudio, aquele meu vizinho bonitão que é dono de uma construtora, me indicou o Marcos! Depois da primeira reunião, eu já estava completamente caída por ele, mas tinha toda a questão profissional... Então, quando o processo de dissolução da sociedade finalmente foi encerrado, eu o chamei para viajar comigo e ele aceitou!

— Espera aí, tia! Você simplesmente chamou o cara pra viajar? Sem um café, um jantar, nada? Já foi direto pra viagem? E ele aceitou? — Estou incrédula, mas ao mesmo tempo também estou admirada com a coragem de tia Maitê.

— Ah, Cat! Eu não tenho mais paciência pra essas coisas! Chamei pra viajar, ele aceitou, e estamos juntos! Viu? Sou eficiente.

Realmente. Ninguém pode dizer que minha tia tem algum problema em arranjar namorados, a questão é mantê-los.

— Apesar do meu preconceito com advogados, espero gostar dele, tia — digo, também me levantando da cama e indo em direção ao banheiro. Paro na soleira da porta e, antes de entrar no cômodo para tomar um banho e me livrar do suor e do sal acumulados durante o dia, me viro para ela mais uma vez. — E acima de tudo: espero que ele faça por merecer o seu amor. Sabe que torço pela sua felicidade, não sabe?

Ela sorri, apanha o livro que ficou jogado no colchão e para na saída do meu quarto.

— A recíproca é verdadeira, meu amor! Te vejo no jantar! — E com isso ela sai, me deixando sozinha com os meus pensamentos e apenas uma hora para ficar pronta para meu encontro com Edu.

Passo um bom tempo tentando acertar o delineado na frente do espelho, apenas para desistir, apagar tudo e optar por algo mais simples: rímel, hidratante labial e o corado que o sol deixou no meu rosto. Já perdi a conta de quantas vezes tive de ouvir Lu dizer o quanto o jantar de hoje é importante, só porque a avó pré-histórica de Carlos finalmente deixará claro para todos se ela apoia ou não a união entre ele e minha irmã.

Quando apontei o quanto isso era bizarro, minha irmã apenas deu de ombros e respondeu que era assim que faziam as coisas na família de Carlos, desde sempre. Não toquei mais no assunto, mas também não disfarcei o quanto eu achava tudo aquilo uma baboseira sem tamanho, afinal, o casamento já está marcado, já viajamos meio mundo, e a cerimônia vai acontecer com ou sem a benção dessa tal *nonna* Simone.

Estou terminando de fechar o zíper lateral do vestido de alcinha cor-de-rosa que escolhi para o evento de hoje, quando ouço o som de uma batida tímida na porta. Dou uma última checada no espelho para ter certeza de que meu cabelo está apresentável — acabei de passar pela tão famosa transição capilar e ainda estou me reacostumando com todo esse volume depois de vinte anos recorrendo aos mais diversos tipos de alisamento, pois, segundo mamãe, um cabelo volumoso é um cabelo desleixado, e ainda estou tentando descobrir a melhor finalização, uma que deixe a minha bagunça de ondas escuras moderadamente sob controle — e abro a porta.

Eduardo está encostado na parede oposta, no mesmo local onde tia Maitê estava mais cedo quando cheguei do passeio de barco, ele sorri nervoso quando me vê e dá um passo para a frente, antes de parar no meio do caminho.

— Cat, você está linda!

Fecho a porta ao passar e me aproximo dele, repousando minha mão na curva de seu cotovelo. Ele cheira a limpeza e um pouquinho de vinho, é agradável.

— Obrigada, Edu, você também não está de se jogar fora! — Sorrio para ele, e seguimos para o jardim, onde o jantar acontecerá.

A conversa entre nós flui de maneira fácil, com ele me contando sobre a casa de praia dos pais na Riviera de São Lourenço e sobre suas novas aulas de *beach tennis* em um lugar superbadalado da cidade. Ele me assegura de que tem o melhor instrutor e diz que pode conseguir um horário para mim, se eu quiser treinar com ele quando voltarmos ao Brasil. Finjo estar interessada, mas na realidade sei que, com a minha coordenação motora quase inexistente, as chances de que eu tenha qualquer tipo de divertimento em um esporte que envolve o uso de uma bola e de agilidade são praticamente nulas.

No momento em que pisamos no jardim, percebo que estamos um pouco atrasados. Os convidados dos noivos se dividem em rodas de conversa, enquanto garçons elegantemente vestidos passam carregando bandejas com drinks coloridos e aperitivos esquisitos. Antes que eu possa reagir, Eduardo me direciona até uma mesa alta, onde meus pais conversam com Bel e... Luca.

Minha mãe é o retrato da sofisticação, em um vestidinho de coquetel azul-marinho e o cabelo loiro preso em um penteado simples e atemporal. Não sei dizer ao certo quanto tempo passei em minha juventude tentando replicar exatamente isto: o charme e a delicadeza natural da mulher que me trouxe ao mundo.

Ela sorri quando nos vê, seus dentes perfeitos em exibição:
— Cat! Vejo que está se dando bem com o Eduardo!

Sinto o olhar de Luca em mim, mas decido ignorá-lo, cumprimentando Bel com dois beijos no rosto para, em seguida, dar a volta na mesa e abraçar meu pai. Eduardo beija a bochecha de minha mãe e sorri para o restante dos ocupantes da mesa; volto a ficar do seu lado, e ele descansa a mão nas minhas costas, em um gesto muito explícito de intimidade — algo que não temos —, e me deixa um pouco desconfortável, mas tomo cuidado para que isso não transpareça em minha expressão quando respondo à minha mãe.

— Pois é, nós temos muito em comum, não é, Edu? — É quase como se eu pudesse ouvir as engrenagens trabalhando na mente da minha mãe diante dessa resposta.

Só tem uma coisa que ela deseja mais do que o meu retorno ao exercício da advocacia: que eu me case com um cara tão rico quanto Carlos. E se os comentários desnecessários que Luca fez mais cedo servirem de alguma indicação, tenho quase certeza de que Edu se enquadra nessa categoria, e é claro que minha mãe já sabe disso.

— Com certeza! Vocês são pais de uma mulher maravilhosa, Tereza — Eduardo responde e sorri para meus pais.

Com o canto do olho, posso ver o olhar de Luca fixo no ponto em minhas costas onde a mão de Eduardo repousa, e tenho uma sensação mesquinha e deliciosa de vitória quando ele tensiona a mandíbula. Ele desvia o rosto quando percebe que estou olhando e se serve de um copo de uísque quando um garçom passa por nós com uma bandeja, aproveito para também pegar uma taça de champanhe e fixo minha atenção em Bel, que diz:

— Eu adoraria que você fosse minha cunhada, Cat! — Minha mãe concorda com a cabeça, e ela ri baixinho. — O Edu sempre gostou de mulheres mais velhas!

Mesmo com ele tentando se esconder por trás do copo, reconheço a expressão de deboche no rosto de Luca, e desejo que um buraco se abra agora debaixo dos meus pés. Não é como se eu fosse muito mais velha do que Eduardo, que deve ter por volta dos seus vinte e cinco anos, e também sou mais nova do que Luca, então não sei o que é tão engraçado para ele.

— Acho que é de família, porque eu também amo homens mais velhos... — Bel diz em um tom de sedução, olhando diretamente para Luca, que se engasga com o uísque, e agora sou eu que tenho que esconder minha risada.

— Catarina puxou a mim, sempre pareceu mais jovem do que é! — mamãe responde, e eu bebo um longo gole da minha taça de champanhe.

Meu pai concorda e me lança uma piscadinha, o que só faz com que eu fique mais vermelha de vergonha.

— Realmente, Catarina sempre pareceu uma adolescente, não mudou nada em todos esses anos — Luca concorda, de modo que sou a única a perceber o que ele realmente quis dizer com essa frase.

O maldito está me chamando de imatura!

— E você sempre pareceu um velho chato, mesmo quando ainda estávamos na faculdade — retruco, e consigo ouvir minha mãe arfando de surpresa, mas mantenho meu olhar em Luca. — Algumas coisas nunca mudam, não é?

Antes que ele possa responder, um movimento ao lado de nossa mesa chama minha atenção. Tia Maitê desfila até nós, com um sorriso satisfeito no rosto fino e um homem alguns centímetros mais baixo do que ela em seu braço. Não consigo raciocinar direito, olhando de minha tia para seu acompanhante. Luca circula a mesa e vem até mim, ocupando meu lado livre, e inclina o corpo até ficar com o rosto bem próximo do meu ouvido, sem se preocupar com os olhares evidentemente curiosos dos outros presentes, principalmente de Edu, que ainda tem a mão em minhas costas.

— Você está vendo o que eu estou vendo? — ele pergunta, e o calor de sua respiração faz minha pele arrepiar.

Engulo em seco e tento me concentrar no problema em questão, viro meu rosto para ele e faço que sim com a cabeça. Ainda estou torcendo para que estejamos experimentando algum tipo de alucinação conjunta, quando o casal nada convencional chega até nós e tia Maitê apresenta seu novo namorado:

— Família, este aqui é o Marcos, o amor da minha vida!

Luca e eu permanecemos parados enquanto os cumprimentos são feitos, até que o homem de cabelos grisalhos para à nossa frente e sorri, satisfeito.

— É um prazer encontrar meus dois monitores preferidos aqui em Portofino! E juntos! — Ele nos abraça, um de cada vez, e depois se vira para dar um beijo na bochecha da minha tia. — O mundo é minúsculo, não é mesmo?

Ao meu lado, Luca sorri, debochado.

— Não, professor, a renda é que é concentrada.

6

Estou sentada em uma mesa longa, reservada para a família dos noivos, e tento me concentrar na massa maravilhosa preparada por minha prima, mas não consigo tirar os olhos de onde minha tia está, ao lado de seu novo amor: o doutor Teixeira. Ao meu lado, Luca se remexe, inquieto, e me pergunto novamente o que está fazendo aqui, uma vez que, até onde eu sabia, ele não era parente de Carlos.

— Dá pra acreditar? — ele me pergunta e toma um gole de seu vinho verde, cuidadosamente escolhido por Laura para harmonizar com as vieiras frescas que acompanham o prato. — O Marcos vai ser seu novo tio!

Eu me forço a engolir a comida, mas parece que um nó se formou em minha garganta; desvio meus olhos do casal e os direciono para Luca, sabendo que ele é o único aqui que entende o porquê do meu desconforto, e essa constatação faz com que eu me sinta terrivelmente exposta.

— Não, não dá — respondo, depois de finalmente conseguir empurrar a comida para baixo com um pouco de vinho —, e ele não vai ser meu novo tio! Tia Maitê não consegue manter relacionamentos longos, e não será agora que vai começar.

Sei que não deveria estar expondo minha tia assim, principalmente para Luca, mas a verdade é que estou à beira de ter um ataque de nervos, e a cada vez que eu vejo a maneira como as mãos do doutor Teixeira tocam discretamente os ombros dela, sinto vontade de gritar.

Fui tão burra! Como pude nem sequer cogitar a ideia de que o Marcos advogado era justamente Marcos Teixeira? Ele é um dos maiores advogados do país, e faz sentido que minha tia o tenha contratado para cuidar de seus assuntos, afinal, ela sempre gostou de ter o melhor que o dinheiro pudesse comprar.

— Não diga isso, Catarina — Luca me repreende e segura minha mão por baixo da mesa de maneira apaziguadora. — Nós dois sabemos que ele é complicado, mas pode ser bom pra ela, não acha?

— O que é que você está fazendo aqui, mesmo? Que eu saiba, essa mesa é para os familiares dos noivos!

— Eu sou padrinho e melhor amigo do Carlos, que obviamente me considera como um irmão — ele retruca, esperto como sempre, e aperta ainda mais minha mão, que, por algum motivo, ainda não puxei para fora de seu domínio. — Vamos, tente tirar essa carranca do seu rosto. Tenho certeza de que não vai gostar de aparecer assim nas fotos e se lembrar de que tudo isso é porque foi reprovada algumas vezes na matéria do Marcos.

Eu realmente fui reprovada, e isso acabou me custando a posição de monitora. A verdade é que Empresarial II era muito mais difícil do que Empresarial I, mas não é esse o motivo pelo qual o novo relacionamento da minha tia me deixa desconfortável, e ele sabe muito bem disso.

— Você consegue ser tão irritante quando quer, Luca! — Fico ciente de que alguns olhos se voltam para nós no momento em que minha voz se ergue um pouquinho, mas não me importo.

Do outro lado da mesa, ao lado dos pais, um homem elegante de cabelo branco e uma mulher alta e magra, Edu e Bel nos observam com interesse.

— Calma, daqui a pouco o seu namorado virá até aqui para saber o que estou fazendo para lhe aborrecer.

Abro a boca para dar uma resposta atravessada, mas o som de um talher batendo em uma taça de cristal chama a atenção de todos. No pequeno palco improvisado embaixo de uma frondosa árvore, estão a mãe e a avó de Carlos, a mulher mais jovem segura um microfone, enquanto a mais velha traz uma caixinha de veludo escuro. Olho para minha irmã, na cabeceira da mesa, e vejo que ela tem um de seus sorrisos nervosos estampado no rosto, enquanto seus olhos verdes transmitem um verdadeiro terror. Compreendo que é agora o momento em que a tal *nonna* comunicará o que pensa sobre a união, dizendo se abençoa ou não o casal.

Volto minha atenção para o palco quando a mãe de Carlos começa a falar:

— Boa noite, pessoal! Desculpe interromper uma refeição tão deliciosa, mas é chegado um momento muito especial para nossa família... — ela diz.

— Será que é agora que elas vão revelar que nos atraíram até aqui como parte de um ritual satânico de sacrifício humano? — Luca sussurra ao meu lado, e eu me esforço para manter uma expressão neutra, mas ele continua: — É lua cheia, afinal de contas.

Olho para cima, e ele tem razão: é lua cheia. Viro a palma da mão para cima debaixo da dele e entrelaço nossos dedos, apertando a mão grande e quente de leve, para que ele saiba que estou ouvindo.

— Não me faça rir no meio de um momento como esse — sussurro de volta, e ele sorri, virando-se para encarar o palco, sua mão continua segurando a minha.

Decido não pensar muito sobre o que isso significa. Não há *nada* de mais em segurar a mão de alguém. Nada. Até mesmo crianças fazem isso quando estão no jardim de infância, e qualquer coisa que possa ser feita por um aluno do maternal pode e deve ser considerada inocente.

— Bem — a avó de Carlos fala ao microfone que a filha segura —, quando nosso querido Cacá disse que ia se casar, minha primeira reação foi a de incredulidade! Ele nunca tinha sequer trazido uma namorada para conhecermos, mas foi apenas colocar os olhos em Luana que tudo mudou. — Ela respira fundo e sorri docemente para o casal. — Carlos foi meu primeiro neto, o que fez com que eu sempre nutrisse um sentimento de proteção por ele. Fico feliz em ver que a moça que ele escolheu para se casar é alguém doce como ele merece. Uma jovem inteligente e gentil, que tem o coração tão lindo quanto seu exterior. É por isso, Luana querida, que hoje, diante de seus amigos e de nossa família, eu lhe dou a minha bênção.

Todos os presentes aplaudem, e Luca solta minha mão para acompanhá-los, faço o mesmo, tentando disfarçar a sensação de vazio que ficou. *O que há de errado comigo?*

— Pode vir aqui, minha flor? — a sogra de minha irmã a convida até o palco, e ela se levanta de sua cadeira, beijando rapidamente os lábios do noivo antes de se juntar às duas mulheres mais velhas.

Quando Luana alcança o palco, a avó de Carlos a puxa para um abraço apertado, e sinto uma coisa quentinha se espalhar em meu peito ao perceber o quanto Lu é amada. É maravilhoso saber que as pessoas a quem queremos bem estão em um ambiente bom e acolhedor. Principalmente se essa pessoa é sua irmãzinha, por quem você se sente incrivelmente protetora.

— Em nossa família, Luana, as noivas do filho mais velho são presenteadas com algo muito especial — a mãe de Carlos, dona Valentina, diz ao microfone. — Sabemos que Carlos a pediu em casamento com uma aliança de ouro, como é o costume, mas hoje nós a presenteamos com o anel da família Ricci.

Nonna Simone abre a caixinha de veludo que segura e revela uma joia tão brilhante que, mesmo da distância em que me encontro, posso ver o reflexo das luzes nas pedras. Mais aplausos são ouvidos, e minha irmã limpa os olhos com as costas das mãos. Mas é claro que ela está chorando, acho que não conheço ninguém tão chorona quanto ela.

— Este anel foi encomendado por meu avô, para pedir minha avó em casamento, e foi uma das únicas joias que nossa família conseguiu salvar quando imigrou para o Brasil.

Luana coloca o anel no dedo e sorri, grata, antes de puxar a sogra para um abraço e aceitar o microfone que lhe era oferecido.

— Boa noite, gente! Desculpa a cara de choro, mas vocês sabem como eu sou! — Algumas pessoas riem, e ela continua: — Gostaria de agradecer imensamente a minha linda sogra Valentina, que é como uma segunda mãe para mim, e a minha nova *nonna*, Simone! Para mim, é uma honra fazer parte da sua família, e espero, do fundo do meu coração, poder fazer jus a todas as mulheres incríveis que fazem parte dela. Desde o momento em que conheci Carlos, eu soube que ele devia ter figuras femininas fortes e maravilhosas em sua vida, e vocês só confirmam isso a cada dia. Muito obrigada!

Minha irmã sai do palco acompanhada das duas mulheres, ao som dos aplausos dos convidados, e volta a ocupar o seu lugar ao lado do noivo. Todos voltam a se concentrar na comida e, desta vez, consigo aproveitar a miscelânea gastronômica oferecida por Laura propriamente. Como em silêncio, ouvindo as conversas das pessoas à minha volta e sem olhar na direção onde está tia Maitê, acompanhada do meu ex-professor.

―――

Depois do jantar, Luana vem até mim com um sorriso enorme estampado no rosto delicado. Estou sentada na beira da piscina, com o vestido erguido até os joelhos e as pernas submersas, enquanto aprecio uma garrafa de vinho rosé — sim, uma *garrafa*, não uma taça como pessoas normais e comedidas. Sinto que bebi mais nos últimos dois dias do que em todo o meu primeiro ano de faculdade, mas a ingestão de remédios para o fígado todas as manhãs consegue me deixar relativamente livre da tão temida ressaca. A maioria dos convidados que estão hospedados em hotéis e não na *villa* já se foi, e no jardim só restaram alguns funcionários limpando os resquícios do evento.

Assim que terminamos de nos deliciar com um tiramisu incrível, Eduardo veio até mim, se desculpou dizendo que precisava tratar de alguns assuntos com o pai e sumiu logo depois, me deixando com cara de tacho quando minha mãe veio perguntar onde estava meu novo "ficante", bem na frente de Luca e de algumas amigas de Lu.

Para ser honesta, me senti aliviada por não precisar passar mais tempo com ele. Acho que o álcool sempre me deixa extremamente sincera, e a última coisa que quero é começar a chorar em seu ombro, em um ataque de autopiedade provocado pela bebida.

— Cat! — Lu está com a respiração ofegante, não sei dizer se pela excitação dos últimos acontecimentos ou se pela distância do casarão até a área da piscina, que ela claramente percorreu em uma velocidade acima da média. — Tava procurando por você! Preciso de um favor!

Pouso a garrafa ao meu lado, na beira da piscina, e gesticulo para que se junte a mim, o que ela recusa com a cabeça.

— O que foi? — pergunto, percebendo em minha voz um pouco arrastada que talvez eu tenha bebido um tiquinho além da conta.

— Carlos quer me levar para uma surpresa longe da *villa* e bem... as camareiras ainda estão limpando nosso quarto. — Ela para, como se para ter certeza de que não há mais ninguém ouvindo o que está prestes a dizer, mesmo que estejamos sozinhas. — Preciso que guarde o anel que ganhei hoje! Você pode guardá-lo no cofre assim que elas saírem do quarto? Não vou conseguir esperar.

Olho para onde sua mão, estendida, me apresenta o anel de ouro amarelo e pedras preciosas. Realmente é uma joia única, diferente de qualquer coisa em que eu já tenha colocado os olhos.

— Por que você não usa o anel?

— Está largo. Carlos disse que, depois do casamento, nós podemos ir até a comuna onde mora a família responsável por fazê-lo, e então ele poderá ser ajustado. — Pego o anel e o analiso de perto, admirando o trabalho minucioso da peça, na maneira com que pequenos galhos de ouro se retorcem em volta de um rubi, dando a impressão de uma flor aprisionada entre espinhos. — Parece que é uma família de ourives, algo supertradicional, sabe? Não é romântico?

— Muito — minto, deslizando o anel por meu dedo anelar direito e confirmando que, de fato, é muito largo. A mãe de Carlos deve ter dedos grossos, o que é esquisito, considerando que ela é uma mulher tão esguia.

Na verdade, acho tudo isso uma grande baboseira, mas fico calada. Olha só! Eu *sou* capaz de controlar minha boca mesmo com álcool envolvido! Acho que a maturidade está chegando... Toma essa, Luca Treviani!

Lu se abaixa para me dar um beijo na bochecha, e então sai correndo em direção a uma noite que, sem dúvidas, será maravilhosa e cheia de sexo... Ah, que sortuda! Ainda é esquisito, para mim, pensar que minha irmãzinha caçula já é uma mulher feita, mas também me sinto satisfeita por vê-la trilhando seus próprios caminhos. É verdade que o casamento é algo que considero precoce, mas é que Luana sempre foi estudiosa, ambiciosa, e sempre sonhou em ser médica. Seria uma pena vê-la jogar esse sonho no lixo.

O anel em meu dedo é pesado, e imagino que seja porque ele não me pertence; alguma força oculta da física querendo me dizer para tirá-lo e guardá-lo em algum local seguro, força essa que decido ignorar prontamente, afinal, não é todo dia que posso usar uma joia que com certeza vale mais do que eu já sonhei ganhar na vida. Sério, pelo peso disto aqui, eu chuto que deve ser bem mais de um milhão; acho que li em algum lugar que diamantes coloridos são super-raros e, consequentemente, caros, além do rubi gigante no centro do anel.

Tomo mais um gole de vinho e estico o pescoço para espiar o mar, admirando a maneira como o luar prateado reflete nas águas escuras. São raros os momentos em que posso simplesmente parar e não pensar em mais nada, apenas sentir o vento em meu rosto e apreciar o fato de que estou viva, mesmo que por muitos momentos nos últimos anos eu tenha desejado desaparecer. Às vezes, mais vezes do que gosto de admitir, imagino como seria se eu apenas fugisse de tudo e de todos, e começasse uma nova vida em um novo lugar, onde ninguém me conhecesse e eu pudesse ser a pessoa que sempre desejei ser. Entretanto, sempre que isso acontece, a força da vida real vem com tudo e esmaga o mundo fantástico da imaginação onde não sou um fracasso.

No fim, não importa para onde eu fuja, sempre estarei carregando a maior bagagem de todas: eu mesma. E isso é algo que não posso mudar e do qual não posso fugir, não tem como escapar de si.

— Achei que estivesse em seu quarto, aproveitando o encontro com o primo pirralho do Carlos.— Uma voz grossa soa atrás de mim, e eu aumento a força do aperto na garrafa de vinho. — Parece que o moleque não agradou tanto assim, não é?

Luca se aproxima e se senta ao meu lado. Percebo que subiu a calça até os joelhos, mergulhando as pernas na piscina e imitando minha posição. Não sei se é o álcool falando, mas ele está um absurdo de delicioso neste momento, com as pernas tão longas e fortes ao lado das minhas na água, e a camisa social desabotoada apenas o suficiente para que eu possa ver alguns dos poucos pelos escuros de seu peitoral espiando para fora. Há algo quase que primitivo em imaginá-lo completamente nu, com seu corpo tão grande cobrindo o meu. Balanço a cabeça para afugentar esses pensamentos intrusos e bebo mais um gole do vinho que já está quente, mas continua gostoso.

— Ha-ha-ha! Muito engraçado — digo, enfim, e me viro para ele, oferecendo a garrafa, que ele aceita de bom grado e toma um gole longo antes de fazer uma careta.

— Que coisa doce! Não sei como você consegue beber isso!

— Você só gosta de bebidas amargas, acertei? — Puxo a garrafa de volta e dou mais um gole, o último, esvaziando seu conteúdo.

— Correção: eu só gosto de bebidas boas. Há uma diferença — ele diz, e então me lança um daqueles sorrisos debochados que deixam as covinhas à mostra, mesmo por baixo da barba escura. — Você não respondeu a minha pergunta, Catarina... — Luca aproxima o rosto do meu, e eu prendo a respiração. — O moleque não agradou?

Luto contra o impulso de colar minha boca na dele. Ele está tão perto que consigo sentir o cheiro de seu perfume misturado com o vinho que ele acabou de beber; o calor de seu corpo funciona como um ímã, me puxando para mais perto como se eu fosse um satélite, incapaz de escapar de sua órbita. *Qual é (a porra d)o meu problema?* Acho que os meses de abstinência sexual estão finalmente se tornando visíveis em meus pensamentos, afinal, não existe hipótese em que eu esteja atraída nesse nível por um cara tão arrogante e irritante como o que está aqui, bem na minha frente.

— Não que seja da sua conta, mas eu ainda não sei se ele vai me agradar ou não! — digo, e parece que minha boca decidiu agir antes do meu cérebro, uma vez que essa é uma informação que ele não precisava saber e, mesmo assim, cá estou eu, dividindo isso com ele, como dividiria com uma amiga antiga. Devo estar possuída, pois continuo: — Se bem que esses caras muito perfeitinhos nunca sabem dar conta do recado direito, entende?

Luca ri, uma risada rouca, baixa e quente, e eu me encontro perdida naqueles olhos estupidamente azuis, que parecem me sugar para dentro. Rio também, como se estivéssemos sendo crianças levadas e pudéssemos ser pegos a qualquer momento por um adulto. Sinto-me estranhamente leve, como se eu ainda estivesse naquele momento, no qual posso imaginar o que eu quiser sem o peso da realidade em minhas costas me puxando para baixo feito uma âncora.

É estranho me sentir assim ao lado de Luca.

— E eu? Você acha que sou um cara perfeitinho, Catarina?

Sou pega de surpresa pela pergunta, feita em voz baixa, com meu nome saindo de sua boca como algo proibido, e de repente estou com muito calor. Tenho certeza de que devo estar vermelha, e espero que ele pense que não é nada mais do que o sol que peguei mais cedo.

Luca Treviani está longe de ser um cara perfeitinho. Até aí eu sei. Então respiro fundo e fecho os olhos, me afastando dele lentamente. Não devo e nem quero cair na conversa dele, não quando sei o quanto ele me despreza. Que tipo de mulher eu seria se me entregasse de bandeja a um cara que não me respeita como pessoa? Fico irritada quando lembro das insinuações que ele fez mais cedo, sobre meu interesse em Edu ser algo monetário, e me levanto de pronto, perdendo um pouco do equilíbrio na ação.

— Estou com calor — anuncio, e tenho vontade de bater em mim mesma. É claro que ele vai pensar que é por causa dele.

O homem se levanta, e tenho que dobrar o pescoço para conseguir encará-lo. Minha aparência deve estar péssima agora, toda vermelha e afobada, com meu vestido amarrado na altura dos joelhos e as pernas molhadas. Meu cabelo voa com o vento, e penso na penitência que será ter de penteá-los mais tarde. Sou uma bagunça ambulante e me sinto muito consciente disso, até demais.

— Eu também — ele diz, e segura minha mão como se fosse a coisa mais natural do mundo, como se ele não estivesse flertando abertamente com uma mulher que sempre desprezou, o que faz pequenas correntes elétricas percorrerem todo o meu corpo. É muito perigoso estar tão perto dele depois de beber tanto vinho, e tenho medo do que posso fazer. — Vamos nadar no mar?

Abaixo o rosto para encarar a piscina e depois ergo o olhar para o rosto dele, que me encara em desafio. A boca bem desenhada, curvada em um sorriso sedutor, e seus olhos azuis refletindo um brilho divertido. Viro-me na direção do mar escuro e sinto algo terrivelmente perverso crescer dentro de mim. Se nadarmos na piscina, corremos o risco de sermos vistos por algum dos funcionários que estão limpando o jardim, ou pior: por um dos convidados hospedados na *villa*. O mar parece ser a opção mais segura, caso aconteça algo além de um inocente mergulho.

Tomo minha decisão rapidamente, para não correr o risco de me arrepender ou pensar demais:

— Vamos!

7

Descemos a escadaria estreita que leva ao trapiche com um pouco de dificuldade, dado que a única iluminação, além das luzes da *villa*, é proveniente da lua. Vou na frente, com as mãos de Luca em minhas costas, me impedindo de cair sempre que sinto meu pé escorregar um pouquinho na areia presente nos degraus de madeira. A brisa do mar está ainda mais forte aqui, e temo sair voando a qualquer momento.

— Já estou me arrependendo... — digo em voz baixa, mas ele ouve mesmo assim.

— Vamos, Catarina, você sabe que vai ser divertido — ele responde, como um diabinho em meu ombro.

— Você sabe nadar, né? Se eu me afogar, você precisa me salvar! — Fiz natação por alguns anos na infância, mas acho que minha experiência na piscina do colégio não é suficiente para me salvar caso eu seja arrastada pela correnteza de um mar revolto.

Luca ri atrás de mim, mas estou nervosa demais para ficar irritada.

— Pode deixar, não deixarei que se afogue, tudo bem?

— Tudo bem.

Finalmente alcançamos o píer, e andamos lado a lado até a ponta; o iate em que velejamos durante o dia ainda está aqui, ancorado e envolto em escuridão. Preciso respirar fundo algumas vezes para não deixar que a irritação volte a tomar conta de mim quando me lembro de nosso encontro na cabine mais cedo.

Estou aqui para me divertir, não sei quando terei a oportunidade de viajar para a Europa novamente e quero aproveitar tudo o que puder. Preciso deixar a Catarina rabugenta em algum lugar escondido bem no fundo da minha mente, e não a deixar sair até o momento em que eu tiver de entrar novamente em um avião caindo aos pedaços de volta para casa, e então me arrepender de todas as decisões tomadas em minha vida sempre que a máquina gigantesca chacoalhar no céu.

Mas aqui, agora, com o Mediterrâneo se estendendo em infinitas possibilidades até o horizonte, com as estrelas brilhando no céu e a luz da lua cheia refletindo prateada na água, eu me sinto mais livre e poderosa do que nunca. Ergo o rosto para encontrar o olhar de Luca, e me assusto ao ver quão perto ele chegou; a proximidade entre nós é tanta que consigo sentir o calor emanando de seu corpo, me trazendo para perto como uma mariposa atraída pelas chamas.

— Pronta? — ele pergunta, sua voz se juntando perfeitamente ao barulho das ondas gentis que quebram no casco do barco ali ancorado.

Faço que sim com a cabeça e engulo em seco. Não entendo o que está se passando comigo, mas sinto que este momento é como o prelúdio de algo muito maior, algo muito além de um simples mergulho com um amigo — amigo não, colega —, e me pergunto o que tia Maitê faria se estivesse na minha situação.

Pensar em minha tia me faz lembrar de seu novo namorado, e lamento o fim da garrafa de vinho que roubei do buffet; como não tenho mais álcool, me agarro à segunda melhor coisa e seguro a mão que Luca me oferece, me sentindo minúscula quando seus dedos longos se entrelaçam nos meus.

— Pronta.

Andamos alguns passos para trás, para tomar impulso, e então mergulhamos juntos na água morna e salgada. Assim que emergimos até a superfície, a sensação é de estar flutuando, com minhas pernas e braços em completo desamparo, mas percebo que Luca está com um braço enrolado firme em volta da minha cintura, me segurando e me impedindo de afundar por completo. A mão que ele ainda segura descansa entre nós, pressionada no tecido molhado do meu vestido, grudado contra meu peito.

Sinto-me estranhamente à vontade, enclausurada contra o peitoral firme e quente deste homem, e me pergunto, não pela primeira vez, se enlouqueci por completo. Escuto a voz da tia Maitê ecoando no fundo da minha mente: *Tá no inferno? Abraça o capeta.*

Penso que estou fazendo exatamente isso, enquanto me derreto contra o corpo de Luca sem qualquer resistência, deixando que o movimento calmo da água nos aproxime ainda mais.

— E então? — ele pergunta em voz baixa, sua respiração quente soprando em meu rosto. — Viu como eu jamais permitiria que se afogasse?

Deixo escapar uma risada baixa e uso minha mão livre para afastar alguns fios molhados do rosto.

— Não duvidei de você por um segundo sequer.

Ele sorri e me aperta mais contra si. Posso sentir o formato de seu corpo por toda a extensão do meu — ele é tão grande que me cobre por completo —, e esse contato faz milhares de pequenas correntes elétricas se espalharem pela minha pele, todos os lugares em que estamos nos tocando se acendem em pequenas fogueiras que, combinadas, me transformam em um incêndio avassalador.

— O que você quer fazer, Catarina? — Seu rosto está perigosamente perto do meu, porém não me sinto desconfortável, me sinto inquieta.

Sei o que ele está perguntando, mas não respondo. Em vez disso, ergo minhas pernas e cerco seu quadril, usando minha mão livre para me apoiar em seu ombro. A saia do meu vestido flutua entre nós, e estou muito consciente de que minha calcinha está em contato direto com o tecido de sua calça social; a firmeza que sinto se projetar contra mim é suficiente para que eu saiba que não estou nessa loucura sozinha. A mão de Luca que segura minha cintura deixa sua posição e se abriga em minha bunda, me mantendo segura no lugar. É uma posição terrivelmente íntima, mas o sentimento que se apodera de mim não deixa brechas para qualquer constrangimento.

Aproximo meu rosto do dele e toco seu nariz com o meu, ele solta minha mão e segura meu pescoço com uma firmeza que me deixa tonta. Estamos há tantos anos ensaiando este momento, mas, mesmo agora, não sei se teremos coragem de dar o próximo passo. Ele repete a pergunta:

— O que você quer fazer, Catarina?

Decido ser honesta.

— Eu quero te beijar agora — respondo, e minha voz soa estranha aos meus próprios ouvidos.

Neste momento, não me importo com as consequências. Sei que, muito provavelmente, amanhã ele agirá como se nada tivesse acontecido, e (juro!) pretendo fazer o mesmo. Mas agora, penso que, se não sentir os lábios desse homem nos meus, posso morrer de frustração. Ele sorri, as covinhas aparecem por baixo da barba escura, e seus olhos azuis refletem uma luz, até então, desconhecida para mim.

— Ah, é? — Sua voz está rouca. Ele abaixa os olhos para meus lábios, e não resisto à vontade de morder o inferior. — E o que está te impedindo?

Meu coração martela em meu peito, e penso que vou entrar em combustão a qualquer momento se ele continuar me olhando assim. Não sou santa; e já me peguei sim, em alguns momentos de distração, imaginando qual seria a sensação de beijar Luca Treviani (claro que, no instante em que eu percebia o caminho para onde minha imaginação estava indo, tratava de me controlar e focar em assuntos completamente tediosos, como dissoluções de sociedades, por exemplo), porém, agora que é uma possibilidade real, estou amedrontada.

Afundo ainda mais meus dedos nos fios de cabelo que cobrem sua nuca, e respiro fundo, tomando coragem. Ele me deseja, isso é nítido pela maneira como suas mãos me seguram, como se ele não pudesse suportar a ideia de afastar o corpo do meu. Tento usar isso como combustível. Ele *me* deseja. Fecho os olhos devagar, tentando controlar o impulso louco que sinto de simplesmente atacá-lo e transformar esta noite em uma sessão interminável de amassos desesperados.

Ele está sorrindo quando finalmente encontra minha boca no meio do caminho, me poupando da necessidade de ter de beijá-lo eu mesma e, com isso, me poupando também do inevitável constrangimento que eu sentiria amanhã se o tivesse feito. Ignoro a vozinha irritante que surge em minha mente e que tenta me fazer parar e sair correndo o mais rápido possível para longe desse homem, que parece despertar lados meus que, até então, nem eu mesma sabia que existiam.

Os lábios de Luca são surpreendentemente macios e se movem com destreza contra os meus, sabendo exatamente o que pedir de mim, com a firmeza necessária para me deixar pulsando de expectativa. *Não é o suficiente,* penso, e como se conseguisse ler a minha mente, ele aumenta a intensidade do beijo, sua boca se torna exigente e egoísta contra a minha, consumindo tudo o que tenho para dar, e temo que ele seja capaz de me absorver totalmente com apenas um beijo.

É assustadora a naturalidade com que nossas bocas se encaixam, como se esse momento estivesse apenas esperando para acontecer, desde antes de nós dois existirmos no mundo.

Um beijo explosivo, capaz de criar um universo inteiro.

Big bang.

Luca me beija como se tivesse sede, com uma obstinação delicada que não consigo descrever com qualquer outro adjetivo

além de alucinante. Ele claramente sabe o que está fazendo, apertando meu quadril contra o seu, deixando escapar um gemido rouco que serve para transformar meu sangue em lava líquida e fazendo com que eu me agarre a ele como se fosse meu bote de salvação.
Quero escalar esse homem como uma árvore.
O pensamento me pega de surpresa, mas não tenho tempo para analisá-lo por muito tempo, pois Luca deixa meus lábios e faz um caminho dolorosamente lento com os dentes pela extensão de minha orelha, até o ponto em que meu pescoço se conecta com o ombro, e dessa vez sou eu quem está gemendo, movimentando meu quadril contra o dele com certo desespero, tentando aumentar o contato do ponto em que mais necessito de atenção com a rigidez entre suas pernas.

Toda a situação é bem bizarra: estamos rodeados pela água escura e calma do mar Mediterrâneo enquanto nos entregamos a um desejo que parecer ter sempre existido, mas que, por diversos motivos, sempre mantivemos adormecido. Deixo escapar um suspiro queixoso quando ele afasta o rosto do meu pescoço, e sou surpreendida com a expressão totalmente desejosa que toma conta de suas feições quando ele foca os olhos azuis nos meus. Estremeço debaixo d'água, e sei que não tem nada a ver com a temperatura e tudo a ver com as sensações estrangeiras que um simples olhar deste homem é capaz de provocar em mim.

— Vamos sair da água — ele fala, decidido, e solta meus quadris, envolvendo minha cintura com um braço forte —, quero te ver direito, Catarina.

Ignoro os arrepios que sua voz grossa provoca em toda a extensão da minha coluna e concordo com a cabeça, temerosa de que, se abrir a boca e ousar falar alguma coisa, sairá algo totalmente desesperado e louco como *Eu preciso que você me deixe sentar na sua cara*, o que, por mais que seja algo em que eu realmente esteja pensando desde o momento em que senti o contato de sua língua com a minha, não é algo que deseje expor.

Não quero que ele veja o quanto me afeta ou o quanto estou desesperada para senti-lo cada vez mais, ou ainda pior, que ele ouça algo como *Por que você não me beijou assim naquele dia do Congresso?*, e então saiba que aquele dia é algo que assombra minha mente todas as vezes em que me sinto rejeitada ou feia, e isso é inadmissível até para mim, que tenho a fama de sempre falar a coisa errada na hora errada.

Nadamos até o trapiche, e fico surpresa ao ver o quanto nos afastamos da estrutura de madeira, completamente alheios à movimentação das ondas ao nosso redor. Luca me ajuda a subir, me erguendo pelo quadril, e sobe logo em seguida, tomando impulso com os braços.

O vento me atinge em cheio, e sou tomada por uma sensação gostosa (apesar de um pouco alarmante pela perspectiva de contrair um resfriado) ao sentir o tecido molhado do meu vestido aderindo à minha pele. Estou completamente consciente de que não estou usando sutiã e também de que o olhar de Luca parece estar grudado na área em que meus mamilos despontam, intumescidos tanto pelo choque de temperatura quanto pela miríade de sensações que ele consegue despertar em mim. Tenho a sensação de que seus olhos, sempre tão claros, escurecem mais a cada momento que passamos juntos nessa loucura.

Ele se aproxima de mim com um movimento que me lembra o de uma onça, pronta para abocanhar sua presa, e temo que minhas pernas possam ceder a qualquer momento. Luca me puxa pela cintura outra vez e cola sua boca na minha, tomando cada espaço para si. *Este é um homem que sabe beijar.* Lembro-me vagamente de experiências anteriores, com pessoas que julguei serem o suprassumo do desejo, mas, com este advogado insuportável, tudo é diferente.

Ele parece saber exatamente o que fazer para me deixar pronta e faminta, praticamente implorando para receber um pouco mais do que quer que seja que ele está disposto a me oferecer. Suas mãos passeiam por toda a extensão do meu tronco, aplicando pressão nos lugares certos e parando na lateral dos meus seios, onde seus polegares se concentram em um movimento circular, quase invisível, que me leva até o limite de um penhasco de prazer, do qual estou pronta para pular sem qualquer paraquedas.

Luca me deita com cuidado nas tábuas que formam o trapiche e cobre meu corpo com o dele. Sou arrebatada por uma sensação indescritível que é a de ter aquele homem, tão grande, tão másculo, tão seguro de si, em cima de mim, me prendendo no lugar com uma pressão mínima, mas que já é o suficiente para que eu possa sentir cada forma de seu corpo.

O calor que emana dele me aquece ainda mais, e tenho certeza de que, em pouco tempo, entraremos em erupção. Posso sentir sua ereção pressionando o local exato do ponto pulsante no centro de minhas pernas, e então o aprisiono entre minhas coxas, puxando-o mais para perto, prolongando a sensação deliciosa que a fricção entre nós dois é capaz de nos proporcionar.

Sinto-me estranhamente feminina, tão pequena diante de um homem como ele, e a satisfação que isso me traz me pega de surpresa. Sempre me orgulhei do fato de ser uma mulher com uma personalidade inversamente proporcional à minha altura, alguém que se impõe até mesmo diante de homens poderosos como Luca, mas agora, a possibilidade de ser dominada por ele me lança em uma espiral de tesão tão forte que temo atingir o orgasmo apenas com esse pensamento.

As mãos de Luca são habilidosas e parecem estar em todos os lugares ao mesmo tempo. Ele me toca por cima do vestido encharcado como em uma reverência, tomando seu tempo para descobrir cada local que me faz suspirar um pouco mais alto ou que me faz gemer por mais tempo.

Sinto-me cuidada e apreciada, como se o meu prazer fosse tão importante para ele quanto o seu próprio, e, em um momento de breve lucidez, penso sobre como sua fama com as mulheres sempre foi merecida, afinal, ainda estamos nos beijando como dois adolescentes ensandecidos de tesão e eu já estou pronta para entregar a ele qualquer coisa que me pedir.

    Empurro seu peitoral levemente, e ele entende o que quero sem que seja preciso dizer uma palavra. Logo invertemos nossas posições e me encontro sobre ele, com as coxas ladeando seu quadril estreito. O jeito como ele me olha deveria ser considerado criminoso, seus olhos azuis analisando cada pedacinho do meu corpo que, coberto apenas pelo tecido fino do meu vestido molhado, está praticamente todo exposto, não deixando nada para a imaginação. Não me sinto envergonhada pela dobrinha insistente que aparece na minha barriga quando fico nessa posição, estou concentrada apenas em dar e receber prazer, e o desejo evidente que esse homem tem por mim não permite que eu me sinta insegura.

    — Você não faz ideia do quanto eu já te imaginei em cima de mim... — ele revela, sua voz rouca, e leva as mãos até meus quadris, guiando os movimentos tímidos que começo a fazer contra sua ereção. — Do quanto eu já imaginei essa sua boca abusada gemendo só pra mim...

    Arqueio minhas costas para trás e tento intensificar o contato entre nossas intimidades, xingando mentalmente o fato de ainda estarmos vestidos. Luca deixa escapar um gemido rouco e ergue uma das mãos para segurar meu seio direito. Tento não pensar em como aquilo parece certo, em como o tamanho de sua mão parece cobrir meu seio por completo, e foco apenas nas sensações e no momento presente.

    As revelações que ele me entrega, entre gemidos, suspiros e palavras estranhamente vulgares para serem capazes de me despertar tanto prazer, são como um afrodisíaco completamente novo e alucinante.

    Inclino meu tronco para beijá-lo novamente, e dessa vez o beijo é lento, sensual, como se tivéssemos todo o tempo do mundo. Para ser honesta, é assim que me sinto, como se o tempo-espaço tivesse parado só para que pudéssemos nos entregar a esse desejo louco que vem sendo construído durante anos, e agora finalmente estamos prontos para entrar em combustão.

Luca solta meu quadril e leva a mão livre até minha nuca, entrelaçando seus dedos longos entre meus fios de cabelo e segurando minha cabeça com firmeza enquanto, com a outra mão, faz movimentos circulares com o polegar em meu mamilo ereto.

Deixo escapar um gemido baixo quando ele morde meu lábio inferior e o puxa em sua direção.

— Eu sempre quis fazer isso — confessa, e então traz meu rosto para perto e me beija novamente.

Sou atingida pela epifania de que posso ficar aqui por horas, apenas experimentando seu gosto e sentindo seu cheiro, deixando que ele conheça cada lugarzinho que me faz delirar. Afasto nossas bocas apenas alguns milímetros, e sinto sua respiração quente e entrecortada soprando em meus lábios. Invisto meu quadril contra o dele.

Suspiramos juntos.

— Eu nunca te imaginei como um cara paciente, sempre pensei que, se quisesse alguma coisa, nada o impediria de conseguir — provoco, passando minha língua por sua mandíbula e me sentindo estranhamente atraída pela textura áspera de sua barba. Chego até sua orelha, onde mordisco o lóbulo e sinto quando ele ergue o quadril embaixo de mim, investindo sua ereção contra minha intimidade, que, neste ponto, já deve estar completamente úmida.

— Com você é diferente, Catarina — ele diz, continuando com as investidas e me fazendo perder um pouco a concentração.

Não consigo raciocinar direito sobre o que ele diz, já que agora estou muito concentrada em perseguir o ápice que sinto tão próximo. Espalmo seu peitoral e o seguro com força, usando-o de apoio para não cair para trás conforme começo a rebolar para acompanhar seus movimentos. Abaixo o rosto para conseguir vê-lo melhor e paro no meio do caminho, completamente estarrecida.

Ele está lindo, em uma bagunça que quase parece ter sido ordenada, os fios de cabelo caindo sobre os olhos, a camisa entreaberta, os lábios vermelhos e inchados, a respiração lenta.

Mas não é isso que prende minha atenção.

Encaro minhas mãos em um misto de terror e raiva, e não tem nada a ver com o bife que a manicure arrancou do meu polegar alguns dias antes da viagem, não... Estou completamente ferrada, pois o meu dedo anelar, que deveria estar abrigando a joia inestimável da família de Carlos, está completamente vazio.

Merda.

8

Sentada na beira do trapiche, estou com os joelhos dobrados até a altura do queixo e abraço minhas pernas com uma força um pouco desnecessária. Estou tremendo, mas tenho quase certeza de que nada tem a ver com a brisa marítima, e sim com o fato de que passei os últimos dez minutos chorando copiosamente. Estou *tão* ferrada. Deve fazer uns cinco minutos desde que Luca deixou de me consolar pelo anel perdido e mergulhou sozinho na água escura na esperança, muito provavelmente vã, de encontrar a joia.

Parece que já consigo ouvir a voz da minha mãe me acusando de ser invejosa, alegando que, por ainda continuar solteira, estou ressentida pelo casamento da minha irmã mais nova e dei um jeito de estragar a festa ao perder a joia de família do noivo no meio do mar Mediterrâneo. Fecho os olhos com força, tentando exorcizar a imagem do olhar de desapontamento do meu pai, olhar esse com o qual me acostumei ainda muito jovem.

A reação mais difícil de prever é a de Lu. Apesar de tudo, ela sempre me colocou em um tipo de pedestal de irmã mais velha, como se, por mais que eu fizesse merda, jamais fosse capaz de fazer uma merda *com ela*. Engulo o nó que se forma em minha garganta ao me lembrar de sua expressão quando recebeu a bênção da mãe e da avó de Carlos, e me sinto tomada por uma culpa sufocante.

Por quê? Por que eu tinha que me entregar a um impulso adolescente e mergulhar no mar sabendo que o anel estava largo no meu dedo? O que vou dizer amanhã? *Foi mal, mas meio que não consegui me controlar e entrei no mar com meu inimigo da época de faculdade por causa da remota possibilidade de sentar nele!* Como se eles já não tivessem motivos suficientes para achar que eu sou um desastre ambulante. Não posso adicionar mais um à lista.

Sou arrancada de meus devaneios pelo toque de uma mão gelada em meu ombro, e ergo o rosto para encontrar Luca encharcado da cabeça aos pés, agachado ao meu lado. Ele parece tão cuidadoso, como se eu fosse quebrar a qualquer momento, que também me sinto um pouco culpada por fazê-lo se sentir assim. Não era desse jeito que eu tinha visionado a noite quando aceitei seu convite para um mergulho, mas sou a única culpada e isso é o que me deixa ainda pior.

— Catarina, acho melhor voltarmos e tomar um banho. Se continuarmos aqui, vamos pegar um resfriado — ele diz. Sua voz está tranquila, mas tenho a impressão de que ele já decidiu que é isso o que iremos fazer.

— Não. Obrigada pela ajuda, se quiser pode ir — respondo, tomando impulso com as mãos para me levantar e ficar de pé —, eu vou continuar procurando.

— Não vou te deixar aqui sozinha pra mergulhar nesse mar! Você pode se afogar, já pensou nisso? A água tá um breu! — Ignoro sua mudança de tom e abraço meu próprio corpo, ele também se levanta e me encara duramente, como um adulto dando bronca em uma criança levada. — Eu já tentei, não dá pra enxergar nada. O anel provavelmente se perdeu, e amanhã já terá virado comida de peixe.

— Você não entende, Luca. Eu *não posso* ser a responsável pelo desaparecimento da joia da família do Carlos! Não posso estragar o casamento da minha irmãzinha! — As lágrimas ameaçam voltar com força total, então apenas fecho os olhos e respiro fundo. Não posso chorar mais, isso não resolve nada.

Ele envolve meus ombros e me puxa para um abraço apertado. O clima anterior foi totalmente esquecido, mas estou precisando de colo no momento, e não serei eu a negar quando ele me oferece isso tão prontamente. Sinto seus lábios no topo da minha cabeça e circulo sua cintura com meus dois braços. Somos um caos molhado e esquisito, mas não me importo.

— Eu vou achar um jeito, tá bom? Eu prometo.

Sinto o tremor no peito dele com a reverberação de sua voz, e luto contra o impulso de afundar meu nariz ali e aspirar o cheiro de sal, perfume e Luca Treviani. Não é o momento para isso, e qualquer clima que houvesse entre nós com certeza foi obliterado no segundo em que ele viu meu nariz escorrendo enquanto eu chorava desesperadamente.

— Como você mesma disse, quando quero algo, eu sempre consigo. E eu quero te ajudar.

Depois de um banho excessivamente longo, me enrolo em um dos roupões felpudos disponíveis no banheiro e envolvo meu cabelo em uma toalha antes de me atirar na cama. Estou completamente sóbria, o choque de ter perdido o anel de Lu foi suficiente para me acordar do transe provocado pela perigosa combinação de álcool e Luca Treviani. Evito a qualquer custo pensar no que aconteceu, e tenho certeza de que ele concordará comigo. Não há motivo para complicarmos as coisas.

Sinto-me ansiosa por não saber ao certo qual plano ele tem em mente, e me sinto impotente ao ficar aqui sem fazer nada, mas sou obrigada a ver que ele tinha razão ao não me deixar ficar sozinha para procurar o anel; eu provavelmente teria sofrido o mesmo destino que a joia: perdida no mar.

Se bem que... diante das perspectivas em face do ocorrido, talvez não fosse uma possibilidade tão ruim assim. Ouço duas batidas na porta e me sento rapidamente no colchão. Já é madrugada e todos estão dormindo, o que só pode significar que a pessoa do outro lado da porta é a única capaz de apaziguar minha mente tão cheia de cenários terríveis por causa da perda do anel.

— Entra! — digo, contando com o silêncio absoluto para que minha voz se projete mais do que o normal, uma vez que minha garganta está começando a arder devido ao choro.

A porta se abre, mas não é Luca que entra com passos silenciosos em meu quarto. Tia Maitê para na beirada da minha cama e me lança um sorriso nervoso.

— E então, Cat? O que acha do Marcos? Por favor, seja sincera! Ainda mais pelo fato de que você já o conhecia!

Sufoco a vontade de dizer o que realmente penso sobre o doutor Teixeira e apalpo o local ao lado do meu na cama. Ela logo vem e se senta no colchão, deixando as pernas para fora da cama, com um sorriso que me lembra muito o de uma adolescente nervosa sobre o primeiro namorado.

— Não sei o que quer que eu diga, tia... Eu realmente não o conheço bem o suficiente para ter uma opinião formada — minto, e o arrependimento chega e me atinge com força total. Tia Maitê sempre foi ótima em descobrir minhas mentiras, então complemento: — Quer dizer, eu só convivi com ele no âmbito profissional e acadêmico.

Deixo de fora os meses que passei como estagiária no tão conceituado Teixeira e Ferro Advogados Associados, pensando que era a garota mais sortuda do mundo por causa daquela oportunidade.

Até parece.

— Bom, me diz então o que os outros alunos achavam dele. — Ao ver o olhar de confusão no meu rosto, minha tia explica: — Ele deixou a docência faz uns anos, mesmo dizendo que amava lecionar! Não entendo...

Mordo a língua para impedir que minha verdadeira opinião sobre o doutor Teixeira saia voando da minha boca. Preciso pensar na minha tia e em sua felicidade, e, embora ela se apaixone com certa frequência, ela nunca foi boba. Pode ser que meu ex-professor realmente tenha mudado, e não quero ser a responsável por contaminar um relacionamento que está tão claramente em seus primeiros estágios de paixão.

— Ele sempre foi um professor respeitado na faculdade, apesar da fama de rígido — digo, e é verdade; nos anos em que convivi com o doutor Teixeira, o que me motivou a me candidatar à vaga de monitoria de sua matéria foi justamente a boa fama que ele cultivava dentro da comunidade acadêmica e jurídica. — E acho que não preciso dizer o quanto ele é bom advogado...

Tia Maitê me encara por um tempo, e me pego temerosa de que ela consiga ver tudo o que não estou mostrando, sobre tudo o que aconteceu. Ela aperta os lábios e levanta uma sobrancelha, pronta para falar alguma coisa, mas então é interrompida pelo barulho de uma batida na porta.

Até que enfim!

Nunca pensei que viveria o dia em que me sentiria feliz pela presença de Luca Treviani, mas aqui estou, praticamente pulando da cama para abrir a porta e deixá-lo entrar.

Tia Maitê, que continua sentada na cama, disfarça a surpresa pela presença dele com um de seus famosos olhares críticos, como se estivesse medindo o quanto ele merece estar comigo. Não é preciso ser telepata para saber o que ela está pensando no momento em que Luca dá um passo adiante e para ao meu lado assim que percebe que não estamos sozinhos.

— Boa noite, querido. — A voz da minha tia ressoa pelo cômodo, e me sinto constrangida com a situação.

Sei que sou adulta, e também sei que o motivo para ter Luca aqui não poderia estar mais longe das travessuras de uma adolescente hormonal, mas mesmo assim é impossível impedir o calor que sobe até minhas bochechas ao ser pega em flagrante recebendo um homem no meu quarto em plena madrugada. Enquanto estou de roupão.

Percebo, pelo cheiro maravilhoso de limpeza misturado com o de homem, que Luca também tomou banho, e está agora vestindo o que parece ser seu pijama: uma calça cinza de moletom e uma camiseta um pouco gasta com uma estampa do Sonic. Faço uma anotação mental para irritá-lo sobre isso no futuro.

— Boa noite, Maitê — ele responde, ficando de repente muito reto, como se estivesse em algum tipo de inspeção do exército. — Desculpe interromper, eu pensei que a Catarina estivesse sozinha.

— Ah, mas ela vai ficar! Já estou indo para o meu quarto! — Tia Maitê se levanta da cama e passa por nós, deixando beijinhos no ar pelo caminho, e então, antes de sair do quarto, diz: — Usem proteção!

9

Passo a chave na porta assim que tia Maitê desaparece pelo corredor, demorando alguns segundos para conseguir me virar e encarar Luca, que está sentado de modo muito casual na minha cama. A imagem à minha frente é quase pitoresca: um homem de seus trinta e tantos anos, vestindo um pijama de um ouriço azul, o cabelo molhado penteado para trás e seus quase um metro e noventa de altura, sentado nos lençóis cor-de-rosa que Lu escolheu para o meu quarto. Tenho quase certeza de que a cama dele é do mesmo tamanho da minha, mas, por algum motivo, ele parece gigante aqui dentro. Como se estivéssemos dentro de uma casa de bonecas.

— Bom... — digo quando percebo que ele não vai quebrar o silêncio, preferindo me encarar com um divertimento que não sei ao certo de onde vem. — Acho que você já deve ter pensado em uma solução, não é? Sou toda ouvidos.

Cruzo os braços e encosto meu corpo na parede ao lado da porta, tomando todo o cuidado do mundo para manter uma distância segura do homem que, se eu não tivesse percebido a cagada que fiz, estaria agora me fazendo gozar pela... sei lá, terceira vez?

Talvez eu esteja sendo otimista e confiante demais nas habilidades dele. Balanço a cabeça para me livrar desses pensamentos. Tenho um problema muito mais sério em mãos do que a possibilidade de Luca ser ou não capaz de me satisfazer. Corro o risco de ser oficialmente chutada pela minha família se descobrirem que perdi algo tão importante quanto o anel da tal *nonna*. Já basta a fama de rebelde totalmente infundada (tá, tem um pouquinho de fundamento) que recebo desde que me entendo por gente.

Luca limpa a garganta para chamar minha atenção, e percebo que estou viajando enquanto o encaro como uma psicopata.

— Acho que você ficará feliz em saber que acabei cruzando com a avó do Carlos no corredor e batemos um papo muito interessante — ele diz. — Ela me arrastou pra tomar um chá. Por isso a demora...

Faço um movimento de pouco caso com a mão.

— Nem percebi que demorou, a minha tia fez um bom trabalho em me distrair. — Ando até as portas duplas que separam meu quarto do balcão da varanda e as abro, deixando que a brisa quente entre no cômodo, depois me viro para ele. — Mas me diz, você me dedurou pra ela? Foi isso?

Luca se levanta de onde está sentado e anda até mim, ficando exatamente na minha frente, de modo que tenho de erguer a cabeça para conseguir ver seu rosto. Acho injusto como ele consegue sempre parecer mais atraente a cada dia. E eu nem gosto de homens com barba!

— Me magoa que você pense que eu seria capaz disso. — Ele tem aquele tom debochado que sempre me irrita, mas, por algum motivo, dessa vez meu coração começa a sambar dentro do peito, e sou tomada por um medo irracional de que, talvez, ele possa ouvir. — Acho que somos cúmplices nessa roubada, não concorda?

Ele estende a mão e toca meu ombro, que, mesmo coberto pelo tecido atoalhado do roupão, irradia calor até as partes mais secretas do meu corpo. Dou um passo para trás e acabo entrando na varanda.

— Não sei — respondo, sincera —, a única coisa de que tenho certeza é que ninguém vai te culpar por estragar o casamento! Tudo vai cair nas minhas costas, Luca. — Respiro fundo e me viro de costas para ele, preferindo encarar o mar onde o anel se perdeu do que olhos preocupados do homem que permanece em pé no meu quarto. — E a pior parte é que eles não vão estar errados quando decidirem que eu não valho mais a pena, que a Catarina pode ser descartada de vez.

Sinto sua presença se aproximando, e não preciso me virar para saber que ele está perigosamente perto. Seu calor emana em minhas costas, mas ele não me toca, e me sinto grata por isso. Tenho medo de começar a chorar novamente; acho que já fui vulnerável demais perto dele.

— Você não é descartável, Catarina. — A voz dele é baixa, quase um sussurro. — Sua irmã é louca por você... e nada disso vai chegar perto de acontecer, porque prometi resolver, não foi? Eu nunca quebro minhas promessas.

Ficamos em silêncio por alguns momentos e, para minha surpresa, é algo totalmente confortável, como se eu estivesse acostumada com sua presença durante meus momentos de fossa regados a vinho e músicas questionáveis vindas diretamente do porta-CDs da minha avó.

Ele quebra o silêncio:

— Olha, o casamento é em três dias. Não é o momento de ficar se desesperando. Temos que agir!

— E você acha que eu não sei disso? Minha cabeça tá dando mil voltas aqui, Luca!

Eu me afasto do parapeito e enfim o encaro. Sei que provavelmente estou sendo irracional, mas, na minha cabeça, ele me seduziu até o mar como um boto cor-de-rosa, e agora, em vez de me preocupar com uma possível gravidez indesejada, eu apenas perdi um objeto de extrema importância para minha irmã.

Estreito meus olhos e pressiono seu peitoral com o dedo indicador, erguendo o queixo em desafio:

— E eu ainda não engoli essa história de que somos cúmplices. — Consigo ver que ele está começando a ficar cansado dessa ladainha, mas não consigo parar. — Te conheço há quase dez anos, e nunca te vi fazendo um favor de graça pra ninguém!

Luca respira fundo algumas vezes, como se *eu* fosse a pessoa que está agindo como louca aqui, mas não sou eu quem está assumindo uma personalidade completamente diferente e me propondo a fazer coisas que nunca faria. Ele passa a mão pelo cabelo levemente bagunçado, e tenho a impressão de que coloca tanta força no movimento que os fios grossos podem sair a qualquer momento. Não me lembro de já ter visto Luca assim, em evidente batalha contra as próprias emoções.

— Quer saber, Catarina? Eu vim até aqui com um plano pra gente conseguir resolver o *seu* problema, como você mesma fez questão de pontuar, mas já que você me conhece tão bem e sabe de todas as minhas motivações, acho melhor deixar você se ferrar sozinha.

Não sei por que me surpreendo com a mudança de atmosfera entre nós. Não é esse o Luca que conheço? O que me deixa confortável? Com certeza é melhor do que a incerteza do que ele pode vir a fazer se continuar agindo como esse cara legal que eu *sei* que ele não é.

— Pode ter certeza de que estarei na primeira fileira para ver a cara da sua família quando perceberem que você perdeu a merda do anel da família do Carlos.

Luca segura minha mão e a afasta de seu peito, dolorosamente delicado em sua ação. Sinto as lágrimas traiçoeiras querendo mais uma vez se formar em meus olhos, e pisco depressa para evitar que elas caiam. *Se controla*. Não estou nem mesmo bêbada, já atingi a sobriedade há algum tempo, e não há motivos para perder o controle dessa maneira.

Respiro fundo.

Tá tudo bem.

— Qual é o plano? — me forço a perguntar, e a vontade de cavar um buraco para me esconder me atinge com força total diante da expressão vitoriosa que toma conta do rosto do homem à minha frente.

— Desculpe, pode repetir? — Ele volta a se sentar na minha cama e inclina o corpo para a frente, apoiando os cotovelos nos joelhos. — Acho que não ouvi a parte do "por favor, me conte seu plano genial e me desculpe por te tratar mal, Luca".

Reviro os olhos e marcho até ficar de frente para ele, cruzo os braços e o encaro de cima a baixo.

— Desculpa por te tratar mal — consigo dizer entredentes —, mas só posso dizer que o plano é genial depois de ouvi-lo, então, *por favor,* me conte.

Isso parece satisfazê-lo, uma vez que sorri largamente e apalpa o espaço vazio ao seu lado no colchão.

— Senta aqui e eu te conto.

Estou tão cansada com os últimos acontecimentos que não penso mais em discutir, então apenas sento ao lado dele na cama, tomando cuidado para não encostar nas pernas longas cobertas pela calça de moletom e correr o risco de ser acometida pela loucura novamente.

Luca não comenta nada sobre a distância que coloco entre nós, apenas gira seu corpo para me encarar de frente:

— Quando eu falei sobre ter encontrado a avó do Carlos no caminho, não foi por acaso — ele começa, parecendo muito satisfeito consigo mesmo, e suas covinhas ficam evidentes em um sorriso presunçoso. — Com um pouquinho de charme, eu consegui que ela me contasse a história do anel.

— Tá, e como isso vai me ajudar? O anel já deve ter virado comida de peixe — retruco, sem paciência.

Luca se aproxima de mim e envolve a boca com as mãos, como se estivesse prestes a contar um segredo. Tento ignorar o quanto o gesto parece adorável vindo de um homem feito como ele, mas meu coração vacila em algumas batidas, e sou obrigada a prender a respiração para não ficar tonta com o cheiro maravilhoso de pele masculina misturada com sabonete.

— Eu sei onde conseguir outro. Igualzinho.

— Tá bom, gênio. E eu posso saber como? Sabe quanto tempo demora pra fabricar uma joia?

Ele revira os olhos e puxa o celular do bolso da calça, digitando algo antes de entregar o aparelho para mim. Vejo apenas um pontinho no aplicativo de mapas: Montemerano.

— A avó do Carlos me contou a história do anel. A família responsável por fazer aquele tipo de joia, o tal anel em específico, vive até hoje em Montemerano. São só cinco horas e meia de carro, e olha só como você é sortuda: por acaso existe um cara que dirige superbem e está disposto a te levar e trazer de volta antes do casamento. — Quando termina de falar, Luca tem uma expressão de satisfação no rosto, seus olhos azuis cintilando com algo que não consigo identificar.

— Esse anel deve ter um milhão de anos, a pessoa que o fabricou já deve ter virado pó! — Não sei se fico irritada pela ideia idiota ou lisonjeada por ele pensar que tenho cacife para pagar um ourives secular italiano para confeccionar um anel em dois dias. — Além disso, de onde você tirou que *eu* teria grana pra comprar uma joia daquela?

— Você... — ele começa, mas é interrompido por uma batida na porta. Luca olha para mim com uma interrogação e ergue a sobrancelha. — Seu quarto é bem movimentado, não?

Dou de ombros. Não faço ideia de quem pode ser, mas, antes de devolver o celular nas mãos de Luca, aproveito para ver o horário: *duas e meia da manhã*. Quem quer que tenha pensado ser uma boa ideia me perturbar nesse horário com certeza não tem muita fé em minhas habilidades de sedução, ao pensar que eu estaria sozinha em meu quarto. Minha mente vai naturalmente até minha mãe. A possibilidade faz com que meu coração acelere e minhas palmas comecem a suar frio. *Será que aconteceu alguma coisa com meu pai?*

Levanto da cama e vou meio me arrastando, meio correndo, até a porta, respirando fundo antes de abri-la.

— Cat, oi!

Do outro lado, Edu está sorridente, segurando uma garrafa de champanhe em uma mão e uma tigela de morangos com chocolate na outra. Tento enterrar dentro de mim a irritação com a presença dele aqui, afinal, dei sinais de que queria algo a mais, mas o fato de ele presumir que poderia aparecer do nada com champanhe e morangos me deixa profundamente incomodada.

Diante do meu silêncio, ele fala:

— Eu tava fumando um cigarro no jardim e vi a luz do seu quarto acesa, então pensei...

Percebo que os olhos verdes dele se movem para trás de mim e, antes que eu possa reagir, sinto a mão quente e pesada de Luca em meu ombro. Suprimo o impulso de dar um pisão em seu pé e expulsar os dois folgados do meu quarto.

— Foi mal, Dudu — Luca diz com um tom meio debochado —, a gente tá um pouco ocupado. Você entende, não é? Quem sabe na próxima?

O brilho some do rosto de Eduardo em um instante, e ele me encara como se eu tivesse acabado de cometer a maior das traições. Estranhamente, não consigo encontrar em mim a motivação para me sentir culpada. Nós sequer ficamos, e Luca e eu não passamos de amigos — não: colegas, ou melhor, conhecidos. O incidente no mar foi ofuscado pelo desaparecimento do anel, e não posso pensar em mais nada até ter certeza de que encontrei uma saída para essa sinuca de bico.

Será que aquele cara que conheci na fila do banheiro químico de um festival alternativo ainda trabalha com falsificação de documentos? Tenho certeza de que anotei o número dele em algum lugar para o caso de precisar fugir do país algum dia. Posso mudar de nome e construir uma nova vida em uma aldeia remota, onde ninguém me acharia.

— Cat?

Edu e Luca estão me olhando, como que esperando uma resposta para uma pergunta que não faço ideia de qual seja. Procuro no rosto de Luca alguma pista, mas nada vem, então me concentro em Edu:

— Olha, Edu, já tá bem tarde, né? Por que a gente não conversa depois? — Estendo a mão e pego a tigela de morangos sem qualquer resistência da parte dele. — Obrigada pelos morangos, mas acho melhor você levar o champanhe, eu não tô bem pra beber agora.

Atrás de mim, Luca estica o braço e fecha a porta. Quando me viro para encará-lo propriamente, confirmo minhas suspeitas: o desgraçado carrega no rosto uma expressão de vitória evidente, como se tivesse acabado de ganhar uma competição ridícula com Eduardo. E o prêmio? A satisfação masculina de ter sido escolhido por uma fêmea.

— Não tô entendendo essa sua cara. Você é o próximo. Vaza.

Ele me ignora e senta novamente na cama.

— Você não tá entendendo mesmo, Catarina... — Ele pega um morango da tigela, que coloco entre nós quando me sento outra vez no colchão, e dá uma mordida. O suco da fruta escorre um pouco por sua barba, e tenho uma vontade louca de me inclinar para a frente e passar a língua exatamente ali. *SE CONTROLA.* — Vou te levar até Montemerano, nós vamos mostrar uma foto do anel pro neto do tal ourives que fabricou o original e ele vai fazer uma réplica pra gente. Não precisa ser com as pedras de verdade, entende? Isso vai nos dar tempo pra pensarmos em uma solução de longo prazo.

Deixo que as palavras dele se assentem em minha mente por uns instantes. De fato, com uma *réplica* eu posso arcar, e não é como se Lu fosse uma grande entendedora de joias para perceber a diferença entre um e outro. Além disso, se Luca estiver certo e forem mesmo só cinco horas e meia até a tal comuna dos ourives, podemos sair amanhã pela manhã e voltar na mesma noite, e ninguém jamais vai saber o que aconteceu. *Nunca.*

Pego um morango e dou uma mordida, deixando que a fruta exploda em minha boca, misturada com o sabor rico do chocolate. Todos os acontecimentos da noite me deixaram completamente faminta, e só agora percebo isso. Mastigo por um tempo e engulo, antes de falar:

— Tá bom, Luca. Pode ser.

Sou surpreendida quando ele se levanta de uma vez e me lança um sorriso brilhante.

— Sabia que você era inteligente, Catarina.

— Na verdade, pra concordar com esse seu plano doido, eu devo ser a pessoa mais burra do mundo — retruco, e dou mais uma mordida no morango.

Ele me observa por alguns momentos, e é tão estranha a maneira como fico confortável com a presença dele aqui, que preciso fazer alguma coisa para evitar perder o controle. Não deveria ser fácil assim, ter Luca sentado na minha cama enquanto comemos morangos com chocolate trazidos por outro homem e esquematizamos um plano mirabolante para substituir uma joia de família por uma cópia barata, mas quanto mais eu me pego pensando em como não deveria me sentir confortável com isso, mais me sinto confusa em relação às minhas reações a esse homem de olhos absurdamente azuis e sorriso debochado.

Em um impulso, com certeza provocado pelo meu lado neurótico, digo:

— A gente não vai transar.

Ele levanta as mãos em rendição e ergue as sobrancelhas, com a expressão mais inocente do mundo:

— Ninguém falou nada sobre sexo, Catarina... Sou apenas um amigo querendo garantir que o casamento do Carlos não vai ser arruinado por uma besteira como esse anel pré-histórico.

A maneira despreocupada com que ele fala sobre sexo entre nós depois da nossa sessão de amassos me deixa inquieta. Sinto uma vontade infantil de me sentar em seu colo e provocá-lo até ele admitir que me deseja. Claro que não faço isso, nem poderia. No fim, eu estaria apenas oferecendo munição para que ele possa se achar ainda mais irresistível no futuro.

Como se o ego dele já não fosse inflado o suficiente.

Passamos mais algum tempo combinando os pormenores de nossa viagem até Montemerano, mas o cansaço acaba falando mais alto e me pego fechando os olhos por tempo demais. Por fim, decidimos que é hora de Luca voltar ao seu quarto e me deixar descansar. Ao que tudo indica, ele sofre de insônia, algo que nunca será o meu mal.

Fica decidido que nos encontraremos na frente da *villa* depois do café da manhã, e então seguiremos até o centro da cidade, onde, com toda a certeza, deve ter alguma loja de aluguel de carros.

Quando finalmente fico sozinha em meu quarto e deito na cama, estou exausta demais para pensar em Luca, Edu, ou mesmo no anel perdido e em como ele tem o potencial de arruinar, talvez para sempre, o meu relacionamento com minha irmã mais nova. Em vez disso, deixo que o cansaço do dia tome conta de mim e me envolva em um sono tranquilo, onde não existe espaço para mais nada além de sonhos cor-de-rosa protagonizados por um jovem Colin Firth.

10

Encontro Luca encostado no portão de entrada da *villa* exatamente cinco minutos depois do horário combinado. Em minha defesa, tive uma breve crise existencial assim que acordei, e percebi que estávamos prestes a dar um golpe em toda uma família, o que me fez demorar um tempinho a mais no banho e acabasse me atrasando.

Fico secretamente satisfeita ao perceber a presença de olheiras discretas em seu rosto quando me aproximo. Apesar disso, ele ainda parece a imagem perfeita de um pôster do Ministério do Turismo da Itália, com uma camisa branca de linho com as mangas dobradas até os cotovelos e uma bermuda azul-claro. Ninguém iria suspeitar que aquele homem, aparentemente tão relaxado, está prestes a ser cúmplice de um esquema de falsificação de uma joia inestimável.

— Você está atrasada — ele diz assim que chego perto o suficiente para sentir o cheiro de seu perfume, o que definitivamente não me causa um friozinho na barriga.

— Bom dia pra você também, Luca! — Reviro os olhos e acomodo melhor a alça da bolsa no meu ombro. — Acordou de mau humor? Já se arrependeu de ter oferecido ajuda?

Ele estende a mão para pegar minha bolsa e eu deixo, afinal está muito pesada, e acho que posso ter exagerado na hora de arrumar os itens essenciais para uma viagem de um dia.

— Você realmente não me conhece, Catarina. — Ele coloca a alça da bolsa no ombro, e reprimo um sorriso divertido ao ver o contraste de sua aparência imponente com as flores bordadas. — Quando faço uma promessa, eu cumpro. Vamos?

Caminhamos uns bons trinta minutos até o centro da cidade, e me pego me questionando algumas vezes sobre o porquê de não termos ligado para Alfredo, para ele nos pegar com seu carrinho azul e nos poupar de tanto exercício físico. O caminho é uma descida íngreme, mas isso não impede que estejamos ensopados de suor quando finalmente paramos na frente de um pequeno café, ainda fechado. Limpo o suor da testa com a barra da minha blusa, e não perco o olhar faminto lançado por Luca em direção ao pedaço de pele da minha barriga que é exposto com o ato.

— O que foi? — pergunto.

— Nada — ele é rápido em sua resposta, e logo desvia o olhar, analisando os arredores com um interesse renovado. — Por que você não fica aqui na sombra? Vou perguntar por aí se alguém sabe onde podemos alugar um carro.

Ele se afasta para conversar com alguns funcionários que organizam as mesas do lado de fora do café, e eu fico em um canto tentando pegar o máximo de sombra possível. Consigo ouvir um pouco da conversa, e não sei por que me surpreendo ao perceber que ele fala com os garçons em um italiano perfeito.

Lembro-me vagamente de alguém ter comentado, na época da faculdade, que os pais de Luca eram italianos e que ele trabalhava como garçom no restaurante da família, mas a imagem daquele cara metido servindo mesas em uma cantina do Bixiga parecia louca demais para eu sequer imaginá-la.

Estou ocupada tentando visualizar um Luca suado e sujo de molho de tomate, quando ele volta até onde estou e diz:

— Más notícias, Catarina.

Sinto o sangue subir até minhas bochechas e abaixo o rosto, com medo de que, por algum motivo louco, ele tenha acabado de adquirir habilidades dignas de Edward Cullen e consiga ler exatamente o que estava se passando em minha mente. Dou um pigarro e respiro fundo antes de erguer o rosto para encará-lo, e me arrependo no mesmo instante. Ele parece ainda mais bonito com o brilho do suor em seu rosto e um olhar de preocupação genuína nos olhos azuis.

— O que foi? — pergunto.

Luca passa a mão pelo cabelo e sinaliza para que eu me sente em uma das cadeiras que um garçom franzino acabou de desdobrar ao nosso lado. Ele coloca nossas bolsas na calçada e senta-se ao meu lado.

— Pelo que constatei, não tem nenhuma loja de aluguel de veículos aqui em Portofino — ele começa e, antes que eu possa falar qualquer coisa, continua: — a gente vai precisar pegar um ônibus até Gênova, e, aí sim, poderemos alugar um carro. Tem um ônibus saindo da frente do restaurante do Giuseppe em quinze minutos.

— E o que estamos fazendo aqui? Vamos logo! — Me levanto rapidamente e fico irritada quando ele não faz o mesmo. — Luca? A gente não pode perder esse ônibus!

É como se ele estivesse fazendo de propósito para me irritar, pois ele levanta um braço e chama o garçom até nossa mesa, ignorando totalmente o meu desespero para não perdermos o horário do ônibus.

O mesmo garçom que arrumou as cadeiras para sentarmos se aproxima, um sorriso simpático adornando as feições joviais.

— *Per favore, caffè per me, e la ragazza... Tè all'ibisco* — Luca me ignora e faz o pedido, que o garçom anota em um bloquinho antes de sair. — Senta, Catarina... Vamos esperar o ônibus enquanto aproveitamos um pouco.

Sento-me novamente e cruzo os braços na frente do peito, ainda irritada. Luca parece ter o dom de me tirar do sério.

— Quero saber como você acha que vamos chegar em quinze minutos no tal restaurante do Giuseppe quando demoramos meia hora para chegar no centro — sibilo, tentando não demonstrar minha raiva no momento em que o garçom aparece e coloca uma xícara com um líquido cor-de-rosa fumegante na minha frente e uma xícara de café na frente de Luca. — E não acredito que você pediu bebidas quentes quando deve estar fazendo uns quarenta graus, no mínimo!

Luca toma um gole de seu café muito lentamente, e então levanta o rosto para mim, seu famoso sorriso debochado revelando as covinhas cobertas pela barba.

— Mas, *mia cara...* — ele começa, e tento ignorar o frio na barriga que aparece diante do termo utilizado por ele. — Por que você não dá uma olhada no nome do lugar em que estamos?

Sinto meu rosto esquentar consideravelmente quando dou uma olhada rápida no nome da fachada do prédio de parede amarela, e sei que não tem nada a ver com o sol que brilha quente sobre nossas cabeças.

Em letras grandes e cursivas, lê-se: *Casa di Giuseppe.*

Abaixo o rosto e seguro a alça da minha xícara com força. Não faço ideia de como vou sobreviver um dia inteiro ao lado dele, ainda mais quando ele tem o incrível dom de me deixar do tamanho de um grão de areia sempre que olha para mim desse jeito, como se soubesse de tudo que eu não sei.

Beberico meu chá sem muita vontade, desejando cada vez mais um suco de frutas bem gelado, e me concentro nos pescadores que começam a desancorar seus barcos do cais em frente aos restaurantes coloridos. Ficamos assim, em silêncio, por uns bons minutos, até que um ônibus pequeno com a lataria enferrujada dobra a esquina e estaciona do outro lado da rua.

Olho para Luca e vejo que ele tem no rosto a mesma expressão incrédula que devo ter no meu enquanto encara a lata-velha sobre rodas.

— A gente vai nisso? — pergunto, um pouco temerosa.

Lembro-me da jornada até a Villa dell'Amore no carro fofinho de Alfredo e penso nas estradas estreitas que atravessamos de Gênova até Portofino. Sinto um frio atravessar a coluna ao ver com nitidez o momento em que o motorista do ônibus coloca uma pedra grande atrás de cada pneu para se assegurar de que o veículo continue no lugar. *Ele não tem freio de mão?*

Luca tira algumas notas de euro de dentro da carteira e coloca na mesa, forçando um sorriso ao dizer:

— Com certeza! Vai ser uma aventura, e são só cinquenta minutos até Gênova, o motorista parece ser... — ele para e observa o homem que recolhe o dinheiro dos passageiros, que começaram a formar uma fila para embarcar rumo à morte, tal qual Caronte na mitologia grega — ... organizado.

Atravessamos a rua e nos posicionamos no final da fila; me surpreendo ao ver a quantidade de pessoas dispostas a arriscar a vida e pagar por isso, e me pego imaginando se elas também têm motivos tão patéticos quanto os meus. Luca tem nossas bolsas penduradas em seu ombro e mantém um toque quase acolhedor em minhas costas.

As pontas de seus dedos enviam algo caloroso e delicioso por toda a extensão do meu corpo, irradiando exatamente do ponto em que ele exerce um contato quase fantasma com o tecido fresco da minha blusa até a ponta dos meus pés.

Chega nossa vez, e o motorista, um homem magro e alto, com alguns fiapos de cabelo e uma barriguinha de chope, estende a mão, esperando o pagamento da passagem.

— *Quanto costa?* — Luca pergunta em seu italiano perfeito e completamente sem sotaque, e eu ignoro a confusão de sensações que sua voz grossa causa em um ponto bem específico da minha anatomia.

— *Venti euro!* — responde o motorista em uma voz claramente prejudicada por anos de um hábito de fumar.

— *È troppo costoso!* É muito caro! — Ver Luca assim, dando uma de mão de vaca, me surpreende, e me lembro novamente de suas supostas origens humildes.

Ele resmunga alguma coisa baixinho em italiano e coloca uma nota amassada de vinte euros na palma da mão que o homem estende em nossa direção.

Decido não comentar o fato de que os outros passageiros devem ter pagado metade do valor que ele nos cobrou, pois já atingi minha cota de confusão por hoje e não quero deixar Luca mais irritado do que já está quando ainda temos algumas horas juntos pela frente.

Subo primeiro, com a mão de Luca firmemente posicionada na parte baixa das minhas costas, e escaneio os assentos disponíveis. Na frente do ônibus, uma mãe com duas crianças parece cansada demais para se importar com o fato de que a menor está batendo no irmão mais velho. Mais atrás, um senhor de bigode grosso e camisa entreaberta dorme e ronca muito alto.

Decido ocupar um assento ao lado da janela, bem no fundo do veículo, onde ficaremos o mais longe possível das crianças que gritam e do velho que ronca. Luca se senta ao meu lado depois de guardar as bolsas no compartimento acima e deixa escapar um suspiro irritado.

— Esse cara nos roubou, Catarina. — Ele encara o homem, que continua recolhendo dinheiro do lado de fora do ônibus. — Ele viu que a gente era turista e quis se aproveitar. Aposto que foi essa sua blusa, ninguém aqui se veste assim.

Olho para baixo e checo a roupa que escolhi para nossa viagem, uma blusa vermelha de alcinhas e um short jeans desfiado, algo totalmente apropriado para o verão.

— Você bateu com a cabeça quando subiu no ônibus? — pergunto, irritada, quando o veículo começa a se mover. — Tem literalmente uma menina sentada ali na frente com uma roupa quase igual à minha, e eu tenho quase certeza de que a ouvi falando italiano com a senhorinha ao lado! Talvez ele só tenha cobrado a mais de você por pensar que você tem cara de idiota. Fácil de enganar.

Dou de ombros e me acomodo melhor no assento, ignorando a expressão de total ultraje que toma conta do rosto de Luca, e me concentro na vista oferecida pela janela do ônibus. Do lado de fora, o azul imenso do mar se estende até o horizonte e o sol brilha muito forte no céu, algumas crianças brincam na água, guarda-sóis coloridos disputam espaço na estreita faixa de areia e mulheres sofisticadas bebem taças de Aperol. Deixo escapar um suspiro frustrado e tento dormir um pouco, mas o calor dentro da lata de metal é insuportável. Não há ar-condicionado e, mesmo com as janelas abertas, o vento que entra é quente.

Ao meu lado, Luca se movimenta sem parar, o que me deixa ainda mais mal-humorada.

— Tem alguma coisa no seu banco? Por que está se mexendo tanto?

Ele para e vira o corpo totalmente até ficar de frente para mim, o brilho do suor se fazendo presente em sua testa quando ele responde:

— Não, *mia cara,* estou apenas tentando encontrar uma posição confortável para dormir.

Luca parece um gigante no espaço apertado do banco, e eu disfarço um sorriso satisfeito. Suas pernas, tão longas, estão esmagadas no vão estreito entre os assentos, e sua pele adquire um tom avermelhado em decorrência do calor. Sinto uma pontada de empatia por ele e levanto o braço que divide nossos lugares, aumentando, mesmo que minimamente, o espaço disponível para que ele possa posicionar seu corpo de maneira mais confortável.

Ele me observa, um brilho diferente brincando no azul de seus olhos, e aproxima o corpo do meu. Enclausurados no espaço apertado dos bancos do ônibus, seu cheiro parece dominar todos os meus sentidos, uma mistura de sabonete e suor que deixa minha pele formigando com uma expectativa totalmente infundada. Está tão quente, e o calor que emana de seu corpo me envolve de maneira quase sufocante, mas não é algo de que eu deseje me livrar. Pelo contrário, me pego deslizando para ainda mais perto dele, até que minha cabeça descanse, inevitavelmente, em seu peitoral firme e largo pelo resto do caminho.

11

— *Non*! — Luca passa a mão pelos cabelos, claramente irritado. — Nós queremos um quatro por quatro, não um carro de palhaço.

Estamos há pelo menos quarenta minutos tentando convencer a moça de cabelo ruivo responsável pelo atendimento da loja de aluguel de carros a nos liberar um jipe, em vez do suposto único carro disponível, um Fiat 500 vermelho que com certeza esmagaria Luca e suas pernas gigantes.

A loja localizada dentro da rodoviária é a única aberta no momento, e atribuo isso ao fato de que sou extremamente azarada. Como esperado, deixo Luca tomar a frente das negociações com seu italiano fluente, enquanto fico sentada folheando uma revista de fofoca que deve ser do tempo da minha avó.

Aparentemente, alguma moça com um corpo escultural e cabelo dourado foi considerada acima do peso ao ser fotografada tomando sol em um iate, e um homem com um topete substancial foi pego tendo um caso com a babá de seus filhos — bom, pelo menos foi isso o que consegui entender das reportagens em italiano.

Percebo uma leve movimentação em minha visão periférica, e então Luca está em pé ao meu lado. Ele parece satisfeito consigo mesmo, então suponho que conseguiu o carro que tanto queria; eu não deveria ficar surpresa, afinal, tendo acompanhado algumas de suas sustentações orais em tribunais superiores (apenas por questões profissionais), sempre soube que ele era detentor de excelentes habilidades de argumentação e convencimento.

— Está pronta? — ele pergunta, com um sorriso convencido que mostra as malditas covinhas. — Ainda temos algumas horas de estrada pela frente.

Fecho a revista que estava lendo, descartando-a na mesinha em que a encontrei, e me levanto em um pulo, me abaixando para pegar nossas bolsas e entregá-las novamente para ele, que as acomoda no ombro sem qualquer discussão.

Não era para eu estar pensando em como os ombros dele parecem ainda mais largos e fortes do que ontem à noite, mas é inevitável quando o vejo caminhar na minha frente com uma postura tão imponente e tão certa de si. Sigo-o até o estacionamento da rodoviária, quase que correndo para alcançá-lo, uma vez que ele parece completamente alheio ao fato de que tem pernas muito maiores do que as minhas.

— Dá pra andar um pouquinho mais devagar? — peço quando enfim chego perto o suficiente para conseguir falar sem ter que levantar a voz.

Ele olha para mim, e é evidente sua surpresa ao perceber que estou respirando com certa dificuldade; infelizmente, não tenho um bom condicionamento físico, e o calor também não ajuda muito.

— Desculpe — ele pede, assumindo um tom de voz baixo, delicado, enquanto os olhos azuis brilham com algo parecido com preocupação —, acho que me empolguei.

Luca diminui o passo até que eu o alcance e, quando o faço, inclina o tronco em minha direção, analisando bem meu rosto, que neste momento deve estar todo avermelhado e suado em decorrência da alta temperatura.

Erguendo uma sobrancelha escura, ele diz:

— Acho que precisamos te alimentar. Você não chegou a comer nada hoje, chegou?

Como que para provar seu argumento, meu estômago ronca audivelmente, e então minha vermelhidão nada mais tem a ver com o calor e tudo a ver com o constrangimento do momento. A preocupação em seus olhos dá lugar ao divertimento, e me pego sorrindo de volta quando suas covinhas aparecem de novo sob a barba escura. Sou tomada por uma sensação esquisita, que começa a se desenrolar no pé de minha barriga e se espalha por todo o meu corpo quando ele envolve minha mão com a sua, me fazendo sentir novamente uma feminilidade quase que instintiva ao constatar nossa diferença tão óbvia de tamanho e força física.

Luca me leva consigo como se fosse a coisa mais natural do mundo estarmos de mãos dadas em um estacionamento de rodoviária em direção a um...

Paramos abruptamente, e acabo esbarrando na lateral de seu corpo, a firmeza dos músculos em seu braço não ajudando em nada a minimizar o impacto contra minha testa. Luca solta um xingamento em italiano e estou pronta para perguntar qual o problema, quando sigo a direção de seu olhar e entendo exatamente o motivo de sua ira.

Na vaga indicada pelo chaveiro personalizado da loja está um jipe, alto, imponente, um pouco velho e... rosa-choque. Sufoco a vontade de rir quando percebo que as orelhas de Luca começam a ficar muito vermelhas, e juro que posso quase ver a fumacinha saindo quando ele aperta o botão da chave dada pela atendente e o carro apita em alto e bom som, confirmando que é o veículo alugado por nós.

Na verdade, até acho o carro simpático, mas sei que é melhor manter essa opinião em segredo se não quiser que a raiva de Luca seja direcionada para mim.

— Ah... pelo menos é um carro grande... — Tento amenizar a situação, mas ele não parece estar me ouvindo, pois solta minha mão e anda a passos duros até o carro, abre a porta do banco traseiro e joga nossas bolsas dentro sem o menor cuidado, depois fecha a porta com força. — Ei! Mais cuidado com as minhas coisas, por favor!

Ele parece despertar do transe de raiva quando ouve minha voz, e vira a cabeça rápido demais em minha direção, parecendo um pouco envergonhado por ter demonstrado uma perda do controle de suas emoções. É excitante ver que Luca não é sempre tão perfeito, nem tão comedido, e que fica irracionalmente irritado ao perceber que terá que dirigir um carro cor-de-rosa. É algo quase infantil, que contrasta bastante com a imagem de homem feito e racional que ele cultivou com tanto cuidado ao longo dos anos em que nos conhecemos.

Eu gosto.

— Desculpa, Catarina. — Ele suspira, passando a mão no cabelo, bagunçando os fios, e fixa o olhar no meu. — É que fico muito bravo quando sou enganado, e não queria pensar que perdemos quase uma hora lá dentro para conseguir... *isso*.

— Qual o problema com o carro? Você queria um jipe e conseguimos um. Não lembro de ter ouvido nenhuma especificação quanto à cor — respondo, fazendo o curto caminho até onde ele está de pé, ao lado do carro, e paro à sua frente.

— Você não sabe mesmo qual o problema? — ele indaga, incrédulo.

— Não, não sei. — Cruzo os braços e levanto uma sobrancelha. — Você está mesmo implicando porque o carro é rosa? Isso é tão quinta série...

Ele dá de ombros, parecendo novamente envergonhado, mas não diz mais nada.

— Se não quiser dirigir, eu não tenho problema nenhum em fazer isso. — Estendo a mão aberta, esperando que me entregue as chaves, mas ele continua parado, me observando. — Vamos? Estou com fome, e precisamos chegar a Montemerano antes do anoitecer.

Luca aperta as chaves na mão, e a expressão tensa em seu rosto começa a relaxar aos poucos.

— Não, eu dirijo — ele decide e, como se um interruptor fosse ligado, sorri, parecendo bem mais confortável com toda a situação. — Você não conhece essas estradas, chegaremos mais rápido se eu estiver no volante. — Ele abre a porta do passageiro para mim e me ajuda a subir no carro desnecessariamente alto.

Decido não discutir, afinal, *odeio* dirigir e só o faço em casos de absoluta e extrema necessidade. Ele dá a volta no veículo e assume o lugar do motorista, ajusta o banco (precisando afastá-lo para acomodar as pernas) e verifica a posição dos espelhos; sinto quase como se eu estivesse espionando um ritual íntimo enquanto o observo se preparando para enfim dar a partida.

Ele é metódico ao extremo, tendo a necessidade de deixar tudo exatamente do jeito certo, enquanto é provável que eu só me atentasse a esses detalhes no momento em que percebesse que estava difícil demais enxergar a parte de trás do carro, com o espelho do retrovisor virado em minha direção para que eu pudesse passar batom.

Sou surpreendida quando ele inclina o tronco em minha direção, e então sou envolvida por completo por seu cheiro amadeirado e masculino, com um toque de suor. Prendo a respiração, com medo de acabar enfiando o rosto no pescoço dele por impulso, que, para ser sincera, é o que tenho vontade de fazer.

Ele aproxima o rosto do meu, e sou teletransportada para a noite anterior, para a sensação tão deliciosa e tão estranhamente certa de seus lábios se movimentando contra os meus, e me pego desejando provar de seu beijo mais uma vez. Ouço o barulho de um clique e percebo, com uma indignação infundada e irracional, que ele estava apenas colocando meu cinto de segurança.

Luca se afasta, um brilho brincalhão no olhar, e coloca o próprio cinto. Fico irritada, *ele está brincando comigo!* Desgraçado. Ao perceber meu olhar fulminante, ele vira o rosto, com a cara mais lavada do mundo, e sorri de modo inocente.

— O que foi? — ele pergunta, a voz macia como veludo. — Estava esperando alguma coisa?

— Nada! — digo, um pouco alto demais, e ele ri baixinho, dando partida no carro e finalmente nos levando para fora daquele estacionamento.

12

Luca segue as direções do GPS religiosamente, ignorando toda e qualquer pequena contribuição que eu tento dar sempre que passamos por algum tipo de ponto turístico de Gênova e quero parar para tirar uma foto. Não que eu pretenda postar as fotos em algum lugar, afinal, essa viagem deve permanecer em segredo até o fim dos meus dias, mas gostaria de ter uma recordação de nossa *road trip* europeia, algo que eu possa olhar no futuro e, deixando de lado os motivos que nos levaram a estar aqui em primeiro lugar, sentir um pouco de saudade.

Não creio que voltarei a fazer uma viagem dessas tão cedo, se minhas economias serviram de algum indicativo.

— Acho que a gente consegue almoçar bem rápido por aqui mesmo, e então seguimos direto para Montemerano — ele diz, entrando com o carro em uma rua estreita cheia de casinhas antigas. — Você gosta de massa, não gosta?

— Quem não gosta de massa tem sérios problemas de caráter, então, sim, gosto — respondo, muito séria, como sempre fico quando o assunto é comida.

Alguns anos atrás, coloquei na cabeça que estava gorda e comecei a fazer uma dieta louca que consistia basicamente em folhas e carne, sem nenhum carboidrato; então, quando finalmente deixei isso para trás, depois de conseguir perder as gordurinhas chatas das costas, prometi a mim mesma que jamais me negaria o prazer de um pratão de macarrão novamente. Além disso, estamos na Itália! Não é o momento para me preocupar com a silhueta, não quando tenho a oportunidade de comer bem de verdade.

Luca estaciona o carro ao lado de uma construção que parece estar abandonada, e eu ergo uma sobrancelha.

— Que foi? Tá com vergonha que te vejam saindo de um carro rosa?

Ele balança a cabeça, e vejo a sombra de um sorriso brincando nos lábios bem desenhados.

— A única pessoa que parece estar obcecada com a cor do nosso carro é você, *mia cara* — ele responde, abrindo a porta do seu lado e saindo do veículo, antes de contorná-lo pela frente e abrir a minha, como um perfeito cavalheiro. — Só quis deixar o carro em um local com sombra, para evitarmos os bancos quentes quando voltarmos.

Ignoro o termo carinhoso pelo qual ele me chama e desço do carro sem segurar a mão que ele me oferece. Estou percebendo aos poucos que sou muito vulnerável aos toques de Luca Treviani, e planejo me manter o mais longe dele quanto for possível, uma vez que a última coisa que quero nessa vida é dar ao cara mais arrogante que conheço a satisfação de saber o quanto ele me afeta.

Ele revira os olhos, mas não fala nada, e então, depois de se assegurar de que o carro está devidamente trancado, caímos em um passo lento, atravessando as vielas residenciais até chegarmos a uma casinha azul com algumas mesas na calçada; um toldo vermelho mantém os fregueses na sombra, e um cheiro delicioso toma conta de todo o ambiente, nos alcançando até mesmo do lado de fora. Uma lousa escura está posicionada logo na entrada, nos informando que o prato do dia é o gnocchi da *nonna* Sofia, com tiramisu de sobremesa.

Uma moça muito atraente, com um avental preto amarrado com firmeza na cintura fina, se aproxima de nós e come Luca com os olhos, o que me deixa estranhamente incomodada.

— *Buon pomeriggio! Tavolo per due?* — ela pergunta, com um sorriso que revela os dentes brancos e perfeitamente alinhados, seus olhos castanhos analisando o homem ao meu lado de cima a baixo sem qualquer preocupação em ser discreta.

Sinto meu sangue ferver.

— *Sì, grazie.* — Luca sorri de volta e dá um passo para o lado, envolvendo minha cintura com um braço forte e me trazendo para perto. Meu estômago dá um salto, e meu coração acelera, então é assim que vai ser? — *Io e la mia ragazza stiamo morendo di fame.*

Não entendo o que ele diz além de "sim" e "fome", mas alguma coisa faz com que a garçonete atirada deixe o sorriso se transformar em uma meia carranca enquanto nos conduz até uma mesa no interior do salão.

O restaurante é uma típica cantina italiana, com mesinhas redondas e intimistas espalhadas por um espaço aconchegante, as paredes são repletas de fotos de família, mostrando que o estabelecimento é quase tão antigo quanto a cidade, e uma música baixa, que reconheço como "Il Mondo", do Jimmy Fontana, preenche o ambiente, tornando tudo muito romântico, mesmo que ainda seja hora do almoço.

É possível ouvir a voz estridente de uma idosa italiana mesmo por cima da música, e deixo escapar um sorriso ao constatar que a voz provavelmente pertence à *nonna* Sofia, que comanda a cozinha e a todos com as mãos de ferro de uma típica chefe de família.

Luca puxa uma cadeira para mim, e eu me sento e estico o pescoço para conseguir enxergar a cozinha através de uma janela de vidro na lateral do restaurante.

— Que legal este lugar! Como você conhecia? — pergunto quando ele toma seu lugar na cadeira à minha frente.

— Eu morei na Itália durante seis meses no ensino médio, mais precisamente em Gênova, e acabei conseguindo um emprego como garçom bem aqui neste restaurante — ele conta, despreocupado, abrindo o cardápio e analisando as opções disponíveis. — Eu costumava ajudar todo dia depois da aula, e foi assim que consegui juntar dinheiro suficiente pra comprar meu primeiro carro quando voltei ao Brasil.

Fico admirada. Mesmo sabendo que Luca não vem exatamente de uma família rica, ainda me surpreende o fato de saber que ele precisou trabalhar para conseguir suas coisas, mesmo que tenha sido um emprego na Itália.

— Pensei que você tivesse trabalhado no restaurante da sua família — digo, e me arrependo no mesmo instante. Ele claramente vai deduzir que fiquei sabendo dessa informação através de fofocas, e então saberá que eu fofocava sobre ele na faculdade. — Quer dizer, é a conclusão óbvia, já que eles têm um restaurante.

Ele assente, parecendo não prestar atenção no meu debate interno, os olhos vidrados nas páginas do cardápio.

— Também trabalhei no Stella. Na verdade, foi lá que passei quase toda a minha adolescência; depois, quando me formei na escola, ainda passei dois anos por lá, ajudando meus pais. — Ele fecha o cardápio, decidido, e gesticula com a mão para que a garçonete se aproxime. — Você já escolheu? Eu sugiro que peça o gnocchi, ninguém faz tão bem quanto a *nonna* Sofia.

A garçonete vem até nós, já com bloquinho e caneta nas mãos, e força um sorriso, o que só aumenta minha curiosidade por saber o que diabos Luca falou para ela assim que chegamos para mudar tão drasticamente sua atitude em relação a ele.

— *Avete già deciso?*

Olho para Luca, em busca de ajuda, e ele sorri para mim, dando uma piscadela divertida que faz meu coração sambar dentro do peito, antes de se virar para a mulher de pé ao lado da nossa mesa.

— *Sì, vorremmo degli gnocchi.* — Ele para, considerando algo por alguns segundos, esperando enquanto ela rabisca nossos pedidos em seu bloco de notas, e então adiciona: — *E delle spremute d'arancia molto fresche, per favore.*

Quando ela se afasta em direção à cozinha, inclino meu corpo para a frente e apoio os cotovelos na mesa, mesmo sabendo que isso é um erro quase mortal de etiqueta e que, se minha mãe pudesse me ver agora, provavelmente teria uma síncope.

— O que pediu?

— Gnocchi e suco de laranja, aprovado? — Ele sorri e também inclina o corpo para a frente, deixando o espaço entre nós quase inexistente.

Respiro fundo, e consigo sentir seu cheiro invadindo meus sentidos, me deixando tonta, com vontade de...

— Luca! — A voz que ouvimos mais cedo gritando comandos na cozinha se materializa ao lado de nossa mesa, e viro a cabeça para ver uma idosa baixinha e dona de um par de olhos castanhos gentis, com o cabelo muito branco preso em um coque firme, sorrindo largamente para o homem que me acompanha.

Nonna Sofia, penso, no mesmo instante em que Luca se levanta e a envolve em um abraço apertado, erguendo-a para si e tirando seus pés do chão, o que faz com que ela dê um tapa em seu ombro, mas o sorriso que adorna o rosto maduro não se desfaz em nenhum momento durante a interação calorosa entre os dois.

— *Nonna!* — Luca exclama, animado, seu sorriso aberto e sincero, os olhos azuis brilhando ao falar com a dona do restaurante. Sinto algo quente e familiar se espalhando por meu peito ao vê-lo assim, tão verdadeiramente feliz. Ao mesmo tempo, consigo ouvir as sirenes de alerta ligando no fundo de minha mente, altas e escandalosas: *se controla, Cat!* — Sentiu saudades de mim?

— Nunca! — Fico surpresa quando ela o responde em um português carregado de sotaque. — Dei graças a Deus quando você foi embora, *non ricordi?*

Assisto em silêncio enquanto os dois conversam, alternando entre o italiano e o português, e me pego interessada em saber a história de como Luca veio parar aqui, em um restaurante minúsculo em uma viela de Gênova. *Nonna* Sofia vira os olhos escuros em minha direção, e eu me empertigo na cadeira, tentando parecer apresentável, apesar de ter quase certeza de que devo estar com uma pizza de suor marcando minha blusa por baixo da axila.

— *E chi è questa ragazza?* — ela indaga, olhando de mim para Luca com um sorriso matreiro nos lábios. — *Tua moglie?*

Luca parece ter sido pego de surpresa pela pergunta, e algo que nunca pensei que fosse presenciar na minha vida acontece: ele fica vermelho. Não corado, *vermelho*, como um pimentão, podendo muito bem fazer par com a cor de sangue das paredes do restaurante. Ele leva uma mão à nuca e me encara, sem jeito, antes de se virar para *nonna* Sofia e responder:

— *No, nonna, ho divorziato da Clara. Questa è Catarina.*

Não preciso ser fluente em italiano para entender o que ele acabou de dizer: "Eu me divorciei da Clara, esta é Catarina", e agora sou eu quem está vermelha. Sinto o calor subir por meu pescoço e se espalhar por minha face no momento em que entendo as implicações da resposta. Ela achava que eu era a *esposa* de Luca, Clara, a modelo perfeita de pernas impossivelmente longas. De repente, me sinto inadequada e muito autoconsciente da maneira como meus braços parecem grandes demais na blusa de alcinha. Eu jamais poderia ser confundida com uma supermodelo.

Nonna Sofia me analisa em silêncio, o que só contribui para meu nervosismo diante da situação inusitada. Quando acordei esta manhã, não imaginava que seria julgada e medida minuciosamente pela ex-patroa de Luca, nem que me importaria tanto com isso. Ela senta na cadeira anteriormente ocupada pelo advogado e estreita os olhos para mim, fazendo meu sangue gelar.

— Namorada? Também brasileira? — pergunta, o sotaque italiano carregado.

Antes que eu possa responder, Luca está de pé ao meu lado, a mão forte e áspera envolvendo a pele exposta do meu ombro de maneira protetora.

— Sim, para as duas perguntas.

Fico tonta com a rapidez com que ergo meu pescoço para encará-lo. *Mas que diabos...?* Ele parece calmo, sustentando a mentira com uma firmeza tão grande que me faz duvidar da minha própria sanidade, e me questiono se realmente começamos a namorar em algum ponto dos últimos dias e eu apenas não me lembro do ocorrido.

Fico calada, mantida no lugar pelo aperto quase incômodo da mão de Luca no meu ombro, e tento formar algum pensamento coerente quando ele se abaixa e deposita um beijo rápido em minha bochecha. Estou muito consciente de que estamos interpretando um papel para *nonna* Sofia, só não sei por quê. Ela sorri, os cantos dos olhos enrugando-se com o gesto, e bate as mãos uma na outra.

— Fico feliz, Luca! — ela diz, aparentemente satisfeita. — Que bom que a trouxe aqui. Sabe que é como um neto, não sabe?

— Sim, *nonna,* fico feliz que a esteja conhecendo. Catarina é muito importante para mim. — Fico chocada ao notar a facilidade com que as mentiras saem de sua boca, e me esforço para manter uma expressão neutra quando ele puxa uma cadeira de outra mesa e se senta ao meu lado, circulando os meus ombros com um braço bem definido. — *Non è bella?*

Luca e *nonna* Sofia conversam por mais alguns momentos, e eu permaneço calada, preferindo me concentrar na estampa xadrez da toalha de mesa a tentar entender o italiano deles. Ela parece genuinamente feliz por eu ser a nova namorada, ou, como ela diz, *fidanzata* de Luca, e se assegura de que um garçom mais velho nos sirva continuamente cestas de *grissini* de parmesão e deliciosas *bruschette* com presunto de parma.

Tento parecer simpática, mas não sei se consigo me sair muito bem, tendo em vista que, quanto mais o tempo passa, mais cresce minha ansiedade em relação às horas que ainda teremos de passar na estrada.

Eu realmente achei que fôssemos comer com pressa e cair fora em seguida, mas não é o que acontece.

Quando a dona do restaurante enfim pede licença e volta para a cozinha, dizendo que vai supervisionar o preparo de nossa refeição, permito-me soltar o ar e relaxar, antes de me virar para Luca e fuzilá-lo com os olhos. Ele parece tranquilo, comendo as entradas com uma calma que em nada denuncia a urgência de nossa situação ou mesmo a fragilidade da mentira contada à *nonna* Sofia, em alto e bom som.

— Eu posso saber desde quando a gente tá namorando? — pergunto, em voz baixa, quando tenho certeza de que não poderemos ser ouvidos por mais ninguém.

Ele termina de mastigar o pedaço de pão e o engole antes de me responder com aquele sorriso debochado que tanto me desconcerta.

— Ué, eu achei que depois de ontem... — Sua voz adquire um tom ofendido, mas os olhos azuis brilham com um divertimento juvenil. — Você não vai assumir a responsabilidade depois de praticamente me agarrar?

Reviro os olhos e também pego um pedaço de pão, molhando-o no azeite trufado, e o levo até a boca, mastigando devagar.

Meu Deus, que coisa deliciosa.

— Eu não, você é rodado, Luca. — Divirto-me com a expressão de ultraje que atinge suas feições, o canto dos olhos azuis se enrugando. — Se beijar você fosse critério para namorar, acho que namoraria meio mundo! Estou errada?

Ele se aproxima mais de mim, sua respiração ressoando na pele da minha bochecha.

— Não acredito que você está fazendo *slut-shaming* comigo.

— E eu que você sabe o que é *slut-shaming*.

— Tenho uma irmã mais nova, sabia? Ela me mantém atualizado.

Lembro vagamente de um dia quando estávamos na faculdade, em que uma garotinha de cabelo dourado o acompanhou durante algumas aulas; na época, cheguei até a pensar que ele fosse pai, mas depois, graças à efetiva rede de fofocas do campus, descobri se tratar de sua irmãzinha, de quem ele cuidava de vez em quando.

— Stella, certo? — pergunto, e tomo um gole da minha bebida, a temperatura gelada servindo como um alento diante do calor.

O barulho tímido de alguns ventiladores de teto e a música baixa que ecoa no salão, além de algumas conversas intimistas, são os únicos sons entre nós, enquanto ele me analisa silenciosamente.

— Stella — ele repete o nome da irmã, com uma afeição que nunca vi refletindo em suas piscinas azuis. — Ela é um pouco mais jovem que a Lu. Meus pais nem sabiam que ainda podiam engravidar, e então ela chegou.

É estranho pensar em Luca como irmão mais velho, ainda mais de uma menina mais jovem que Luana, mas o carinho e o amor que transparecem em seu rosto diante da mera menção a ela enchem meu peito de uma sensação familiar. Ele entende.

— Sei bem como é. Quando tem essa diferença grande de idade, é quase como se a gente se tornasse pai também, né?

A garçonete chega com nossos pratos, e sinto minha boca encher-se de saliva ao ter as narinas invadidas pelo cheiro delicioso do gnocchi fumegante.

— Uau! Isso aqui tá com uma cara maravilhosa!

Levo uma garfada cheia até a boca, ansiosa para sentir a miríade de sabores marcantes que, tenho certeza, delineiam o prato, mas no lugar do prazer característico que sinto sempre que saboreio uma boa refeição, sou surpreendida pela alta temperatura que queima minha boca.

Sem querer ser mal-educada, me forço a engolir a comida e alcanço talvez um pouco rápido demais o copo de suco, virando tudo de uma vez só em uma tentativa desesperada de salvar minhas papilas gustativas. Meus olhos lacrimejam, mas posso ver através da névoa o rosto de Luca, que claramente está se segurando para não cair na risada.

Ele estende seu próprio copo de suco, e aceito sem cerimônia, tomando um longo gole a fim de aliviar a sensação de queimadura. Isso que dá ir com tanta sede ao pote.

— Calma, coma mais devagar, a *nonna* costuma servir pratos muito quentes. — Ele pega um guardanapo de tecido dobrado sobre a mesa e alcança meu rosto, limpando meus lábios em um gesto tão íntimo quanto inocente. — Ela diz que a temperatura influencia no sabor da comida.

Estou ocupada demais tentando recuperar a dignidade para me importar com sua mão, que se move por minhas costas de maneira apaziguadora, como se estivesse consolando uma criança que se machucou ao desobedecer ao pai.

A naturalidade com que ele me toca deveria me deixar de cabelo em pé, mas, em vez disso, permito-me relaxar sob o calor de sua mão, aproveitando um pouquinho até demais sua atuação para *nonna* Sofia.

Quando estou mais calma e minha boca para de formigar, viro-me para ele e pergunto, em voz baixa:

— Por que inventou para a *nonna* Sofia que sou sua namorada?

Ele parece ponderar por alguns minutos e dá uma garfada em seu próprio prato, soprando levemente o gnocchi antes de estendê-lo em minha direção, como se esperasse que eu... comesse? O que ele pensa que eu sou? Um bebê?

— Ande, coma, e eu explico — ele diz, ainda com o garfo estendido na frente da minha boca.

Decido por não contestá-lo nesse momento, preferindo um confronto mais privado, longe dos ouvidos abelhudos da garçonete que, apesar de ser italiana, com certeza está prestando atenção em tudo o que falamos e também em todas as nossas ações. Ela olha para Luca como se ele fosse a sobremesa mais deliciosa do mundo e, para mim, como se eu fosse a dentista malvada que a proibiu de comer doces.

Sendo assim, por não desejar causar uma cena no restaurante que foi palco de um tempo muito importante da adolescência do advogado ao meu lado, cedo e como a massa que ele me oferece, sendo consumida pelo constrangimento verdadeiro de estar sendo alimentada na boca (e em público!) no auge dos meus vinte e nove anos.

Enquanto mastigo e, agora sim, saboreio tudo o que a mistura de sabores tem a me oferecer, Luca começa a falar em uma voz muito baixa, quase um sussurro:

— *Nonna* Sofia é... — ele coça o queixo com a mão livre, procurando uma palavra — ... tradicional. Ela sempre quis conhecer minha ex-mulher, mas o casamento acabou antes que eu tivesse tempo de trazê-la e apresentá-la a todos por aqui. Quando ela perguntou se você era minha mulher... — Termino de engolir a massa, e ele guarda uma mecha de cabelo revolta atrás da minha orelha, me olhando com algo perigosamente perto de carinho, o que leva minha barriga a se tornar um borboletário. — Eu só queria vê-la tranquila. Que soubesse que encontrei alguém que vale a pena... Que não estou sozinho. Ela já é bem velhinha, e não sei se a verei de novo, entende? Eu trabalho muito, acabo não tendo tempo para viajar.

Absorvo a informação com cuidado, tentando catalogar esse Luca dedicado à felicidade de velhinhas no local obscuro da minha mente que sempre foi reservado especialmente para ele. Depois disso, fica fácil perceber o porquê do encantamento de todas as mulheres por ele, e temo estar indo pelo mesmo caminho, pois, a cada momento juntos, me é revelada uma nova faceta desse cara que sempre julguei conhecer tão bem.

Minha mente vagueia até Clara, nossa colega de faculdade que largou o Direito para se enveredar na carreira de modelo. Ela sempre foi belíssima, dona de uma pele bronzeada de dar inveja a qualquer um, além da longa cabeleira preta e das pernas que pareciam se estender por quilômetros sempre que ela deslizava pelos corredores entre uma aula e outra.

É claro que, sendo tão linda, e sabidamente inteligente, ela acabou chamando a atenção de uma agência de publicidade e, depois de ser garota propaganda da própria faculdade, não parou de receber mais e mais convites de trabalho. Ela e Luca eram o casal perfeito, e o divórcio, depois de pouco tempo do casamento, caiu como uma bomba para todos que os conheciam.

Fico um pouco envergonhada. Era evidente que *nonna* Sofia esperava por Clara quando soube que Luca estava aqui com uma mulher, e recebeu... bem, eu. Não que eu seja feia nem nada; sou uma mulher atraente, mas não chego perto do nível de beleza de uma modelo profissional, isso sem contar que, se eu fosse apenas alguns centímetros mais baixa, poderia ser facilmente confundida com uma criança, tendo apenas um metro e sessenta e três centímetros de altura.

— Você acha mesmo que ela ficou feliz? — pergunto, e ele se limita a assentir com um movimento discreto da cabeça. — Ela nunca viu uma foto da Clara ou algo assim?

Luca come de seu próprio garfo, sem se importar com a troca de saliva, e me sinto boba por me atentar a um detalhe tão juvenil. Pessoas adultas dividem talheres e não passam horas divagando sobre isso, afinal, não estamos em um daqueles seriados sul-coreanos da Netflix que tia Maitê adora, nos quais apenas o toque de uma mão na outra simboliza um compromisso público entre duas pessoas.

Ele mastiga lentamente, fechando os olhos para apreciar por completo o sabor disposto pelos ingredientes, seus cílios longos e escuros contrastando com a pele levemente bronzeada. Noto, pela primeira vez, as marcas discretas ao redor de seus olhos, denunciando que, talvez, ele seja uma pessoa que sorri demais.

Me pergunto quantos desses sorrisos são genuínos e quantos são aqueles que nós, como advogados, ensaiamos para usar com clientes ou juízes. Ele abre os olhos, e sou sugada para dentro dessas piscinas azuis com tanta intensidade que esqueço de ficar constrangida por ter sido pega o observando tão descaradamente.

— Sim, ela ficou feliz — ele diz, sorrindo —, é a primeira vez que ela me vê com uma mulher, pra falar a verdade. *Nonna* Sofia não é adepta das redes sociais, então acho que nunca viu uma foto da Clara, mas não tenho certeza. — Por cima da mesa, sua mão encontra a minha em um aperto reconfortante. — De qualquer forma, você sempre teve esse carisma atrapalhado que é um sucesso entre os mais velhos, posso apostar que as famílias de todos os seus namorados sempre gostaram de você, estou errado?

Bem, o que ele diz faz um tanto de sentido. Realmente, sempre fui a pessoa que se dava bem com os pais dos amigos, assim como com os amigos dos meus pais. Além disso, em todos os meus relacionamentos (que não foram tantos assim), eu sempre acabava nutrindo uma amizade verdadeira com minhas sogras e, quando eles acabavam, o sofrimento era muito maior por ter de me distanciar delas do que de seus filhos. Para mim, que sempre lutei pelo reconhecimento e pelo carinho da minha mãe, a ideia de ser tratada como uma filha por essas mulheres era algo poderoso e reconfortante, e por isso eu me esforçava para ser sempre a minha melhor versão com elas.

— Quando você fala em sucesso entre os mais velhos... — Minha boca se move sem minha permissão, mas não consigo evitar o que vem logo em seguida: — Você está incluso?

Um lampejo de surpresa passa por seus olhos, sendo rapidamente substituído por um calor muito maior do que o enfrentado em nosso caminho até aqui, e então ele está sorrindo outra vez, com as covinhas se fazendo presentes. Meu coração martela, e suspeito fortemente que, se não fosse pelo barulho vindo da cozinha e pela música ecoando pelo salão, todos poderiam ouvir o ritmo frenético que toma conta da minha caixa torácica.

Luca não é muito mais velho do que eu (apenas seis anos: a idade de uma criança em sua fase de alfabetização. Gosto de contar o tempo dessa forma, e, ao analisar quão avançada essa criança seria em seu processo de aprendizado ou desenvolvimento, posso aferir se a medida de tempo é considerada grande ou pequena), mas muitas vezes sinto como se ele tivesse décadas de experiência além dos seus trinta e cinco anos.

A maneira como ele se move pelo mundo e pela vida, como se estivesse terrivelmente confortável em sua própria pele, é algo que não vejo nem mesmo em homens mais velhos e mais bem-sucedidos que ele. E por ter trabalhado durante anos na área do direito empresarial, digamos que convivi com uma parcela considerável desse tipo de gente. Luca é do tipo que parece saber um segredo que ninguém mais sabe, e está sempre muito satisfeito com isso.

O tempo fica suspenso no ar enquanto aguardo sua resposta à cantada mais descarada que já dei na vida — e tinha de ser justamente direcionada a ele, já que, comigo, desgraça pouca é bobagem.

Tenho uma habilidade incrível de passar vergonha em todas as situações nas quais me coloco, e agora estou me segurando para não arrancar minha mão de seu domínio e roer as unhas em um ímpeto de fúria, destruindo por completo a manicure delicada feita antes da viagem para o casamento.

Ele *finalmente* quebra o silêncio, apertando o play no mundo que ficou imerso por tortuosos e longos segundos, limpa a garganta com um pigarro e diz:

— Você sabe que sim... — diz, com a voz rouca, baixa, e sua expressão me lembra dos momentos compartilhados na noite anterior: quando desejo, curiosidade e divertimento disputam espaço em seus olhos — ... apesar de não apreciar sua colocação nada discreta sobre nossa nem tão significativa diferença de idade.

Sinto meus ombros relaxarem no mesmo instante, e percebo que estava esperando sua resposta como quem espera a resposta da banca após apresentar um TCC. Sinto vontade de rir de mim mesma.

O que é isso? Um flerte inocente? Algo para passar o tempo e massagear meu ego há muito ferido após repetidas rejeições em todas as áreas da minha vida? Ou é algo mais?

Sinto-me boba assim que o pensamento atravessa minha mente.

Nunca poderia ser algo mais. Não com Luca. Mesmo que seu olhar, neste momento, me puxe para perto como se eu fosse um satélite, incapaz de escapar de sua órbita.

13

Largo a colher no prato vazio de tiramisu sem muita cerimônia e sem me preocupar com as regras de etiqueta, exaustivamente explicadas pela minha mãe ao longo de minhas quase três décadas de existência. Sinto que vou explodir a qualquer momento depois da farta refeição, e me controlo para não abrir o botão que mantém meu short jeans fechado.

Foram cerca de duas horas em que não me permiti ficar preocupada com o tempo, que se esvai rapidamente em nossa busca pela cópia do tal anel da família de Carlos. Aproveitei de verdade tudo o que a autêntica culinária genovesa tinha a oferecer e ouvi histórias interessantíssimas sobre o tempo em que Luca chegou ao restaurante, franzino e atrapalhado, procurando por um emprego e clamando aos quatro ventos sua vasta experiência com cozinha.

Segundo *nonna* Sofia, ele aceitou de muita má vontade um emprego lavando os pratos, mas demorou pouco tempo até que provasse seu valor e se tornasse ajudante da idosa, sendo especialmente cuidadoso na escolha dos vegetais e carnes nas feiras de rua. Além disso, também acabei descobrindo o trato entre os dois: Luca a ensinaria português e ela o ensinaria a cozinhar, mas cozinhar *de verdade,* nada da comida sem qualquer substância que ele insistia em dizer que era alta culinária. Fico curiosa para conhecer mais sobre esse Luca adolescente, e ainda mais para saber o porquê de ele ter abandonado o sonho de ser chef para se tornar advogado.

    Será que, assim como eu com minha vontade de ser escritora, ele também pensou que aquilo era algo fantasioso demais para o pragmatismo do mundo onde vivemos? Um mundo regido primordialmente pelo dinheiro e pelas aparências? Eu me lembro de como ele estava feliz e confortável quando o encontrei na primeira noite da *villa*, com a frigideira em punho e um sorriso despreocupado adornando as feições másculas e bonitas, e sou acometida por uma tristeza que não me pertence.

    Não tenho o direito de sofrer pelos sonhos que ele abandonou pelo caminho até se tornar quem é, por esse homem bem-sucedido e cheio de camadas que só agora estou descobrindo serem mais e mais interessantes. Não. Tenho que parar de projetar minhas próprias frustrações nas outras pessoas, em um tipo de empatia forçada que só contribui para o meu narcisismo inerente. Nem mesmo sei se ele realmente queria ser chef, ou se era apenas um adolescente entediado durante seu tempo no exterior.

    É só que... é reconfortante. Imaginar que não sou a única que passou tempo demais trilhando uma estrada que não era a minha. Como se fosse um tipo de afirmação pessoal: *Ainda há tempo. Você está bem. Você é corajosa por ir atrás dos seus sonhos; não deixe que ninguém diga o contrário.*

    O som do sino acima da porta informa a chegada de novos fregueses. *Nonna* Sofia se levanta, deixando escapar um sorriso maternal na direção de Luca antes de se afastar e sumir cozinha adentro.

— Ela te adora — afirmo, pois não há dúvidas. — O que é isso que você tem com mulheres mais velhas?

— Como assim? — Luca estica as pernas embaixo da mesa e inclina o tronco para trás, espreguiçando-se como um gato. O movimento faz com que sua camisa suba alguns centímetros, e então me pego hipnotizada pelo pedaço de pele bronzeada coberto por alguns pelos finos que fazem um caminho reto até... — Pelo visto também funciona com mulheres mais novas...

Levanto meu olhar tão rápido que sou atingida por uma leve vertigem, e sinto minhas bochechas esquentarem ao ser flagrada em um momento de devaneio nada inocente. Ele se ajeita na cadeira e puxa a camisa para baixo sem tirar o olhar do meu, em um desafio silencioso; consigo detectar debaixo da fachada debochada sua curiosidade para saber o que direi após ter sido pega em flagrante delito.

— Ah, então quer dizer que você também andou se exibindo assim para a *nonna* Sofia? — brinco, me permitindo sentir a leveza proporcionada pelo momento. — Tenho de admitir que, se esse for o caso, ela é mais safada do que parece!

E então, algo surpreendente — não, algo *incrível* — acontece diante dos meus olhos, tanto que pisco algumas vezes para ter certeza de que não estou imaginando coisas: Luca joga a cabeça para trás e ri — não, ele gargalha —, alto, livre, com tanta verdade que lágrimas escapam pelos cantos de seus olhos azuis. Ele dobra o corpo para a frente, abraçando a própria barriga, e ri tanto que até mesmo *nonna* Sofia sai da cozinha para descobrir o motivo de tanta algazarra.

Sei que sou engraçadinha, mas será que sou tanto assim? Será que estou desperdiçando um talento quando, na verdade, estaria ganhando rios de dinheiro se seguisse uma carreira em *stand-up*?

Luca ainda está rindo quando *nonna* Sofia acerta o ombro dele com um rolo de macarrão, a expressão irritada em seu rosto servindo de máscara para o divertimento que traz no tom de voz:

— Posso saber qual é a graça? Vai espantar todos os *clienti*!

O advogado consegue controlar o riso aos poucos e passa as mãos nos olhos a fim de limpar as lágrimas. Realmente, a cena acabou atraindo a atenção das outras mesas, mas os demais fregueses nos olhavam muito mais com curiosidade do que com irritação. Luca se endireita na cadeira e lança um de seus sorrisos charmosos para *nonna* Sofia, acompanhado de uma piscadinha fatal que, tenho certeza, seria capaz de fazer metade das mulheres que conheço desmaiarem na hora.

— Não vai querer saber, *nonna* — ele diz.

Nonna Sofia levanta o braço para atingi-lo novamente, mas o movimento para no meio e é seguido por um grito agudo da idosa, junto de uma expressão que, sem dúvida, evidencia dor. Levantamos em um pulo e, se em um segundo Luca estava se divertindo, no outro era o retrato perfeito de um neto preocupado, guiando a avó até a cadeira antes ocupada por ele e se abaixando de modo a ficar no campo de visão dela.

Alguns funcionários, ao notarem a comoção, se aproximam, e os clientes param suas refeições, assistindo à cena que se desenrola diante deles.

— Ai, ai, ai! *La mia spalla!* — *nonna* Sofia reclama quando Luca toca o ombro dela.

Seus olhos azuis encontram os meus, e sei exatamente o que ele quer me dizer: *É culpa minha, o que eu faço?* Fico assustada com a facilidade de nossa comunicação. A única pessoa com quem converso sem palavras é tia Maitê; nem mesmo com Lu tenho uma conexão tão forte, e a ideia de tê-la com Luca é inquietante, mas não tenho tempo para me preocupar com isso ou de surtar internamente, como faria se a situação não fosse urgente.

Temos uma idosa machucada e, ao que tudo indica, nenhum médico no local.

A garçonete que nos atendeu aparece com uma bolsa de gelo e a posiciona no ombro de *nonna* Sofia, mas de nada adianta; as feições da mulher mais velha continuam contraídas de dor, e sua compleição já adquire um tom pálido, com seus lábios se contraindo em uma linha reta.

Fico parada em silêncio, atrás de Luca, enquanto ele conversa em voz baixa com ela, as sobrancelhas grossas e escuras se juntando em uma expressão preocupada. Toco suas costas em uma tentativa de demonstrar apoio, e o calor que emana de sua pele através do tecido da camisa deixa as pontas dos meus dedos formigando. Percebo quando ele (inconscientemente?) se inclina em direção ao meu toque, e reprimo um sorriso aliviado que ameaça sair. Não é o momento para me sentir bem sobre o que quer que esteja acontecendo entre nós.

Depois de alguns momentos, fica claro que *nonna* Sofia não terá condições de voltar para a cozinha tão cedo, uma vez que, segundo o que Luca me explicou, ela tem uma calcificação no ombro, e o movimento abrupto acabou causando uma crise de dor no local. Assim, ela terá de ir ao hospital e realizar um exame de imagem a fim de definir o melhor curso de tratamento, que provavelmente consistirá em repouso e medicação.

O sino em cima da porta toca outra vez, sinalizando a entrada de novos clientes no restaurante, e o relógio na parede indica o horário: uma da tarde. *Nonna* Sofia tenta se levantar, mas é impedida por Luca e pelos demais funcionários. Irritada, ela tenta erguer o braço para acertá-lo novamente com o rolo de macarrão, mas Luca se esquiva no mesmo instante em que ela volta a se contrair de dor.

— Preciso voltar pra cozinha! Temos reservas para dois aniversários no período da tarde — a idosa reclama, enquanto mantém a bolsa de gelo pressionada contra o ombro. — Eu não posso perder essas mesas, Luca. Tenho contas a pagar.

Posso ver o momento em que Luca respira fundo, tentando ficar calmo, com uma veia em seu pescoço ameaçando saltar a qualquer momento, e então ele é novamente o homem carismático, o advogado com a melhor capacidade argumentativa que conheço, capaz de convencer qualquer pessoa a fazer qualquer coisa (menos conseguir o carro que queria na loja de aluguel, mas isso é outra história).

— *Nonna,* deixe que Francesca a leve até o hospital, eu posso ficar na cozinha — ele diz, a voz macia e baixa.

Quero perguntar quem é Francesca, mas não preciso, pois no momento em que abro a boca, a garçonete se inclina na direção dos dois, e posso ver o pequeno crachá dourado em seu peito: *Fran*.

Então quer dizer que ele a conhece? Será que ela já trabalhava aqui na época do intercâmbio? De qualquer maneira, ela parece muito jovem para isso. Não deve ter mais do que vinte e cinco anos. Fico tão desconcertada com a descoberta de que, talvez, Luca tenha uma história com a garçonete atirada, que não percebo as implicações de sua oferta: ele está nos atrasando ainda mais em nossa missão de conseguir a cópia do anel de Lu.

Estou tão imersa em minha própria crise que perco o momento em que *nonna* Sofia se vai, acompanhada pela garçonete que agora tem um nome, Francesca. Luca se levanta e, como sempre, nossa diferença de altura é algo que me deixa inquieta. Ele parece decidido quando olha para mim e diz:

— Se você não parar de pensar agora, vai acabar saindo fumaça das suas orelhas. — Ele estende a mão e, com o polegar, desfaz o vinco formado no espaço entre minhas sobrancelhas. — Vai dar tempo, Catarina. Eu prometo.

Quero argumentar, dizendo algo como *Você é tão egoísta por propor uma coisa dessas*, mas sei que ele não é egoísta. Muito pelo contrário, durante o pouco tempo que passamos juntos, descubro cada vez mais que a impressão que tive dele desde quando o conheci não poderia estar mais longe da verdade.

Não quero ser a chata insensível que o impede de ajudar uma idosa, então apenas balanço a cabeça, como se estivesse concordando com algo muito importante e razoável.

— Você acha que a gente consegue chegar em Montemerano ainda hoje? — pergunto, sabendo que provavelmente a resposta será negativa, mas ainda querendo me apegar ao fio de esperança de que conseguirei não arruinar o casamento da minha irmã.

— Acho. — Ele para e espia algo por cima do meu ombro. Eu me viro para ver o que chamou sua atenção, e observo uma mesa grande ser ocupada por um grupo de cerca de dez pessoas, uma delas trazendo um bolo decorado nas mãos. Luca toca meu ombro e chama minha atenção de volta para ele: — Mas vou precisar da sua ajuda agora que Francesca se foi. Você já serviu mesas?

Quando eu tinha por volta de catorze anos, tia Maitê decidiu abrir uma lanchonete fitness no andar de baixo de uma academia superbadalada, que era de seu namorado da época. Durante um bom tempo, ela havia se convencido de que, se participasse do máximo de aulas de pilates possível e mantivesse um empreendimento que ajudasse o dele, o tal Robertão Maromba (não tô brincando, esse realmente era o apelido do cara) seria incapaz de olhar para as moças siliconadas que passavam o dia malhando em sua academia.

Naquelas férias de julho, enquanto as outras garotas viajavam para os lugares mais legais que alguém podia imaginar, eu tive que lidar com uma grande mudança em nossa família: o desemprego do meu pai, que, após mais de vinte anos trabalhando como gerente de uma papelaria tradicional da cidade, havia sido mandado embora sem mais nem menos. Ou seja, o dinheiro recebido por seu seguro-desemprego tornou-se a única fonte de renda em nossa casa.

Um dia, ao desabafar com tia Maitê sobre a minha vontade de ajudar meus pais (eu já havia começado a vender docinhos nas paradas de ônibus da cidade, mas o meu dinheiro não fazia muita diferença no fim do mês), ela me ofereceu uma oportunidade de emprego: eu poderia ser garçonete de sua lanchonete durante as férias e, depois que as aulas voltassem, poderia trabalhar com ela somente no período da tarde. Claro que aceitei, afinal, poderia trabalhar ao lado da minha pessoa favorita no mundo e ainda ganhar um dinheirinho para ajudar com as contas que meus pais estavam tendo dificuldade para pagar.

E assim foi feito. Passei a ajudar minha tia com sua lanchonete e, no fim, virei uma espécie de faz-tudo. Batia os *shakes* proteicos que eram sucesso de vendas, atendia mesas, fazia faxina... E foi exatamente por isso que, ao amarrar em volta da minha cintura o avental preto deixado por Francesca, eu sabia exatamente o que precisava ser feito.

Claro que... o idioma é uma barreira, mas não é intransponível. Os clientes apontam o que querem no cardápio, e eu sou rápida em passar os pedidos para a cozinha, onde Luca trabalha incansavelmente para substituir a dona do restaurante.

Equilibro uma bandeja com duas taças de Aperol Spritz e sirvo duas senhoras elegantes que conversam sentadas em uma das mesas externas. A mais baixa usa óculos de sol vintage belíssimos, e a mais alta é o tipo de mulher que você sabe que já foi absurdamente bonita em sua juventude, com os cabelos tingidos de loiro e presos em um coque baixo e atemporal. *Quero ser assim quando crescer*, penso ao me distanciar da mesa das duas após anotar os pedidos e adentro o salão, onde os aromas dos pratos preparados por Luca serpenteiam pelo ar e fazem com que o meu estômago, mesmo cheio devido à nossa comilança anterior, se contorça em expectativa.

Tenho de ficar me lembrando a todo momento de que preciso parar de me surpreender com Luca. Tenho de parar de me surpreender com o tom grave de sua voz quando ele fala em um italiano perfeito, tenho de parar de me surpreender com as veias de seus braços saltando sempre que ele levanta alguma panela mais pesada, tenho de parar de me surpreender com a maneira como ele parece navegar dentro da cozinha com tanta naturalidade, fazendo parecer que nasceu para isso e, acima de tudo, tenho de parar de me surpreender com as reações nada inocentes do meu corpo sempre que ele olha para mim e sorri com aquelas malditas covinhas.

Eu me aproximo da janelinha de vidro que dá acesso à cozinha e aceno o papel com o pedido das senhoras. Luca se afasta da estação de trabalho e se aproxima, o suor pingando de sua testa, os olhos azuis brilhando com algo tão... novo. Algo parecido com felicidade. *Então esse é Luca em seu habitat natural.*

— O que tem para mim, Catarina? — ele pergunta, analisando o garrancho que é minha caligrafia no papel branco. — Isso aqui é uma letra "c"?

— Sim, chef! — respondo, divertida. — A mesa três pediu caprese de camarão.

— Certo... — Ele franze a testa e entrega o papel ao rapaz que, imagino, seja o assistente de cozinha, depois ergue os olhos e sustenta o olhar no meu por um, dois, três... Luca limpa a garganta e balança a cabeça, como se quisesse espantar um pensamento intruso. — Francesca ligou. *Nonna* Sofia não conseguirá voltar hoje, mas expliquei que estávamos com pressa de cair na estrada, então o Pietro já deve estar chegando para podermos ir, tudo bem?

Ignoro a pontada de ciúme totalmente irracional que me atinge ao ser informada de que ele conversou com a garçonete atirada por telefone.

— Pietro?

— O filho mais velho da *nonna*. O pai da Francesca. Ele também é chef de cozinha, o que significa que posso ficar tranquilo, pois deixarei o restaurante em boas mãos — Luca explica, enquanto limpa as mãos no dólmã branco que veste.

A roupa é um pouco apertada nele, mas era o que tinha disponível na cozinha no momento. Além disso, a alternativa de cozinhar usando sua própria camisa não era muito higiênica para uma cozinha profissional, mesmo sendo de um restaurante pequeno. Ele se aproxima ainda mais de onde estou e me encara através da janelinha.

— Obrigado por isso, Catarina. — Sua voz é baixa, contrastando com o meu coração, que praticamente entoa uma sinfonia completa dentro do meu peito. — Por ajudar com as mesas e... bem, por aceitar atrasar um pouco a nossa viagem, sei que você deve estar superansiosa pra resolver logo essa história do anel, e mesmo assim aceitou ajudar no restaurante sem reclamar.

— Que tipo de pessoa eu seria se me recusasse a ajudar uma pobre velhinha? — indago, em uma provocação brincalhona. — E, claro, um pobre velhinho.

Ele franze a testa e abaixa os olhos para o bloquinho que seguro em uma mão, e tenho certeza de que está segurando um sorriso quando diz:

— Claro, claro... — Ele dá de ombros e encontra meu olhar, uma expressão muito séria tomando conta de seu rosto. — Obrigado também por ajudar este pobre ancião que sou no alto dos meus trinta e cinco anos. Você é realmente muito benevolente.

Deixo escapar uma risadinha juvenil e fico horrorizada comigo mesma, estou agindo como uma adolescente apaixonada, e isso definitivamente *não* pode acontecer, não quando estou me esforçando tanto para provar a todos que sou uma adulta funcional e madura. Luca sorri e estende a mão, atravessando a abertura da janelinha, e faz carinho em minha bochecha.

— Acho melhor você voltar pra cozinha — digo quando o silêncio se estende demais entre nós, louca para me livrar da vergonha que sinto. — Tenho quase certeza de que aquele polvo está sendo desmembrado neste exato momento.

Luca se vira a tempo de ver o tal suposto assistente de cozinha arrancando um tentáculo de um polvo com uma faca. Ele se move com tanta rapidez para evitar a continuidade do massacre do molusco que aproveito para me esgueirar de volta até o salão, que, neste momento, é preenchido com cantorias de "Parabéns pra você" em italiano.

Os outros garçons batem as bandejas umas nas outras, improvisando um instrumento musical desajeitado e seguindo o ritmo da música. Fico encostada em um canto, completamente hipnotizada pela cena que presencio, pelo senso de comunidade demonstrado por todos os clientes do restaurante, que embarcam na atmosfera festiva da mesa do aniversariante, batendo palmas e cantando alto.

Quando o homem baixinho e de cabelo loiro assopra a vela, o salão explode em aplausos, e então estou levando fatias de bolo de frutas vermelhas para todas as mesas, cortesia do aniversariante que, agradecido, deseja ver todos desfrutando da receita de sua mãe para o melhor bolo de aniversário do mundo (palavras dele, que conseguiu me explicar em um inglês arranhado quando me aproximei para dar os parabéns e servi-lo com uma taça de frisante).

Passam-se mais alguns minutos em que Luca comanda a cozinha e eu anoto pedidos de novos fregueses, até que o sino em cima da porta toca novamente e por ela atravessa um homem alto, de cabelo longo e grisalho, preso em um rabo de cavalo baixo, e com intensos olhos escuros. Ele veste uma calça jeans desbotada e uma camisa de botão na cor salmão. Reconheço-o imediatamente das fotos que adornam as paredes, e logo concluo que deve ser o tal Pietro, filho de *nonna* Sofia e pai de Francesca, a garçonete atirada.

Eu me repreendo mentalmente pelo pensamento nada gentil em relação a Francesca; não quero ser o tipo de mulher que julga a outra sem nem a conhecer, ainda mais por algo tão estúpido quanto um homem. Um homem que nem meu namorado de verdade é!

Pietro anda com passos firmes até a cozinha, mantendo uma expressão carrancuda no rosto anguloso conforme se aproxima da portinha restrita aos funcionários. Ele desaparece pela porta, e estico o pescoço para conseguir enxergar através da janelinha, mesmo de longe. Fico surpresa ao ver que o homem abraça Luca com força, a carranca anterior sendo esquecida para dar lugar a um sorriso satisfeito.

É, Luca realmente deixou sua marca nesse lugar e nessas pessoas.

Uma mulher me chama da mesa próxima à porta, e sou obrigada a arrancar meus olhos da cena protagonizada pelos dois homens — não que eu seja fofoqueira ou algo do tipo, sou meramente curiosa, e a descoberta dessa vida anterior de Luca despertou em mim a vontade de saber mais sobre ele e sobre as pessoas que participaram dessa época e de sua formação, ou seja, não tem nada a ver com fofoca!

Pego o pedido da mesa e corro até a cozinha, chegando bem a tempo de ver o momento em que Luca se livra do dólmã sujo e o entrega para Pietro, que deve ser o verdadeiro dono da vestimenta. Fico tão concentrada na imagem das costas largas de Luca, que esqueço por completo o papel com o pedido. Ele é realmente o tipo de pessoa que nos faz pensar que Deus não é justo, com a pele bronzeada, a altura gigantesca e o físico de dar inveja a qualquer galã.

Não há dúvidas de que seja um homem que se importa com o próprio corpo, uma vez que esses músculos não teriam como ser cultivados sem uma rotina religiosa de musculação e uma alimentação regrada. Nunca fui do tipo de gostar de caras sarados, mas Luca está em uma categoria própria, na qual acho que qualquer pessoa que tenha por orientação sexual a predileção por homens teria de admitir que ele é um espetáculo.

Estou imaginando todos os tipos de cenários, quando ele se vira e prende seu olhar no meu. Novamente, sou acometida pelo medo irracional de que ele tenha habilidades dignas de um Edward Cullen e seja capaz de ler minha mente, tendo acesso irrestrito a cada detalhe sórdido que fui capaz de conjurar em poucos segundos, apenas com a combinação da imagem de suas costas e das lembranças de quando nos beijamos na noite anterior. Ele sorri, e finalmente consigo arrastar meus olhos para outro lugar, prestando atenção no pedido esquecido em minha mão.

— Trouxe um último pedido da mesa seis — levanto o papel em direção ao homem mais velho, antes de me virar para Luca novamente —, já podemos ir? São quase três da tarde...

O homem se aproxima e pega o papel da minha mão com uma rispidez que me deixa um pouco tonta. Eu estou aqui, fazendo um favor para a mãe dele, e é assim que ele me trata?

— *Puoi riscuotere il pagamento all'uscita* — ele diz antes de se virar e começar a gritar ordens para os funcionários da cozinha.

Posso não entender italiano, mas a palavra "pagamento" é a mesma em português, e grosseria é uma linguagem universal. Estou pronta para dizer umas boas verdades na cara desse gringo metido a besta, mas Luca toma a frente e, posicionando-se entre nós dois, diz:

— *È la mia ragazza, lavoriamo entrambi gratis oggi.* — Não sei exatamente o que ele diz, mas a expressão no rosto de Pietro fica ainda mais carrancuda. — *Prego.*

Luca não espera pela resposta do filho de *nonna* Sofia, e sai pela porta segurando minha mão com uma firmeza que quase me machuca. Percebo sua mandíbula travada, e posso jurar que a veia em seu pescoço está prestes a explodir.

— A gente já vai? — pergunto feito uma idiota.

— Sim, a gente ainda tem algumas horas de estrada pela frente — ele se limita a dizer, me puxando para fora do restaurante.

Não tenho tempo de devolver o avental e muito menos de me despedir dos garçons gentis que tanto me ajudaram durante meu curto turno como garçonete; me pego irritada conforme Luca praticamente me arrasta pelas ruas até o local onde nosso Jeep está estacionado.

— O que foi, Luca? Por que você tá tão irritado?

Minha voz parece despertá-lo de um transe, e só então ele percebe que está me arrastando como quem arrasta uma mala pesada em um aeroporto cheio de gente. Ele pisca algumas vezes, solta minha mão e coça a cabeça, envergonhado.

— Desculpa, Catarina... Eu... — O homem à minha frente em nada me lembra o cara brincalhão com quem passei boa parte da tarde, muito pelo contrário: agora ele parece inseguro, quase temeroso do que vai dizer ou, suponho, de como irei reagir. — Eu não queria descontar em você. Só precisava te levar pra longe do Pietro.

— E por que isso? Vocês pareciam bem amigos — pressiono, e cruzo meus braços na altura do peito.

— Ele é um cara legal, quer dizer, às vezes. — Luca se encosta na porta lateral do nosso carro e chuta uma pedrinha para longe, focando seu olhar na parede da construção abandonada ao lado da qual deixamos o carro mais cedo. — Mas ele tava querendo ser babaca hoje. Com você.

— É, eu percebi que ele não foi muito simpático, mas o que eu fiz pra despertar a ira do cozinheiro louco? — Me encosto ao seu lado, meu ombro tocando seu braço e enviando pequenas correntes elétricas por toda a extensão do meu corpo.

Preciso mesmo procurar um neurologista com urgência quando chegar ao Brasil.

— Simples — ele responde, respirando fundo, e vira o corpo para me olhar de frente. — Você estava lá como minha namorada. Não duvido nada que Francesca tenha ido chorar as pitangas para o pai, inventando alguma história sobre eu ter dado em cima dela ou sobre você a ter tratado mal.

— Ela é muito mentirosa?

Luca ri, sem humor.

— Digamos que um dos motivos para eu não ter voltado para visitar *nonna* Sofia tanto quanto gostaria é a imaginação fértil de Francesca. — Tomando um impulso para a frente, Luca se desencosta do carro e, com um floreio jocoso e elegante, abre a porta do passageiro para mim. — Mas isso é uma história para ser contada em uma mesa de bar, e já estamos correndo contra o tempo.

Subo no carro com a mão que ele oferece, e me pergunto o porquê de homens gostarem de carros tão grandes. Não são nada práticos. Apesar de que não consigo imaginar como

Luca, com suas pernas gigantes, iria se espremer dentro de meu antigo Fusca 1968, que tive de vender por uma pechincha após o fracasso de vendas do meu livro; o pensamento me deprime, mas o afasto para as profundezas da minha mente, para o mesmo lugar onde guardo as lembranças do fiasco do meu primeiro beijo, com sabor de salgadinho de cebola, e do dia em que usei uma calcinha neon da Hello Kitty por baixo da roupa branca da Primeira Eucaristia.

A porta do motorista se abre e Luca entra no carro, realizando novamente o ritual esquisito de verificação dos espelhos e do posicionamento do banco, mesmo que eles estejam exatamente do *mesmo jeito* que ele os deixou. O homem ao meu lado respira fundo e fecha os olhos, antes de se virar para mim com um sorriso obviamente ensaiado, mas não menos bonito.

— Pronta para conhecer Montemerano?

Sorrio de volta, me permitindo relaxar pela primeira vez em horas. Talvez essa viagem possa se mostrar divertida, afinal.

— Pronta, mas eu escolho a playlist!

14

A voz do Reginaldo Rossi preenche o interior do carro quando passamos por mais um pedágio, e luto contra uma risada ao ver a expressão sofrida no rosto de Luca toda vez que o Rei do Brega canta sobre anáguas e bustos que saltam de corpetes. Estamos ouvindo minha música preferida, "A raposa e as uvas", e tenho quase certeza de que o advogado está prestes a pular do carro em movimento a qualquer instante. Aumento o volume e começo a cantar junto:

— *A pílula já existia, mas nem se falava* — acompanho o ritmo da batida com leves batucadas nos joelhos, enquanto minhas pernas erguidas descansam no painel do carro —, *nos conselhos que tua mãe te dava, tinha um que dizia: só depois que casar!*

— É sério que *essa* é a sua playlist para viagens longas? — Luca pergunta, mantendo os olhos firmes na estrada.

Em minha mão, tenho o celular dele, que estou usando para controlar as músicas tocadas durante a viagem; o meu, infelizmente, permanece sem bateria, já que esqueci de pedir um adaptador de tomada emprestado. Faço uma anotação mental para pedir o de Luca quando chegarmos em algum lugar no qual eu possa carregar o telefone.

Em seu aplicativo de música, passeio por diversas playlists superecléticas, intituladas desde O MONSTRO SAIU DA JAULA, que consiste basicamente em raps agressivos para serem ouvidos na academia, mas que não impediu que eu tivesse uma crise de riso ao descobri-la, até uma que se chama MÚSICAS PARA OUVIR ANTES DE UMA SUSTENTAÇÃO ORAL, recheada de músicas motivacionais como "Eye of the Tiger" e "We are the Champions". Critico o título excessivamente longo da playlist, mas Luca apenas dá de ombros e diz que é uma pessoa literal. Tenho de concordar, pois a próxima playlist que encontro se chama MÚSICAS PARA TRANSAR, e é preciso reunir todas as forças que tenho para não explodir em uma gargalhada.

— Você não pode me julgar — reclamo, e mostro a língua em uma provocação infantil —, não sou eu quem coloca "Fala baixinho", do Grupo Revelação, na minha playlist de sexo.

— Você abusa do seu direito de DJ, Catarina — ele responde, as orelhas assumindo um lindo tom de vermelho. — Como advogada, deveria saber sobre a inviolabilidade dos aparelhos celulares como um direito constitucional à privacidade.

Reviro os olhos e continuo a vasculhar suas playlists bizarras, dando um grito quando me deparo com algo realmente surpreendente. Luca pisa com tudo no freio e solta um xingamento.

— Porra, Catarina! O que foi?! — Ele checa nossa traseira pelo espelho retrovisor. — Sorte que não tinha ninguém atrás de nós. Sério, nunca mais faça isso!

Estou maravilhada demais com minha descoberta para me importar com o homem nervoso ao meu lado. Ele dá partida novamente, e eu dou play na minha nova playlist favorita, que, por incrível que pareça, tem curadoria de Luca Treviani.

Em menos de um segundo, os primeiros acordes da música começam a tocar, e Luca me olha assustado, a boca entreaberta.

— Você...

— Quem diria, hein, Luca? Você também é fã da Taylor! — Dou uma risada divertida e começo a cantar no instante em que a voz de uma das minhas cantoras preferidas preenche o espaço do carro.

A letra da música escolhida fala sobre ser um anti-herói, sobre você mesmo ser o problema da sua vida e o quanto deve ser exaustivo para os outros torcerem por você. É simplesmente a minha música preferida do álbum *Midnights*, e o fato de que ela é a primeira na playlist intitulada MÚSICAS PARA ME SENTIR COMO EU MESMO enche meu peito de um sentimento tão bom que preciso me esforçar para não lacrimejar no trecho em que ela fala sobre todos concordarem que ela é o problema.

Será que ele também se sente assim? Será que, como eu, Luca navega pela vida apenas fingindo saber o que está fazendo, quando, na verdade, a impressão é de que perdemos aquele dia de aula da quarta série em que foram passadas instruções essenciais de como ser uma pessoa funcional e feliz nesse mundo?

— Por que o nome da playlist? — pergunto depois de um tempo, quando o único som no carro são os versos tímidos e poderosos de "Labyrinth".

Ele limpa a garganta com um pigarro, os dedos longos acompanham a batida da música no volante.

— Às vezes acabo esquecendo de quem eu sou... de onde vim e por que faço o que faço — ele diz, como quem conta um segredo, e, de certa maneira, é exatamente isso que está acontecendo.

Estou presenciando a aparição de mais uma faceta de Luca, e essa é ainda mais perigosa do que as outras, pois conforme ele fala, sinto um nó se formar em minha garganta, e meu coração acelera quase tanto quanto o carro em que estamos. *Oh no*, Taylor acompanha meus pensamentos, *I'm falling in love again*.

— Stella ama essas músicas, e quando eu as ouço... lembro dela. Lembro do porquê.

Forço meus olhos para longe dele, e me concentro na estrada estreita à nossa frente; engulo em seco e pisco algumas vezes para espantar as lágrimas que ameaçam cair. *Meu Deus! Será que é TPM?* Tudo o que sei é que presenciar, no tom de voz e no olhar de Luca, todo o amor que ele nutre por sua irmã mais nova é mais devastador do que qualquer outra coisa. Penso em Lu e em tudo que não pude ser por e para ela. Imagino seu olhar de decepção quando descobrir que destruí seu casamento.

— Então essa é a desculpa... Dizer que a sua *irmã* gosta das músicas... — Tento fazer uma piada, mas minha voz parece estranha até mesmo para mim.

— Admito que ela é uma boa compositora, mas não a escolheria no lugar do Grupo Revelação — ele responde, me lançando um olhar preocupado. — O que houve?

Percebo, tarde demais, que estou chorando, e limpo rapidamente as lágrimas que caem com as costas da mão.

— Nada!

Luca para o carro em um acostamento e me encara, sério; por uma fração de segundo, me permito entreter a ideia de estender a mão, agarrá-lo pela gola da camisa e colar meus lábios nos dele. Quem sabe, assim, ele pararia de me olhar como se eu fosse um cachorro atropelado, o qual ele tem medo até mesmo de tocar e, com isso, piorar a situação.

— Qual é, Catarina, eu sei que você não está chorando porque prefiro pagode a Taylor Swift — ele diz, com tanta seriedade que acabo deixando escapar uma risada sem graça.

Como vou explicar o motivo pelo qual estou chorando, quando nem eu mesma entendo? Sinto que sou a pior pessoa do mundo, e sei que isso vai muito além do anel perdido, mas não posso dividir isso com ele; não posso dividir isso com ninguém. Penso em tia Maitê ao lado do doutor Teixeira, e o nó em minha garganta se aperta. Se fosse em outros tempos, seria ela a pessoa a quem eu recorreria em momentos de solidão ou crise, mas a vida vem, acontece e nos atropela, e quando nos damos conta, nada mais é como antes e só nos resta engolir o choro e aceitar, afinal, a vida adulta é isso, é sorrir quando se quer chorar e lidar com o fato de que, quando tudo desmorona, estamos sozinhos.

Estou completamente sozinha.

Exceto que... Os olhos azuis de Luca me puxam para mais perto, e não me sinto tão só, pelo menos não agora, neste carro cor-de-rosa, com a voz de uma cantora pop preenchendo o silêncio e um avental sujo de molho de tomate ainda rodeando minha cintura, pois, por algum motivo, não o tirei desde que deixamos Gênova.

Luca continua a me encarar, como se eu fosse uma equação matemática daquelas impossíveis de desvendar, ou até mesmo uma decisão do tribunal superior que vai contra o entendimento da doutrina. Sinto meu rosto esquentar diante de sua minuciosa inspeção, mas não desvio o olhar nem por um segundo.

— Eu entendo se você não quiser falar sobre isso — ele diz, por fim, já se preparando para dar partida novamente —, mas tô aqui pra quando precisar desabafar, tá bem? Sou a última pessoa neste mundo que pode julgar alguém.

— É só que... — Respiro fundo, e ele interrompe a ação de ligar o carro no meio do caminho, virando-se novamente para olhar em meus olhos; azul com verde, como a paisagem que se desenrola ao nosso redor, com árvores frondosas fazendo conjunto com um céu azul e sem nuvens. — Acho que estou um pouquinho mais emotiva do que o normal... com o casamento da Lu e tudo mais.

Ele espera em silêncio, sabendo que tem mais, e eu continuo:

— Ouvir você falando da sua irmã com tanto carinho... — Procuro as palavras, sem saber ao certo como verbalizar a confusão de sentimentos em meu peito. — ... faz com que eu me sinta culpada por não ter sido a irmã que a Luana merecia, sabe? Eu estava tão ocupada lidando com as minhas próprias crises, lutando contra o mundo e convencida de que ela já tinha tudo o que alguém podia querer, o amor dos nossos pais, as notas no colégio, os namorados mais bonitos... — Olho para minhas mãos, envergonhada demais para encará-lo. — ... que comecei a sentir um pouco de inveja dela, sabe? Ciúmes, mesmo. Porque, por mais que eu queira a felicidade dela, *e eu quero!, nossa, como quero isso...* Sempre guardei dentro de mim um ressentimento de que ela teve os pais que eu não tive, de que ela não passou pelo que eu passei...

É como se eu não conseguisse parar de falar. Minha boca se move por conta própria e, mesmo contra meu melhor julgamento, estou compartilhando com Luca coisas que nunca sequer ousei verbalizar.

— Quando ela nasceu, boa parte das tempestades já tinham amenizado, sabe? Todos os traumas e os medos que eu carrego aqui dentro... tudo que os originou... ela não teve que viver. E eu sei que isso me faz a pior pessoa, a pior *irmã* do mundo...

Sou uma bagunça de lágrimas e verdades feias demais quando *finalmente* paro de falar, e Luca me puxa para um abraço apertado, me aninhando em seu peito, sussurrando palavras doces contra meu cabelo. *Vai ficar tudo bem; Você é a melhor que pode ser; Luana é louca por você, e você não é a pior pessoa do mundo...* Sou envolvida por seu perfume, misturado com suor e um toque de manjericão (esse último me dá vontade de sorrir, acho que nunca ninguém fez tanto *pesto genovese* quanto Luca no dia de hoje), e, por mais estranho que pareça, me sinto segura em seus braços, como se estivesse experimentando a sensação de tirar sapatos muito apertados depois de um dia inteiro de caminhada.

É *alívio* o sentimento que me inunda ao deixar que ele me console, como se eu tivesse direito ao calor de seu corpo, direito às suas palavras. Sinto como se estivesse vestindo minha roupa preferida, ao mesmo tempo que nunca me senti tão nua na presença de alguém. A razão me diz para me afastar, briga comigo mesma por ter ficado tão vulnerável na frente dele, mas não consigo encontrar em mim as forças para colocar um fim no abraço que parece ser um curativo em todas as minhas feridas abertas.

Cansei de sangrar sozinha.

Uma pessoa normal pensaria que, após me desfazer em lágrimas por nenhum motivo aparente e me humilhar mais uma vez na frente de Luca Treviani, eu me jogaria para fora do carro em movimento e nunca mais sequer pensaria no que aconteceu, mas não faço isso. Na verdade, sou traída pelo meu próprio corpo, que se rende ao cansaço dos acontecimentos das últimas vinte e quatro horas, e acabo pegando no sono, a voz baixa e grave do advogado me consolando e servindo como um sonífero poderoso, capaz de me transportar para um sono tranquilo e sem sonhos.

Acordo sem saber direito se dormi cinco minutos ou cinco horas, mas o céu tingido em tons de laranja e cor-de-rosa através da janela do carro é um indício muito claro de que acabei dormindo demais. Sinto-me imediatamente culpada. Eu deveria ter me oferecido para revezar com Luca no volante, pois deve ser cansativo ao extremo dirigir por tanto tempo sem fazer uma parada sequer.

— Acordou, Bela Adormecida? — A voz de Luca me puxa para fora de minha cabeça, e esfrego os olhos com as mãos para encará-lo.

Ele parece muito tranquilo e absurdamente bonito, guiando o carro pela estrada estreita enquanto uma bossa-nova toca baixinho. Sinto que estou participando de uma novela do Manoel Carlos, só falta aparecer uma mulher chamada Helena tomando uma água de coco.

Da janela do lado do motorista, é possível ver o mar que se estende em um infinito azul abaixo de nós, além da estrutura rochosa pela qual passamos.

É uma vista deslumbrante.

— Sim... Foi mal, eu não queria ter dormido tanto assim — respondo, um pouco envergonhada pela possibilidade de ele ter me visto babando e muito envergonhada pelo momento que antecedeu meu sono. — E obrigada. Por mais cedo.

Vejo seus lábios se curvarem levemente para cima, e ele dá de ombros, como se não fosse nada de mais. Como se eu ter encharcado sua camisa evidentemente cara com as minhas lágrimas sujas de máscara de cílios fosse algo supercorriqueiro.

— Pode ficar tranquila, você precisava mesmo descansar. — Ele olha de relance para mim e volta a prestar atenção na estrada, seus olhos azuis calorosos. — Além do mais, eu gosto de dirigir, e você faz uns barulhos engraçados enquanto dorme, então foi um entretenimento extra durante o caminho, não que eu não estivesse apreciando a sua rendição aos clássicos dos nossos avós...

Reviro os olhos, e ele sorri, me espiando de rabo de olho e esticando o braço livre para alcançar minha mão, que descansa em meu colo, segurando-a em um aperto encorajador. Tento não pensar no quanto minha mão parece pequena dentro da dele, nem na aspereza de seus calos ou no calor de sua pele... Engulo em seco e tento ignorar a voz da Márcia Sensitiva na minha cabeça: *Para de ser doida!*

— Acho que já fazia um bom tempo desde que fui coagido a escutar Reginaldo Rossi... Sua voz complementa bem a dele. — Ele me dá uma piscadinha e solta minha mão para segurar o volante com mais firmeza em uma curva. — Não acho que conseguirei esquecer o som da sua voz cantando sobre anáguas tão cedo, então sou eu que agradeço — ele completa, com um sorriso aberto, com as covinhas aparecendo.

— Sendo assim... Não há de quê. É uma honra poder apresentá-lo propriamente a um dos maiores artistas do Brasil — respondo, irônica —, embora precise admitir que também tenho um ponto fraco por pagode, assim como você. Nem só de brega vive uma mulher.

Não quero nem pensar nos barulhos que ele disse que faço quando durmo. Minha mente conjura rapidamente todos os piores cenários, como sons de arrotos ou até mesmo de flatulências. Não seria impossível, afinal, ando tomando muito frisante desde que cheguei na Itália, e me sinto até mesmo um pouco inchada. Seria totalmente plausível que eu estivesse gasosa. Nenhum dos meus ex-namorados chegou a comentar comigo sobre meus hábitos noturnos, então tenho apenas a minha imaginação fértil e pessimista para me ancorar.

— Bom saber... — ele diz. — Quem sabe a gente não vai para um show juntos quando voltarmos ao Brasil? Você ainda tá morando em São Paulo?

Ignoro por completo a parte em que ele parece estar fazendo planos para o futuro, como se essa nossa amizade esquisita tivesse a chance de continuar quando não estivermos mais revestidos pela bolha mágica do sonho italiano.

— Não... Eu entreguei meu apartamento há alguns meses... — Sinto meu rosto esquentar ao ter que explicar minha atual situação. — Voltei para a casa dos meus pais... Achei que soubesse.

Algo em minha voz parece ter chamado sua atenção, pois Luca se vira e olha para mim, um vinco formado entre as sobrancelhas grossas, e os olhos azuis brilhando com algo parecido com preocupação.

— Não, eu não estava sabendo — ele responde, voltando a focar a estrada. Sua voz é gentil e me faz ter vontade de gravá-la, apenas para poder escutar toda noite antes de dormir. — Você não está feliz na casa dos seus pais?

— Ah, Luca... — começo, sem saber direito o que dizer, com medo de parecer ingrata quando sei que tenho uma vida com a qual muitas pessoas apenas sonham. — É difícil, sabe? Voltar para lá parece um atestado de fracasso. Como se eu estivesse com uma placa luminosa pendurada no pescoço, mostrando pra todo mundo que não consegui fazer o que eu saí de casa dizendo que faria. — Quando ele não diz nada, complemento, um pouco atrapalhada: — Mas é claro que sou grata por ter um lugar para onde voltar. Sei que tenho sorte.

— Não estar feliz com o jeito como as coisas estão não faz de você uma pessoa ingrata, Catarina, faz de você uma pessoa normal — ele diz, sem olhar em minha direção, e agradeço por isso, pois tenho certeza de que a expressão em meu rosto é quase tão patética quanto a que fiz momentos antes de me desmanchar em lágrimas.

— É bem desesperador estar com quase trinta anos e não ter feito nada com a minha vida — explico, sem saber direito o porquê de continuar dividindo tantas coisas íntimas com Luca Treviani. Apego-me ao fato de ele ser alguém que não se importa comigo, e que mal tem convivência com minha família, com exceção de Luana, agora que ela vai se casar com seu melhor amigo. Assim sendo, não creio que corra o risco de ter meus segredos revelados para pessoas que realmente importam, como meus pais, por exemplo. — Sinto que não tenho o direito de reclamar, não quando a única culpada para que a minha vida tenha chegado nesse ponto sou eu mesma.

— Você já parou para se perguntar o porquê de eu só ter entrado na faculdade quando já estava com vinte e dois anos? A idade com a qual você se formou? — ele indaga, e dou de ombros. Realmente não havia parado para pensar nisso, afinal, a faculdade é um local onde encontramos pessoas das mais diversas idades. — Quando saí do ensino médio, eu não sabia o que queria fazer, então passei um tempo trabalhando no restaurante dos meus pais, até decidir que queria colocar o pé na estrada e conhecer o Brasil sozinho.

Fico em silêncio, tentando imaginar um Luca adolescente e incerto sobre os caminhos da vida, mas a imagem que tenho ao meu lado, do homem forte e decidido, faz dessa uma missão bem complicada.

— Eu não tinha dinheiro e meus pais não me apoiaram. Eles queriam que eu ficasse em casa e estudasse Gastronomia ou Administração para tocar o Stella.

— E o que você fez?

— Fui mesmo assim. — Ele tem um sorriso saudoso nos lábios enquanto fala. — Vendi o carro que tinha comprado com o dinheiro que ganhei trabalhando com a *nonna* Sofia e botei o pé na estrada. Passei um ano e meio viajando pelo país, e quando o dinheiro acabou, comecei a trocar meu trabalho de cozinheiro por hospedagem e comida... E foi então que eu conheci a Mari.

O jeito como ele fala o nome dessa tal Mari faz meu estômago se contrair desconfortavelmente, e forço meu rosto a permanecer em uma expressão neutra quando pergunto:

— Mari...?

Ele sorri e volta a pegar minha mão em cima da coxa, entrelaçando os dedos com os meus antes de responder.

— Marinalva. Ela era cozinheira de uma pousada em que eu trabalhei no litoral, já bem velhinha, e me lembrava um pouco a *nonna* Sofia, apesar de não poderem ser mais diferentes uma da outra. Mari era bem simples, sabe? Tinha a voz baixa e parecia que já tinha sofrido muito nessa vida. Ela era mãe do Josimar.

Tento não me distrair com o seu polegar, que começa a acariciar minha mão com movimentos circulares.

— Sem querer ser mal-educada, nem nada... Mas o que essas pessoas e essa história têm a ver com a minha situação?

Luca ri baixinho e balança a cabeça, mas não torna a se virar em minha direção, preferindo manter os olhos na estrada. Percebo que, aos poucos, estamos chegando em locais mais habitados, e me remexo no meu assento em antecipação. Em breve saberemos se meu problema com o anel é solucionável ou se nossa viagem foi em vão.

— Como você é impaciente! Eu estava quase chegando lá! — responde o advogado, sua voz divertida. — O Josimar era um menino que tinha acabado de fazer dezoito anos, era um pouco mais novo do que eu... e era preto. Um dia, ele acabou sendo preso e foi reconhecido por uma vítima como o cara que a assaltou. Como não tinham evidências suficientes que ligassem o Josimar ao crime, a polícia resolveu plantar alguns tabletes de crack na mochila que ele costumava levar para o trabalho e ele acabou condenado a dez anos por tráfico e assalto à mão armada. — Fico chocada com a história que ele conta, mesmo sabendo que, infelizmente, essa é a realidade do sistema penal do nosso país. — O advogado que Mari conseguiu pagar acabou sumindo com o dinheiro e não fez nada além de uma defesa meia-boca, e quando a Defensoria Pública assumiu o caso, ele já havia sido condenado.

— E então? O que aconteceu com ele? Era réu primário, não era? — pergunto, apreensiva com o destino de um rapaz que nunca conheci, mas pelo qual Luca parece nutrir um grande carinho.

— Era, mas não adiantou muita coisa. Ele acabou indo parar em um presídio estadual. Regime fechado. Mari o visitava toda semana e morria de medo dele ser morto por alguma briga entre facções... — Ele aperta minha mão de leve e suspira. — Tudo isso me deixou muito revoltado. Eu sabia que existiam injustiças no mundo, mas nunca tinha acontecido uma tão perto de mim, sabe? Quer dizer, eu já havia passado por situações constrangedoras aqui na Itália, por ter nascido no Brasil, mas, no final de tudo, eu ainda era um cara branco que teve uma vida privilegiada, e nada de mais jamais aconteceria comigo.

— Diferente do Josimar... — murmuro, revoltada com o destino injusto imputado ao jovem, muito provavelmente pela cor de sua pele.

— Foi nesse momento que decidi que queria ser capaz de fazer alguma coisa, então voltei para casa e estudei muito para conseguir passar no vestibular de Direito. — Luca parece imerso em suas lembranças, seu olhar vidrado à frente, sem deixar de prestar atenção na estrada. — Eu queria ser um advogado que defende os injustiçados, aqueles que não têm chance de ter o seu direito ao contraditório e à ampla defesa plenamente respeitados. Eu queria lutar contra o sistema, e foi por isso que passei dois anos estudando feito louco para conseguir ingressar no curso. E consegui.

    Eu me sinto um pouco envergonhada com o seu relato. Lembro vagamente do momento que antecedeu o fim do meu ensino médio, quando tive de decidir entre seguir o caminho imposto por meus pais ou seguir o caminho pelo qual meu coração batia mais forte. No fim, optei por seguir a vontade dos meus pais, na esperança tola e vã de que, se assim o fizesse, estaria um passo mais perto de conseguir o carinho e o orgulho que sempre sonhei que sentissem por mim. Minhas motivações para ingressar no curso foram completamente mesquinhas, muito diferentes dos sonhos idealistas de Luca.

    — E o que aconteceu? Quer dizer, você é um dos maiores nomes do Direito no país, você conseguiu ajudar a Mari e o Josimar?

    — Depois que passei no exame da OAB e colei grau, viajei novamente para a cidadezinha onde a Mari morava e acabei descobrindo que ela havia falecido, mas o Josimar ainda estava preso... — Sinto a frustração e a dor em seu tom de voz, e levo minha mão livre até a lateral de seu rosto, acariciando-o por cima da barba; sou surpreendida quando ele pende a cabeça para o lado, inclinando-se na direção do meu carinho como um gato. — Assumi a defesa dele e consegui fazer com que o processo fosse revisado depois de reunir novos testemunhos e novas provas... Ele foi inocentado, solto, e agora está na fila dos precatórios para receber sua indenização. Hoje é casado, tem uma menininha linda e é professor de Educação Física em uma escola da região. Foi meu primeiro caso como advogado, e acho que o mais importante.

    — Tenho certeza de que a dona Mari é muito grata a tudo que você fez pelo filho dela, esteja ela onde estiver — digo enquanto continuo com minha expedição, levando meus dedos até sua orelha. — É uma história muito bonita, Luca. Quem dera fosse a regra e não a exceção do nosso sistema.

— Bonita, não é? — Ele solta uma risada sem humor, e recolho minha mão. — Seria realmente uma grande história... se eu tivesse continuado nesse caminho, mas, em vez disso, montei meu escritório em São Paulo e me especializei em defender milionários e multinacionais. Se o Luca daquela época pudesse me ver, estaria enojado.

Tento responder, contestá-lo, mas ele é mais rápido e leva minha mão até seus lábios, beijando-a com ternura antes de dizer:

— O ponto é: todo mundo tem seus motivos para fazer o que faz. Você teve seus motivos para entrar no Direito, e aposto que teve motivos muito maiores para sair, e eu admiro muitíssimo a sua coragem de correr atrás do que realmente quer. — Sinto sua barba roçar na palma da minha mão e, de repente, estou com muito calor. — Já é mais do que eu, por exemplo, que continuo preso em uma teia que eu mesmo teci. Você não é ingrata, só não chegou na parte da história em que percebe que tudo isso que está enfrentando não passa de um prelúdio pra tudo que ainda vai fazer. Você não é velha e nem é tarde demais, acredite.

Estou tão nervosa com o que ele está fazendo com minha mão e com o que ele acabou de dizer, que minha única reação possível é a de soltar uma piadinha sem graça:

— Já pensou em escrever livros de autoajuda? Você seria bom nisso!

Ele ri e solta minha mão, e eu tenho vontade de me bater. *Sério, Catarina?!* O cara acabou de validar meus sentimentos ao mesmo tempo que expôs suas próprias dores, e tudo o que eu tenho a dizer é que ele deveria escrever um livro de autoajuda?

É oficial, assim que voltar para o Brasil, irei urgente procurar um neurologista e exigir passar por uma bateria de exames, já que a única explicação possível para que eu reaja dessa maneira sempre que as conversas começam a ficar mais sérias é a de que tenho algum tipo de problema cerebral. Minha mãe deve ter me deixado cair com a cabeça no chão quando eu era criança, ou algo assim. Deve ser isso.

— Recado recebido — ele diz, os cantos de seus lábios curvando-se levemente para cima. — Catarina Fonseca não gosta de falar sobre assuntos muito pessoais.

Fico em silêncio, pois sei que de nada adiantaria discordar quando ele está correto. Não gosto mesmo de ficar vulnerável, e sempre utilizo o humor como mecanismo de defesa. Minha ex-terapeuta, a doutora Janine, dizia que eu costumava me dissociar de qualquer situação traumática que vivi, contando-a como se eu fosse apenas uma narradora, e não a pessoa que realmente viveu aquilo. Era por isso que conseguia rir da minha própria desgraça, mesmo quando, teoricamente, deveria estar chorando.

A doutora Janine dizia que isso era um problema, mas eu sempre considerei como uma habilidade especial.

15

De acordo com uma rápida pesquisa no Google, que faço usando o celular de Luca, Montemerano é uma fração comunal ou, como eles dizem por aqui, uma *frazione* de uma comuna chamada Manciano, na província de Grosseto, e tem uma população surpreendentes de quatrocentos e oitenta e sete habitantes, dentre os quais estão os membros da família de ourives responsável pela confecção do tal anel da família de Carlos.

— Acho que não vai ser difícil encontrá-los — Luca diz quando finalmente entramos com o carro em algo muito parecido com uma cidade medieval, daquelas que vemos em fotos de livros de História. — Não tem tanta gente assim morando aqui, e acho que eles devem ser os únicos que trabalham com ouro.

As ruas estão completamente vazias, conferindo um ar misterioso e excitante à paisagem pitoresca e histórica. A atmosfera de sonho aumenta ainda mais, juntando-se ao fato de que o céu já está quase completamente escuro, o relógio digital no painel do carro indicando que passa pouco mais das sete horas da noite.

É uma cidade bonita, com construções de tijolos antigos e paredes cobertas por flores e folhas muito verdes, que fazem eu me sentir em uma espécie de conto de fadas, me lembrando que estamos em plena primavera.

Luca para o carro em frente a um prédio de dois pavimentos, com um pergolado de madeira envolto em flores amarelas na frente. Ao lado da porta dupla de madeira escura está uma placa antiga e dourada, em que se lê: LOCANDA MARENNA.

Ele desliga o motor do jipe e se vira para mim.

— Pelo que pesquisei, essa é a única pousada da cidade — ele diz. — Tendo em vista o horário, provavelmente vamos ter que passar a noite aqui, pelo menos para dar o tempo da confecção do anel. Você trouxe o suficiente para uma noite fora, não trouxe?

Tenho vontade de dizer que não, apenas por birra por ele ter me dado a falsa esperança de que essa seria uma viagem curta, de um dia apenas, mas então me lembro dos motivos para nosso atraso e mordo a língua, me permitindo ser grata à minha personalidade naturalmente exagerada, que me fez arrumar uma bolsa com o necessário para qualquer situação inesperada.

— Trouxe sim, sem problemas. — Desafivelo meu cinto de segurança e estico o corpo até o banco traseiro, puxando nossas bolsas e jogando a dele em seu colo. — Você acha que alguém na pousada vai saber nos informar sobre os tais ourives?

— Acho que sim. Tenho a impressão de que esse é o tipo de cidadezinha em que todo mundo se conhece — ele responde, com a convicção e a segurança que apenas um dos maiores advogados do país é capaz de transmitir.

Luca sai do carro e o contorna para abrir minha porta, e, como um cavalheiro, me ajuda a descer do veículo. Tento ignorar novamente o calor gostoso de sua mão na minha, e tento não pensar demais sobre o fato de que ele não me solta enquanto caminhamos até a entrada da pousada, entrelaçando os dedos longos nos meus e andando ao meu lado como se fôssemos apenas um casal em busca de um local para passar uma noite romântica na Toscana, de maneira totalmente espontânea.

A porta se abre antes que tenhamos a chance de bater, e revela um rapaz muito alto e magro, com olhos cor de esmeralda e cabelos alaranjados, que não deve ter mais de dezoito anos. Ele parece apressado enquanto termina de abotoar sua camisa social amarela, e para na soleira quando percebe nossa presença, um olhar desconfiado atravessando o rosto sardento.

— *Buona notte!* — arrisco, com um sorriso e em um italiano arranhado, quando Luca não diz nada.

O garoto alterna o olhar entre Luca e eu, e um sorriso nervoso lentamente toma conta de suas feições juvenis.

— *Stranieri?* — ele indaga, a voz grave me surpreendendo.

Não faço ideia do que ele acabou de perguntar, então apenas olho para Luca na expectativa de que finalmente comece a falar e coloque seu italiano fluente em prática, o que ele faz depois de alguns segundos.

— *Lei sì, io no.* — Ele aponta com a cabeça em direção ao prédio. — *Tu lavori qui?*

— *Sì, è di proprietà della mia famiglia.* — O rapaz inclina a cabeça, focando a atenção em nossas mochilas. — *Cerchi un alloggio?*

Luca assente e me puxa pela mão para acompanhá-lo pousada adentro quando o garoto *finalmente* nos dá passagem. O lugar é... rústico. Com móveis claramente antigos, mas bem cuidados. Algumas arandelas nas paredes iluminam com uma luz amarela o que deve ser a recepção, transformando todo o ambiente em algo acolhedor e familiar. O garoto fecha a porta atrás de si e se arrasta até a parte de trás do balcão de madeira, onde um computador descansa.

Adolescentes.

Sinto o olhar de Luca em mim, e ele acaricia a pele da minha mão com o polegar antes de soltá-la e voltar sua atenção ao menino, provavelmente pedindo pelos quartos que iremos ocupar esta noite. Aproveito o momento para deixar que meu olhar passeie pelo cômodo amplo e decorado como uma casa de vó dos anos 2000, apreciando os detalhes de um local *vivo*. Em uma parede ao fundo, uma lareira serve de apoio para alguns porta-retratos; me aproximo para ver melhor e constato que alguns têm fotos de família, e outros, registros do que parece ser o prédio em que estamos, mas em um tempo distante. Posso reconhecer o garoto que nos atende em algumas das molduras, o sorriso banguela e os cabelos cor de fogo, posando para a câmera ao lado de outras crianças. A imagem me faz sorrir. A pousada é obviamente um estabelecimento familiar, assim como a cantina de *nonna* Sofia.

Luca retoma minha atenção ao chamar meu nome, e logo estou de volta ao lado dele, oferecendo um sorriso simpático ao adolescente que já parece mais gentil; acho que é a tal da mágica que Luca possui, capaz de conquistar qualquer pessoa, até mesmo um adolescente irritado por ter seus planos de sair à noite interrompidos.

— Este aqui é o Giovanni. — Ele sinaliza em direção ao rapaz, e eu aceno com a mão. — A família dele administra a pousada há gerações, e adivinha? Hoje é o aniversário de casamento dos avós dele e a festa está acontecendo neste exato momento. Era pra lá que ele estava indo quando chegamos.

— Ah, não! Diz pra ele que a gente não queria atrapalhar!

Luca sorri e envolve meus ombros com um braço, me puxando para perto e fazendo com que meu coração quase saia pela boca com tanta proximidade.

— Ele disse que podemos ir à festa se quisermos. — Pressentindo que eu me negaria a participar de uma festa como penetra, ele adiciona, antes que eu possa falar qualquer coisa: — Quase todo mundo da cidade está na festa, inclusive as pessoas que viemos procurar...

Não tenho muito o que dizer em resposta a isso. Viemos para Montemerano com o único objetivo de conseguir convencer os Bianchi, a família de ourives mais antiga de Grosseto, a produzir uma cópia do anel de Lu. Não posso exatamente negar o convite de Giovanni, não quando pode ser nossa única chance de encontrar as pessoas que podem muito bem ser a minha salvação para não ser chutada de uma vez por todas da família e reconhecida como a tal rebelde que sei que já dizem que sou.

— Bem, então acho que podemos, dar uma passada na festa — paro, percebendo nosso estado de evidente cansaço, sua camisa com manchas de farinha e meu cabelo oleoso pela quantidade de suor que enfrentou no dia —, mas acho que não estamos vestidos pra isso, Luca...

Giovanni contorna o balcão e entrega uma chave dourada na palma da mão de Luca. Eu ergo uma sobrancelha, e o advogado sorri para mim, seus olhos azuis indecifráveis; ele diz algo em italiano para o garoto e me conduz em direção às escadas no centro do cômodo.

— Por que ele só te entregou uma chave? Não vai me dizer que só tinha um quarto, sendo que esse lugar tá mais vazio do que qualquer coisa! — digo, em voz baixa, só para o caso de Giovanni conseguir escutar lá de baixo e entender alguma coisa. Afinal, se eu consigo entender algumas coisas por causa da origem dos nossos idiomas, não é impossível que ele também o faça.

Luca dá de ombros e me puxa pelo corredor com um ar despreocupado enquanto procura em uma das portas o número indicado no chaveiro.

— Só pensei que faria mais sentido para nossa história se fôssemos um casal — ele explica, parando na frente de uma porta com o número oito na frente. — Você sabe, estamos desesperados por um anel... Não acha que faz mais sentido se o motivo para isso for o de que decidimos nos casar? Esse pessoal é tradicional, não acho que topariam nos ajudar se soubessem da verdade.

— Qual o problema com a verdade? Estamos tentando salvar o casamento da minha irmã com o seu amigo! — reclamo, enquanto ele gira a chave na fechadura e abre a porta do quarto.

— Sinceramente, acho que você tá se revelando um grande de um safado, isso sim!

Entramos no cômodo, e não posso dizer que fico surpresa ao ver que ele segue o mesmo padrão de decoração da recepção: algo simples, mas limpo e bem cuidado. O edredom que cobre a cama de casal tem uma estampa de pequenas rosas lilás, e um espelho de corpo inteiro está apoiado na parede ao lado da porta que, suponho, leva ao banheiro. Nada grandioso, mas com certeza aconchegante. Luca joga a bolsa em cima do colchão e se vira para mim, um brilho divertido fazendo-se presente em seu olhar azul.

— Você tem tanto medo assim de não conseguir se controlar caso divida uma cama comigo?

E aí está ele, o Luca que tem o poder de me irritar profundamente desde a época da faculdade. Para ser sincera, é quase um alívio quando ele finalmente resolve dar as caras, me poupando da experiência humilhante de me render aos seus encantos depois de um dia inteiro ao seu lado, e me fazendo questionar tudo o que acredito saber sobre a pessoa que ele é.

Deixo escapar uma risada seca.

— Tão maduro, Luca... — Coloco minha bolsa em cima da cômoda e abro o zíper, procurando meu nécessaire. — Depois me ensina a ter essa sua autoestima. É realmente surpreendente que seu ego caiba dentro de um quarto tão pequeno... — Separo minha roupa de baixo e um vestidinho florido de seda, na esperança de ser arrumado o suficiente para a festa dos avós de Giovanni. — E a gente não vai dividir a cama. Você vai dormir no chão.

Não espero por uma resposta, junto minhas coisas nos braços e vou em direção ao banheiro, fechando a porta atrás de mim com um pouco mais de força do que eu gostaria.

16

Após um bom e necessário banho, Luca e eu seguimos as instruções deixadas por Giovanni em um bilhete do lado de fora do nosso quarto e nos aventuramos a pé pelas ruas da cidade. Não é difícil encontrarmos o local onde a festa está acontecendo. Uma faixa vermelha com letras cursivas brancas anuncia na entrada do prédio, antigo como o resto das construções da *frazione*: *Gemma & Vincenzo: cinquanta anni d'amore*, e é possível ouvir a música animada tocando até mesmo do lado de fora.

Ao meu lado, Luca está lindo como sempre, vestido com uma calça cáqui e uma camisa de linho branca, os cabelos escuros e úmidos caindo despretensiosos sobre a testa. Ele parece muito confortável em simplesmente entrar em uma festa para a qual fomos convidados pelo neto adolescente dos anfitriões, enquanto meu estômago embrulha diante da mera possibilidade de ser considerada uma penetra.

Em todos os meus anos de vida, jamais sequer cogitei a hipótese de ir a um evento sem um convite expresso de quem o estivesse organizando, sempre amedrontada demais pelo fantasma da rejeição. Já pensou se eu chego em uma festa e sou expulsa na frente de todos? Não, muito obrigada, prefiro manter o que resta da minha dignidade intacta.

Bem, até hoje. Mas não é como se eu tivesse muita escolha enquanto deixo Luca me guiar para o interior da festa, sua mão firmemente apoiada em minha cintura; é isso ou perder o amor da minha irmã e o último fio de respeito dos meus pais para sempre.

Não, eu não estou sendo dramática, as coisas apenas são como são, e cabe a nós mentir o suficiente para fazer as pessoas acreditarem que somos exatamente o que elas esperam que a gente seja. Se não for assim, a chance de sermos amados de verdade são praticamente nulas — pelo menos, essa é a realidade se você tiver nascido com uma personalidade tão terrível quanto a minha.

Fico surpresa ao ver que Giovanni não estava exagerando quando disse que a cidade inteira estaria na festa. O local está completamente lotado, com muitos convidados na pista de dança ao som de algo que só posso definir como pop-rock italiano, tocado por uma banda de homens por volta dos seus cinquenta anos e usando suspensórios vermelhos.

Avistamos o adolescente sentado em uma mesa longa de madeira, rodeado do que parece ser sua família; ao seu lado, uma mulher mais velha de cabelos igualmente ruivos, que aparenta ter uns quarenta e poucos anos, o repreende por algo, o que o faz revirar os olhos daquela maneira típica da idade.

Reprimo um sorriso diante da cena recheada de normalidade e me lembro da época da adolescência de Luana, quando eu a visitava durante as férias e via exatamente aquela expressão irritada em seu rosto sempre que nossos pais a repreendiam por alguma coisa. Não que houvesse muito a repreender quando se é uma adolescente com notas perfeitas e uma preferência estranha por fanfics de Harry Potter, nas quais o casal principal era constituído por Draco e Harry. Bem, cada um com seus gostos, eu acho. Isso com certeza a mantinha dentro de casa e longe das festas regadas à álcool dos outros adolescentes da escola.

Luca tira a mão das minhas costas e a desliza por meu braço até encontrar a minha e entrelaçar nossos dedos, com uma naturalidade que me faz questionar se ele realmente está acreditando em toda essa história de que somos um casal ou se ele é apenas um ótimo ator. Ambas as alternativas são inquietantes, cada uma à sua maneira.

Ergo os olhos para encarar o perfil de seu rosto, a mandíbula angulosa se mostrando mesmo por baixo da barba escura, conferindo-lhe um ar de seriedade, mesmo que os lábios estejam abertos em um sorriso simpático, os dentes brancos e retos fazendo sua tão aguardada aparição conforme nos aproximamos da mesa onde se encontram o adolescente e seus familiares.

Como se pressentisse nossa presença, Giovanni ergue os olhos no momento em que alcançamos a mesa e sorri, um pouco incerto, o que me faz pensar que talvez a bronca que estava tomando da mulher que parece ser sua mãe tenha sido justamente por ter convidado dois estranhos para a comemoração da união de seus avós.

Não é apenas o adolescente que foca a atenção em nós; tenho a impressão de que todos os pares de olhos presentes no recinto nos observam com um misto de curiosidade e divertimento, como se fôssemos uma atração à parte, presentes especificamente para o entretenimento dos convidados.

— *Buona notte!* — Luca diz, com um de seus sorrisos praticados e infalíveis, dirigindo-se aos ocupantes da mesa.

Talvez eu esteja imaginando, mas uma boa parte das mulheres presentes parece hipnotizada pelo homem que segura minha mão, e sou acometida por um sentimento irracional de posse, que não seria apropriado nem mesmo se realmente estivéssemos juntos. Nunca fui do tipo ciumenta, e isso não pode começar a acontecer justamente com Luca Treviani.

Na cabeceira da mesa, um casal de idosos, que só posso imaginar que sejam Gemma e Vincenzo, sorri para nós. A mulher é baixinha e tem as maçãs do rosto cheias, como uma criança. Seu cabelo branco está preso em um penteado elegante no topo da cabeça, e um vestido vermelho de mangas curtas cobre o corpo arredondado. Já o homem é alto e magro, assim como Giovanni, mas não tem o cabelo alaranjado como o neto, e sim alguns poucos fios prateados penteados para o lado. Ele tem um nariz longo e olhos pretos, contrastando com os olhos verdes da esposa.

Ambos nos analisam com curiosidade, enquanto Giovanni começa a explicar algo sobre sermos hóspedes da pousada e sobre como ele pensou que seria interessante nos convidar para a festa — pelo menos é isso que consigo entender.

Um rapaz de cabelo longo e loiro, preso em um rabo de cavalo baixo, chega com duas cadeiras para Luca e eu nos sentarmos, e logo estamos junto da família de Giovanni, aproveitando uma farta refeição acompanhada do melhor vinho que já experimentei na vida, enquanto Luca conversa todo descontraído com o restante dos ocupantes da mesa.

Normalmente, eu ficaria incomodada por não fazer parte da conversa, ou até mesmo por não ser capaz de entender o que tanto falam, mas, para minha surpresa, me pego admirando a maneira despreocupada com que Luca consegue dominar qualquer ambiente em que esteja, capturando a atenção de todos, que param por um segundo para ouvi-lo falar sobre o que quer que seja. Ele tem a confiança que eu sempre quis ter e parece não fazer nenhum esforço para isso, mas não consigo sentir inveja; pelo contrário, sou atingida por uma onda de orgulho, como se esse homem fosse *meu*.

Luca vira o rosto na minha direção, e tenho vontade de me esconder em um buraco ao ser flagrada secando-o tão descaradamente. Um calor característico começa a se espalhar por meu pescoço e sobe até o rosto, e tenho certeza de que devo estar tão vermelha quanto a faixa de entrada da festa. Ele descansa a mão em minha coxa e a aperta de leve, e então o calor que estou sentindo começa a se espalhar por outros lugares por motivos completamente diferentes.

— Estamos com sorte — ele diz em voz baixa, inclinando-se até que seus lábios fiquem a milímetros da minha orelha, sua respiração quente em contato com a minha pele é suficiente para me causar arrepios. — Tem pelo menos três membros da família que estamos procurando aqui, e são justamente as pessoas responsáveis pelas encomendas.

Ele se afasta e indica com a cabeça um grupo de pessoas na pista de dança. Tento não demonstrar o quanto sou afetada pela ausência de sua proximidade, e me concentro nos passos de dança um tanto quanto singulares adotados por duas das mulheres do grupo. Uma delas, vestindo um macacão azul-marinho com um decote generoso, gira a outra, que usa um vestido floral remotamente parecido com o meu, pelo salão com uma facilidade que só vi nos filmes antigos que tanto gosto de assistir.

Fico momentaneamente hipnotizada pela performance das duas, como se estivesse vendo ao vivo uma cena de *Dirty Dancing*. A mulher de macacão azul não deve ser muito mais velha do que eu, com seu cabelo loiro e longo voando livremente enquanto ela se movimenta pelo salão guiando sua parceira. Já a moça de vestido floral tem a pele escura, de um marrom muito profundo, e uma cabeleira enorme, estilizada em longas tranças com algumas mechas cor de mel contrastando com o preto dos fios.

— São elas...? — pergunto quando a música animada é substituída por uma de ritmo mais lento, e finalmente consigo arrancar os olhos do local onde as duas estão.

— A loira se chama Sandra e, ao que parece, é a que toca o negócio da família depois que o pai decidiu se aposentar. A negra é a esposa dela, Zaya, ela é responsável pelas encomendas — Luca me explica, claramente já inteirado de todas as informações necessárias acerca da família Bianchi. — O cara alto e loiro ali no canto é o irmão gêmeo da Sandra, o Andrea, e ele trabalha na confecção das joias.

Deixo meus olhos vagarem até o local que Luca está indicando, e vejo um homem vestido em uma camisa de botão vermelha e calça social preta. Ele está sozinho encostado na parede ao lado do bar, e seus olhos azuis estão grudados na mulher de cabelo alaranjado ao lado de Giovanni. Ela, por sua vez, o ignora completamente, preferindo focar a atenção nos hábitos alimentares do filho ou na bebida escolhida por seus pais.

— Você é mesmo um fofoqueiro, hein, Luca? — provoco, me divertindo com a mininovela que posso presenciar em primeira mão. — Aposto que já sabe também que o tal Andrea está com os quatro pneus arriados pela mãe do Giovanni, não sabe?

O advogado alterna o olhar entre a mulher ruiva e o ourives, e então me direciona um sorriso conspiratório.

— Acho que tenho um plano.

Reviro os olhos, mas não consigo evitar sorrir de volta.

— Estou começando a ficar com medo dos seus planos, você tá parecendo o Cebolinha! — digo, tomando mais um gole do vinho e deixando que a bebida me refresque pelo menos um pouco. — Por que não nos apresentamos? Estou começando a ficar preocupada com o tempo.

— Começando? Você tá preocupada com o tempo desde que saímos de Portofino, *mia cara* — Luca retruca. Ele ergue a mão que descansava na minha coxa e apoia o braço no encosto da minha cadeira, inclinando-se para mais perto. Seu perfume preenche meus sentidos, e me sinto um pouco tonta, como se pudesse cair a qualquer momento, mesmo estando sentada. — E, por favor, não me compare ao Cebolinha. Diferentemente dele, meus planos são realmente infalíveis.

Ignoro as batidas frenéticas do meu coração ao constatar que ele não só entendeu minha referência, como também entrou na brincadeira com *A turma da Mônica*.

Uma mulher adulta não deveria se importar tanto assim se um cara gosta ou não de uma série de gibis infantis, mas saber que Luca não é assim tão sério e que se permite um divertimento descompromissado de vez em quando é como um cobertor quentinho em um inverno rigoroso, ou, se estiver pensando em nossa situação atual, como um mergulho em uma piscina fria em um dia de sol escaldante.

Ele se levanta e estende a mão, em um convite tácito que eu aceito sem pensar muito, colocando minha mão na dele, entrelaçando nossos dedos e tentando ignorar a naturalidade do gesto e quão certo tudo isto parece ser: estar com Luca em uma festa aleatória em uma cidadezinha minúscula no interior da Itália.

A pista de dança já está cheia de casais que dançam grudados ao som de alguma sofrência italiana, e nos juntamos a eles. Luca posiciona as mãos na minha cintura e me puxa para perto, colando o corpo grande e forte no meu e fazendo com que eu me sinta estranhamente feminina. Ergo os olhos para encontrar as duas piscinas azuis que me encaram com uma intensidade capaz de me desarmar por completo, e luto contra a vontade de ficar na ponta dos pés e colar meus lábios nos dele.

Os olhos de Luca, de um azul intenso e profundo, me lembram o mar em que mergulhamos juntos antes de toda essa confusão, e a lembrança é o suficiente para me deixar em chamas, desejosa apesar de todos os pesares, por esse homem que só faz me confundir a cada momento que passamos juntos. A voz grossa do vocalista da banda nos embala, junto dos outros casais, em uma atmosfera intimista e de sonho. Quero perguntar sobre seu plano, mas tenho medo de acabar com o momento em que estamos se eu abrir a boca.

Nos movemos lentamente, acompanhando o ritmo da música. Por um momento, parece que temos todo o tempo do mundo, e consigo me desligar um pouco do tique-taque irritante que insiste em tocar na minha cabeça, como o cronômetro de uma bomba prestes a explodir.

— Eu estava pensando... — Luca começa. — A Lucia é solteira.

— Lucia? — Franzo o cenho, confusa. — Quem é Lucia?

Luca leva a mão direita da minha cintura até meu rosto, acariciando minha bochecha com seu polegar áspero, depois envolve minha mandíbula com sua palma, me lembrando do quão grande ele é. Quando desliza a mão até minha nuca e segura minha cabeça no lugar, apenas para se inclinar para baixo e deixar que seus lábios rocem pela pele sensível da minha orelha, os pelos de sua barba me fazem cócegas no pescoço.

— A mãe do Giovanni... Você não ouviu quando ela se apresentou? — Sua voz é baixa e ainda mais grave do que a do vocalista, que, a esta altura, já mudou a música para algo mais animado, com nós dois sendo os únicos que ainda continuam a se mover a passos lentos, nos recusando a colocar alguma distância entre nós. — Ou estava ocupada demais olhando para mim?

Respiro fundo e piso com toda a força que consigo em seu pé, o mandando para longe de mim em um pulo e com o rosto vermelho da dor causada pelo salto de bloco da minha sandália, e sorrio, vitoriosa. *Quem está rindo de quem, agora?*

— Isso é pra você deixar de ser metido! — Deixo escapar uma risada alta, e sei que acabamos de atrair a atenção de alguns dos convidados, que viram a cabeça para assistir à cena hilária de um homem do tamanho de Luca segurando as lágrimas enquanto massageia o pé e dá alguns pulinhos na tentativa de dissipar a dor. — Realmente, Luca, agora é impossível tirar os olhos de você!

Meu riso morre em minha garganta quando ele enfim se recompõe e se aproxima novamente, sua forma alta e imponente me fazendo dar alguns passos para trás, na vã tentativa de escapar de seu ataque. Minhas costas encontram um pilar, e logo percebo que estou presa, encurralada entre o corpo do advogado e a estrutura de tijolos.

Sua mão encontra novamente minha cintura, e como um ímã, me permito ser puxada para mais perto. A expressão em seu rosto é um misto de irritação e divertimento, como se ele não conseguisse decidir qual emoção deveria estar sentindo neste momento.

— Você vai pagar por isso, Catarina — ele diz, grudando o corpo no meu e me fazendo sentir pelo menos dez mil emoções diferentes de uma só vez, nenhuma das quais eu deveria estar sentindo —, mas não temos tempo para isso agora. — Ele traz a mão livre até a lateral do meu rosto e o acaricia levemente, em um toque quase invisível, e guarda uma mecha que escapou do meu rabo de cavalo atrás da minha orelha. — Quer ouvir meu plano infalível? Ou vai continuar me agredindo como se fosse a Mônica?

17

Andrea fala inglês fluente e estudou Administração em Roma antes de voltar para Montemerano e assumir a parte artesanal do negócio de joias da família, deixando a administração para Sandra, sua irmã gêmea, que sempre teve mania de controle. Eles têm trinta e oito anos e assumiram o comando da Joalheria Bianchi há oito, no momento em que seus pais, já cansados, decidiram que era hora de viajar e conhecer o mundo.

É por isso que não estão aqui hoje, ele me explica, apesar de serem muito amigos de Gemma e Vincenzo. Segundo Andrea, os dois agora estão participando de um retiro espiritual na Índia. Sem celulares.

Tomo mais um gole do meu vinho e me inclino na direção do italiano, secretamente feliz pela possibilidade de me comunicar com alguém além de Luca. Estamos conversando há alguns minutos, nossos drinks apoiados em uma daquelas mesas altas típicas de bar.

— E você não tem namorada, Andrea? — pergunto em inglês, tentando ser o mais casual possível, enquanto me esforço para não prestar atenção ao outro lado do salão, onde Luca rodopia Lucia de um lado para o outro, um sorriso largo até demais adornando o rosto bem esculpido.

O plano de Luca é até mesmo um pouco infantil, mas eu estaria mentindo se dissesse que não fiquei animada com a possibilidade de bancar uma de cupido para um casal de estranhos; animação esta que somente aumentou ao conversar por alguns minutos com Andrea, que se mostrou um cara doce e um pouco atrapalhado, mas que com certeza daria um padrasto adorável para um adolescente como Giovanni.

A maneira como seus olhos sempre param em Lucia serve de indicativo suficiente para que eu conclua que ele está completamente apaixonado pela ruiva filha dos donos da pensão da cidade, e não existem pessoas mais generosas do que pessoas gratas e felizes, não é?

E, sendo ele a única pessoa no mundo que pode me ajudar com o problema pelo qual estou passando devido ao status de desaparecido do anel precioso de Luana, é minha missão pessoal fazer desse homem uma pessoa *muito* feliz.

O ourives parece nervoso com minha pergunta, o pomo de adão subindo e descendo freneticamente no pescoço magro antes de ele responder:

— Não, não tenho namorada — ele diz, a voz ondulando um pouco devido ao nervosismo, e o sotaque italiano se faz ainda mais audível em seu inglês.

Reprimo um sorriso; ele obviamente pensa que estou interessada nele e, tendo em vista que Luca praticamente anunciou para todos os presentes que somos um casal, deve achar que sou uma grande safada, dando em cima de alguém enquanto meu suposto namorado está apenas do outro lado do salão. Ou então, se o plano de meu parceiro estiver realmente dando certo, ele pensa que Luca está flertando de verdade com Lucia, e que somos um desses casais com relacionamento aberto, o que não me parece ser algo muito comum em uma cidade tão pequena quanto Montemerano.

— Mas está interessado em alguém? Alguém que esteja aqui hoje? — indago, inocente, enquanto apoio o rosto nas mãos. — Notei que passou muito tempo olhando na direção da mesa dos anfitriões.

Andrea, que está tomando um gole de seu uísque, engasga com minha pergunta; é claro que não esperava uma aproximação tão direta da minha parte, mas não é como se eu tivesse tempo a perder — não com o casamento de minha irmã na sexta-feira e sabendo que, com a aproximação da meia-noite, logo será quinta, e então terei apenas um dia para conseguir o anel e voltar para Portofino a tempo da cerimônia, na esperança de não ter estragado tudo com o meu sumiço abrupto e não planejado.

— Eu...

Espero, paciente, ele conseguir formular uma frase, mesmo que paciência seja a última coisa que tenho no momento. Andrea passa a mão no cabelo, nervoso, o movimento fazendo com que os fios loiros e lisos caiam bagunçados sobre sua testa.

— ... pensei que estava sendo discreto — ele diz, por fim.

— Acredite, você estava sendo tudo, menos discreto.

— Bem, de qualquer maneira, não importa. — Ele parece resignado, como se a mera hipótese de ter alguma chance com Lucia fosse um grande absurdo. — Lucia me acha muito novo para ela.

— Foi ela quem te falou isso? — pergunto, interessada.

Sinceramente, não consigo ver uma grande diferença de idade entre os dois. Ou é um grande exagero da parte dele, ou preciso me sentar com Lucia urgentemente e conseguir sua rotina de cuidados com a pele.

— Não, foi o ex dela, o Fabrizio — ele explica, e tenho de me controlar para não estender o braço através da mesa e dar um tapão em sua cabeça, só para ver se esse homem deixa de ser idiota. — Ele trabalha no spa em Saturnia, sabe? E é mais velho do que ela. Segundo Fabrizio, Lucia só se interessa por homens mais velhos.

— Esse Fabrizio é o pai do Giovanni?

— Ah, não... O pai do Giovanni faleceu quando ele ainda era bem pequeno... — Por um momento, imagino Giovanni como estava nos porta-retratos expostos na recepção da pousada, ainda criança e tendo de lidar com a ausência do pai. — Depois de alguns anos, acho que quando o menino tinha uns dez anos, Lucia se casou com o Fabrizio... Eles se separaram há dois anos.

— E desde quando que você tem essa queda por ela? — pergunto, sem rodeios.

Acho que uma das grandes vantagens de estar aqui como uma forasteira é exatamente esta: poder ouvir confissões íntimas de pessoas que sabem que eu, como uma estranha, jamais poderia usar contra elas o que ouvi ou julgá-las.

Percebo isso na maneira como o corpo de Andrea parece enrijecer e em seguida relaxar, como se estivesse lembrando a si próprio que não configuro uma ameaça, e sim alguém com quem ele pode falar sobre sua paixão reprimida pela filha dos donos da pousada. Algo que, observando suas reações, posso apostar que ele nunca teve, mesmo que pareça ser parceiro de sua irmã gêmea.

— Não é... uma queda — ele diz, passando a ponta do dedo indicador pela borda do copo de uísque. Então, Andrea respira fundo, como se tomasse coragem para me contar um grande segredo, mesmo que seja evidente para qualquer pessoa com dois neurônios que ele é caidinho pela mãe de Giovanni. — Eu sou apaixonado por Lucia desde que era uma criança, e ela costumava cuidar de mim e da minha irmã para nossos pais poderem sair juntos.

Assinto com a cabeça para mostrar que entendo a seriedade de sua situação, afinal, também tive quedas pelos filhos mais velhos dos amigos dos meus pais. Mas essas quedas passaram com o tempo, principalmente quando vi que a maioria cresceu para se tornarem homens insuportáveis e até mesmo um pouco calvos, que pensam que o mundo gira em torno deles só por terem sido agraciados com o par de cromossomos XY.

— Bom, sei que não conheço nenhum dos dois muito bem, mas acho que já vi situações similares muitas vezes, sabe, Andrea? — minto, olhando para minhas unhas e focando o bife arrancado pela manicure. — Até mesmo dentro da minha própria família.

O italiano para por alguns momentos, seus olhos focados em algo que acontece atrás de mim; só espero que, o papinho de Luca convença Lucia a dar uma chance ao ourives.

É um pouco inquietante ter de confiar apenas no charme e no poder de persuasão de Luca Treviani para conseguir salvar meu relacionamento com minha irmã, mas tempos desesperados requerem medidas desesperadas.

Andrea vira o restante do líquido âmbar presente em seu copo de uma só vez, esvaziando-o, e faz uma careta antes de olhar para mim com um semblante sério.

— E o que aconteceu com essas pessoas que estavam em situações similares?

— Olha, algumas continuaram a alimentar uma paixão platônica pro resto da vida — explico, tentando me lembrar da sinopse de alguma comédia romântica para me ajudar; o homem loiro parece muito interessado no que tenho para dizer, então finjo pouco caso com um levantar de ombros. — Já outras... Bem, como posso dizer? — Andrea está inclinado em minha direção, sua coluna praticamente formando uma letra C, de tão curvado que fica para conseguir me ouvir direito. — Outras se arriscaram e deu certo! Quer dizer... Claro que não é fácil tomar coragem para algo assim, mas o amor não tem idade, e não há uma história de amor que não tenha tido seus obstáculos no meio do caminho. Você tem quantos anos? Uns trinta e cinco? A Lucia não deve ser nem dez anos mais velha, não é?

— Tenho trinta e oito — ele responde, em voz baixa —, e ela tem quarenta e três.

— Nossa, Andrea! Do jeito que você estava falando, parecia que ela era uns trinta anos mais velha do que você!

Não consigo evitar a risadinha que me escapa ao constatar que um homem feito como ele ainda consegue ter preocupações dignas de adolescente quando é confrontado com a realidade lancinante de uma paixão. Andrea se empertiga, parecendo ofendido pela minha reação, então logo trato de me desculpar e colocar o plano arquitetado por Luca em ação.

— Desculpe, é só que essa é exatamente a mesma diferença de idade entre meu noivo e eu...

— O homem que está dançando com Lucia agora? — Tenho seu interesse novamente, e me dou um tapinha imaginário nas costas.

— Sim, ele mesmo... — Deixo escapar um suspiro triste, devidamente calculado. — Mas o nosso problema é muito diferente.

— Qual o problema? — ele pergunta, visivelmente preocupado.

Certo, agora é o momento em que preciso invocar todo o meu talento de atuação, mesmo que ele seja quase inexistente. *Você não é mais a Catarina Fonseca, agora você é Fernanda Montenegro, querida!* Tento pensar no que acontecerá comigo caso eu não consiga o anel, e as lágrimas vêm fácil, fazendo com que o italiano contorne a mesa e se abaixe para ficar na mesma altura do meu campo de visão, claramente sem saber o que fazer diante de um choro feminino. Eu até me sentiria culpada por o estar enganando, mas não é como se ele também não fosse ter um certo lucro com o que estou prestes a fazer.

— É que a família do Luca... Bem, eles tinham um anel, sabe? — Ele assente, prestando atenção. — Eu ganhei esse anel quando ficamos noivos, mas aí... acabei sendo assaltada e levaram o anel! O casamento vai ser na sexta, e se eu não estiver usando esse anel... — Cubro meu rosto com as mãos e abafo um soluço. — Eles vão nos expulsar da família, e tenho medo de que até mesmo me denunciem por causa do anel desaparecido. Veja só, a mãe dele não gosta muito de mim, e o anel era bem valioso.

Andrea tenta me consolar, suas mãos nas minhas costas em movimentos apaziguadores, mas continuo entregue à performance da minha vida.

— Na verdade, a gente veio pra Montemerano porque soubemos que os ourives que fizeram o anel eram daqui, e tínhamos esperança de conseguir uma réplica. — Tomo mais um gole do meu vinho e tento parecer ainda mais desolada, o que não é difícil quando percebo que a bebida já esquentou. — Mas é claro que, com a minha sorte, os responsáveis por fazer o anel já estariam mortos há muito tempo...

— Nós somos os únicos ourives de Montemerano. — Andrea parece ter descoberto a América quando torna a olhar para mim, um sorriso satisfeito começando a tomar conta do rosto magro. — Vocês deviam estar procurando meu *nonno*! Mas não se preocupe, Catarina, ele me ensinou tudo o que sabia, e tenho certeza de que posso ajudar!

— São os únicos...? — Franzo o cenho, tentando parecer confusa, como se não soubesse exatamente quem ele era quando me aproximei e soltei um comentário despretensioso sobre a qualidade das bebidas na festa. — Então, quer dizer que você é da família Bianchi?

Ele assente energicamente, satisfeito por ter uma possível solução para o meu problema, o que me deixa com ainda mais vontade de ajudá-lo com Lucia. Não é fácil encontrar pessoas como Andrea, genuinamente gentis, que estão dispostas a ajudar os outros sem querer nada em troca. Olhe para mim e Luca, por exemplo.

— Sim, se você tiver alguma foto do anel... posso tentar produzir uma réplica, só não sei se consigo deixar tudo pronto em um dia — Andrea explica, paciente, como se estivesse falando com uma criança.

— Você faria isso? Tenho certeza de que deve ser ocupado. — Limpo minhas lágrimas com as costas das mãos e agradeço mentalmente o fato de não estar usando maquiagem, caso contrário já estaria igual a um panda. — Além disso, não tenho muito dinheiro, e seria um pagamento bem abaixo daquilo que você deve estar acostumado a receber.

Com o canto do olho, vejo quando Luca se aproxima, trazendo Lucia consigo. Ela parece estar se divertindo com o papo dele, e sinto uma pontada de ciúmes ao ver o sorriso do advogado direcionado para uma mulher tão atraente quanto ela. Logo exorcizo o sentimento, pois preciso focar em nosso plano, e não nas inevitáveis e inúmeras conquistas de Luca Treviani.

Andrea ainda está me consolando, dizendo que poderá me dar um desconto, enquanto continua a fazer movimentos circulares com a mão em minhas costas, quando Luca e Lucia alcançam nossa mesa.

Tenho quase certeza de que vejo uma expressão de surpresa atravessar discreta e muito rapidamente o rosto da italiana ao perceber o local onde a mão de Andrea está, mas ela logo se recompõe, sorrindo simpática para o ourives, que a encara como se fosse um milagre a mera presença dela aqui, na festa de aniversário de casamento dos próprios pais.

Reprimo um sorriso de divertimento diante da situação. Acho que, na última vez que precisei bancar a cupido para minhas amigas, eu devia estar no ensino médio, o que me faz ser atingida por uma onda de nostalgia, logo esquecida quando percebo focados em meu rosto os olhos azuis de Luca, claramente irritado por algo que não consigo decifrar, uma vez que nosso plano parece estar funcionando maravilhosamente bem.

— Catarina — ele diz, a voz grave me envolvendo como um cobertor quentinho, o problema sendo somente o fato de que hoje é uma noite absurdamente quente, e não preciso de mais calor, não mesmo. — Parece que fez um novo amigo.

Antes que eu possa responder, Andrea se adianta, sua mão deixando minhas costas para apertar a mão de Luca, um sorriso tímido se fazendo presente nas feições alongadas do homem.

— Muito prazer, fiz companhia para sua noiva enquanto o senhor dançava.

Lucia e eu alternamos os olhares de um homem para o outro. Apesar de ambos serem altos, com Andrea sendo até um pouco maior do que Luca, não há dúvidas de qual deles tem maior presença ou parece mais forte. Os ombros estreitos e a compleição mais longilínea de Andrea não teriam a menor chance contra um homem do porte de Luca.

Em defesa do ourives, ele provavelmente não dedica uma parte de seu tempo à prática da musculação, como é o caso do advogado, e nem por isso tem uma aparência menos adorável, com seu cabelo loiro e espetado complementando uma beleza clássica, quase como a dos anjos pintados por Michelangelo no teto da Capela Sistina. Luca, por sua vez, combinaria muito mais com o que devem imaginar sobre o diabo: atraente e sedutor.

Em outros tempos, eu talvez tivesse me sentido atraída pelo charme atrapalhado e pelo nariz longo de Andrea. Para o meu azar, desde o momento em que tive a infelicidade de ser beijada por Luca, ele parece ser o único homem capaz de despertar qualquer sentimento, bom ou mau, em mim.

A mãe de Giovanni parece satisfeita, como se esperasse que Andrea sentisse ciúmes por ela estar dançando com o forasteiro tão abertamente na frente de todos, e me pergunto até que ponto os sentimentos do ourives pela ruiva são unilaterais.

— Ah, sim, Lucia é uma ótima dançarina — Luca concorda, e me sinto grata por ambos manterem a conversa em inglês. Suponho que Lucia, trabalhando em algo ligado com o turismo, como a pousada de sua família, também entenda o idioma. — Ela me disse que você era o ourives da família Bianchi. Será que Catarina lhe contou sobre nosso problema?

— Sim, sou eu, e já assegurei a ela que farei de tudo para ajudá-los, mas é provável que o anel não tenha a mesma qualidade do original... E só poderei entregá-lo amanhã à noite.

— Acho bom, Andrea! Eu fiz a maior propaganda dos seus serviços! — Lucia diz, que até então estava calada observando as interações entre os dois, em um inglês carregado pelo sotaque italiano.

Andrea fica evidentemente vermelho, o que, para qualquer mulher, seria o mais alto dos elogios. Eu me pergunto se é assim que Lucia interpreta sua reação a ela.

— Por que não fazemos assim: amanhã, podem ir até a pousada onde estamos hospedados para entregar o anel, e então poderemos jantar os quatro! — Bato palmas, animada, e contorno a mesa até ficar ao lado de Luca, que envolve minha cintura com um braço e me puxa para perto, colando a lateral de nossos corpos e transformando de novo meu estômago em borboletário. Preciso me lembrar, pela milésima vez, que isso não passa de uma encenação. — Luca é um excelente cozinheiro. Tem problema se ele usar a cozinha da pousada, Lucia?

O ourives parece nervoso e olha para Lucia, como se esperasse que a qualquer momento ela pudesse cair na gargalhada e dizer que jamais aceitaria um encontro duplo no qual ele seria seu par. Entretanto, não sei se pelo papo de Luca ou apenas pelo fato de já fazer um tempo que ela esperava por essa oportunidade, a filha de Gemma e Vincenzo apenas sorri, erguendo os olhos cor de esmeralda para encará-lo.

— E então? — ela pergunta, estendendo a mão para tocar o braço de Andrea de maneira bastante sugestiva. — Acha que consegue terminar o anel até o horário do jantar de amanhã? Estou doida para abrir um vinho novo que ganhamos de um hóspede e morrendo de curiosidade para experimentar a comida preparada pelo Luca, mas não tenho vocação alguma para segurar vela.

A interação, claramente cheia de segundas intenções por parte de Lucia, faz com que eu olhe para Luca, feliz por nosso plano estar dando certo, mas, para minha surpresa, não é no possível futuro casal que ele está prestando atenção. Os olhos azuis de Luca estão grudados em mim, seus lábios bem desenhados se abrindo em um sorriso discreto, porém mais verdadeiro do que a maioria dos que eu o vi reproduzir durante toda a noite.

De repente, me sinto muito quente, como se estivesse envolta em brasa e não houvesse possibilidade de um refresco, nem mesmo se eu mergulhasse em uma banheira cheia de gelo, daquelas em que as vítimas de tráfico de órgãos acordavam nos filmes de terror que Luana me obrigava a assistir quando mais jovem.

Saio do transe provocado pelo Efeito Luca quando Andrea abre a boca para concordar com o plano, e então ele sai, um pouco nervoso demais, depois de trocar números de telefone com Luca, que promete lhe mandar as fotos do anel. Lucia o observa se afastar e então vira-se para nós.

— Não sei se devo agradecer ainda, senhor Treviani — ela diz, pegando uma taça de champanhe da bandeja de um garçom passante —, mas Andrea é realmente adorável, você estava certo.

Olho de um para o outro, tentando desvendar o que diabos Luca disse a ela para convencê-la a participar de um encontro com um cara do qual ela costumava ser babá durante a adolescência, por mais "adorável" que ele fosse.

Imagino Andrea como uma criança tímida e Lucia como uma adolescente descolada, e consigo entender o encantamento dele por ela. Afinal, mesmo hoje, tantos anos depois, a ruiva ainda exibe uma aura de sensualidade despreocupada que faz com que seja difícil desviar a atenção quando ela ri e balança o cabelo cor de fogo.

Ao meu lado, Luca apenas sorri e dá de ombros.

— Você o conhece melhor do que eu — diz, subindo com a mão por minhas costas até chegar em minha nuca, onde enrola meu rabo de cavalo em volta de seu punho e puxa de leve, apenas o suficiente para me deixar muito consciente de sua presença e me causar o mais delicioso dos arrepios. — Obrigado, Lucia, você salvou nosso casamento.

— Não — ela levanta a taça em um brinde silencioso e solitário, tendo em vista que minha taça já está vazia há um tempo e Luca não possui nenhuma bebida em mãos —, Andrea vai salvar o seu casamento. Eu apenas vou aproveitar um bom jantar e, com sorte, conseguir um novo namorado. Um que não seja um lixo de ser humano.

18

Estou sentada ao lado de Luca enquanto me delicio com uma fatia generosa de bolo de nozes com ameixa (não sou muito fã do sabor, mas doce é doce), cortesia dos anfitriões que, após o corte da sobremesa, decidiram se recolher para uma segunda "noite de núpcias".

De acordo com Giovanni, quando os avós eram adolescentes, viveram uma verdadeira história de Romeu e Julieta, com ambas as famílias sendo contra a união, uma oposição que não foi o suficiente para mantê-los separados. Assim que conseguiram, juntaram dinheiro e fugiram para se casar em Roma, voltando apenas alguns meses depois, quando Gemma já estava grávida do primeiro filho do casal, um menino grande e rechonchudo que nasceu no fim do verão.

Sendo assim, os dois não tiveram nada parecido com uma festa de casamento... até agora, quando seus filhos e netos decidiram que estava na hora de comemorar esse amor que perdurou mesmo diante de tantas adversidades. Histórias como a deles têm a capacidade de me deixar tanto feliz quanto amarga, então me volto para o açúcar do bolo, mesmo que seja de ameixa.

— Você não acha que vai acabar passando mal? — Luca pergunta quando aceito mais uma fatia.

Reviro os olhos, irritada. Quem ele pensa que é para saber a capacidade do meu estômago para coisas doces?

— Claro que não! — respondo, depois de engolir mais uma garfada de bolo, o açúcar do glacê começando a fazer efeito em meu humor. — Estou acostumada a comer doces, Luca. Não importa a quantidade.

— Se você diz... — Ele se recosta no encosto da cadeira e estica as pernas, se ocupando em beber seu vinho em silêncio.

A banda já se foi há algum tempo, substituída por uma caixinha de som bluetooth de Giovanni, que toca os últimos hits da playlist Top 50 do Spotify, e meus pés já estão livres das amarras de minha sandália, que, mesmo com um salto de bloco baixinho, ainda tem o poder de me machucar.

O salão está praticamente vazio, com a maioria dos convidados tendo ido embora logo após a saída dos anfitriões, sobrando apenas alguns poucos convidados que, como nós, ainda querem aproveitar da comida e bebida grátis fornecidas pela festa. Bem, não sei se esse é o caso para Luca, mas com certeza é o caso para mim.

Eu me sinto estranhamente calma agora que sei que Andrea vai nos ajudar, e me permito aproveitar o momento que estou vivendo, me empanturrando de bolo no fim da festa de um casal idoso em uma cidadezinha do interior da Itália. Ninguém pode me acusar de não estar vivendo minha vida.

Quando finalmente decido que estou satisfeita e deixo cair o garfo no prato de porcelana com um barulho característico, estico meu corpo na cadeira como se fosse uma gata, me espreguiçando até sentir cada um dos meus músculos repuxando, e deixo escapar um suspiro de contentamento.

Pela minha visão periférica, vejo quando Luca se levanta, deixa sua taça de vinho vazia na mesa ao lado e então para na minha frente, o que faz com que eu tenha de curvar o pescoço para poder enxergar seu rosto, que traz uma expressão indecifrável nas feições másculas, os olhos azuis assumindo um tom escuro parecido com o do mar do lado de fora da *villa*, pouco antes de anoitecer.

— Vamos? — ele pergunta, estendendo a mão em minha direção. Ergo uma sobrancelha em interrogação, e ele acrescenta: — Não lembra de quando eu disse que você me pagaria? Chegou a hora.

Reviro os olhos, mas aceito a mão, e logo estou de pé ao seu lado, enquanto ele praticamente me reboca em direção ao palco da festa; estou morrendo de vontade de perguntar o que pensa que está fazendo, mas não quero que ele pense que a perspectiva de "pagar" está me assustando tanto assim. O que ele pode querer de mim? Será que vai me obrigar a fazer uma dança vergonhosa no palco? Ou pior: será que vai me obrigar a correr pelada pela praça da cidade?

Meus questionamentos cessam quando subimos ao palco e ele vai em direção a uma pequena maleta preta esquecida em um canto, tirando de dentro dela dois microfones prateados, os mesmos usados pela banda mais cedo. Não consigo mais ficar calada.

— O que você pensa que está fazendo, Luca? — indago, com as mãos na cintura e claramente impaciente. Não que eu tenha de estar em algum lugar tão cedo; bem... talvez eu tenha de comparecer a um casamento, mas isso não conta. — Tenho quase certeza de que você não deveria estar mexendo nas coisas de outras pessoas.

— Relaxa, Catarina. — Ele me entrega um dos microfones com uma piscadinha, que faz com que todos os pelos do meu corpo se arrepiem de uma vez só, e só posso culpar meus hormônios e o fato de que, provavelmente, estou perto do meu período fértil. Nunca fui tão tarada quanto sou na presença constante desse homem.

Ele liga o próprio microfone e gesticula para que eu faça o mesmo com o meu. Quando apenas fico parada, encarando-o, como se ele tivesse acabado de desenvolver uma terceira cabeça, Luca se aproxima (até demais) e aperta o botão ele mesmo. Em seguida, vira-se de frente para o salão quase vazio e fala algo em italiano no microfone, que ressoa pelo enorme ambiente, causando um pouco de eco.

Vejo que Giovanni parece ter entendido exatamente o que Luca acabou de dizer, e então a música pop para de tocar na caixa de som e sou surpreendida pelos primeiros acordes de uma canção de pagode conhecida. Olho para Luca, confusa, mas ele apenas dá de ombros e sorri, as malditas covinhas fazendo sua aparição novamente. Acho que nunca vi tanto as covinhas de Luca quanto no dia de hoje.

— Vamos lá, Catarina! — Ele vira o corpo, ficando de lado para a plateia quase inexistente e de frente para mim, e sinto que estou em uma realidade paralela muito louca, na qual fui parar dentro de algum filme da franquia *High School Musical*. — Quero ouvir você cantando e quero que admita que o Grupo Revelação é bem melhor do que Taylor Swift!

— Eu não conheço a letra dessa música!

— Todo mundo conhece a letra dessa música, Catarina! — Luca passa o braço livre por meus ombros e me puxa para perto, e eu faço uma anotação mental para conversar com ele sobre espaço pessoal, algo sobre o qual ele parece não saber nada.

Percebo que as poucas pessoas que ainda estão ali, agora completamente focadas em nós, se juntam na frente do palco, esperando o show de horrores que estamos prestes a protagonizar. Sim, eu adoro cantar, mas não é como se *soubesse* cantar. E por mais que eu seja quase uma profissional em passar vergonha em público, também não é como se passasse vergonha de propósito. É algo que simplesmente acontece, ainda mais quando se trata de Catarina Fonseca.

A voz grave de Luca preenche meus ouvidos e o espaço do salão quase deserto, e me pego surpresa pelo fato de que o desgraçado sabe cantar! Deus realmente tem seus favoritos, pois deu a esse homem todas as habilidades necessárias para transformá-lo em uma máquina de seduzir mulheres solitárias.

Não que eu esteja solitária.

Ou que ele esteja me seduzindo.

Luca olha para mim, um sorriso divertido brincando nos lábios, e indica com a cabeça que chegou minha vez de cantar. E é *claro* que eu conheço essa música. Respiro fundo, tomando coragem, e canto:

— *Você bem sabe que eu te desejo, está escrito no meu olhar!*

Tenho vontade de entrar em um buraco e nunca mais sair ao ver o brilho travesso que atravessa os olhos azuis de Luca quando ele me ouve pronunciar essas palavras.

Sinto meu rosto pegar fogo, e tenho certeza de que devo estar tão vermelha quanto um tomate. Afasto-me dele e atravesso o caminho curto até o outro lado do palco, colocando o tão necessário espaço entre nós, uma vez que a proximidade de Luca é uma ameaça grave à minha capacidade de raciocínio. Escuto os adolescentes amigos de Giovanni gritarem, obviamente se divertindo com a performance improvisada, cortesia dos dois brasileiros esquisitos que vieram como penetras para uma festa de aniversário de casamento.

Luca parece estar se divertindo ao extremo, dançando animado e deixando a música guiar todos os seus movimentos enquanto desliza pelo palco e até mesmo se arrisca em alguns passos de samba, mesmo que a música escolhida por ele seja um pagode. Fico embasbacada enquanto o observo, completamente chocada por mais essa faceta que ele me revela desde que saímos de Portofino hoje pela manhã.

Sua voz é grave e macia, e acompanha os acordes em uma afinação típica de quem sabe muito bem o que está fazendo, completamente confortável com o microfone na mão enquanto continua a entoar os versos de uma música de sucesso do seu (provável) grupo musical favorito.

Ele para bem na minha frente, o cabelo escuro grudado em sua testa devido ao suor, provocado pelo calor ou pelos movimentos, não tenho certeza, e sei que não estou imaginando coisas quando escuto alguns gritinhos animados das amigas de Giovanni, sem dúvida motivados pelo fato de Luca parecer deliciosamente comestível enquanto segura um microfone e canta: *não dá pra viver assim, querer sem poder te tocar*. Seus olhos azuis refletem as luzes dos refletores do palco, e a camisa de linho está grudada pelo suor em cada pedacinho do corpo, que, se parando pra pensar bem, parece ter sido esculpido pelo próprio diabo, uma vez que, tenho certeza, Deus não projetaria alguém tão capaz de invocar os pensamentos mais profanos e pecaminosos.

Deixo meus olhos percorrerem pelos presentes mais uma vez, e decido que não interessa se eu for passar vergonha ou se um vídeo meu desafinando lindamente for parar na internet. Hoje à noite, enquanto estou aqui em um local que eu nem sabia que existia, sendo observada por alguns poucos garçons e adolescentes italianos, usando um vestido que faz eu me sentir uma verdadeira gata e vendo o cara que sempre julguei ser o mais centrado do mundo dançar como se não houvesse amanhã, enquanto entoa um *cover* assustadoramente bom de "Coração radiante", decido que vou deixar as preocupações para a Catarina do futuro e apenas viver o momento.

Pelo menos por hoje, enquanto sei que um ourives de bom coração está trabalhando feito louco em algum lugar para conseguir fazer o anel da minha irmã, a tempo de jantar com a mulher pela qual é apaixonado desde criança, eu deixo as preocupações de lado e canto.

Deixo que o ritmo animado da música guie minha voz e meus pés em passos de dança desajeitados — nunca aprendi direito a dançar, nem mesmo nas aulas de zumba na academia do namorado de tia Maitê —, e antes que eu perceba, estou me movendo pelo palco, deixando que meu corpo faça apenas o que quer e que minha garganta sirva de instrumento, mesmo que desafinada. Não sei se estou cantando ou se estou rindo, mas a sensação é indescritível. Sinto que, pela primeira vez em anos, posso ser eu mesma, e isso é mais do que o suficiente.

Luca segura minha mão, me rodopia e canta animado no microfone. Os jovens, nossa plateia tão atenta, gritam felizes, fazendo a segunda voz de uma música que não conhecem. Quero prolongar este momento para sempre, e deixo que aquele homem alto e leve nos pés me guie em uma coreografia que parece ensaiada, com a mão firme na minha e meus pés que flutuam no chão.

Nossas risadas se misturam, fundindo-se ao ritmo da música. A letra, cantada pelo grupo de pagode e que ecoa pelo espaço quase vazio do salão de festas, sobre querer alguém só para si tanto quanto as ondas são do mar, é como um eco aos meus pensamentos mais secretos sempre que meus olhos cruzam com os olhos azuis de Luca.

Não me lembro da última vez que me senti tão livre, que me senti tão eu. A música chega ao fim, mas tenho a impressão de que ainda estou longe de acabar, então apenas retribuo o sorriso brilhante que recebo do advogado e aceito seu convite para nos aventurarmos só mais um pouquinho, afinal, a noite está só começando.

19

As ruas de Montemerano estão desertas quando finalmente deixamos o salão de festas, pouco depois de percebermos a impaciência dos funcionários do local, ansiosos para limpar em paz e irem para suas casas. Nos despedimos de Giovanni na esquina que leva até a rua da pousada, dado que o adolescente parece ter seus próprios planos para aproveitar o resto da noite com os amigos, e seguimos apenas Luca e eu pelas ruas de paralelepípedos, de braços dados e sorrisos bobos no rosto de cada um.

    Nossos passos são lentos, sem qualquer pressa, enquanto admiramos a arquitetura medieval das casas e as flores coloridas que adornam as paredes de pedras antigas, ainda mais espetaculares por estarmos na primavera.

    Quero perguntar a Luca sobre o tempo que passou na Itália durante sua adolescência, e a curiosidade para saber como ele navegava por uma sociedade, e cultura, tão diferentes da nossa enquanto ainda tinha seus dezesseis anos começa a me deixar inquieta. Ele parece contente, alegre, como se, pela primeira vez desde que nos conhecemos, um peso tivesse sido tirado de seus ombros, e percebo que quero passar um pouco mais de tempo com essa versão despreocupada dele, versão essa que também parece resgatar a Catarina que um dia tanto amei ser, lá das profundezas da minha existência.

Não satisfaço minha curiosidade sobre o jovem Luca; em vez disso, ele me distrai com contos mirabolantes sobre a história da região de Grosseto, sobre os etruscos e sobre a tradição encravada em cada um dos tijolos usados na construção de cada um dos vilarejos que a compõem. Fico admirada por seu conhecimento, mas principalmente pela maneira como ele parece transfixado por cada detalhe, como se fosse teletransportado para a época que ilustra tão bem com suas palavras.

Acho que não existe nada mais especial do que assistir a alguém falando sobre algo que ama, e Luca claramente ama História. Ele fala sobre os pratos típicos da região, os ingredientes utilizados e as produções agrícolas que podem ser encontradas por aqui, a maioria proveniente de agricultura familiar com séculos de tradição.

Então, percebo que não é somente História que Luca ama, mas comida e tudo o que envolve seu preparo, desde o trabalho do agricultor até o momento em que os pratos chegam às nossas mesas, prontos para serem devorados e apreciados. Fico tentada a perguntar o porquê de ele não ter se enveredado pelo caminho da gastronomia após ter conseguido a liberdade de Josimar, mas mordo minha língua, sabendo, aparentemente pela primeira vez, o momento de ficar calada.

Como se percebesse quão difícil é para mim apenas ouvir quando, na maioria das vezes, parece que engoli um rádio, Luca pergunta sobre minhas impressões acerca da cidade e sobre seus habitantes. Ele parece se divertir quando comento minha estranheza diante de uma comunidade tão pequena e unida, e presta muita atenção quando falo sobre minha infância e adolescência em uma cidadezinha do interior que, apesar de também ter poucos habitantes — não tão poucos quanto Montemerano —, sempre pareceu o lugar mais solitário do mundo para mim.

Antes que eu perceba, estou falando sobre como me senti quando me mudei para São Paulo, sobre como senti que finalmente pertencia a algum lugar, mesmo sabendo que eu não passava de um grão de areia naquela imensidão de gente. Falo sobre minhas amigas da faculdade, Amanda e Juliana, amigas que ele se lembra de ter conhecido, e falo sobre como elas se tornaram minha família, sobre como eu sempre me sentia em casa quando estava com elas. Falo a respeito das noites de samba no bairro do Bixiga e os domingos que eu costumava passar tomando sol no terraço da casa de Amanda, me refrescando com a piscina de plástico que seu pai montava sempre que fazia mais de vinte graus.

Falo como foi a decisão de ir embora e voltar para a casa dos meus pais, sobre como me senti pequena quando passei pela porta da sala da casa em que cresci, carregando duas malas e uma montanha de traumas e inseguranças, como me senti fracassada e insuficiente por não ter conseguido ser feliz com tanto, ganhando bem e morando em um apartamento legal em um bairro considerado hipster. Falo do cara que pensei que me pediria em namoro, sobre o fato de ele trabalhar na Faria Lima e sobre como pensei que podia ser *ele*, sobre como pensei que a gente ia casar e então tudo faria sentido, como nunca fez antes. Falo sobre como ele simplesmente sumiu depois de três meses e como passei os outros seis falando sobre ele na terapia, tentando descobrir o que eu tinha feito de errado.

Falo do meu livro e sobre como foi um fracasso de vendas, dos olhares de pena que recebi de quase todos os meus familiares e do olhar de desapontamento que recebi da minha mãe, e como tudo o que eu queria fazer era sumir.

E foi exatamente o que fiz, por meses, me afogando em autopiedade. Até o dia em que Lu me procurou, disse que ia se casar e pediu minha ajuda para organizar todos os detalhes do grande dia, e então me senti útil mais uma vez, como se alguém ainda precisasse de mim, mesmo que eu soubesse, lá no fundo, que não faria diferença nenhuma se eu estivesse ou não envolvida nos arranjos para o casamento, e que ela só pediu minha ajuda porque devia estar com medo de que eu fizesse alguma besteira.

Luca escuta com atenção, oferecendo comentários inteligentes e bem-humorados quando pensa que deve fazer alguma interjeição e ficando calado quando percebe que estou muito imersa em minhas lembranças para registrar sua presença ao meu lado. Não quero fazer isso, monopolizar o assunto, transformar uma noite divertida em mais uma das minhas sessões de autoflagelo, mas parece que não tenho nenhum controle sobre minha boca, que continua a fazer mais e mais revelações conforme avançamos pelas ruas da cidade.

— Sabe o que eu acho? — Luca me pergunta quando viramos uma esquina e damos de cara com um arco enorme, feito de pedras que devem ser mais antigas que o calção da sorte do meu pai e que parece saído diretamente de um dos livros de contos de fadas que eu tanto gostava de ler na infância.

— O quê?

Luca dá alguns passos largos até ficar posicionado exatamente embaixo do arco, e posso constatar o quanto esse homem é alto — ou o quanto os homens que construíram o monumento eram baixinhos —, com seus braços longos estendidos para cima e as pontas dos dedos quase tocando a parte de cima da estrutura. O movimento inesperado faz com que sua camisa levante apenas o suficiente para expor um pedaço pequeno de pele bronzeada do abdômen malhado e... *Meu Deus, isso são entradas?*

— Acho que você se preocupa demais com tudo. — Luca abaixa os braços e então os estende em minha direção, as palmas das mãos para cima, um convite. — Você tenta passar essa imagem de "deixa a vida me levar", mas no fundo tem uma necessidade absurda de controle, e é isso que tá te matando por dentro. Você não sabe como reagir quando as coisas não vão de acordo com os seus planos, e aí fica paralisada, sem saber como dar o próximo passo.

Reviro os olhos, mas nem mesmo sua tentativa furada de psicanálise pode acabar com meu bom humor. Então coloco minhas mãos nas dele e deixo que me puxe para perto; agora estamos os dois debaixo do arco centenário, uma leve brisa soprando em seu cabelo e fazendo com que a saia do meu vestido voe ao nosso redor.

— Grande novidade, Luca Treviani, eu sou ansiosa. Próximo tópico, por favor.

— Você também adora fazer isso. — Ele solta uma de minhas mãos e deixa uma carícia invisível em minha clavícula.

Engulo em seco.

— Fazer o quê?

— Fugir quando as coisas estão ficando sérias ou intensas demais pra você. — Luca parece tão seguro do que está falando, como se soubesse exatamente tudo o que se passa em minha mente, e isso é o suficiente para me deixar irritada e me lembrar o porquê de sempre ter achado esse cara a arrogância em pessoa.

— Eu estou fugindo agora? — Puxo a mão que ele ainda segura para fora de seu domínio e apoio minhas costas na lateral do arco, desesperada por um pouco de espaço, mas me recusando a lhe dar a satisfação de estar certo sobre mim.

— Está tentando… exatamente como você fez naquele congresso. — A menção casual ao humilhante congresso em que pensei que ele poderia estar interessado em mim faz com que eu fique vermelha no mesmo instante.

— Eu não faço ideia do que você está falando — desconverso. Não quero ser lembrada daqueles dias, muito menos daquela noite.

— Não? — Luca se aproxima, me aprisionando entre o arco e seu corpo; ele tem um brilho no olhar que só posso descrever como predatório. — Você não se lembra de como ficou naquela noite no telhado do hotel?

— Você estava namorando a Clara, ficou noivo logo depois. Estou errada? — Levanto o queixo, em desafio, meu coração martelando perigosamente no peito, a ponto de eu temer que ele possa escapar da minha caixa torácica e sair por aí, em uma coreografia fora de ritmo pelas ruas de Montemerano.

— Não, mas eu ainda teria te beijado — ele admite, como se estivesse falando sobre algo tão banal quanto o tempo ou o que vamos comer no almoço de amanhã, sua voz macia como veludo, contrastando com a expressão decidida em seu rosto.

— E você não vê o quanto isso só serve pra provar que você não vale nada?

— Talvez, mas não muda o fato de que teria te beijado. — Luca dá de ombros, sua respiração se misturando com a minha quando ele abaixa a cabeça e posiciona o rosto diretamente de frente para o meu, tão perto que, se eu me mover um milímetro, nossas bocas estariam grudadas.

Quero ficar indignada diante da maneira despreocupada que Luca me entrega esse fato, mas, com ele tão perto de mim, tudo o que consigo pensar é em como seus lábios pareciam ter sido feitos para os meus na noite passada, e em como seu corpo parecia encaixar perfeitamente no meu, como se fôssemos duas peças perdidas de um mesmo quebra-cabeça.

— E por que não beijou?

— Porque eu sabia que, no momento em que as coisas ficassem um pouco mais intensas entre nós, você fugiria, ou tentaria fazer com que eu fugisse. — Ele leva as mãos até meus ombros e me segura no lugar, como se eu realmente pudesse escapar a qualquer momento.

— E você fala como se me conhecesse... — Reviro os olhos, mas minha voz não passa de um sussurro, soando estranha até mesmo para os meus próprios ouvidos.

— Ah... — Luca encontra um local em que sou especialmente sensível, próximo à minha orelha, e afunda o rosto ali, sua barba me fazendo cócegas e ao mesmo tempo me deixando em chamas. — Eu conheço você, Catarina.

— Não, você não conhece.

— Eu sei que você gosta disso aqui, por exemplo... — Ele sopra levemente a pele sensível do meu pescoço, antes de mordiscar o lóbulo da minha orelha, e preciso me segurar em seus braços para continuar de pé.

Quero dizer que ele está errado, mas é meio impossível desmentir meu próprio corpo, que me trai com cada reação aos seus toques, que parecem ter sido milimetricamente arquitetados para me deixar queimando de desejo.

Não é justo.

Finco meus dedos na carne de seus braços e, indo contra todo o bom senso que consegui adquirir na vida (que não foi tanto assim), o puxo para mais perto e pressiono meu corpo no seu. Luca arrasta sua boca pela minha mandíbula, ainda mantendo as mãos em meus ombros, e o contato de suas palmas grossas e grandes com a pele exposta pela alça fina do meu vestido é o suficiente para me deixar queimando por dentro. Tenho vontade de me afundar nesse homem, tanto quanto tenho vontade de sair correndo, mas então me lembro do que ele disse sobre minha propensão natural para fugas e sou acometida pela vontade irracional de provar que ele está errado.

Eu *consigo* ir até o fim, mesmo quando as coisas ficam sérias ou intensas demais.

Você vai ver só, Luca Treviani.

Neste momento, não estou mais preocupada com as consequências de um possível envolvimento com Luca, afinal, é tarde demais para isso e estou cansada de negar os meus próprios desejos. Eu sou uma mulher adulta, e ele é um homem incrivelmente atraente que, por algum motivo alheio ao meu entendimento, decidiu que também me quer, mesmo que nosso histórico nesses últimos quase dez anos desde que nos conhecemos naquela maldita monitoria de direito empresarial não seja dos melhores.

Além disso, não sei se é a magia proporcionada por esse vilarejo em um canto escondido da Itália, ou se foram as horas que passamos juntos em um carro cor-de-rosa, ou mesmo o jeito como ele me segurou enquanto eu chorava e encharcava sua camisa pra lá de cara; não sei se foi o brilho que vi em seus olhos quando estava naquela cozinha, fazendo algo que amava de todo o coração, ou se foi sua vontade e iniciativa de me ajudar quando tudo o que eu conseguia pensar em fazer era surtar e sumir da face da terra, mas sei que o que estou sentindo por Luca não é pura atração física, por mais que ele seja facilmente o homem mais lindo que meus olhos já viram.

Ele afasta o rosto do meu, e seus olhos azuis exercem uma atração tão forte sobre mim que sinto como se eu fosse apenas um satélite rodando por sua órbita, incapaz de escapar de seu magnetismo, e me pergunto se sempre foi assim e eu apenas não conseguia perceber.

Jogo esses pensamentos para o fundo da minha mente no mesmo instante em que somos atingidos por pingos grossos e pesados; olhamos para cima e somos surpreendidos com nuvens densas e acinzentadas, sinalizando que a chuva não tem chances de parar tão cedo. Quero tomar isso como um sinal de que talvez o destino não queira assim, mas só consigo pensar em como a presença da chuva é deliciosamente clichê, como uma bênção dos deuses das comédias românticas, me mostrando que devo ir em frente.

Quando desvio o olhar do céu, sou surpreendida por Luca me encarando como se esperasse que eu dissesse alguma coisa. Respiro fundo, sabendo exatamente o que ele espera ouvir, e digo:

— Me beija, Luca.

Ele sorri, as covinhas se fazendo presentes.

— Achei que nunca pediria.

Não espero que ele termine a frase, e fico na ponta dos pés, puxando-o em minha direção pela gola da camisa e reivindicando seus lábios com os meus. Luca tem gosto de vinho verde, bolo de ameixa e ele próprio, uma combinação que acaba de se tornar a minha preferida no mundo inteiro, principalmente quando seus braços longos e fortes enlaçam minha cintura e me erguem em sua direção, de modo que nossos corpos estão grudados e meus pés ficam longe do chão, sua boca se movendo com a minha em uma coreografia exigente e sensual, sua língua pedindo passagem.

Ele explora cada canto de minha boca, reivindica posse em uma tortura lenta e deliciosa. Sinto que vou desmanchar apenas com um beijo, e fico feliz por, desta vez, estar sóbria o suficiente para aproveitar o momento como ele merece ser aproveitado. Ele me beija como quem faz amor: apaixonado, calmo, rápido, extraindo tudo o que pode de mim, mas me dando tudo o que tem em troca.

Minhas mãos se movem como se fossem independentes da minha vontade e encontram seus cabelos. Meus dedos puxam os fios um pouco compridos demais, e fico surpresa com minha própria força, a vontade que tenho de sentir tudo o que há para sentir com esse homem servindo como um combustível poderoso. Não me importo com delicadezas ou com qualquer tipo de atuação. Não estou fingindo e nem quero fingir mais nada quando estou com ele.

Sou apenas uma mulher queimando de desejo, não há espaço para dúvidas ou inseguranças — não quando ele me segura contra si como se a mera ideia de me deixar ir fosse capaz de feri-lo fisicamente. Não quando sua boca deixa marcas em minha alma mais permanentes do que qualquer tatuagem.

Sua boca deixa a minha e explora meu pescoço, meus ombros... Suas mãos me seguram com tanta força que tenho certeza de que amanhã acordarei com alguns hematomas, mas não consigo me importar, tudo o que consigo pensar é em como o desejo de Luca por mim é tão forte quanto o meu por ele. Seus dentes roçam a minha mandíbula, fazendo arrepios intensos percorrerem todo o meu sistema nervoso. Minhas mãos deixam seus cabelos e param em seus ombros largos, e então estou me agarrando a ele como quem se agarra a uma boia salva-vidas.

A esta altura, já estamos completamente ensopados, mas não me importo nem um pouco.

— Por que será que, sempre que nos beijamos, eu fico molhada?

Luca enfia o rosto no local em que meu ombro se conecta ao meu pescoço. Penso que ele vai continuar sua exploração, mas seus ombros se movimentam de maneira esquisita, e é só então que percebo que está rindo, o som de sua risada abafado pelo barulho da chuva e pela minha pele. Deixo que um sorriso se espalhe por meu rosto apenas porque sei que, nesta posição, ele não consegue ver.

— Nossa, você é tão quinta série, Luca! Você entendeu o que eu quis dizer!

Ele levanta a cabeça e então me encara, ainda sorrindo.

— Desculpe, Catarina, mas a piada já veio pronta. — Ele usa as mãos para esquentar meus braços em movimentos de vai e vem, e percebo que estou tremendo, mas não faço ideia se é pelo frio causado pela chuva ou se é pela miríade de sensações pela qual estou passando.

— Cat — digo.

— O quê? — Luca levanta uma sobrancelha, confuso.

— Considerando que você já teve a sua língua na minha garganta mais de uma vez... Acho que você pode me chamar de Cat — explico, e posso sentir fisicamente o momento em que minhas bochechas esquentam conforme o sorriso dele aumenta.

Talvez eu esteja sendo muito juvenil? Não faço ideia, e também não me importa, não quando ele abaixa a cabeça e captura meus lábios em mais um beijo de tirar o fôlego, cessando todo e qualquer tremor em meu corpo, deixando apenas pequenos pontos de eletricidade em todos os lugares por onde sua boca e suas mãos passam.

— *Cat* — ele sussurra contra meus lábios, e consigo *sentir* seu sorriso quando ele o faz, o que torna impossível eu não sorrir de volta —, vamos voltar para a pousada? Acho que não seria de bom-tom os padrinhos ficarem espirrando no altar.

20

As luzes da recepção estão apagadas quando passamos pela porta da frente, usando a chave que Giovanni nos deu quando fizemos o check-in. Nós então caminhamos até nosso quarto com cuidado para não fazer barulho e acabar acordando outros possíveis hóspedes ou membros da família, que devem estar cansados após as comemorações do dia.

Sinto que, desde que cheguei à Itália, estou cercada por casais felizes, o que não deveria ser uma surpresa, considerando que estou aqui para um casamento. Mas o que costumava me deixar incomodada, de repente é apenas mais um motivo para que eu não consiga parar de rir, o que torna incrivelmente difícil a tarefa de chegar à porta do nosso quarto em silêncio.

Luca me puxa para dentro do cômodo e fecha a porta ao passar, e então estamos sozinhos no pequeno espaço superfaturado da *Locanda Marenna*. Porém, por algum motivo louco e alheio a qualquer entendimento, a atmosfera não é esquisita, tampouco é pesada. Nos conhecemos há quase uma década, e mesmo que não tenhamos sido exatamente amigos durante esse tempo, posso dizer que uma certa intimidade foi inevitavelmente adquirida.

Estamos encharcados devido à chuva torrencial que ainda cai do lado de fora, e meu vestido começa a ficar um pouco desconfortável, pesado em meu corpo, o tecido agarrando de maneira esquisita. Estou descansada devido ao cochilo que tirei no carro enquanto estávamos na estrada, mas tenho quase certeza de que este não é o caso para Luca, que dirigiu durante todo o percurso até Montemerano.

— Você...

— Você...

Falamos ao mesmo tempo e então paramos, um olhando para o outro como se estivéssemos dividindo uma piada só nossa, um refletindo o sorriso bobo presente no rosto do outro. Ele levanta a mão, gesticulando para que eu fale primeiro.

— Você quer tomar banho primeiro? Já que eu tomei antes de sair pra festa. — Aponto com a cabeça em direção ao banheiro. — Acho que precisamos nos livrar dessas roupas molhadas se realmente quisermos evitar um resfriado.

Luca assente, fecha os olhos e então os abre novamente, encontrando os meus com uma intensidade que faz minhas pernas tremerem. Sei o que ele está pensando, sei também que não falará nada, e agradeço-o mentalmente por isso. Não estou pronta para tomar banho com ele, e preciso de um tempo sozinha, mesmo que sejam míseros cinco minutos, para organizar minha mente e tomar a melhor decisão, sem que meu julgamento esteja prejudicado pela presença magnética deste homem no mesmo espaço que eu.

Ele vai até sua bolsa e retira um nécessaire de couro, junto com alguns itens de vestimenta, então vira-se para mim quando já está na entrada do banheiro:

— Vou tomar banho primeiro, mas por que você não se livra das roupas molhadas enquanto isso? — Ele aponta com a cabeça para o pequeno armário de madeira no canto do quarto. — Tenho quase certeza de que encontrará um roupão limpo ali.

O advogado entra no banheiro e fecha a porta, e não demora muito para que eu escute o som da água corrente do chuveiro. Tiro meus sapatos, jogando-os em um canto qualquer, e vou até o armário indicado por Luca. Não me surpreendo quando encontro dois roupões brancos, fofinhos e perfeitamente dobrados em uma das prateleiras, e logo visto um, guardando meu vestido molhado em um saco plástico que trouxe na bolsa e fazendo uma anotação mental para lembrar de colocá-lo para secar pela manhã, isto é, se o sol decidir aparecer novamente.

Encaro meu reflexo no espelho de corpo inteiro, posicionado ao lado da porta, e quase não me reconheço. A mulher que olha de volta para mim, iluminada apenas pela meia-luz dos abajures, parece muito relaxada, com os olhos verdes refletindo o brilho dourado das luzes amarelas e os lábios inchados e vermelhos. Meu cabelo está molhado e se transformou em uma bagunça sobre meus ombros assim que o solto da prisão imposta pelo rabo de cavalo. Passo os dedos pelos fios longos na tentativa de desembaraçá-los, mas logo percebo que é em vão, e acabo deixando para lá.

Sento-me na cama e tento pensar em qualquer outra coisa além do fato de que vou dividi-la com Luca em breve. Não é como se eu fosse uma adolescente ou algo assim, e também já dormi na mesma cama que vários amigos homens em viagens de carnaval e afins, mas não consigo exorcizar a sensação de que desta vez é *diferente*.

Claro, a gente se beijou algumas vezes, e ele é extremamente atraente, mas isso também não quer dizer que vai rolar alguma coisa entre nós esta noite. Não é como se eu não fosse capaz de me controlar e...

— O que é que tá te deixando com essa cara de preocupada? — A voz de Luca interrompe meu fluxo de raciocínio, e viro a cabeça para encontrá-lo de pé, encostado na soleira da porta do banheiro, vestindo apenas uma bermuda cinza de algodão e com uma toalha pendurada no ombro.

Não é a primeira vez que vejo seu peitoral sem camisa, mas com certeza é a primeira que me permito dar uma boa olhada nele, e só posso dizer que não fico nem um pouco desapontada com o que vejo. Seus ombros são largos, seguidos por braços longos e bem definidos. Ele obviamente cuida do corpo, mas não em excesso para que pareça um fisiculturista, apenas o suficiente para me deixar babando pelo tanquinho e pelas entradas estrategicamente posicionadas em seu quadril estreito.

Sinto uma vontade irracional de me levantar do colchão e passar a língua por toda a extensão do seu peitoral bronzeado, mas ainda tenho um fiapo de autocontrole e o utilizo para permanecer exatamente onde estou.

Ele parece... comestível.

Pisco algumas vezes para despertar do transe causado pela confusão de hormônios dentro de mim, e meus olhos sobem para o rosto anguloso e com uma expressão divertida do meu veterano de faculdade. Não há hipótese alguma de ele não ter percebido o quanto sua aparição sem camisa me deixou desconcertada, e o xingo mentalmente.

Não é justo que alguém seja tão bonito... tão... sexy.

Acorda, Catarina!

— Não é nada — eu me lembro de, finalmente, responder sua pergunta, e fico surpresa por conseguir soar despreocupada e casual; ele levanta uma sobrancelha, e eu apenas dou de ombros. — Só estava pensando se o anel vai mesmo ficar pronto até amanhã — minto.

Luca usa a toalha em seu ombro para secar os cabelos e vem até a cama, sentando-se de frente para mim, e sou inundada pelo cheiro delicioso da pele misturada com sabonete. Será que ele acharia muito esquisito se eu só me inclinasse e afundasse o nariz em seu pescoço?

— Tenta não pensar muito nisso agora. — Ele sorri, as covinhas aparecendo, e pisca para mim. — O problema está fora do nosso alcance. Só nos resta confiar no Andrea e no sentimento que ele aparenta nutrir pela Lucia.

Concordo com ele, porque não há nada mais que eu possa fazer, e então me levanto e vou em direção à minha bolsa, de onde pego o meu nécessaire e a camisola da Florzinha, das

Meninas Superpoderosas, que escolhi quando não pensei na possibilidade de dividir um quarto com Luca. Quase decido por continuar de roupão, mas penso que seria muito descaramento da minha parte.

O banho acaba demorando mais do que o esperado quando decido lavar o cabelo com o shampoo e o condicionador providos pela própria pousada, e aproveito o tempo debaixo do jato quente de água para tentar tirar minha mente do homem que está do outro lado da porta.

Eu me pergunto se minha ausência foi notada, se Lu ficou muito chateada ao perceber que sumi faltando apenas dois dias para seu casamento, e o pior: com o anel. Conhecendo minha mãe, ela provavelmente está tentando convencer minha irmã de que fugi com a joia e que nunca mais serei encontrada. A ideia não é de todo ruim, para ser honesta.

Quando saio do banheiro, já devidamente penteada e vestida com o pijama desnecessariamente infantil, vejo Luca recostado na cabeceira da cama, parecendo muito concentrado no conteúdo da tela de seu celular, e sou imediatamente acometida por uma onda de insegurança. Qual é a etiqueta para uma situação como essa? Será que me deito no lado livre da cama e fecho os olhos na esperança de dormir logo e o novo dia chegar? Será que tento puxar assunto? Será que devo pular em cima dele e esperar pelo melhor?

— Eu sempre achei que você estava mais para a Docinho. — A voz de Luca preenche por completo o silêncio presente no quarto, e sinto minhas bochechas esquentaram até adquirirem um tom tão vermelho quanto o laço no cabelo da personagem de desenho animado que estampa minha camisola.

O advogado deixa o celular na mesa de cabeceira ao lado da cama e cruza os braços por trás da cabeça, me observando com um sorriso enigmático que é o suficiente para lançar meu coração em disparada. Chego mais perto da cama a passos lentos, como quem caminha em direção à forca, e me repreendo mentalmente por estar me comportando como uma adolescente quando já sou uma mulher adulta e vivida.

Permito-me olhar para ele novamente, e fico feliz por ver que seus olhos azuis estão claros, me observando com algo muito distante do desejo de mais cedo e muito mais perto do divertimento do momento em que nos jogamos na cantoria de um pagode clássico.

— Relaxa, Catarina — ele diz, a voz calma e baixa —, eu não sou o lobo mau.

— Eu tô relaxada! — Minha voz sai um pouco alta demais enquanto entro debaixo do edredom macio; ignoro seu comentário sobre o vilão de contos infantis e deito minha cabeça no travesseiro, virando meu corpo para o lado, de frente para ele.

— Pode ligar o ar-condicionado? Está abafado aqui dentro.

— Não tem ar-condicionado aqui, mas fico feliz em ligar o ventilador de teto, que tal? — Luca estende o braço até encontrar um interruptor na parede, e logo o barulho absurdamente alto do ventilador preenche o espaço do quarto.

Não falo nada sobre meu pesadelo recorrente da infância, no qual eu sempre acabava decapitada pelo ventilador de teto que tinha no quarto de hóspedes da casa dos meus avós, preferindo o silêncio à humilhação de vocalizar um medo irracional.

O quarto da pousada está abafado, resultado da combinação da chuva com o calor do dia, e, mesmo com meu cabelo ainda molhado pelo banho, posso sentir algumas gotas de suor se formando na base do meu pescoço.

Luca apaga o abajur aceso em sua mesa de cabeceira e eu reproduzo o gesto, envolvendo o cômodo em escuridão, o que parece fazer com que o volume do barulho produzido pelo ventilador fique ainda mais alto, mesmo que não seja logicamente possível.

Tenho dificuldade para encontrar uma posição confortável e acabo desistindo, chutando o edredom para longe das minhas pernas, então me deito de barriga para cima, com as mãos cruzadas na altura de meu diafragma. Tento aplicar as técnicas ensinadas pela doutora Janine para as noites em que a ansiedade é maior do que o sono, mas não importa quantas respirações profundas eu faça, o calor emanado pelo corpo masculino que se movimenta sem sossego ao lado do meu é distrativo até demais.

— Meu Deus, Luca! Você não fica quieto nunca? — reclamo quando ele esbarra em minha perna pela milésima vez, tornando impossível a tarefa de conseguir pegar no sono.

— Catarina? — Ele parece assustado por um momento, e então relaxa. — Eu não sabia que você tava acordada.

— Claro que eu tô acordada, fica meio impossível conseguir dormir com um cara do seu tamanho praticamente dançando em cima da cama. — Não faço ideia do porquê estou sendo grossa com ele, quando nem sequer estou precisando de descanso. Talvez seja pelo fato de que gosto da sensação que começa na parte baixa da minha barriga e se espalha por todo o meu corpo quando estamos nos alfinetando, como se eu estivesse em uma montanha-russa sem qualquer tipo de equipamento de proteção.

— Bom, já que você está acordada... — Ele não termina a frase, o que só serve para atiçar minha curiosidade, e saber que isso é algo que ele sabe sobre mim me deixa um tiquinho desconcertada.

— O quê? — Viro para ficar de frente para ele, que faz o mesmo. — Começou, termina!

Mesmo no escuro, consigo discernir o formato de seu rosto, e posso ver quando sua boca se abre em um sorriso satisfeito. Tenho vontade de me inclinar para a frente e acabar com esse sorriso em um instante, mas permaneço onde estou, com apenas alguns centímetros separando nossos rostos.

— Por que não jogamos um jogo? — ele sugere, tocando a ponta do meu nariz com o dedo indicador e fazendo meu coração martelar dentro do peito.

Engulo em seco, grata pela escuridão no cômodo, uma vez que tenho certeza de que estou muitíssimo vermelha, tal qual uma adolescente conversando pela primeira vez com o menino por quem é apaixonada.

— Tenho até medo de perguntar que jogo você tem em mente...

Escuto sua risada baixa e sorrio também.

— Pode ficar tranquila, não é nada do que você está pensando. — Sua voz é debochada, e sua mão chega até meu queixo, em uma carícia leve. — Você tem a mente muito suja, Catarina.

— Tá, tá, tá! — Empurro sua mão para longe do meu rosto. — Fala logo que jogo é esse, antes que eu pegue no sono e te deixe falando sozinho.

— É muito simples: cada um tem direito a fazer três perguntas, e o outro tem que falar a verdade — ele explica, como se fosse algo superinovador, o que me faz revirar os olhos.

— E se eu não quiser responder?

— Você tem que responder — ele insiste, sua voz grave e muito séria —, regras são regras.

— Senão...? — provoco, apenas pelo prazer de contradizê-lo, e aproveito o escuro para sorrir livremente.

— Senão... — Ele para por alguns segundos, pensando na consequência adequada, e então decide: — A pessoa terá que cantar "Evidências" na frente de todo mundo no casamento.

Sou imediatamente lembrada de mais cedo, e pergunto:

— Qual a sua fixação em humilhações públicas?

— Digamos apenas que eu me divirto quando vejo você saindo da sua zona de conforto — ele admite, e meu coração parece querer sair do peito.

Será que ele não percebe que o simples fato de estarmos aqui, nesta posição, já é suficiente para me arrancar por completo da minha zona de conforto? Sinto-me em uma dualidade constante ao estar com ele, uma mistura entre o sentimento de estar exatamente onde eu deveria estar e o instinto gritante de fugir para longe a fim de me proteger de tudo o que ele me faz sentir quando estamos juntos.

— E você tem certeza de que a pessoa cantando no casamento serei eu? — indago, e o desafio e a competitividade se fazem presentes em meu tom de voz.

— Bem, tem uma pergunta em específico que tenho quase certeza de que você não vai querer responder — ele diz, como se me conhecesse profundamente.

— Eu sou um livro aberto, Luca Treviani — retruco.

— Vamos ver, então... — A voz do advogado é divertida, mas isso não aplaca meu nervosismo diante das milhares de possíveis perguntas que se formam em minha mente. — Vou começar pela mais fácil... — Ele para, e o barulho do ventilador fica ainda mais alto. A essa altura, o edredom já está no chão, e estamos deitados apenas no lençol fino de elástico que cobre o colchão. — Quando foi seu último relacionamento sério e por que acabou?

Sou atingida por uma onda de alívio imediato.

— Sério que você tá perguntando isso?

— Se não quiser responder... — Ele trilha um caminho em meu braço com as pontas dos dedos, começando pelo punho e passando pela parte interna do meu cotovelo, um toque tão leve que pode muito bem ser fruto da minha imaginação, mas que faz uma onda de calor ir até o centro das minhas coxas, e preciso esfregá-las uma na outra em uma tentativa de alívio meio atrapalhada.

Meu Deus, Catarina! É só o seu cotovelo!

— Claro que vou responder. — Minha voz sai em um fio, e luto para manter a coerência à medida que ele continua sua expedição teoricamente inocente. — Foi quando eu tinha vinte e cinco anos, e durou pouco mais de um ano. Acabou porque percebemos que a gente não se amava mais como um casal e éramos muito mais amigos do que qualquer outra coisa.

Ele absorve minha resposta em silêncio, e é quase como se eu pudesse ouvir as engrenagens trabalhando dentro de sua cabeça. Será que falei algo errado? Sua mão para na altura do meu ombro e fica ali, emanando calor através do tecido de algodão da minha camisola.

— Então acabou perto da época daquele congresso?

Merda.

— Minha vez, não? — Tento mudar de assunto, não quero que ele olhe para trás e se lembre daquela versão totalmente pirada de mim. — Você tá saindo com alguém no momento?

Ele dá uma risadinha e aperta meu ombro, apenas para voltar a mover sua mão pelo meu braço, subindo e descendo em uma lentidão capaz de enlouquecer qualquer um. Seu rosto chega mais perto do meu, e sou surpreendida quando sua boca encontra a minha em um selinho rápido e provoca ainda mais arrepios, que se espalham a partir da minha nuca, atravessam minha coluna e se concentram em um local muito específico da minha anatomia.

— Você não conta?

Reviro os olhos, mas não consigo evitar o sorriso que toma conta do meu rosto quando me inclino em sua direção e roubo mais um beijo, rápido e quente. Afasto-me, mas ele envolve minha cintura com o braço e me puxa para mais perto. Descanso minhas mãos em seu peitoral, e a pele quente e firme em contato direto com a minha é o suficiente para afugentar todo e qualquer pensamento inocente.

— Eu tô falando sério! — respondo, tentando ignorar o frio que surge em minha barriga e o calor que se intensifica entre minhas pernas.

— Eu também — ele responde, afundando o rosto em meu pescoço, o contato de sua barba com a pele sensível da região provocando sensações indescritíveis por todo o meu sistema nervoso.

— Luca... — Minha voz é baixa, minha respiração entrecortada, e nem sei ao certo o que quero dizer.

Ele mordisca o lóbulo da minha orelha e levanta a cabeça, seu olhar pousando no meu, o escuro tornando sua expressão indecifrável.

— Não, não estou saindo com mais ninguém, satisfeita?

— Talvez — respondo, e é o máximo que ele terá de mim, nem morta que vou admitir a alegria que sinto ao saber disso. — Pode fazer a segunda pergunta.

— Você tinha acabado de terminar esse namoro na época daquele congresso? Sim ou não? — ele insiste, e sei que não há motivos para negar, não é como se Vinícius tivesse me marcado de maneira irreversível, por mais que na época fosse exatamente nisso que eu acreditava.

— Sim — digo rapidamente e, ansiosa para me ver livre de questionamentos acerca do meu comportamento de cinco anos antes, trato logo de fazer outra pergunta, uma que estou me coçando para fazer. — Você chegou a namorar alguém depois que se separou?

— Brevemente — ele responde e para, como se a frase tivesse ficado pela metade, apenas para me surpreender com o que sai de sua boca em seguida. — Você teria ido até o fim comigo no trapiche? — Quando não respondo de imediato, ele parece sentir a necessidade de se explicar ainda mais, agravando o meu constrangimento. — Se o anel não tivesse desaparecido?

Estamos entrelaçados na cama, minha camisola já subiu consideravelmente, e seus braços me mantêm colada ao seu corpo; mesmo assim, ainda me encontro incapaz de admitir o óbvio. Então recorro à minha pergunta final, aquela que vem me incomodando desde que ele *não* me beijou naquele congresso.

— Você ainda é apaixonado pela Clara?

— Responda a pergunta, Catarina. — Ele morde meu lábio inferior e aperta minha cintura; tenho vontade de envolver seu quadril com minha coxa, e é exatamente o que faço, extraindo um suspiro de satisfação de nós dois.

— Por que você não quer responder a minha? — rebato.

— Você sabe que não é isso. É minha vez de perguntar e sua vez de responder. — As mãos dele passeiam por minhas costas, minhas coxas e meus braços, e sinto como se eu fosse entrar em combustão a qualquer momento.

— Sim, teria — admito, decidindo que não vale a pena prolongar essa tortura por causa de uma noção esquisita de orgulho que ainda cultivo bem no fundo da minha mente. — Vai responder a minha pergunta ou não?

Ele ri, parecendo se divertir com a situação; agora sou eu quem afunda o rosto na curva de seu pescoço, e aspiro o cheiro da loção pós-barba que se concentra ali, sentindo-me estranhamente calma com isso.

— Acho que nunca fui apaixonado de verdade pela Clara, então não, não estou mais apaixonado por ela. — Quero perguntar se ele já se apaixonou por alguém alguma vez na vida, mas mordo a língua, optando por não navegar em águas tão profundas. Não agora.

Luca leva uma mão até minha nuca e entrelaça os dedos em meus fios de cabelo, puxando apenas com força o suficiente para que nossos rostos fiquem um de frente para o outro, a distância tão estreita quanto um fio de cabelo. Meus olhos procuram os dele e, quando os encontram, estou transfixada no azul profundo e intenso, sendo sugada para o fundo como um barco no mar em uma noite de tempestade, redemoinhos revoltos, ondas gigantes e com o risco de me perder para sempre. A atmosfera presente no quarto carrega o mesmo nível de perigo. Um passo em falso, uma vírgula fora de lugar, é como um fósforo aceso a centímetros de uma trilha de gasolina, uma borboleta que bate asas do outro lado do mundo, e algo entre nós entra em erupção.

Somos inevitáveis, uma catástrofe anunciada.

— Parece que nenhum de nós vai estragar o casamento da sua irmã com Chitãozinho e Xororó. — Sua voz é rouca e me envolve como veludo. Sinto-me bêbada, por mais que minha última taça de vinho tenha sido há pelo menos duas horas.

— Parece que não — digo, e então não há mais nada a dizer.

Luca encerra a distância entre nós quando sua boca vai ao encontro da minha em um beijo faminto, suas mãos me mantendo no lugar e exercendo um domínio sobre mim que jamais pensei que pudesse me excitar tanto. Minhas mãos exploram seu peitoral, seus ombros, seus braços... até encontrarem refúgio entre os fios escuros de cabelo, e então os estou puxando, tentando fundir nossas bocas ainda mais. A deliciosa fricção de sua ereção com o local onde mais necessito de alívio faz alguns sons que nem mesmo reconheço escaparem da minha garganta.

Eu quero esse homem, penso, em meio ao delírio febril provocado por suas carícias certeiras.

Seus lábios se arrastam para longe dos meus e deixam uma trilha de fogo por onde passam... Sinto suas mãos em minhas coxas, apertando, puxando para mais perto, e percebo que ele quer isso tanto quanto eu. Somos dois peregrinos no deserto, e finalmente encontramos um oásis.

Em um curto lapso de consciência, percebo que minha camisola já foi arremessada para algum lugar do quarto escuro, e me pergunto quando isso aconteceu, mas os questionamentos não duram muito, pois a boca de Luca está fazendo coisas inacreditáveis enquanto realiza uma expedição minuciosa do meu pescoço até o vale dos meus seios, que, a essa altura, pesam de desejo.

Ele usa a língua, os dentes, os lábios, com uma expertise digna de um profissional, e me pergunto se estou sonhando quando ele mordisca um de meus mamilos intumescidos. Uma mão grande e áspera acaricia o outro, e sou acometida por uma satisfação primitiva, como se nossos corpos tivessem sido feitos para se encaixarem — ou colidirem em uma explosão.

Não estou mais sob o controle de meu próprio corpo, sou apenas uma escrava do desejo e das sensações que ele é capaz de despertar com um simples toque. Ele continua seu caminho, deixando pequenas fogueiras por onde passa, e estou queimando quando sua cabeça se posiciona no meio de minhas pernas, sua respiração pesada e quente indo de encontro à minha calcinha já encharcada pelo tesão. Não penso demais, e estendo as mãos para baixo, empurrando seu rosto apenas com a força necessária para que ele saiba que não quero esperar muito tempo. Que não *posso* esperar muito tempo.

Luca deixa escapar uma risada rouca, sua voz quente e deliciosa como chocolate meio amargo; com um dedo indicador, ele empurra o tecido de minha calcinha para o lado, e é o suficiente para que eu esteja completamente exposta e à mercê de sua vontade. Ele pode fazer o que quiser comigo, e eu ainda o agradeceria no final.

— Caralho, Cat... — O som de meu apelido rolando por sua língua, seu hálito em contato direto com a pele sensível, faz com que eu me remexa, inquieta, desejosa, desesperada, e jamais pensei ser possível sentir tanto tesão com apenas uma voz. — Você é tão linda aqui, *mia cara*. — Ele passa o dedo sobre meus lábios externos, muito levemente, e eu estremeço. — E está pingando pra mim.

É verdade, posso sentir a evidência de meu desejo escorrendo por minhas coxas, e deixo escapar um gemido baixo e longo quando ele usa a mão para espalhar o líquido por entre as dobras do meu sexo, concentrando seu polegar no pequeno feixe de nervos que implora por atenção. Olho para baixo, e meus olhos encontram os dele, mas não consigo me sentir constrangida, muito pelo contrário: a expressão no rosto de Luca faz com que eu me sinta poderosa, sexy, linda.

Ele afasta a mão, e solto um gemido queixoso. Luca ignora minha evidente impaciência e leva o dedo indicador até a boca, sugando-o de modo completamente obsceno. Quando termina, ele apenas sorri, as covinhas se fazendo presentes e um brilho de inocência surgindo em seu olhar.

— Como pensei... — Ele abaixa a cabeça e morde a parte interna de minha coxa com força suficiente para me fazer gritar, perdida em uma espiral de dor e prazer. — Deliciosa... — Ele lambe o local e pressiona os lábios ali, em um beijo quente e quase casto, e meu interior se comprime em volta do vazio.

— Você mentiu, Luca... — consigo dizer, minha respiração entrecortada e minha voz um tom acima do normal. — Você disse que não era o lobo mau.

Ele apoia seu tronco nos antebraços e olha para mim, aquele maldito sorriso debochado e aquelas covinhas fazendo com que minha barriga seja preenchida por centenas de milhares de borboletas de uma só vez.

— Me responda, *amore mio*... — Sua voz é grave, as palavras em outro idioma soando profanas, seus olhos escuros de desejo. — Eu sou realmente mau se você está implorando para ser devorada?

Minha resposta morre na garganta, substituída por um suspiro de surpresa quando ele mergulha novamente no vão entre minhas pernas, sua língua quente e exigente traçando padrões complicados na pele sensível. Suas mãos mantêm minhas coxas abertas, os dedos grossos e longos fincados na carne de meus quadris, enquanto ele me devora tal qual disse que faria, provando-me como se eu fosse a mais deliciosa das sobremesas.

Sinto seu toque em todos os lugares, desde o meu último fio de cabelo até as pontas dos pés. Estou completamente imersa na miríade de sensações proporcionadas por ele, que parece querer sugar cada gota de prazer que meu corpo tem a oferecer. Posso sentir o último fiapo de consciência escapando de mim conforme me deixo cair em uma espiral de prazer, mas o impacto final nunca vem. Luca lambe, chupa e morde, levando-me até o limite, apenas para me trazer de volta à superfície, me provocando deliberadamente.

Quando isso acontece pela terceira vez, levo uma mão até seu cabelo e puxo sua cabeça para cima, a fim de olhar em seu rosto, que brilha com a evidência da minha excitação. Ele apenas sorri e inclina a cabeça para o lado, claramente se divertindo com a situação precária em que me deixou.

— Pelo amor de Deus, Luca, para de ser escroto e faz o que tem que ser feito! — reclamo, minha voz saindo muito mais manhosa do que o esperado.

— Não vai pedir por favor? — ele pergunta, debochado, e passa a língua pelos lábios, como se ainda estivesse saboreando o meu gosto, o que me faz estremecer.

Reviro os olhos. Somente Luca poderia me irritar em um momento no qual estou quase sucumbindo de tesão.

— Por favor, Luca.

— Por favor, o quê? — ele pressiona, seu polegar fazendo movimentos circulares em volta do meu clítoris, aumentando ainda mais o meu estado de desamparo; me contorço debaixo do seu toque e ergo os quadris para cima, procurando por mais contato. — Por favor o quê, *gattina*?

Jogo minha cabeça para trás, mordendo o lábio inferior para evitar um gemido alto que ameaça sair conforme ele continua suas ministrações dolorosamente prazerosas.

— Por favor, Luca — consigo dizer entre uma respiração entrecortada e outra —, me tira dessa agonia.

Ele não precisa ouvir mais nada, e volta com sua boca ao local onde queimo de necessidade. Olho para baixo, o desejo embaçando minha visão, e sou recompensada com um quadro espetacular: Luca me devora como quem tem fome, e seus olhos estudam todas as expressões em meu rosto, um brilho de completa admiração tomando conta das orbes azuis, como se estivesse tentando guardar essa imagem em sua memória. Assim como ele grava sua presença em mim, a ferro e fogo.

Enquanto usa uma mão para auxiliar sua língua, com a outra alcança a própria ereção, e a imagem que tenho, dos músculos de seus ombros contraídos enquanto ele acaricia toda a extensão do pau por cima do tecido da bermuda, é o suficiente para me desmanchar por completo. Estou tremendo, meu corpo sendo consumido por um tsunami de prazer. Todas as minhas terminações nervosas cantam em sintonia. Sou o que ele faz de mim e sinto-me incrível, flutuando à deriva em um mar de sensações, incapaz de enxergar o cais.

Ainda estou me recuperando do melhor orgasmo que tive na vida quando Luca se ergue por cima de mim, os antebraços de cada lado do meu corpo, sustentando seu peso. Estou sorrindo como uma idiota, e puxo seu rosto para o meu, unindo nossas bocas em um beijo preguiçoso, maravilhando-me com a mistura de seu gosto com o meu em sua língua.

Ele morde meu lábio inferior e o puxa levemente, apenas para deixar uma lambida no local logo em seguida, encostando a testa na minha.

— Eu queria poder te ver melhor — ele diz, parecendo muito mais carinhoso do que já o ouvi ser em todos os anos em que nos conhecemos. — Posso ligar um abajur?

Assinto sem pensar muito, não é como se eu tivesse vergonha do meu corpo e, além do mais, neste momento, Luca poderia me pedir qualquer coisa e eu não seria capaz de recusar. Não quando posso sentir a rigidez presente em sua bermuda roçando justamente no local específico da minha anatomia que é capaz de me transformar em uma bagunça completa.

Ele estende o braço longo até a mesa de cabeceira ao lado de minha cabeça e liga o abajur, iluminando o quarto com a meia-luz amarelada, e preciso de alguns momentos para acostumar minha visão. Fico agradavelmente surpresa ao poder ver seu rosto com mais clareza, e uso a mão para afastar uma mecha de cabelo de sua testa, deliciando-me com a expressão de completo desejo que toma conta de suas feições. Ele parece estar tão ofegante quanto eu, o que é razoável, considerando que ele realmente passou uns bons dez minutos com o rosto enterrado na minha boceta.

— Linda — ele exala a palavra como uma prece, e acaricia meu rosto com as costas da mão. — Você vai me deixar fazer o que eu quiser, não vai, *gattina*? — Luca abaixa o rosto e passa o nariz por minha mandíbula, parecendo se demorar um pouco mais logo abaixo da minha orelha. Sinto arrepios deliciosos percorrerem minha coluna. — Bem aqui — ele lambe o local e o beija com os lábios fechados — é onde tem meu cheiro preferido.

Enrolo meus braços em volta de suas costas largas e aproveito o momento, sentindo-me a mulher mais bonita do mundo. Ele investe sua ereção contra mim, lembrando-me de seu pedido indecente, e eu deixo que um sorriso preguiçoso tome conta do meu rosto.

— Vou, Luca... — Minha voz é quase um sussurro, mas tenho certeza de que ele me ouve, pela maneira com que seu corpo reage, os músculos enrijecendo de imediato, o movimento de seus quadris diminuindo a velocidade até encontrarem um ritmo torturante. — Pode fazer o que quiser comigo.

Assim que as palavras saem de minha boca, sei que estou perdida, pois nunca mais serei capaz de ouvir a palavra sexo sem associá-la ao homem que tira minha calcinha de algodão com uma lentidão enlouquecedora, apenas para arrancar a própria bermuda em uma velocidade quase cômica, como se ele não pudesse esperar mais um segundo sequer para estar dentro de mim.

Fico feliz ao perceber que ele não está usando cueca, e mordo o lábio inferior de ansiedade ao ver exatamente o que me espera quando ele enfim está nu. Não é exagero dizer que Luca é extremamente proporcional, todo grande, grosso e duro onde sou pequena e macia, a antítese perfeita.

Ele é maravilhoso.

Luca está de joelhos na cama enquanto me observa, os olhos azuis indecifráveis. É natural que eu alcance com a mão o feixe de nervos que pulsa entre minhas pernas e providencie o alívio necessário, mas nem de perto suficiente, para a avalanche de tesão que toma conta de mim.

— Você não faz ideia do quão gostosa você é — ele diz, a voz estrangulada traindo a expressão de pedra em seu rosto. — Eu penso em te ter assim desde o primeiro dia, sabia? Desde que você, com essa boca abusada, quis ditar do que eu poderia ou não chamar você. Lembra, *Catarina*?

Ele aumenta a velocidade de fricção dos meus dedos com meu clítoris e, mais uma vez, sinto quando meu sexo se contrai em volta do vazio, implorando para ser preenchido.

— Lembro — respondo, sem saber ao certo se a pergunta dele era retórica ou não, muito entretida pela sensação de ter seus olhos focados em mim enquanto nós dois nos damos prazer.

— Eu quero que você implore por mim, *amore mio*. — Estou hipnotizada pelo som de sua voz pronunciando vulgaridades, meu interior se contraindo em expectativa. — Consegue usar essa boca gostosa pra isso?

Talvez eu devesse sentir repulsa, ou talvez devesse recusar seu pedido, mas a verdade é que estou a um segundo de entrar em combustão, e a mera ideia de *não* ter esse homem por cima de mim, preenchendo-me por completo e dominando todos os meus sentidos, é demais para aguentar.

— Eu quero você dentro de mim, Luca. — Minha voz é estranha aos meus próprios ouvidos, a frase saindo entre um gemido e outro, minha própria mão aumentando a velocidade e me deixando tonta, mas não é o suficiente, não é nem perto do suficiente — Eu *imploro*. — A última palavra sai de mim em um engasgo, e então sinto minha mão ser arrancada de onde estava.

Ele se posiciona no meio de minhas pernas, a cabeça de seu pau provocando a entrada do meu sexo, e paro de respirar em antecipação. Quero ser consumida por ele, quero seu peso em cima de mim agora, neste momento. Sou inundada por Luca, e então ele me penetra de uma só vez, provocando um gemido longo que sai de minha garganta e preenche o quarto.

Ele me alarga, me domina, me possui, e sou inundada pela constatação de que não há nada que eu pudesse ter feito para evitar esse momento. Era para ser assim desde o início, como se fôssemos dois astros destinados a colidir na imensidão do universo. Seus quadris se movem contra os meus com maestria, e sua mão encontra novamente meu clítoris, tocando-o como o mais especial dos instrumentos e arrancando de mim toda uma sinfonia de suspiros, gemidos, e do seu nome, que sai dos meus lábios entre respirações ofegantes, como uma prece entre os homens.

Fazemos amor por necessidade, pois agora sei que não há uma variante de nossa realidade, no tempo-espaço da existência humana, em que eu não tenha sido feita para ser possuída por esse homem. E fodemos por vontade, porque queremos prolongar o momento, queremos nos inundar do prazer proporcionado pelo mar de sensações que aparecem quando estamos juntos. Sou uma mistura de espírito, carne e desejo, e é ele, somente ele, capaz de extrair de mim toda a beleza da imensidão do universo que sou eu.

Procuro sua boca e o beijo, faminta, atrapalhada, carinhosa. Quero reverenciar este momento assim como ele reverencia o meu corpo, seus gemidos se misturando aos meus até que não há como saber se é a minha voz ou a dele que manifesta o enlevo que um arranca do outro, como algo bem trabalhado, lentamente, até chegar em seu objetivo final.

O orgasmo vem e me inunda como uma cachoeira.

Gozo longamente, maravilhada pelas possibilidades que nem sabia que existiam em meu corpo, e me sinto parte de uma experiência quase tão sagrada quanto profana quando Luca me acompanha; sinto quando ele pulsa dentro de mim, e o beijo com mais afinco, com mais vontade. Sugo sua língua para dentro de minha boca, engolindo os gemidos, as palavras, e o envolvo com minhas pernas e braços, querendo guardar o momento para mim, esse momento em que somos um só, em uma simbiose perfeita. Sorrio durante o beijo, e nossos dentes se esbarram. Estou feliz, contente.

Ele sai de dentro de mim, e tento não demonstrar o quanto o vazio me incomoda. Luca me puxa para perto e me beija mais uma vez, sua língua movendo-se de maneira preguiçosa dentro da minha boca, saboreando sem pressa. Quando nos afastamos, deito minha cabeça em seu peitoral, aproveitando a névoa familiar do pós-sexo e tentando compreender minhas próprias emoções.

Eu não sabia que sexo podia ser assim... tão íntimo, tão intenso. Capaz de me consumir por completo.

Nunca foi assim antes.

E então, justo eu, que odeio silêncios, me pego aproveitando a calmaria que a ausência de palavras nos proporciona. Não precisamos falar mais nada, pelo menos por agora. As pontas dos dedos de Luca fazem movimentos de vai e vem pelas minhas costas, em uma carícia gostosa e íntima. Adormeço com o barulho do ventilador, cansada, saciada e mais confusa do que nunca, e, pela primeira vez, meus sonhos só têm um protagonista: Luca Treviani.

21

Quero ficar nesta cama para sempre.

É a primeira coisa que penso ao acordar, antes mesmo de abrir os olhos e me deparar com o rosto sereno de Luca, ainda adormecido, ao meu lado. Aproveito o momento para analisar seu rosto com cuidado, admirando a linha reta e longa do nariz, os cílios grossos e escuros, as pequenas marcas de expressão na lateral dos olhos e da boca (evidência incontestável de que este é um homem que sorri demais), a pele bronzeada, salpicada de algumas sardas típicas de quem não usa protetor solar como deveria, e o cabelo bagunçado, caído por cima da testa, conferindo a ele um ar jovial e despreocupado.

Tenho que fazer um esforço sobrenatural para manter meus braços onde estão, ao lado do meu corpo, e não o tocar como uma maluca. Não estou arrependida do que fizemos ontem à noite, mas não faço ideia de como Luca vai me tratar ao acordar. Não sei se ele vai querer agir como se nada tivesse acontecido, voltando à dinâmica esquisita que já foi estabelecida entre nós, ou se vai querer conversar sobre o assunto — ou pior: me ignorar por completo.

Não posso ser ingênua e pensar que, apenas por termos transado uma vez, ele vai querer assumir alguma relação comigo. Não que eu queira isso — porque não quero —, mas tenho de admitir que, bem lá no fundo, adoraria repetir a dose, muitas e muitas vezes, se possível. Luca sabe amar com generosidade e maestria, e, se eu estiver sendo honesta comigo mesma, o único que foi capaz de extrair tanto prazer de mim de uma só vez. Então é natural que eu deseje experimentar mais vezes tudo o que esse homem tem a oferecer.

Além disso, gosto de passar tempo com ele, por mais que seja difícil admitir uma coisa dessas, ainda mais quando passei os últimos quase dez anos da minha vida tentando me convencer de que ele era tudo o que eu deveria detestar em um homem. A verdade é que o tempo que passamos juntos nesta viagem me possibilitou conhecer lados de Luca que eu não fazia ideia que existiam, e, consequentemente, comecei a enxergá-lo sob uma nova perspectiva, sem tantos preconceitos da minha parte.

E não é como se ele *tivesse* que vir comigo até aqui, atrás da réplica do anel. Ele poderia muito bem só ter me dado a informação acerca da família de Andrea e deixado que eu me virasse sozinha, mas não, ele sacrificou dois dias inteiros de sua viagem para o casamento do melhor amigo e me ajudou a consertar uma besteira que fiz sozinha, por mais que tenha sido feita enquanto estava com ele. E, conhecendo a rotina corrida e cansativa de um escritório de advocacia como o que ele comanda, sei muito bem que essa semana que tirou de folga para comparecer ao casamento de Lu e Carlos serão suas únicas férias por um bom tempo.

Então, como posso me arrepender de ter dormido com ele? Mesmo que Luca decida que nunca mais vai acontecer, tenho certeza de que o meu único arrependimento seria o de não ter feito isso antes.

Vejo suas pálpebras se moverem ao mesmo tempo que os cantos de sua boca se repuxam em um sorriso preguiçoso, e meu coração dispara. Ainda de olhos fechados, com a voz rouca e embolada pelo sono, ele pergunta:

— Quanto tempo mais vou precisar fingir que ainda estou dormindo para a senhorita poder me admirar?

Posso sentir o sangue subindo pelo meu rosto em uma velocidade quase sobrenatural, e tenho certeza de que, se vergonha matasse, agora eu estaria morta e enterrada, a sete palmos do chão e comendo grama pela raiz, ou seja lá como dizem por aí. Tudo o que eu não precisava era Luca sabendo que eu o estava observando dormir, como Edward fazia com a Bella em *Crepúsculo* — o que poderia parecer romântico nas palavras da Stephenie Meyer, mas que, quando aplicado à vida real, é apenas um atestado de loucura.

Ele abre os olhos lentamente e encontra os meus, seu sorriso aumentando e mostrando as covinhas que, agora posso admitir, tanto amo. Fico surpresa pela onda de alívio que me atinge ao constatar que ele não sofreu nenhuma transformação drástica durante o sono, e que ainda olha para mim do mesmo jeito.

— *Buongiorno, gattina* — ele sussurra, inclinando-se na minha direção de modo a diminuir o espaço entre nós, sua voz em italiano me atingindo em cheio como um afrodisíaco poderoso. — Dormiu bem?

Estou vagamente ciente de que ainda estou nua e de que não há nenhum lençol me cobrindo, uma vez que eu facilmente morreria cozida se tivesse ficado coberta durante a noite, mas não consigo me sentir envergonhada nem mesmo quando os olhos de Luca deixam o meu rosto e passeiam por toda a extensão do meu corpo, sem qualquer pudor.

Espreguiço-me como uma gata, aproveitando a luz solar difusa que entra no quarto através do tecido fino das cortinas, divertindo-me com a maneira como Luca morde o lábio inferior, quase que hipnotizado. Fico feliz por olhar não tirar pedaço, pois da maneira como ele parece me devorar com os olhos, tenho certeza de que não teria mais sobrado nenhum pedacinho de mim para contar a história.

— Surpreendentemente, sim — respondo, fechando os olhos quando o advogado traz uma mão até meu rosto e acaricia a curva da minha mandíbula lentamente, o toque inocente basta para me deixar em chamas outra vez. — Quase não senti você se mexer durante a noite.

Sorrio quando sinto seus lábios nos meus, sua boca dominando a minha em um beijo lento e quente, sua língua movendo-se com a confiança de quem sabe exatamente o que quer e o que está fazendo. A mão de Luca envolve meu rosto, e eu levo as minhas até seus ombros, puxando-o para mim. Meus mamilos, já eretos, roçam nos pelos de seu peitoral, e enviam arrepios deliciosos que chegam até as pontas dos meus dedos dos pés.

Nos beijamos por um bom tempo, nossas mãos servindo como guias enquanto exploramos as curvas, as formas e as texturas do corpo um do outro, sem pressa alguma, apenas a vontade de ter mais, de sentir mais, daquilo que não parece ser suficiente. O beijo termina com um, dois, três selinhos, e não posso evitar a sensação de que isso não passa de um prelúdio, de uma amostra do que ainda está por vir. O sentimento me envolve de tal maneira que sinto a respiração ficar presa na garganta, uma mistura de medo e excitação, como a sensação de quando estamos no topo de uma montanha-russa, prestes a mergulhar em alta velocidade até o ponto mais profundo.

— Sua presença me ajudou a dormir bem — ele acaricia o nariz no meu, em um beijo de esquimó, e é como se a queda da montanha-russa ficasse ainda mais veloz, o frio em minha barriga se intensificando; ele sorri, seu olhar segurando o meu como um ímã —, por isso não me mexi tanto. Obrigado, *gattina*.

— Obrigado por ter transado com você ou por ter te ajudado a dormir melhor? — devolvo, brincalhona, e sinto sua mão apertar minha cintura.

— Pelas duas coisas. — Ele dá uma piscadinha, se afasta e então se levanta, nem um pouco preocupado em exibir sua nudez enquanto caminha pelo quarto até a sua bolsa.

Aproveito o momento para admirar suas costas, os ombros largos, o quadril estreito, a bunda firme e as coxas grossas, e me pego sorrindo para mim mesma, satisfeita com as marcas que minhas unhas deixaram naquela pele bronzeada, como se esse homem fosse *meu*.

Epa! De onde veio esse pensamento?

Ele se vira de frente para mim, e então sou recompensada com a visão completa do paraíso, mas tudo o que consigo ouvir em minha cabeça são sinais de alerta, acompanhados de letreiros luminosos com as palavras "zona de perigo" em letras garrafais. Preciso entender que, não importa o que aconteça nesta viagem, Luca *não* é meu e, certamente, não tem nenhuma intenção de ser. Eu sou apenas uma aventura de férias para ele, e é isso o que ele vai ser para mim, nada mais nada menos.

— Será que consigo te convencer a tomar banho comigo? — ele pergunta.

Foco novamente o homem de mais de um metro e noventa em pé do outro lado do quarto, e mordo o lábio inferior para me impedir de sorrir.

Bem, eu ainda posso aproveitar minha aventura um pouco mais, não posso?

Após um banho demorado, no qual passamos muito mais tempo com as mãos um no outro do que efetivamente nos lavando, Luca e eu nos vestimos e descemos para encontrar um farto café da manhã disposto na sala de jantar da pousada, que aproveitamos na companhia de mais um casal de hóspedes e da família que administra o local.

Estava tudo delicioso, e foi difícil me controlar para não repetir pela terceira vez a *focaccia* de tomate seco, especialidade de dona Gemma, e me lembrar de que em pouco mais de vinte e quatro horas eu ainda terei que caber no vestido de madrinha, uma missão cada vez mais impossível a cada hora que passo com Luca, que parece determinado a me fazer provar cada um dos pratos existentes na culinária italiana, ou pelo menos, em Grosseto.

Voltamos para o quarto logo em seguida, e me encontro ansiosa para continuar com nossas atividades da noite passada, mas, quando começo a desabotoar meu short, Luca me para, coloca a mão sobre a minha e, com aquele velho sorriso debochado, diz:

— Quero te levar pra conhecer um lugar.

Tento disfarçar a decepção, mas não sei se obtenho muito êxito, pois o sorriso de Luca só aumenta, como se estivesse achando a situação toda muito divertida.

— Que lugar? — pergunto.

Ando até o outro lado do quarto para tentar colocar um pouco de distância entre nós, já que a mera proximidade dele é suficiente para queimar todos os meus neurônios e me deixar com o comportamento igualzinho ao de Lu quando começou o namoro com Carlos. Cruzo os braços na frente do corpo e me encosto na parede, tendo uma surpresa agradável ao sentir a temperatura fria em contato com a pele dos ombros, que estão expostos pela blusa de alcinha.

De nada adianta meu esforço, pois Luca logo me segue e coloca um braço de cada lado da minha cabeça, me aprisionando entre seu corpo e a parede. Sou envolvida por seu cheiro familiar, de loção pós-barba e algo a mais, e me pergunto quando foi que isso aconteceu, quando passei a reconhecer esse cheiro como sendo dele, como se tivéssemos intimidade suficiente para isso.

O coração em meu peito bate descompassado, em uma velocidade que me faz sentir que estou correndo uma maratona, ameaçando saltar pela minha boca e se entregar totalmente ao homem de olhos azuis e cabelo despenteado, como se eu já não tivesse problemas demais na minha vida para inventar mais esse.

Ele abaixa o rosto e passa o nariz pela lateral da minha bochecha, os olhos fechados, a respiração baixa, então leva a boca para muito próximo do meu ouvido, e temo desmanchar a qualquer momento, em uma poça de desejo aos seus pés.

— Não precisa ficar chateada, Catarina — ele diz —, garanto que vai gostar. Quero te levar lá desde que decidimos vir para Montemerano.

— Não estou chateada— garanto, esforçando-me para me manter impassível diante de sua boca, que começa a ficar *bem* criativa em meu pescoço. — Só pensei que poderíamos aproveitar o tempo que temos até o jantar aqui mesmo, no quarto.

Sinto sua risada contra minha pele, e então ele afasta a cabeça para olhar em meus olhos, colando sua testa na minha. Talvez eu já devesse ter percebido antes, mas Luca é alguém que gosta *muito* de contato físico.

— Eu prometo que você não vai se arrepender. — Luca para e franze as sobrancelhas, como se só agora estivesse se lembrando de algo importante. — Por acaso, você trouxe roupa de banho nessa sua bolsa?

O jipe rosa está pegando fogo quando entramos para fazer o caminho até o local que Luca tanto quer visitar. Os assentos de couro, por terem absorvido o calor do sol durante boa parte da manhã, queimam a pele das minhas coxas, expostas graças ao short jeans, os mesmos que usei ontem.

Tento não transparecer a minha frustração, visto que eu realmente esperava poder passar o restante do dia no quarto, aproveitando o pouco tempo que teremos juntos antes do retorno à Villa dell'Amore, onde com certeza será impossível conseguir escapar para fazer qualquer coisa sem levantar suspeitas de toda a minha família, mas é meio difícil parecer animada quando minha pele está prestes a virar churrasco.

— Demora muito para chegar até lá? — pergunto, ajustando o ar-condicionado para a velocidade máxima. — A cidade é tão pequena que aposto que poderíamos ter ido a pé.

Ele me entrega o celular já desbloqueado, e entendo imediatamente o que tenho que fazer; escolho uma playlist animada com nomes como Cazuza e Rita Lee, que ele intitulou de MÚSICAS PARA OUVIR NO CARRO. Todo o espaço logo é preenchido pelos primeiros acordes de "Maior abandonado".

— O local para onde estamos indo não fica em Montemerano, mas é perto, em menos de uma hora chegaremos lá. — Ele estende a mão e aumenta o volume da música, parecendo tranquilo ao volante. — Tenho certeza de que você vai gostar, Catarina, estamos indo para Saturnia. É uma das maravilhas da Itália.

Ele cantarola com Cazuza, e eu aproveito para admirá-lo; a maneira como seu pomo de adão se move pelo pescoço longo, as mãos grandes no volante... O pouquinho de pele que aparece através de alguns botões abertos em sua camisa... Meu Deus, eu estou me descobrindo uma tarada! Sinto o suor começando a se formar por baixo da minha blusa, fazendo o tecido aderir à minha pele, o biquíni que comprei mais cedo servindo bem para absorver a umidade.

Não demora muito para que Luca estacione o carro e caminhamos lado a lado até o que parece ser a recepção de um resort de luxo, em um prédio revestido de pedras antigas. Posso ouvir um som similar ao de uma cachoeira ao longe, e meu estômago se revira em antecipação. Talvez eu realmente goste do passeio que Luca tem em mente, afinal de contas.

Atrás de um balcão alto está uma moça com seus vinte e poucos anos, cabelo muito preto e pele retinta, o uniforme branco com os dizeres SATURNIA RESORT & SPA incapaz de disfarçar sua figura de modelo da Victoria's Secret. Ela sorri brilhantemente quando nos aproximamos, os olhos grandes e expressivos demonstrando uma animação genuína por estarmos aqui.

— *Benvenuto! Mi chiamo Erika, come posso aiutarti oggi?* — ela nos cumprimenta em italiano, e fico surpresa por conseguir compreender cada palavra. Quem sabe, se eu passasse mais tempo aqui na Itália, eu não ficaria fluente na língua?

Luca produz um daqueles sorrisos que ele costuma usar quando conversa com minha mãe, um sorriso criado especialmente para deixar o sexo feminino de pernas bambas, e passa um braço por meus ombros, antes de se dirigir a Erika.

— Você não é daqui, não é? — ele pergunta em inglês, e fico automaticamente horrorizada pelo questionamento atrevido, mas, como se pudesse ler minha mente, Luca logo trata de se explicar: — Seu italiano é muito bom, mas ainda consegui escutar um sotaque bem de leve.

— O seu ouvido é bom, senhor! — ela responde, um pouco animada demais por aparentemente poder falar sobre si mesma. — Sou de Brighton, conhece? Estou fazendo um bico aqui durante meu semestre de intercâmbio.

— Você estuda aqui, então? — pergunto, interessada.

— Isso, estudo Enologia aqui na Toscana. Eles têm uns vinhedos incríveis aqui na região! — Ela alcança uma pilha de panfletos que está em cima do balcão e nos entrega um que anuncia um evento de degustação de vinhos em um vinhedo próximo. — Se quiserem, posso oferecer algumas dicas de onde visitar por aqui. Estão em lua de mel?

— Algo assim, mas... — Luca aperta meus ombros e sorri para mim, provocando um revirar de olhos da minha parte. — Infelizmente só vamos ficar mais um dia, e pensamos justamente em passar a tarde aqui, aproveitando as termas. Vocês têm vaga para um casal?

Fico um pouco decepcionada ao ser lembrada de que temos só mais um dia disso aqui, mas tento jogar o sentimento para longe. Estamos aqui para aproveitar o momento, não estamos? De que adianta ficar pensando no futuro? Eu digo do que adianta: de nada! Não, eu não vou deixar que minha mente sabote o que tem tudo para ser um dia incrível ao lado de um cara maravilhoso, exatamente o que Luca está revelando ser a cada minuto que passamos juntos.

— Poxa, que pena! Da próxima vez que vierem, não deixem de visitar as vinícolas. Sério, é maravilhoso! — ela diz, parecendo genuinamente chateada por não podermos seguir suas dicas turísticas, enquanto checa algo no tablet em suas mãos. Então, ela levanta a cabeça e sorri novamente: — Olha só, vocês estão com sorte! Estamos em alta temporada, então é quase impossível conseguir vagas sem reservas, mas um casal cancelou a reserva de hoje à tarde e posso encaixar vocês!

— E você pode nos dar um desconto? — pergunto, incapaz de me conter, aterrorizada pelo mero pensamento de que um lugar tão exclusivo só pode ser absurdamente caro.

— Infelizmente não, senhora. — Erika dá de ombros, como quem se desculpa, e aponta com tablet para a maquineta de cartões em cima do balcão. — São cem euros a taxa para um casal, mas aceitamos cartões de crédito internacionais.

Quero voltar para nossa pousada imediatamente. Não há nenhuma possibilidade de eu pagar cinquenta euros para passar uma tarde aqui. Não é como se eu tivesse dinheiro sobrando, e ainda preciso pagar ao Andrea quando ele terminar de confeccionar o anel.

Entretanto, assim que abro a boca para dizer a Luca que é melhor nós voltarmos para Montemerano, ele já está puxando o porta-cartões do bolso da bermuda e tirando de lá um cartão black de algum banco metido a besta.

— Ah, não, Luca! — Coloco minha mão sobre a dele, impedindo-o de levar o cartão até a maquineta, e recebo um olhar divertido em resposta. — Não posso deixar que pague por isso, são cem *euros,* não são cem reais.

— Fui eu quem te convidou para vir até aqui, *gattina*, é claro que vou pagar. — Ele ignora meus apelos e passa o cartão, sorrindo confiante para a atendente, que assiste à nossa conversa como quem assiste a uma cena de novela, mesmo sem entender nada do que estamos falando um com o outro. Bem, talvez ela entenda o *gattina*.

— Não acredito que você pagou tudo isso. — A frustração é evidente em minha voz. A última coisa que quero é que Luca pense que precisa pagar as coisas para mim.

— Por que você não considera esse como nosso primeiro encontro? — ele pergunta, e meu coração dá piruetas em meu peito. *Encontro?* — No próximo você paga. — Ele encerra a discussão com uma piscadinha, e então se inclina para me dar um selinho rápido, o que só serve para que meu pulso acelere ainda mais.

Próximo?

Erika nos entrega duas pulseiras de plástico douradas, elas indicam que estamos aqui apenas para aproveitar o *day-use,* com direito a consumir livremente o que quisermos nas dependências do resort. Luca coloca a minha em meu punho antes de colocar a dele, e eu fico ali, observando-o de boca aberta igual uma idiota. Em seguida, ele me puxa pela mão e nos leva por um longo corredor indicado pela atendente simpática.

Quando finalmente alcançamos o pátio onde algumas espreguiçadeiras estão posicionadas embaixo de guarda-sóis amarelos, entendo o porquê de Luca insistir tanto para que viéssemos. À nossa frente, envoltas pela vegetação densa e escura, estão pelo menos dez cachoeiras que desaguam em piscinas naturais, todas com águas muito azuis e temperaturas tão quentes que uma fumaça abafada envolve o ar ao redor, como em uma xícara fumegante de café em um dia frio.

O lugar todo é de tirar o fôlego.

Luca se vira para mim, um sorriso orgulhoso adornando suas feições de Adônis.

— E então? Valeu a pena deixar o quarto para isso?

Solto minha mão da dele e empurro seu ombro de leve, um pouco envergonhada por ser tão tarada.

— Este lugar é espetacular! — Olho em volta, absorvendo e admirando o cenário pitoresco que mais parece um planeta alienígena de algum filme de super-herói. — As piscinas são naturais?

— São, sim. — Paramos ao lado de duas espreguiçadeiras, e ele começa a desabotoar a camisa. Preciso me lembrar de fechar a boca para não deixar a baba escorrer. Parece que agora que sei do que ele é capaz; é como se ele tivesse se tornado mil vezes mais atraente, como se isso fosse possível. — Dizem que elas surgiram quando o deus romano Saturno, por estar irritado com as guerras entre os homens, lançou um raio em um rio com águas muito quentes, que se localizava justamente na cratera de um vulcão. O rio acabou transbordando e inundou vales e montanhas, e isso foi o suficiente para acalmar os conflitos e trazer abundância para a região.

— É uma história interessante. — Puxo minha blusa por cima da cabeça e começo a desabotoar o short, um pouco envergonhada pelo tamanho exagerado da calcinha do biquíni que encontramos na lojinha próxima à pousada, mas não é como se eu pudesse ter comprado um número menor sem correr o risco de acabar com um sutiã pequeno demais para os meus peitos e fazer um topless acidental. — Quem te contou?

— Acho que li em algum lugar, não lembro. — Ele dá de ombros e então gesticula com a mão para que um garoto, vestindo um uniforme idêntico ao de Erika, se aproxime. Quando o funcionário está perto o suficiente, ele diz em inglês: — Pode nos trazer duas toalhas e um frasco de protetor solar?

— O protetor solar custa quinze euros, senhor — o garoto informa, em um inglês carregado de sotaque.

Imediatamente vasculho os bolsos do meu short e encontro exatamente o que estava procurando: duas notas amassadas de dez euros. Eu as entrego ao rapaz, que desaparece em seguida, falando algo sobre trazer meu troco em breve, com o filtro solar. Luca parece contrariado, com o cenho franzido, mas não diz nada, limitando-se a ficar descalço e sentar-se na espreguiçadeira, com os braços para trás.

— Você tem que me deixar pagar pelo filtro solar — digo, deslizando o short por minhas pernas e jogo a peça de roupa ao lado dele, em cima da espreguiçadeira. — Não é como se eu estivesse sem um tostão furado, a ponto de nem poder fazer isso.

— Eu não disse nada — ele responde, me olhando de cima a baixo, seu rosto no mesmo nível dos meus seios. — Obrigado pelo protetor solar.

Entro no espaço entre seus joelhos e apoio as mãos em seus ombros. Luca ergue os olhos para encontrar os meus, e os cantos de sua boca repuxam para cima, suas mãos vindo até os meus quadris, os dedos brincando com o elástico da calcinha do biquíni.

— Você fica linda de rosa — ele diz, e então inclina o rosto para a frente, roçando a barba na altura do meu diafragma e deixando um beijo no local; arrepios tomam conta do meu corpo no mesmo instante. — Estou feliz por estarmos aqui. Estou me divertindo bem mais do que estaria se tivesse ficado em Portofino, rodeado por toda aquela gente.

Dou um tapa de brincadeira em sua cabeça, e ele a afasta, fixando o olhar no meu novamente, um sorriso divertido no rosto e as covinhas mais evidentes do que nunca.

— Aquela gente é a minha família! — eu o repreendo, tentando parecer séria. — Além disso, aposto que a Bel deve estar morrendo de saudades...

Ele ri, claramente se divertindo com a provocação, e desliza as mãos até minhas costas, puxando-me para mais perto.

— Garanto que não mais do que o seu namorado Eduardo — retruca, mordiscando de leve a pele do meu abdômen. — É até bom que você tenha sumido comigo, para que ele saiba que você *não* está mais disponível.

Levanto uma sobrancelha, tentando ignorar o meu coração descontrolado dentro do peito. *O que diabos esse homem está falando?*

— Ah, é? — Sinto seus dedos trilhando um caminho até o laço da tira que amarra o biquíni em minhas costas, e é ainda mais difícil manter a expressão impassível em meu rosto. — E posso saber desde quando eu não estou mais disponível?

O sorriso em seu rosto aumenta, e ele dá de ombros, os olhos azuis brilhando e me puxando para dentro, dizendo-me muito claramente o quanto estou perdida. O som de alguém limpando a garganta faz com que nos afastemos. Dou um salto para trás, o calor subindo por minhas bochechas, e Luca apenas fecha a cara, voltando-se para o funcionário do spa, que interrompeu nosso momento e segura em uma mão um frasco de protetor solar e, na outra, duas toalhas brancas com listras azuis.

O garoto parece quase tão constrangido quanto eu enquanto me entrega uma nota novinha de cinco euros e deixa as coisas que Luca pediu na mesinha ao lado da espreguiçadeira, afastando-se a uma velocidade quase cômica.

Olho novamente para Luca, com uma mão de cada lado da minha cintura:

— Bom, vamos dar um mergulho?

Ele abre o frasco novinho de protetor solar e despeja uma quantidade generosa do produto na palma da mão.

— Vamos, sim, mas antes... — Com a mão que não está comprometida pelo creme branco, ele faz um movimento circular com o dedo indicador para que eu me vire de costas. — Preciso impedir que você se queime, vem cá.

Capturo meu lábio inferior entre os dentes para impedir o sorriso que insiste em querer se formar no meu rosto. Normalmente, eu ficaria muito irritada por sua insistência em cuidar de mim, mas, por algum motivo que não sei explicar, me pego fazendo exatamente o que ele me pede e sentindo-me feliz com isso, de um jeito estranho, quando as suas mãos grandes espalham o creme gelado por minhas costas, grata por ter alguém que se importa comigo mesmo sem nenhuma obrigação de fazê-lo.

Pouco tempo depois, estamos relaxando nas águas mornas das termas de Saturnia, as minhas costas grudadas no peitoral de Luca enquanto estou muito bem acomodada entre suas pernas, aproveitando a sensação de paz que toma conta de mim, meu corpo flutuando devagar, o barulho da água correndo pelas cachoeiras, o ar puro... e, claro, o calor do corpo másculo que me envolve por todos os lados, proporcionando uma atmosfera de segurança que nem mesmo eu sabia que gostaria de sentir.

— Saturnia é incrível — me pego dizendo, e viro meu pescoço para conseguir olhar em seu rosto —, obrigada por me trazer, não vou esquecer deste dia tão cedo.

Luca segura meu queixo com uma mão e leva a boca até a minha, beijando-me lenta e intensamente, sem se importar muito com os outros poucos casais presentes no local, felizmente em piscinas distantes da que escolhemos para ficar. Deixo-me envolver pelo beijo, e tento não pensar em como será quando voltarmos a Portofino, apenas aproveitando a sensação maravilhosa que é ter os lábios de Luca se movendo contra os meus, provando, explorando, fazendo-me ver estrelas, enquanto ele segura meu rosto no lugar com um aperto firme apenas o suficiente.

— Obrigado por ter vindo comigo — ele sussurra contra minha boca; sorrimos, dentes batendo e tudo mais, porém não nos afastamos —, e, sim, realmente sou inesquecível.

Deixo escapar uma risada e nado para longe dele, sem conseguir parar de sorrir por um segundo sequer, como se eu estivesse sob algum tipo de feitiço lançado pelo advogado desde que comparecemos à festa de aniversário de casamento de Gemma e Vincenzo.

Luca logo me alcança, envolvendo minha cintura com um braço forte e puxando-me para si, sem me soltar nem mesmo quando tento me desvencilhar, rindo das minhas tentativas frustradas de me libertar de sua prisão de músculos e fazendo de mim uma vítima de um ataque de cócegas fatal.

— Você é insuportavelmente convencido, Luca Treviani! — digo quando finalmente consigo parar de rir.

— Tem quem diga que isso faz parte do meu charme irresistível.

Ele tem aquele sorriso debochado nos lábios e, pela primeira vez desde que nos conhecemos, não fico irritada. Em vez disso, apenas retribuo o sorriso. É como se eu finalmente fizesse parte da brincadeira.

22

O cheiro delicioso do queijo parmesão gratinado me deixa salivando assim que Luca puxa a travessa de lasanha do forno na cozinha da pousada. Estou sentada em uma banqueta alta de madeira, bebericando o *merlot* que ele usou no molho de tomate, e finjo ajudar no jantar que ele está preparando para comermos com Andrea e Lucia.

De acordo com o relógio na parede, ao lado da geladeira, o ourives deve chegar em cerca de trinta minutos, e, então, finalmente poderei respirar em paz, sabendo que o problema do anel estará resolvido.

Em parte.

— Você sempre gostou de cozinhar? — pergunto, enquanto o observo organizar a tábua de frios que decidimos servir como entrada. — Ou foi algo que você teve que aprender por causa do restaurante dos seus pais?

Ele levanta os olhos do que está fazendo e encontra os meus, parecendo ponderar por alguns instantes antes de me responder:

— Suponho que sempre tive certa curiosidade a respeito dos ingredientes, quais combinações produziam quais sabores... — Luca despeja um pouco de mel em cima de um pedaço de queijo e se aproxima, a mão estendida na frente da minha boca. — Prove.

Abro a boca e ele me alimenta com o pedaço de queijo. A junção da doçura do mel com o salgado do queijo produz a mais deliciosa das combinações, dominando minhas papilas gustativas. Ele estuda meu rosto com expectativa, curioso por ver minha reação ao seu aperitivo. Mastigo o queijo e sinto alguma coisa pequena explodindo, que provoca um ardor quase refrescante. Olho para ele, curiosa, e ele sorri.

— Você colocou pimenta nisso? — pergunto, colocando uma mão na frente da boca, pois ainda não terminei de mastigar.

— Eu gosto de colocar um pouquinho no mel. — Ele volta para o balcão e continua a organizar os frios na grande tábua de madeira. — Gostou?

— É surpreendente... — Ele levanta a cabeça, uma sobrancelha grossa erguida, eu tomo mais um gole do *merlot*. — ... e delicioso. Você tem um dom.

Ele solta o ar, os ombros largos relaxando, e eu o estudo, divertida. Então quer dizer que o grande Luca Treviani é inseguro em relação à sua comida? Surpreendente.

— Que bom que gostou. — Ele sorri, e suas covinhas aparecem com força total, fazendo meu coração acelerar pelo que parece ser a milésima vez desde que cheguei à Itália. — Outra coisa que eu amo sobre cozinhar é a sensação que fica ao ver alguém apreciando a minha comida. Saber que preparei com as minhas mãos algo capaz de oferecer força, nutrição, prazer...

A última palavra se demora em sua boca, rolando de sua língua lentamente, a voz grave e insinuante, e a expressão de felicidade em seu rosto dando lugar a uma de provocação, que manda ondas de calor diretamente para o centro de minhas pernas. Limpo a garganta com um pigarro, decidida a tentar parecer normal pelo menos por algumas horas, e não uma adolescente regida por um caldeirão de hormônios.

— E você só cozinha comida italiana ou...? — Giro a garrafa de vinho nas mãos, tentando focar minha atenção em um ponto fixo da parede.

— Ah, não. — Luca parece enfim satisfeito com a organização da tábua e a deixa de lado, limpando as mãos no pano de prato pendurado em seu ombro. — Eu gosto de cozinhar de tudo... E tenho certeza absoluta de que você nunca mais vai querer saber de outra coisa depois de experimentar o meu bobó de camarão.

Sinto uma excitação perigosa querendo tomar conta de mim diante do significado implícito da frase — o de que ainda nos veremos quando voltarmos ao Brasil —, mas eu a enterro bem no fundo da minha mente. Se tem uma coisa que não vai me fazer bem, é justamente ficar tentando ler nas entrelinhas, quando muito provavelmente ele nem estava pensando nisso quando falou sobre um possível jantar futuro entre nós.

Ele se aproxima e pega a garrafa de minhas mãos, tomando um gole longo em seguida. O cabelo escuro ainda está um pouco úmido do banho, mesmo com o calor que faz na cozinha antiga. Observo o movimento de seu pomo de adão conforme ele engole o vinho, e me pego surpresa com minhas próprias reações.

Sim, Luca é indubitavelmente bonito, também é inteligente e possuidor de um charme único, mas será que eu não estou sendo movida por algum tipo de carência? Um sentimento de solidão que eu nem sabia direito que estava aqui dentro? Tudo o que sei é que nunca fiquei tão derretida por homem nenhum, nem mesmo por Vinícius, o cara com quem eu achava que iria me casar alguns anos atrás. E é uma constatação assustadora.

Limpando a boca com as costas da mão, ele me devolve a garrafa e dá uma piscadinha.

— Acho melhor pararmos com o vinho, pelo menos enquanto Andrea não chega — ele diz, posicionando um braço de cada lado do meu corpo e apoiando as mãos no balcão atrás de mim. — Não queremos estar muito altos na hora da negociação do preço do anel.

— Negociação? Não vai ter nenhuma negociação, Luca. Eu vou pagar o que ele pedir. — Deixo a garrafa em cima da mesa e cruzo os braços na frente do corpo.

Ele tomba a cabeça para o lado, analisando meu rosto minuciosamente, um meio-sorriso no canto da boca, como se tentasse descobrir se estou falando sério ou não.

— Claro que vai ter negociação, Catarina, ou você acha que ele vai cobrar barato? — ele explica, muito lentamente, como quem fala com uma criança. — O casamento da sua irmã não pode te deixar falida, *gattina*.

Reviro os olhos, é a cara de Luca Treviani conseguir ser mais dramático do que eu.

— Meu Deus, como você é exagerado... Ele sabe que é uma réplica, não vai usar o mesmo material do anel original — retruco, confiante nos olhos gentis e nas palavras atrapalhadas de Andrea. Ele sabe muito bem que não tenho condições para pagar por uma joia de verdade.

Luca abre a boca para me rebater, com certeza com alguma frase espertinha, mas somos interrompidos por Lucia, que entra na cozinha com um sorriso enorme nos lábios pintados de carmim e usando um vestido preto que, com certeza, vai deixar o pobre do ourives com a boca no chão, o cabelo alaranjado caindo por seus ombros sardentos em ondas bem definidas.

— O cheiro da *lasagna* está maravilhoso, Luca! — ela diz, no mesmo instante em que ele endireita a coluna ao meu lado, libertando-me da prisão entre seu corpo e a mesa e adotando a postura de um perfeito cavalheiro. Ele sorri de volta para ela, e Lucia se aproxima, parando à nossa frente. — Confesso que duvidei um pouco quando Catarina disse que você sabia cozinhar.

Tento ignorar meu incômodo com o jeito como os olhos da italiana parecem percorrer toda a extensão do corpo de Luca, se demorando um pouco demais na mão que ele descansa em meu joelho. Sei que muito provavelmente estou sendo paranoica e, além disso, não tenho nenhum direito de sentir ciúmes de Luca; mas, tendo ou não direito, ela ainda pensa que ele é meu noivo e que estamos justamente esperando o cara que é apaixonado por ela desde criança chegar para o jantar, constatação essa que só me deixa mais irritada com a mãe de Giovanni, que parece não se importar em admirar Luca de maneira tão descarada.

Parecendo sentir a rigidez que tomou conta do meu corpo, Luca apenas se inclina um pouco mais em minha direção e aperta levemente meu joelho, sem tirar os olhos da filha dos donos da pousada, quando responde:

— *Grazie,* Lucia — ele ainda tem um de seus sorrisos charmosos no rosto, e tenho vontade de arrancá-lo dali aos pontapés —, nunca duvide da minha *gattina.* Ela não mente.

Quase consigo ouvir o tom de ironia muito bem disfarçado em sua voz, o que só se confirma quando o advogado vira o rosto e olha para mim, o azul de seus olhos brilhando em um desafio mudo. Nós dois sabemos muito bem que não paramos de contar mentiras desde que chegamos a Montemerano — só espero que as mentiras tenham sido apenas para os outros, e não para nós mesmos.

A campainha toca, e o som ecoa pelas paredes do casarão antigo. Lucia pede licença para atender à porta, nos dizendo de modo não tão sutil que devemos deixar a cozinha e seguir para a sala de jantar pessoal da família, onde os outros hóspedes não poderão "atrapalhar" nosso encontro duplo. Assim que ela desaparece pela porta da cozinha, olho para Luca, desejando que ele consiga sentir a minha irritação.

O advogado parece estar se divertindo com a situação, o que não me surpreende nem um pouco. Levanto-me da banqueta, passando a mão nas pernas para tentar desamassar a saia do meu vestido, o mesmo que usei ontem e que coloquei para secar hoje pela manhã, antes de sairmos para Saturnia.

— Será que ela não sabe que você está comigo? — pergunto enquanto andamos na direção indicada por Lucia, ele segurando a travessa de lasanha em uma das mãos e a tábua de frios na outra, enquanto eu levo duas garrafas fechadas de vinho tinto. — É até constrangedor, para ser honesta.

— Sabia que você consegue ficar ainda mais bonita com ciúme? — Sua voz é divertida, e consigo sentir seus olhos na lateral do meu rosto, mas me recuso a encontrá-los e sigo olhando para a frente.

— Ciúme? — Deixo escapar uma risada de escárnio. — Você tá muito louco mesmo, tem certeza de que não bateu a cabeça em algum lugar?

Atravessamos uma porta estreita e chegamos a uma pequena sala, com uma mesa de madeira escura no centro e um lustre antigo pendurado no teto. Dá para ver que Lucia, ou Giovanni, arrumou a mesa com pratos de porcelana que parecem antigos, mas bem cuidados, e um grande arranjo de flores que reconheço como um dos arranjos utilizados na decoração da festa da noite anterior.

Luca posiciona a lasanha bem no centro da mesa e a tábua de frios ao lado, estendendo a mão para que eu lhe entregue as garrafas que seguro, o que faço prontamente, e ele as posiciona em um canto da mesa, ao lado do saca-rolhas e das taças de cristal devidamente selecionadas para a ocasião.

— Tudo bem, você não está com ciúmes — ele arranca o pano de prato ainda em seu ombro e o deixa em cima do aparador ao lado da porta —, então não vai se importar se eu entretiver um pouco mais a dona da pousada, vai?

Ergo uma sobrancelha, levando minhas mãos até a cintura.

— Entreter? Quem é você? O Silvio Santos?

Luca ri, claramente adorando a situação, o que só me deixa ainda mais irritada. Entretanto, não é com ele que estou chateada, e sim comigo, já que estou me deixando incomodar por algo que não deveria, em hipótese alguma, me deixar tão nervosa. Faço um cálculo mental a fim de determinar se estou na TPM, mas sou péssima em matemática e não tenho exatamente a melhor memória para saber o dia da minha última menstruação.

Estou procurando alguma coisa para jogar nele quando Lucia e Andrea chegam à sala de jantar, o ourives vestindo um terno que parece quente demais para essa época do ano, na qual derretemos de calor com o menor dos movimentos, e não há dúvidas de que está nervoso pelo encontro com sua paixão da juventude. Ela segura seu cotovelo, e ele tem uma pequena sacola de papel em mãos, provavelmente o anel que encomendamos, o que faz meu coração acelerar com a ansiedade. Não consigo acreditar que esse pesadelo está tão perto do fim, e que vou me livrar do destino cruel e solitário de ser chutada para fora da minha própria família.

— Boa noite, Andrea! — Minha voz está um pouco alta demais, a empolgação evidente na maneira com que pareço querer saltar em direção à sacola e arrancá-la de suas mãos.

Sinto-me como Sméagol em *O senhor dos anéis. Meu precioso!*

— Boa noite, Catarina. — O ourives sorri, nervoso, claramente desconfortável com a situação. Espero apenas que o desconforto seja por não saber como agir com Lucia. Ele se dirige a Luca, cumprimentando-o de longe.

O casal toma seus lugares à mesa, e Luca e eu fazemos o mesmo. Fico de frente para Lucia e Luca de frente para Andrea. Posso ver o suor se formando na testa do ourives, e reprimo um sorriso. Não é todo dia que podemos testemunhar um homem adulto tão nervoso diante de uma mulher. Pela minha experiência, é justamente quando o homem está inseguro que ele se comporta como o maior babaca, tentando fazer com que a mulher se sinta tão insegura quanto ele.

Andrea não é assim, o que o torna um homem muito atraente, pena que não é isso que Lucia vê, porque ela não parece querer tirar os olhos de Luca por um minuto sequer, aproveitando toda e qualquer oportunidade para falar com ele e excluir a mim e ao ourives da conversa, chegando até mesmo ao ponto de se dirigir ao meu suposto noivo apenas em italiano, sabendo muito bem que eu não entendo quase nada do idioma.

É assim que o jantar se desenrola, com Lucia dando em cima de Luca enquanto Andrea tenta chamar sua atenção, e comigo descontando a raiva que sinto em garfadas um pouco grandes demais de lasanha (que por acaso está deliciosa, preciso lembrar de pedir a receita a Luca depois). O que me deixa mais revoltada é o fato de Luca não fazer absolutamente nada para cortar as investidas da mãe de Giovanni, e é nítido o seu divertimento com o meu desconforto, decidido a me ver admitir que estou sentindo ciúme, o que não vai acontecer de jeito nenhum.

Nem morta.

Quando finalmente chega a hora da sobremesa e Luca nos serve a panacota com geleia de morangos que ele preparou mais cedo, estou dando graças a Deus pelo fim da sessão de tortura e me sentindo culpada por ter feito Andrea vir até aqui apenas para presenciar Lucia dando em cima de Luca. Agora não há dúvida alguma de que ela não tem problemas em namorar homens mais jovens, uma vez que Luca é até mesmo mais novo do que o ourives. Ela só não está interessada em Andrea, e aceitou esse jantar para tentar alguma coisa com o meu suposto noivo.

— Está satisfeita? — Luca pergunta quando largo minha colher no prato sem me importar em fazer barulho, parecendo lembrar que eu existo pela primeira vez desde que nos sentamos para jantar. — Não quer mais sobremesa?

— Não, obrigada. — Minha voz é mais ríspida do que eu pretendia, mas não me importo, e prefiro voltar minha atenção para Andrea, que parece hipnotizado pelo desenho floral da louça de porcelana, claramente triste pela maneira como os eventos da noite se desenrolaram. — Andrea, você conseguiu terminar o anel? É isso que tem nessa sacola? — Aponto com a cabeça em direção à pequena sacola que ele deixou na cadeira vazia ao seu lado.

O homem loiro se empertiga na cadeira e levanta os olhos para mim, parecendo sorrir de verdade pela primeira vez na noite. Tenho vontade de abraçá-lo e dizer que Lucia não merece seu afeto, mas essa vontade some por completo no instante em que ele me entrega a sacola e eu analiso o seu conteúdo com atenção. Acomodada em uma caixinha de veludo preta, está uma aliança completamente diferente do anel perdido, com uma pedra grande lembrando um diamante no centro e pequenas pedras verdes nas laterais. Não há como negar a beleza da joia e o talento do homem que a confeccionou, mas ela em nada se parece com o anel que vim até Montemerano para conseguir.

É isso.

Estou ferrada, e não há chance alguma de ser perdoada por minha irmã por arruinar o dia mais importante de sua vida. Não faço ideia de como voltarei para Portofino como se nada tivesse acontecido, agora que não tenho o anel comigo. Toda a alegria que senti na noite passada e no dia de hoje parece uma lembrança distante, e me sinto ainda mais culpada, uma pessoa ruim e inconsequente, capaz de se divertir quando deveria estar supervisionando a confecção do novo anel. E agora... esse é o resultado.

— Este não é o anel que pedimos, Andrea. — A voz de Luca, tão grave, tão séria, me tira de dentro dos meus pensamentos, e ergo os olhos para encarar seu perfil, sentindo meu coração apertar dentro peito. Ele parece tão diferente do homem brincalhão com o qual me acostumei, seus olhos azuis agora frios e a boca comprimida em uma linha reta. Seu braço contorna o encosto da minha cadeira, proporcionando-me um sentimento, mesmo que falso, de que ele pode fazer as coisas darem certo para mim. — As fotos que eu te enviei eram muito claras; este anel é completamente diferente.

O ourives pelo menos tem a decência de parecer envergonhado.

— Eu não consegui encontrar as pedras nas cores do anel da foto, não em tão pouco tempo...

— E por que não nos avisou? Você sabia onde a gente estava hospedado, poderia ter ligado na pousada ou até mesmo no celular do Luca. — Estou me esforçando para não deixar minha voz tremer, mas temo me desmanchar em lágrimas de frustração a qualquer momento.

Lucia intervém, como se alguém precisasse de sua opinião.

— Não entendo o problema — ela diz, claramente entediada com o rumo que o jantar tomou —, é um belo anel. Apesar de que eu nunca perderia uma joia tão importante para a família de Luca.

Abro a boca para responder, já pronta para dar um merecido corte na ruiva, mas Luca se adianta, pegando a caixinha das minhas mãos, fechando-a e entregando de volta para Andrea, que parece prestes a ter um colapso. Não consigo sentir mais empatia pelo homem, estou muito ocupada surtando dentro de minha própria cabeça, aterrorizada demais por saber que terei de enfrentar as consequências das minhas burradas.

— Agradecemos pelo esforço, Andrea, mas infelizmente não foi o que pedimos. — A voz de Luca é firme, mas contida, e me pergunto se é assim que ele age quando está fazendo suas alegações finais em um tribunal, tão seguro de si, determinado a defender seus clientes a qualquer custo. — Bem, Catarina e eu precisamos voltar para a estrada em breve, temos um compromisso inadiável amanhã. Espero que tenham gostado do jantar.

Ele se levanta e estende a mão em minha direção, puxando-me com ele para longe da sala de jantar; não consigo nem mesmo me sentir mal por não me despedir de nossos companheiros de encontro. Tudo o que se passa em minha cabeça agora é o que direi para minha irmã quando voltarmos a Portofino, e se ela será capaz de me perdoar por uma das maiores besteiras que já fiz na vida. E olha que não foram poucas.

23

Para a minha completa surpresa, não derramei nenhuma lágrima desde que saímos de Montemerano, nem mesmo quando Luca arrumou as coisas em minha bolsa e beijou minha testa, dizendo que tudo ficaria bem, ignorando completamente a situação desesperadora em que me encontro.

A estrada que se estende à nossa frente é escura, e a voz da Marisa Monte cantando que amar alguém só pode fazer bem preenche o silêncio entre nós dois. Não estou com vontade de falar, o que é novidade para mim, e imagino que para ele também. Temo que, se eu abrir a boca, a enxurrada de pensamentos negativos vai sair de uma vez só, e então ele definitivamente vai pensar que tenho compulsão por chorar em carros.

Após o fiasco do anel, tive que admitir para mim mesma que não há solução para o meu problema e que fui inocente demais por pensar que poderia resolver algo tão sério assim com tanta facilidade. Nada nessa vida é fácil, ainda mais quando eu estou envolvida. Talvez eu só estivesse esperando uma desculpa para escapar dos meus pais, dos olhares de julgamento que eles adoravam lançar em minha direção de cinco em cinco minutos, sempre que se lembravam que eu não era a filha que eles queriam, e por isso aceitei essa ideia maluca de Luca.

Apoio a cabeça no vidro da janela do passageiro e tento fazer um cálculo mental de quanto tempo ainda temos até

Portofino. Luca me garantiu que não teríamos que pegar o ônibus novamente, mas não estou tão confiante de que conseguiremos um motorista disponível para nos levar de Gênova até a *villa* alugada para o casamento em plena sexta-feira. Desisto da matemática (sempre fui de Humanas) e decido ver o tempo restante do percurso no aplicativo de mapas do celular de Luca.

Tenho cerca de cinco horas até ter que enfrentar as consequências dos meus atos.

Luca parece pensativo no banco do motorista, provavelmente arrependido por tudo o que fizemos em Montemerano e tentando encontrar uma maneira de me despachar assim que chegarmos em Portofino. Não o culpo. Sempre fui uma pessoa complicada demais, com sentimentos muito grandes e crises maiores ainda; acho que ele teve uma boa amostra disso nos últimos dias. Talvez seja exatamente por isso que ele não fez nada comigo na época do congresso. Tá bem, talvez eu estivesse enviando muitos sinais contraditórios naquele dia; como ele mesmo disse: tenho tendência a fugir quando as coisas ficam sérias demais.

E talvez seja por isso que sinto que posso vomitar a qualquer momento. Estou indo direto para uma situação altamente estressante, quando tudo o que quero fazer é pegar o dinheiro que eu usaria para comprar a réplica do anel e gastar em uma passagem de volta para o Brasil ou para qualquer lugar onde eu não tenha que encarar minha família novamente, e assim não teria que enfrentar os olhares de decepção das pessoas mais importantes da minha vida. Estou cansada desses olhares, e não sei se tenho mais forças para aguentar.

— Vai ficar tudo bem — Luca repete o que disse antes de deixarmos a pousada e olha para mim, os olhos azuis muito claros. — Não é como se você tivesse perdido o anel de propósito, e você tentou consertar a situação. Além disso, vou estar ao seu lado, não vou deixar que leve a culpa toda sozinha.

Tento sorrir, mas sei que o sorriso não chega aos meus olhos. De repente estou muito cansada, todos os acontecimentos dos últimos dias me atingem de uma vez só.

— Obrigada pelo apoio, Luca — consigo dizer sem que minha voz trema —, mas a bagunça é minha. Sou eu quem precisa limpá-la. Sozinha.

— Não faz isso.

— Isso o quê? — Olho para ele, confusa.

— Você sabe exatamente o quê. — Ele parece estar se controlando para não ser grosso, algo que definitivamente nunca vi acontecer com Luca, que sempre é tão mestre de si. — Você está tentando me afastar.

Fico calada, observando seu perfil enquanto ele dirige, focado na estrada à frente; toda essa situação é de uma bizarrice sem tamanho. Eu não sou o tipo de mulher com quem Luca Treviani costuma ficar, é só dar uma olhada em sua ex. Ele também não é o tipo de homem com quem costumo me envolver, nem de longe. Então por que diabos meu coração parece querer sair do peito pela mera possibilidade de ele não querer se afastar de mim?

Quero tentar fazê-lo entender por que me comporto da maneira como me comporto, mas as palavras ficam presas na garganta quando percebo que nem eu mesma sei as razões para agir assim. Eu poderia argumentar que tenho medo de abandono, mas, apesar de todos os problemas, fui criada em um lar estável, com dois pais que se amavam profundamente, e nunca sofri realmente por amor, nunca nem sequer me apaixonei de verdade por alguém, e superei os términos dos meus relacionamentos como quem supera o final triste de um livro que não foi muito bom: com indiferença e desapego.

Não é como se eu não sentisse, pois sinto, até demais. Mas sou uma pessoa de extremos, ou sou só sentimento, ou não sou sentimento nenhum. Ou estou voando, ou estou no fundo do poço. Nunca fui morna, não sou de meios-termos. E isso é cansativo pra um caralho.

Deixo o silêncio se estender entre nós por um bom tempo, e sei que ele está impaciente, querendo uma resposta, uma negativa, algo que lhe diga que não o quero longe, que estou apenas com medo de deixar que ele se aproxime demais.

Pena que eu nunca fui de dar às pessoas o que elas esperam de mim.

———

Abro os olhos, desorientada, e vejo Luca sentado no banco do motorista, falando em italiano ao telefone. Estamos parados no acostamento, e o relógio no painel do carro indica que já passam das três da manhã. Não faço ideia de com quem ele está falando a essa hora, mas o advogado parece aborrecido enquanto escuta o que a pessoa do outro lado está dizendo. Aparentemente, peguei no sono em algum momento no trajeto de Montemerano até Gênova e não me lembro disso.

Esfrego os olhos com as costas da mão, ajeito-me melhor no banco e espero ele terminar a ligação.

— O que foi? Com quem você tava falando tão chateado e tão tarde? — questiono, sentindo-me um pouco boba com o tom que toma conta da minha voz, como se estivesse com ciúme.

— O jipe morreu, vamos ter que esperar o reboque — ele explica, e tenho a sensação de que ganhei na loteria, apenas para ser imediatamente substituída pela culpa por sentir alívio diante da possibilidade de não chegar no casamento de Lu a tempo. — Só que o cara do seguro que contratamos só pode vir daqui a duas horas. Vamos ter que ficar na estrada, esperando.

Luca parece preocupado, e preciso me lembrar de que ele, assim como eu, é padrinho do casamento e, diferentemente de mim, terá a ausência percebida e lamentada pelo noivo. A culpa em meu peito aumenta, formando um nó na minha garganta e embaçando minha visão. Quero pedir desculpas por tê-lo arrastado para minhas confusões, mas não consigo, não quando tenho certeza de que, se eu o fizer, vou me desmanchar em lágrimas.

— A gente vai chegar antes da cerimônia... — digo, tentando, de alguma forma, amenizar a situação para o homem ao meu lado. — Lu coordenou com o cerimonial para que o "sim" fosse exatamente durante o pôr do sol.

Ele recosta a cabeça no apoio do assento e fecha os olhos, soltando um suspiro cansado, e tenho que resistir ao impulso de tocar seu rosto e aliviar o vinco que se formou entre suas sobrancelhas. Sou surpreendida quando a mão dele vem de encontro à minha coxa, apertando a carne apenas o suficiente para o gesto ser reconfortante.

— Não estou preocupado com a minha pontualidade, *gattina*. — Não faço ideia do porquê, mas o apelido carinhoso em outra língua atravessa o espaço existente entre nós e me atinge em cheio no meio do peito, funcionando como uma espécie de ímã, me puxando para perto.

Luca permanece de olhos fechados, mas os cantos de sua boca estão repuxados em um sorriso triste quando ele adiciona:

— Só estou me sentindo mal por ter te convencido a entrar nessa roubada. Primeiro, por ter te chamado pra entrar no mar e ter feito você perder o anel, depois por sugerir esse plano idiota que nem deu certo, e agora... por te fazer passar a noite dentro de um carro em um acostamento no meio do nada. — Ele abre os olhos e vira o rosto em minha direção, e o azul que ali encontro é tão profundo que sinto que posso facilmente me afogar. — Desculpe por ter estragado a semana do casamento da sua irmã.

Fico tão surpresa que é inevitável conter o riso abismado que escapa da minha boca diante do que ele fala com um tom de voz tão sério, como se fosse uma verdade irrefutável. Parece que ele entrou em minha cabeça e falou tudo o que eu queria falar, invertendo nossos papéis na narrativa dos fatos.

O vinco entre suas sobrancelhas se intensifica, e ele me encara, confuso com a minha reação. Preciso de mais alguns segundos para conseguir organizar as ideias e formar uma frase mais ou menos coerente.

— Como posso te desculpar quando sou eu a grande culpada de tudo? — Cubro sua mão, que ainda descansa em minha coxa, com a minha própria, e tento ignorar o frio que surge em minha barriga com o contato entre nossas peles. — Na verdade, sinto que fui eu que te arrastei para minha loucura e estraguei, o que aposto, ser uma rara semana de folga, longe de suas obrigações do escritório. Sou eu que tenho que pedir desculpas, Luca, não você. Imagino que sua ideia de viagem divertida não seja ficar bancando a babá de uma mulher adulta com sérios problemas para controlar seus canais lacrimais.

Ele vira a palma da mão para cima e entrelaça os dedos nos meus, a expressão carinhosa em seu rosto fazendo-me repensar todas as palavras que acabam de sair da minha boca. Luca parece tão etéreo sob a luz da lua que adentra o carro que é quase mais fácil acreditar que isso não passa de um sonho, alguma ilusão hiper-realista conjurada dos cantos mais profundos da minha imaginação, a manifestação plena de um desejo escondido: o de ser compreendida, para além dos julgamentos que eu mesma me impus.

— Por que você é tão dura consigo mesma? — ele pergunta, em um sussurro, mas tenho a impressão de que não espera uma resposta, é quase como se estivesse pensando alto.

Quero dizer que não é verdade, que sou leniente até demais com meus próprios erros, e que foi justamente por ser assim que acabei como estou hoje: um fracasso total, tanto em minha vida pessoal quanto profissional. Talvez eu estivesse em uma situação melhor, se realmente fosse dura comigo mesma, pois não teria tanto espaço para erros.

O problema maior, penso eu, é que já sou adulta, mas ainda não terminei de me tornar quem sou. Sou uma pessoa incompleta, como se um pedaço fundamental estivesse faltando, e esse pedaço é bem aquele que me permitiria ser um ser humano funcional, o pedaço pragmático e extremamente necessário que parece ter se perdido no meio do caminho — ou pior: que parece nunca ter existido em mim.

Procuro as palavras certas, e é de se pensar que, como escritora, eu não teria dificuldade em encontrá-las, mas não é isso que acontece, não quando Luca me olha assim, como se estivesse pronto para tomar todas as minhas dores para si próprio. Ele se inclina mais em minha direção, e eu desafivelo o cinto de segurança, deixando que sua outra mão envolva minha nuca e que sua boca encontre a minha em um beijo capaz de calar todos os pensamentos que rodeiam minha cabeça.

Não há nada de urgente no modo como seus lábios se movem contra os meus, muito pelo contrário. Luca me beija sem pressa alguma, como quem saboreia uma fruta suculenta e tem todo o tempo do mundo. Consigo sentir exatamente o que ele quer dizer com esse beijo, que me envolve como um colete salva-vidas ao mesmo tempo que me empurra em alto mar. A intensidade com que tudo parece se descnrolar entre nós me assusta e me fascina na mesma medida, e me pergunto como tanto desejo, conforto e parceria puderam ficar adormecidos por quase uma década, entre encontros e desencontros que nunca foram além de olhares furtivos ou conversas vazias.

Quanto eu perdi apenas pelo meu medo de deixar que as pessoas se aproximassem de verdade? Que *ele* se aproximasse?

Nos beijamos por um bom tempo e conversamos por mais tempo ainda. Luca me conta sobre coisas importantes, como seu primeiro cachorro e o dia que passou no vestibular, mas também me conta de coisas pequenas como sua primeira vez indo ao cinema com uma garota ou quando conseguiu convencer os pais de que era maduro o suficiente para ir e voltar da escola sozinho. Pego-me bebendo cada gota de informação que ele me oferece, feliz por estar conseguindo ainda mais peças para formar o grande e magnífico quebra-cabeça que é Luca Treviani.

Enquanto ele fala, admiro as linhas de seu rosto, os movimentos de suas mãos, o som da sua voz, tão macia e ao mesmo tempo tão grave, cada palavra saindo de sua boca como uma confissão, como algo precioso, e, é assim que trato suas palavras: como tesouros que me são oferecidos a cada vírgula, a cada suspiro, a cada sílaba.

— Você é um universo inteirinho — digo, apenas para cair na gargalhada em seguida, envergonhada por minha própria breguice, justo eu, discípula de Reginaldo Rossi.

Luca se junta a mim, e então estamos rindo juntos, dois idiotas no meio da estrada, gargalhando até a barriga doer e os olhos lacrimejarem, como se eu tivesse acabado de contar a melhor piada do mundo. Deve ser cansaço, afinal não é como se tivéssemos dormido por muitas horas na noite anterior. O pensamento faz com que minhas bochechas esquentem, e fico grata pela má iluminação presente no carro.

— Engraçado — o advogado diz, acariciando meu nariz com o dele —, sempre achei que o universo fosse você.

24

— Acho que nossa sorte está começando a virar. — Luca tem um sorriso enorme no rosto e me mostra o comprovante do pagamento que acabou de receber na tela de seu celular. — Devolveram cinquenta por cento do valor do aluguel do jipe.

Estamos sentados no banco de trás de um táxi a caminho de Portofino, depois de voltarmos no reboque até Gênova e, após uma breve inspeção do mecânico do seguro, ser constatado um problema preexistente na parte elétrica do jipe, o que nos garantiu o reembolso de cinquenta por cento do que havíamos pagado no aluguel.

Todo esse trâmite durou quase três horas, e então tivemos que praticamente correr até o ponto de táxi indicado pelo cara do seguro, torcendo para que algum motorista solitário tivesse sobrado para nos atender, uma vez que sexta-feira não é exatamente um dia tranquilo em uma cidade turística como Gênova.

Quando enfim nos acomodamos no carro com ar-condicionado, dirigido por um senhor muito simpático, mas que só fala italiano, são quase dez horas da manhã. Tudo isso para dizer que provavelmente perderei o meu horário com a cabeleireira contratada por minha irmã para arrumar as madrinhas, e terei que dar um jeito eu mesma na bagunça de frizz que meu cabelo se tornou devido à umidade.

Luca não parece preocupado enquanto checa e-mails em seu celular, provavelmente respondendo clientes de seu escritório, mas acho que esta é só mais uma das vantagens de ter nascido com cromossomos XY: para estar pronto para o casamento, ele só precisa de um banho e um terno bem alinhado. Ele não precisa se preocupar com maquiagem, sapatos que não matem seus pés e calcinhas que não marquem no vestido.

— Não sei não, Luca... — digo, dando uma espiada no taxímetro. — Acho que vamos ter de usar esse dinheiro para pagar a corrida.

Ele dá de ombros, o sorriso não vacila em momento algum.

— É uma economia mesmo assim, *gattina*! Afinal, se o carro não tivesse dado problema, ainda teríamos que pagar o taxista, não é?

Quero contestá-lo apenas pelo prazer que sinto em fazê-lo, mas mordo minha língua, preferindo focar em um assunto mais importante e indubitavelmente mais urgente.

— Escuta, precisamos conversar sobre como vai ser quando chegarmos à *villa*. — Cruzo as mãos sobre meu colo e assumo o que espero ser uma postura profissional.

Luca guarda o celular no bolso da bermuda e me encara, parecendo achar algo divertido em minha expressão, pois sua boca se abre em um sorriso largo e iluminado, e ele aproveita o momento para guardar uma mecha do meu cabelo atrás da minha orelha, acariciando a linha da mandíbula no processo.

— O que quer dizer?

Pisco algumas vezes, tentando lembrar o que eu queria falar antes de ele me distrair com seu toque.

— Exatamente isto: não acho prudente que continue com esses toques em Portofino — digo, mesmo sendo capaz de pagar uma pequena fortuna para que ele continuasse me tocando pelo resto da vida. — Não quero minha família em cima de nós, pensando que estamos namorando ou algo assim, e acredito que você também não queira isso.

Assim que as palavras saem da minha boca, percebo que estou tentando muito mais convencer a mim mesma do que a ele. Sei que Luca é cara de pau o suficiente para não se importar com perguntas indiscretas por parte dos meus parentes, e ele provavelmente acharia tudo uma grande diversão, sem se importar muito com o que todos pensariam quando voltássemos ao Brasil e ele simplesmente sumisse de nosso convívio, com olhares de pena em minha direção e frases ensaiadas como: *Não precisa ficar chateada, Cat, ele nem era tudo isso,* e todos nós saberíamos que era mentira, porque ele é, sim, tudo isso.

O homem ao meu lado dá de ombros, o sorriso desaparece e seus lábios formam uma linha reta. Posso ver que ele está se segurando para não soltar uma de suas piadinhas, e agradeço por isso, pois estou tensa demais para achar graça em qualquer coisa.

— Entendi — sua voz é séria e parece mais gelada do que o ar-condicionado do táxi —, você fez o que quis comigo e agora não quer me assumir, tem vergonha de mim.

Reviro os olhos com tanta força que não sei como não acabo ficando cega. Realmente fui muito ingênua ao pensar que Luca poderia enxergar essa situação com a seriedade devida. Aposto que ele é o tipo de cara que apresenta qualquer ficante para os pais, e então a coitada fica toda iludida pensando que terá um relacionamento com o advogado, apenas para levar um fora poucas semanas depois e descobrir que o que tiveram nem foi tão especial assim (não que isso já tenha acontecido comigo).

Empurro seu ombro de leve, e ele esboça uma expressão dolorida, como se estivesse sentindo dor de verdade, enquanto massageia o local da minha suposta agressão.

— Tô falando sério, Luca — insisto, pensando que o taxista deve estar achando que somos um casal de loucos. — Promete que não vai ficar com essas gracinhas na frente da minha família, principalmente na frente da minha mãe? Já teremos que inventar uma boa mentira para justificar nosso sumiço.

— Prometo, *gattina*. — Ele parece sincero, mas não sei se posso confiar em seu comprometimento quando sei que ele adora tirar sarro de toda e qualquer situação em que eu esteja envolvida. — E não se preocupe quanto à desculpa. — Ele retira o celular do bolso e balança o aparelho ao lado do rosto, parecendo muito o garoto-propaganda de uma campanha publicitária para a marca da maçã. — Eu avisei ao Carlos, antes de ontem, que você me acompanharia até Roma para encontrarmos um cliente em potencial. Ao que parece, sua mãe ficou superanimada diante da possibilidade de você vir trabalhar para mim.

Preciso me esforçar muito para não soltar um grito de frustração e assustar o motorista; sinceramente, não sei o que é pior: deixar minha mãe acreditar que voltarei a advogar ou deixar que ela pense que estou tendo algum envolvimento romântico sério com Luca Treviani. Um arrepio percorre minha espinha, e tenho a sensação de estar indo em direção à minha execução, pronta para encontrar o carrasco com olhos duros e braços rápidos, capaz de arrancar uma cabeça em um único golpe.

E esse carrasco é justamente a mulher que me colocou no mundo.

— Você não devia ter feito isso, ela vai pensar que pode continuar me incomodando para voltar a advogar. — Deixo escapar um suspiro cansado e irritado; não sei ao certo qual é a emoção dominante no momento. — Tenho certeza de que assim que chegarmos a Portofino, a primeira pergunta será sobre o anel, e a segunda sobre esse suposto novo emprego que você me arranjou, você vai ver, conheço minha mãe.

Ele não parece compreender o tamanho do aborrecimento que me causou, pois apenas continua com aquele sorrisinho idiota no rosto quando diz:

— Relaxa, Catarina, juro que nunca vi alguém tão tensa em toda a minha vida. Vai dar tudo certo, vão nos perdoar pela perda do anel, não vou fazer nada que dê a entender que estamos juntos e, se sua mãe perguntar sobre o emprego, posso simplesmente dizer que cheguei à conclusão de que você não combina com o meu escritório.

Sinto-me ofendida de um jeito estranho por sua colocação teoricamente sem malícia.

— Como assim eu não *combino* com seu escritório? — Levanto o queixo em desafio, sentindo minhas bochechas começarem a esquentar diante da irritação que somente Luca é capaz de me fazer sentir. — Posso não gostar de advogar, mas fique sabendo que tenho uma formação de excelência e já atuei em casos de muita relevância no âmbito jurídico, doutor Treviani!

O desgraçado parece estar se divertindo com minha inquietação, o que só contribui para a vontade que sinto de enchê-lo de bofetadas — ou de puxá-lo para um beijo feroz, ainda estou decidindo.

— Certo, então você combina, mas rejeitou minha oferta de emprego, tá bom assim?

Balanço a cabeça em negativa. Será que ele está fazendo isso de propósito para ver até onde aguento antes de surtar?

— Claro que não, ela vai dizer que sou ingrata.

É como se eu já conseguisse escutar a voz da minha mãe em minha cabeça: *Que falta de educação, Catarina, não foi assim que te criei*. Não, obrigada, prefiro comer apenas folhas para o resto da vida a que ter que lidar com minha mãe pensando que rejeitei uma oferta do generoso Luca Treviani, que, por sua vez, levanta as mãos em sinal de rendição e olha para mim como se *eu* fosse a pessoa difícil nessa situação.

— Realmente não sei o que você quer de mim, *gattina*.

Para ser sincera, nem eu sei o que quero dele, mas não vou admitir isso e dar ao advogado o gostinho de estar certo sobre mim mais uma vez. A verdade é que estou irritada pela solução que ele encontrou para encobrir nossa viagem, mas também estou grata por ser poupada desse trabalho, uma vez que tenho certeza de que acabaria dando com a língua nos dentes e revelando o verdadeiro motivo de nosso sumiço.

— Se você ficar de boca fechada, já vai estar me fazendo um grande favor — digo, meio sem pensar, e me arrependo no mesmo instante. — Quer dizer, é só não falar sobre trabalho com a minha mãe, deixa que eu falo com ela.

Luca assente e então volta a se concentrar em seus e-mails. Finalmente relaxo quando vejo que ele não vai insistir mais nesse assunto, e aproveito para admirar as paisagens pitorescas que se desenrolam do outro lado da janela do táxi, fingindo por alguns momentos que não precisarei admitir que perdi algo superimportante para minha irmã em menos de uma hora, correndo o risco até mesmo de ser expulsa da cerimônia de casamento e da *villa*.

Pela primeira vez em dias, fico chateada por não ter meu celular à disposição; agora seria o momento ideal para fazer uma simulação no site da companhia aérea e calcular se tenho limite suficiente no cartão de crédito para reagendar minha passagem de volta ao Brasil para hoje mesmo. Se eu chegar amanhã, talvez tenha tempo para reunir tudo que me pertence da casa dos meus pais e me mandar para a de alguma amiga em São Paulo, pelo menos até a poeira baixar e eu conseguir mostrar minha cara novamente, sem o risco de sofrer com a *open-crueldade* da minha mãe.

Quando o táxi estaciona na frente do portão de entrada da Villa dell'Amore, posso jurar que estou prestes a ter um AVC, o que não seria tão ruim assim, dadas as circunstâncias em que me encontro. Quer dizer, ninguém teria coragem de brigar comigo se eu estivesse entre a vida e a morte, não é? Luca é o primeiro a sair do carro depois de pagar ao motorista, e vai logo até a mala do veículo para recuperar nossas bolsas; só percebo que estou parada igual uma idiota quando a porta do meu lado do carro se abre, e olho para cima para constatar que é o advogado que me espera do lado de fora, como um perfeito cavalheiro, com seu sorriso com covinhas e os olhos impossivelmente azuis.

Balbucio um pedido de desculpas para o taxista e saio do carro, sentindo minhas pernas tremerem e o coração martelar com força em meu peito. Agora seria um momento maravilhoso para sucumbir e passar dessa para a melhor, mas parece que meu corpo não concorda comigo, pois vai até a entrada principal do casarão sem nenhuma dificuldade, seguindo Luca de perto, como se ele fosse uma espécie de escudo humano entre mim e a fúria inevitável de minha irmã diante do anel desaparecido.

Luca tagarela algo sobre estar faminto e ansioso para devorar o buffet do casamento, mas não consigo prestar atenção em nada que ele fala, pois do outro lado da porta, usando um robe de cetim branco e com o cabelo escuro enrolado em bobs no topo da cabeça, tal qual Dona Hermínia, está minha irmã mais nova, e ela não parece nem um pouco feliz em me ver.

— Catarina Fonseca! — Minha mãe é a primeira a quebrar o silêncio constrangedor que se instala assim que Luca e eu colocamos os pés no hall de entrada da *villa*.

Vejo uma quantidade absurda de pessoas trabalhando para montar a decoração do evento, que acontecerá em apenas algumas horas, com homens carregando arranjos enormes de flores para lá e para cá, e a equipe trazida pela cerimonialista do Brasil ajudando a organizar a entrada dos instrumentos da banda contratada. Lu está sentada no sofá com um iPad em mãos, enquanto minha mãe está à beira de um ataque de nervos, e começa a listar todos os motivos pelos quais causei tanta dor de cabeça justamente na semana do casamento da minha irmã.

Luca parece alheio à fúria de Tereza Fonseca, pois ele simplesmente se posiciona de maneira protetora na minha frente e diz:

— Vamos nos acalmar, Tereza. — Sua voz é tão serena e aveludada que ele parece não entender o que realmente está acontecendo aqui, como se todo o caos ao nosso redor não o afetasse nem um pouco. Deve ser por isso que ele é um bom advogado, por não deixar que as emoções fiquem à flor da pele. — Não é bom que a mãe da noiva fique tão nervosa, não acha? Além disso, Catarina está aqui, e o casamento ainda não começou, ela tem tempo de sobra para se arrumar.

Minha mãe apenas o encara, boquiaberta, como se não conseguisse acreditar que o homem que ela sempre julgou como régua moral para qualquer coisa estivesse agora, na sua frente, dizendo que não havia nenhum problema no que sua filha descontrolada tinha feito, sem nenhum respeito pelos sentimentos dos outros e obviamente sem pensar nas consequências de seus atos.

Luana, que estava calada até esse momento, se levanta de onde estava sentada, parecendo finalmente processar o fato de que eu voltei depois de dois dias de completo silêncio em um país estranho. Bem, não completo silêncio, já que, segundo Luca, nós tínhamos um álibi.

— Eu não acredito que você fez isso comigo, Catarina. — Sua voz é baixa, mas posso ouvir a mágoa ali, e meu coração se quebra em milhares de pedacinhos. — Você sumiu do nada depois do jantar de boas-vindas, e eu tinha confiado o anel da família de Carlos a você.

— Eu sei, Lu, me perdoa. — Sinto que estou prestes a desmoronar em lágrimas, tão nervosa com esse confronto que não me importo quando Luca envolve meus ombros com um braço e me puxa para perto de si, agindo como o escudo que tanto pensei que não precisava, praticamente ignorando tudo o que conversamos no táxi a caminho daqui. — Eu juro que não era minha intenção que as coisas acontecessem assim... Eu só queria que você ficasse tranquila com tudo.

Minha irmã suspira e cobre o rosto com as mãos, aplicando a técnica de relaxamento que tia Maitê nos ensinou há tantos anos, e algo extraordinário chama minha atenção de imediato:

bem ali, orgulhoso, lindo e brilhante, estava o maldito anel. Descansando, como se nada tivesse acontecido, no dedo anelar direito de Luana.

— Você tem que concordar que é um pouco engraçado. — Luca está sentado na beirada da minha cama enquanto aplico a máscara de cílios e me pergunto novamente o porquê de sua presença em meu quarto enquanto me apronto para o casamento. — Vamos lá, *gattina*, você tem que aprender a rir de si mesma.

Claro que é fácil para ele dizer; não foi ele que teve que ouvir um sermão, de quase uma hora na frente dos funcionários do casamento e da pessoa com quem ele está ficando, sobre a irresponsabilidade de deixar um anel avaliado em centenas de milhares de reais dando sopa no chão ao lado da piscina da *villa* e depois sumir Itália afora, mesmo que fosse por uma oportunidade maravilhosa de emprego, como minha mãe fez questão de frisar inúmeras vezes.

Por um lado, é um alívio saber que toda aquela preocupação foi por nada. Eu devo ter deixado o anel cair do meu dedo antes de me aventurar no mar, e esse fato foi minha salvação, uma vez que Luana logo se acalmou quando Luca mentiu ao dizer que conseguimos captar um cliente superimportante para seu escritório, o que não teria funcionado nem de longe se eu realmente tivesse perdido o anel.

E agora estou aqui, tentando ficar mais ou menos apresentável com meus próprios esforços depois de ter chegado tarde demais para o meu horário com a cabeleireira e me esforçando para ignorar os comentários engraçadinhos de Luca sobre como meus peitos ficam maravilhosos no decote do vestido amarelo.

Aparentemente, a tarde que passamos em Saturnia conseguiu ser o suficiente para dar um pouco de cor à minha pele, e agora o tom de amarelo do vestido não me deixa tão parecida assim com um ovo cozido, e até me sinto um pouco como a Kate Hudson em *Como perder um homem em 10 dias* — claro que sem os fios loiros e sem o colar de diamantes. Meu cabelo está arrumado em um penteado meio preso (o único que sei fazer sozinha), e minha maquiagem é a mais simples possível, realçando os traços que mais gosto em meu rosto. No fim, me pego sorrindo diante do resultado, me sinto bonita e me sinto eu mesma. Quer algo melhor do que isso?

O advogado já está devidamente vestido no terno creme que deve ser usado pelos padrinhos, com uma camisa branca por baixo e sem gravata; a intimidade da cena, tão doméstica, de tê-lo aqui enquanto me arrumo, me deixa um pouco inquieta, como se estivéssemos atravessando alguma linha invisível e impossível de retornar.

— Escuta, você não tem que ficar com o Carlos enquanto ele se arruma ou alguma coisa assim? — Termino de colocar os brincos pequenos de pérolas e checo meu reflexo no espelho pelo que parece ser a milésima vez. Céus, é mesmo verdade o que dizem sobre leoninas.

Pelo canto do olho vejo, através do espelho, quando ele se levanta e anda em minha direção, pousando as mãos grandes em meus quadris, seus olhos azuis percorrendo meu corpo sem nenhum pudor, o que faz com que o blush que apliquei nas bochechas fique quase invisível diante do evidente rubor que toma conta do meu rosto em resposta a um gesto tão íntimo.

— Prefiro ficar aqui com você — ele diz, subindo uma mão pela lateral do meu corpo, até parar em meu ombro. Ele abaixa o rosto, e seu nariz desliza pela minha nuca, a boca parando a milímetros da minha orelha. Seu olhar encontra o meu no reflexo do espelho, e um sorriso travesso ameaça aparecer no rosto bonito. — Prefere que eu vá?

Desgraçado.

Sinto minhas pernas prontas para cederem, e me repreendo mentalmente por ser tão fraca diante do toque desse homem, como se ele agisse sobre mim feito uma espécie de *kryptonita* e me tornasse incapaz de formular pensamentos coerentes. Fecho os olhos e respiro fundo, esforçando-me para lembrar todos os motivos para não querer a presença de Luca em meu quarto, mas essa tarefa se torna cada vez mais difícil conforme suas mãos passeiam por meu corpo e sua barba roça na pele sensível do meu pescoço.

— Prefiro — consigo dizer enfim, soando mais convicta do que realmente me sinto, e abro os olhos, divertindo-me com a expressão de completo ultraje que toma conta de seu rosto refletido no espelho. — Não quero ter que ficar me explicando, ainda mais para a minha família, e pode imaginar o que vão pensar se alguém o vir saindo do meu quarto? Prefiro me poupar dessa dor de cabeça, obrigada.

Luca me solta e dá um passo para trás, as mãos para cima em sinal claro de rendição, depois tomba a cabeça para o lado e analisa minhas costas descaradamente, com um sorriso safado nos lábios carnudos.

— Tudo bem, eu vou — ele diz, e então para, como se estivesse pensando se deveria ou não dizer o que vem logo em seguida: — Você realmente está um espetáculo nesse vestido, Catarina. Não sei se vou conseguir me concentrar em qualquer coisa com você do outro lado do altar.

Reviro os olhos, tentando disfarçar o sorriso que ameaça tomar conta do meu rosto em resposta ao elogio inesperado e atrevido.

— Você tem muita lábia mesmo, Luca Treviani. — Balanço a cabeça em falsa reprovação. — Agora sai logo daqui, tenho certeza de que meu querido cunhado está sentindo sua falta nas fotos do making-of.

— Acho que tem razão. As fotos vão ficar muito sem graça se eu não estiver lá ajudando ele com a gravata ou brindando com um copo de uísque. — Luca dá um sorriso debochado e se dirige até a porta, virando-se para me encarar uma última vez antes de finalmente ir embora, o brilho travesso em seus olhos azuis ainda mais evidente do batente da porta. — Desculpa ser repetitivo, mas você realmente faz jus ao seu apelido nesse vestido, *gattina*.

25

O beijo dos noivos foi trocado pontualmente ao pôr do sol, quando o céu já era uma aquarela de tons de rosa e laranja, e o mar ao fundo refletia o brilho do astro poente, tornando impossível para qualquer pessoa discernir onde um começava e outro terminava. Um quadro perfeito protagonizado por Luana, deslumbrante em seu vestido branco rendado, e Carlos, que era facilmente o homem mais feliz que já vi na vida.

Foi difícil não chorar durante a cerimônia, mas me mantive firme, tendo cuidado para não borrar minha máscara de cílios, que, infelizmente, não é à prova d'água. É bem louco pensar que minha irmã já é uma mulher adulta e agora vai construir sua própria família, trilhar seu próprio caminho; não que isso seja algo inacreditável. Luana é uma mulher inteligente, bonita e amorosa, e acho que justamente por isso é tão difícil compreender que ela já está pronta para sair da casa de nossos pais em definitivo.

Quando ela passou na faculdade de Medicina, eles fizeram questão de alugar um apartamento para que ela pudesse passar a semana na cidade onde tinha suas aulas com tranquilidade, mas, nos finais de semana, Lu sempre estava de volta em casa. No fundo, sempre pensei que ela gostava até demais daquela vidinha do interior, e que se casaria com alguém de lá, para que nunca tivesse que morar longe de nossos pais.

No fim, quem acabou voltando para a casa dos pais fui eu.

— Já provou a trouxinha de brie com damasco? — A voz da tia Maitê me arranca do lugar escuro para onde minha mente se encaminha quando ela se senta ao meu lado, segurando uma taça do que suponho ser gim-tônica. Ela está deslumbrante em um vestido longo e vermelho, combinando com o batom que já é sua marca registrada. — Juro por Deus que poderia comer uns dez daqueles, ainda bem que sua mãe estava do meu lado para me lembrar dos perigos que o excesso de calorias pode trazer.

— Não sei por que você escuta minha mãe. Você está linda, e duvido que alguns quilinhos a mais possam mudar isso, tia.

As palavras saem da minha boca com tanta naturalidade que fico espantada ao perceber que consigo ignorar as alfinetadas da minha mãe com facilidade quando são direcionadas aos outros, mas nunca quando são direcionadas a mim. Quantas vezes deixei de comer o que queria só por causa da voz de dona Tereza Fonseca, sempre presente em minha cabeça, lembrando-me de um pneuzinho a mais ou da tragédia que seria aumentar um número em meu manequim?

Minha tia bebe um gole de seu drink e me analisa dos pés à cabeça, deixando escapar uma risadinha conspiratória, e é como se eu pudesse ler exatamente o que se passa em sua mente.

A banda já começou a tocar, mas os noivos ainda não desceram para se juntar ao resto dos convidados, então a maioria das pessoas está aproveitando para tirar fotos para suas redes sociais e se deliciar com os aperitivos preparados por Laura, enquanto eu apenas observo a festa e tento focar em qualquer coisa que não seja Luca, do outro lado do jardim, conversando animadamente com Bel.

— Onde foi que você se meteu nos últimos dias? — tia Maitê pergunta, parecendo perceber exatamente o lugar para onde eu *não* estou olhando.

— Fui a Roma encontrar um cliente, minha mãe não te contou? — repito a mentira inventada por Luca pelo que parece ser a milésima vez desde que voltamos.

Minha tia pressiona os lábios em uma linha reta.

— Acha mesmo que eu vou acreditar que você deixou de desfrutar dois dias no paraíso para fazer qualquer coisa relacionada à advocacia? — Ela olha para os lados, como se para ter certeza de que não tem ninguém por perto ouvindo nossa conversa. — Pode falar a verdade. Você decidiu sumir para aproveitar o bonitão sem ninguém por perto, não é?

Tento parecer impassível. Nem morta vou admitir uma coisa dessas, e não pretendo revelar a mais ninguém o verdadeiro inferno que vivi nos últimos dias pensando que havia perdido uma joia inestimável, nem mesmo para minha tia que, embora seja a minha pessoa preferida da vida, tende a ser um pouco boca de sacola quando bebe além da conta, e isso faz de um casamento com bebida livre o pior ambiente para dividir qualquer tipo de segredo com ela.

— Pelo amor de Deus, tia! Mas é claro que não! — Aperto o tecido da saia do meu vestido entre as mãos, tentando forçar meu cérebro a elaborar uma mentira rapidamente. — Eu só... queria fugir um pouco da minha mãe, e aproveitei a carona com o Luca. Nada aconteceu.

Não é segredo para ninguém que meu relacionamento com minha mãe azedou consideravelmente quando decidi largar o direito, e depois que me mudei de volta para a casa onde cresci, qualquer oportunidade que tenho de ter um tempo longe é vista como uma boia salva-vidas, à qual me agarro com todas as minhas forças.

— Que pena — ela suspira e aponta com o queixo em direção ao outro lado do jardim —, vocês fariam um belo casal. Bem, se você não vai aproveitar, parece ter alguém que vai...

De onde estou sentada, tenho uma visão privilegiada do momento em que a irmã de Edu finge tropeçar e se apoia bem no bíceps de Luca para evitar a queda. Assisto à cena com interesse, meu coração martelando no peito, e espero para ver como ele reagirá diante de uma tentativa tão explícita de aproximação.

É patético esse sentimento de posse que toma conta de mim quando vejo que, em vez de afastá-la, ele permanece parado, deixando que ela demore o toque em seu braço e parecendo muito confortável em ser praticamente apalpado em público por sua estagiária.

Sinto um gosto amargo tomar conta da minha boca, e decido que preciso imediatamente de um drink. Deixo tia Maitê sentada e dirijo-me até o bar, onde peço um *Moscow Mule*, que chega até mim em uma caneca de cobre e com uma quantidade absurda de espuma de gengibre por cima. Não me importo e tomo um longo gole, que desce por minha garganta com facilidade, a temperatura gelada da bebida servindo como um refresco bem-vindo na noite quente de maio.

— Você fez falta. — Viro-me e encontro Eduardo atrás de mim, parecendo mais bonito do que nunca em um terno azul-escuro e, o que é surpreendente, nem um pouco chateado comigo, o que era de esperar, tendo em vista nosso último encontro. — Visitamos uma vinícola ontem para a despedida de solteiro do Carlos, e depois nos juntamos às meninas que estavam na despedida da Lu no iate. Não sei por quê, mas esperava te ver por lá, achei que teria chegado a tempo.

Sinto uma pontada de culpa por não ter estado presente na despedida que ajudei a organizar, mas forço um sorriso educado para o rapaz e saio da frente do bar para que ele tenha espaço para pedir sua própria bebida, o que ele faz sem nem olhar para o cardápio de drinks. Espero ele pegar sua taça, e então caminhamos juntos até um lounge organizado pela cerimonialista em um canto mais afastado do jardim, com alguns sofás e pufes para proporcionar um ambiente mais descontraído e aconchegante aos convidados da festa.

Nos sentamos no sofá, e ele parece inquieto, esperando que eu diga alguma coisa. Ver Eduardo tão nervoso por algum motivo desconhecido deixa sua idade ainda mais evidente, e me pergunto como posso ter sequer considerado ficar com esse cara, que apesar de ser um doce e bastante atraente, ainda é uma criança.

— Pois é, imprevistos acontecem. — Dou de ombros e forço um sorriso amarelo. — Queria muito ter participado da despedida, mas não deu. — Foco minha atenção na minha bebida. — Quantos anos você tem mesmo, Edu?

Ele parece surpreso com a minha pergunta, e estufa o peito, como um galo pronto para dominar o galinheiro, antes de responder, cheio de si:

— Vinte.

Espero o complemento de sua resposta, mas ele não vem. Não são vinte e um, muito menos vinte e cinco, são vinte anos: dois e zero; recém-saído da adolescência. Por um lado, é impossível não me sentir um pouco lisonjeada, afinal, se um cara tão jovem nutre algum tipo de interesse por mim, é porque estou bem conservada, não é? Mas, por outro, me sinto profundamente envergonhada, uma vez que, quando tinha essa idade, eu não era pouco mais do que uma menina, e começava a navegar as águas desconhecidas e assustadoras do mundo adulto.

Percebo que ele ainda espera que eu continue a conversa quando ouço seu pigarro, e ergo os olhos para encontrar os seus, encarando-me com expectativa.

— E você está na faculdade? Trabalhando? — Percebo que pareço mais a mãe de alguém do que qualquer outra coisa ao fazer essas perguntas, mas também é um lembrete de que eu estava tão focada na aparência desse garoto que esqueci de perguntar coisas básicas sobre sua vida, tudo isso em uma tentativa inconsciente de impedir que ele também perguntasse sobre a minha, uma vez que já faz algum tempo que não tenho essas respostas.

— Faço faculdade de Administração e trabalho com o meu pai, pensei que tinha te contado. — Eduardo parece relaxar com a direção que a conversa está tomando e esboça um sorriso confiante, e é impossível não reparar que ele não tem covinhas.

— Acho que você falou alguma coisa sobre trabalhar na empresa do seu pai, sim — concordo, ansiosa para escapar logo de Edu sem parecer rude. Não é como se ele fosse chato ou algo assim, mas sua presença está começando a me sufocar, ainda mais com ele se inclinando cada vez mais em minha direção.

— Posso fazer uma confissão? — Sua voz é baixa, e seus olhos assumem um brilho diferente, o que me dá a impressão de não estar entendendo bem aonde ele quer chegar, mas faço que sim com a cabeça, vencida pela curiosidade e pela esperança de que assim poderei fugir com mais facilidade. — Eu estava bem chateado com você — ele admite, parecendo envergonhado e com os ombros curvados para a frente, mas não se afasta, pelo contrário: se aproxima ainda mais.

Deslizo até a ponta do sofá, na tentativa de manter um espaço mínimo entre nós, e espero que minha ação não pareça mal-educada, como se ele estivesse com mau hálito ou algo assim.

— É mesmo? Por quê?

Edu ri, não parecendo perceber meu desconforto, e descansa a mão que não está segurando o drink em meu joelho. Como foi que eu não percebi que ele tem todos os traços clássicos de um típico boy lixo? Exatamente igual aqueles dos quais eu costumava fugir na época da faculdade.

— Não gostei nada da maneira como o Luca falou comigo quando fui até seu quarto naquela noite — revela —, muito menos do fato de ele estar lá tão tarde.

Quero perguntar se ele tem algum tipo de problema, pois não há sentido algum em ficar chateado com a presença de outro homem no meu quarto quando nem ao menos chegamos a nos beijar, mas mordo a língua. A última coisa que quero é conflito, ainda mais agora que tudo parece estar se encaminhando para um bom desfecho.

— Não parece que você ainda está chateado comigo — comento, procurando com os olhos qualquer pessoa, qualquer coisa, que possa servir como desculpa para me tirar dessa conversa altamente desconfortável e constrangedora. — O que mudou?

O jovem ao meu lado parece se divertir com minha pergunta, como se eu tivesse feito alguma piada em que ainda não achei a graça, pois os cantos de seus lábios se curvam levemente para cima e ele ergue uma sobrancelha, pesando um pouco mais o toque de sua mão em meu joelho.

— Carlos contou para a Bel, que contou para mim, que vocês estavam trabalhando juntos. É compreensível que ele tenha ficado irritado comigo aparecendo no meio de uma reunião.
— Fico um pouco impressionada com o sistema eficiente de fofoca da família em que minha irmã acabou de entrar, mas não posso julgar: minha mãe e minha tia poderiam facilmente ser membros recorrentes de qualquer programa de fofocas da TV. — Meu pai é do mesmo jeito.

A comparação que Eduardo faz, ao dizer que Luca parece seu pai, me arranca uma risada alta e verdadeira, e serve como um lembrete ainda maior de nossa diferença de idade e da impossibilidade de rolar qualquer coisa entre nós. Luca é apenas seis anos mais velho do que eu, mas vejo que, para um cara de vinte anos, é como se alguém com mais de trinta já fosse quase um ancião.

Termino minha bebida e levanto-me do sofá, pronta para encerrar essa conversa de maneira positiva. Em breve terei que posar para as fotos com as madrinhas e com o resto da minha família, e ainda quero dar um pulo no banheiro para ver se minha maquiagem continua intacta, afinal, posso não ter chorado, mas meus olhos lacrimejaram um número considerável de vezes durante a cerimônia.

— Que bom que você não está mais chateado. — Sorrio para Edu e fico feliz por ele não fazer menção de me seguir. — Agora, se você me der licença, preciso encontrar a cerimonialista.

Parecendo finalmente entender que não estou mais interessada, Eduardo pergunta, por pura educação:

— Quer que eu vá com você?

— Não precisa, Edu, mas obrigada. A gente se vê na pista de dança!

Sinto-me estranhamente aliviada quando me afasto do garoto de olhos verdes, e me pergunto se esse alívio tem alguma coisa a ver com o advogado alto e imponente que me segue com o olhar desde o momento em que saí do bar.

Minhas bochechas estão doloridas quando enfim somos liberadas pela fotógrafa, e vou direto até a mesa de doces, decidida a roubar um brigadeiro como indenização pela tortura que tive que passar ao tirar incontáveis fotos com as outras madrinhas na frente do painel de flores coloridas, quando sei que Lu vai escolher apenas uma para completar seu álbum de casamento.

Quando tenho certeza de que ninguém está prestando atenção em mim, trago rapidamente um doce até a boca e não me dou nem ao trabalho de morder um pedaço, comendo a delícia chocolatada de uma só vez e deixando que a mistura certeira de leite condensado e chocolate belga meio amargo dance em minha boca, arrancando um gemido quase erótico do fundo de minha garganta.

— Não vou contar para ninguém que você anda furtando doces se me conseguir um desses de *crème brûlée*.

Não preciso nem me virar para saber que é Luca atrás de mim. Sua voz me alcança até bem fundo, e me esforço para não deixar que um sorriso escancarado tome conta de meu rosto enquanto me concentro na difícil tarefa de pegar um dos docinhos caramelizados, dispostos em uma bandeja espelhada, sem que sua ausência seja notada na organização quase militar escolhida pela decoradora.

    Entrego o doce em sua mão, tomando cuidado para não olhar em seu rosto, minhas ações justificadas pelo medo irracional de não conseguir me controlar caso deixe que seus olhos azuis me suguem para dentro, como parecem fazer com tanta facilidade. Não adianta muita coisa, pois ele usa a ponta dos dedos para levantar meu queixo, forçando o contato visual com uma delicadeza imponente. Ele não parece irritado, mas consigo ver algo a mais brilhando ali dentro do mar azul e fico inquieta.

    Nós nos encaramos por alguns instantes, o silêncio pesando mais a cada segundo, sua mão ainda em meu rosto e o doce caramelizado esquecido.

    — O que o Eduardo queria falar com você? — ele questiona, enfim.

    Sorrio, sem me preocupar em disfarçar meu divertimento. Então é sobre isso que ele quer falar? Tenho vontade de puxá-lo para a pista de dança quando percebo que estão tocando "Beggin'", mesmo não sendo a versão do The Four Seasons que eu costumava ouvir quando tinha uns quinze anos, deitada no chão de cerâmica na área da casa da tia Maitê.

    Dou um passo para trás, escapando de seu toque, e tombo a cabeça para o lado, analisando bem cada linha de expressão no rosto bonito, tentando decifrar o que se passa em sua mente. Ele está com ciúme? Impossível. Ao mesmo tempo em que descarto a possibilidade, posso sentir uma espécie de excitação se formar na base da minha barriga. E se eu estiver errada? E se ele estiver com ciúme? Sei que é infantil, mas não consigo deixar de me sentir um pouco vitoriosa com o desenrolar dos fatos.

    — Não é da sua conta. — Minhas palavras são rudes, mas meu tom denuncia que não estou chateada, longe disso. Luca dá uma mordida em seu doce e segura a metade restante na frente do meu rosto; como sem cerimônias. Meus lábios tocam de leve os dedos do advogado, o açúcar explode em minha boca.

Hum... Luca e crème brûlée, *uma combinação perfeita.*

— Ele pareceu meio desolado quando você saiu. Deu um fora no garoto? — Luca não parece chateado por minha resposta curta, pelo contrário. Minha reação à sua aproximação o impele a se aproximar ainda mais de mim, e ele descansa a mão casualmente em minha cintura, com toda a naturalidade devida a casais de longa data.

Permito-me flutuar em direção ao seu toque, desmanchando-me com o calor que ele proporciona mesmo por cima do tecido do vestido. É inegável que estou mesmo ferrada, e preciso recuperar o bom senso urgentemente se não quiser acabar de coração partido.

Tenho tantas outras coisas mais urgentes com que me preocupar, como minha carreira, meu novo livro, dar um jeito de sair logo da casa dos meus pais e voltar para São Paulo... Não posso me dar ao luxo de me distrair, ainda mais quando a distração tem todos os requisitos para me deixar em frangalhos quando tudo acabar.

Não me lembro de já ter me sentido assim com homem nenhum, nunca tive essa conexão tanto física quanto mental, do tipo que faz meu coração disparar ao mesmo tempo que me sinto em casa. Nada é mais assustador do que o desconhecido.

— Tenho certeza de que a irmã dele não vai se negar a dividir os detalhes com você — alfineto, lembrando-me com uma irritação injustificada da maneira descontraída com que Bel o tocou mais cedo. — Cuidado, Luca, romance com estagiária é receita pra confusão.

Ele ri, claramente se divertindo com essa demonstração óbvia de ciúme da minha parte, mas não fico envergonhada. Nesse momento, decido que não vale a pena ficar regulando sentimentos como quem regula a quantidade de calorias em uma dieta, mas também não é como se eu fosse sair gritando aos quatro ventos que estou caidinha por Luca Treviani. Ainda tenho um pouco de bom senso dentro de mim.

Ignorando minha insinuação, ele abaixa a voz e me pergunta em um tom conspiratório de quem não julga nada nem ninguém:

— Você já se envolveu com algum chefe quando era estagiária, *gattina*?

Sei que ele está brincando pelo brilho que detecto em seus olhos, mas a pergunta me deixa incomodada, transportando-me para tempos não tão felizes de minha jornada acadêmica e profissional. Engulo em seco e mudo de assunto rapidamente, não quero que ele veja nada além do que estou disposta a mostrar.

— Já tirou as fotos com os noivos?

Se ele percebe minha inquietação, não faz questão de mostrar, e entra em um longo discurso sobre como terá que começar a cobrar pelo uso de sua imagem, pois tem certeza de que nunca tirou tantas fotos na vida quanto foi obrigado a tirar nas últimas horas. Tenho vontade de perguntar sobre as fotos de seu casamento, mas decido manter a atmosfera carinhosa e brincalhona que se instaurou entre nós, sem dar espaço para qualquer assunto que possa levar a uma discussão ou mal-estar.

Nós nos afastamos da mesa de doces e acabamos tomando nossos lugares na mesa dos padrinhos, quando a cerimonialista nos informa que é hora da primeira dança do casal. Tenho a impressão de que somos os únicos segurando o riso ao ver Luana e Carlos executarem uma coreografia quase perfeita ao som de um remix duvidoso de "Ainda bem", da Marisa Monte. Não adianta, adoro essas breguices que parecem saídas de filmes do Adam Sandler.

Ao fim da apresentação, todos aplaudem, e eu lamento não ter me lembrado de pedir o carregador de celular emprestado a alguém; daria qualquer coisa para ter filmado esse momento. Faço uma anotação mental para me lembrar de subornar o carinha da equipe de filmagem e conseguir uma cópia desse vídeo para mim, pois tenho certeza absoluta de que, assim que Luana vir a cara de dor que Carlos fez para levantá-la, vai querer destruir todas as evidências da apresentação.

Estou muito contente com o prato repleto de frutos do mar que Luca acabou de trazer do buffet quando meus pais se sentam à nossa frente, aniquilando todo e qualquer apetite com suas perguntas indiscretas e sem noção.

— Estou muito feliz em ver vocês dois se aproximando. — Minha mãe sorri para o advogado ao meu lado, como se já conseguisse ver os netinhos de cabelo escuro e olhos azuis correndo pela casa, e tenho vontade de me enfiar em um buraco. — Eu sempre falei pra Catarina que ela deveria se inspirar em você, Luca. Aposto que seus pais têm muito orgulho.

Meu pai parece não se incomodar com a colocação da esposa, que obviamente tenta me colocar para baixo enquanto coloca Luca para cima, e se ocupa apenas com o copo de uísque em suas mãos.

Abro a boca, mas nada vem, não consigo pensar em uma resposta boa o suficiente. É verdade que Luca é um profissional incrível e muito bem-sucedido, mas ele é tudo isso em uma área pela qual não nutro a menor afeição e interesse, mesmo sendo algo em que insisti por anos.

Não sou nenhuma donzela em apuros, e minha mãe não é a bruxa má, mas meu coração fica um pouco mais quentinho quando Luca vem ao meu resgate.

— Obrigado, Tereza, mas confesso que sou eu quem me inspiro na sua filha — ele diz, e por incrível que pareça, não consigo detectar uma gota de falsidade em sua voz. — Acho que nunca conheci uma mulher tão corajosa e decidida quanto Catarina, isso desde os tempos de faculdade. Vocês também devem ter muito orgulho da pessoa que ela é.

Minhas bochechas esquentam no momento em que sinto seu braço envolver meus ombros, e esqueço completamente minhas ressalvas anteriores sobre não permitir que meus familiares presenciassem qualquer cena entre nós que pudesse ser interpretada erroneamente. A verdade é que, agora, quem tem medo de estar interpretando tudo errado sou eu.

Minha mãe parece satisfeita, preferindo ignorar o tom defensivo na voz de Luca e focar somente na proximidade evidente entre nós. Posso praticamente ouvir as engrenagens funcionando em sua cabeça, calculando quantos quilos eu teria de perder para ficar apresentável em um vestido de noiva, e, tendo em vista que minha dieta desde que cheguei à Itália consiste basicamente em massas, creio que dona Tereza diria que muitos.

Viro-me para Luca e decido ignorar qualquer sentimento de inferioridade que meus pais são capazes de me fazer sentir, resoluta em fazer desta uma noite maravilhosa, afinal, não é todo dia que minha irmãzinha se casa em grande estilo em uma *villa* idílica na Itália e com o mar Mediterrâneo de pano de fundo. Ele está olhando de volta para mim, as covinhas evidenciadas pelo sorriso maroto que adorna suas feições masculinas.

Sinto meu corpo inteiro formigar, e meu coração assume um ritmo acelerado, à medida que compreendo que somos cúmplices e que isso é algo extraordinário, essa história de conseguir conversar com alguém sem que nenhuma palavra seja dita, ainda mais para mim, que pareço viver pendurada a verbos, adjetivos e objetos diretos; eu, que respiro letras e sílabas como se dependesse disso para viver.

E dependo.

Mas quando Luca está me olhando, como se conseguisse enxergar os lugares mais profundos da minha alma e ainda assim não parece querer fugir para as montanhas, é como se eu pudesse viver a vida inteira nesse silêncio que ele me oferece, deixando que os dias sejam preenchidos por pagodes antigos e risadas fora de hora.

A banda começa a tocar uma versão de "Voulez-Vous", do ABBA, e posso ver, com o canto do olho, que a pista de dança está começando a ser povoada para além dos noivos.

— Dança comigo? — Minha voz é baixa, para que só ele possa me ouvir; não quero correr o risco de ter meus pais se juntando a nós.

Não preciso dizer mais nada, Luca se levanta e me estende a mão, levando-me consigo para o meio da pista de dança, onde os amigos de minha irmã e de Carlos dançam animados, segurando coquetéis coloridos e fazendo coreografias que suspeito terem saído diretamente do TikTok.

Por um momento, sinto como se estivesse em *Mamma Mia!*, e me pego torcendo para que Meryl Streep apareça e roube a cena em um número digno de musical da Broadway, mas minha imaginação não tem espaço para ir muito longe, porque em vez de ter o Colin Firth dançando e cantando a música de um grupo musical sueco dos anos 1970, tenho Luca, já sem o blazer e com as mangas da camisa branca dobradas até os cotovelos, movendo-se de um lado para o outro no ritmo da música como se não tivesse ninguém olhando.

Jogo a cabeça para trás e deixo escapar uma gargalhada quando ele me rodopia pela pista de dança e me puxa contra seu peitoral logo em seguida.

— Eu não menti — o advogado diz, sua boca a centímetros da minha.

Engulo em seco, meu coração batendo no ritmo da música.

— Como?

Luca sorri e se afasta em uma coreografia improvisada, e, para ser bem honesta, meio louca, e fico boba ao ver como ele ainda consegue parecer o cara mais charmoso do mundo enquanto dança como um pateta. É aqui e agora que faço uma constatação importantíssima: não existe ninguém mais atraente do que alguém que não pede licença para ser quem é.

Ele me segura pelos quadris, e agora estou de costas para ele, meu corpo se moldando completamente ao seu. Ele abaixa a cabeça, a barba roçando em meu pescoço, e sussurra:

— Eu me inspiro em você.

A música acelera, fazendo coro com minha respiração. Viro o rosto de lado e encontro os olhos dele.

Voulez-vous? Você quer?

Ele parece tão incrivelmente *meu*, e sei que é loucura, mas não consigo me livrar dessa sensação, não quando ele está tão perto.

Take it now or leave it; é pegar ou largar.

Deixo meus olhos percorrerem o caminho de seu rosto, as linhas ao lado dos olhos, o nariz comprido, a barba bem aparada... Os lábios entreabertos.

Now is all we get; o agora é tudo que temos.

Luca domina os meus sentidos, e estou rodeada por ele, incapaz de pensar em qualquer coisa que não seja a maneira com que meu coração parece querer escapar do peito diante de tanta proximidade.

Sou tomada pela certeza inerente de que, o que quer que esteja acontecendo entre nós, aqui e agora, ontem e tantas vezes antes, vai muito além do físico. Sinto-me conectada a Luca com uma intensidade tão extraordinária que é como se estivéssemos sob o efeito de alguma força gravitacional, como a que mantém a lua sempre ao redor da Terra, incapaz de escapar.

Nothing promised, no regrets; nada é prometido, sem arrependimentos.

E é isso, jogo para longe toda e qualquer preocupação a respeito da minha família, dos amigos de Lu e até mesmo das minhas próprias expectativas irreais, e antes que eu tenha tempo de pensar demais sobre o que estou fazendo, aproximo meu rosto do de Luca e colo meus lábios nos dele, beijando-o sem qualquer constrangimento e maravilhando-me com a forma natural como nossos corpos parecem reagir um ao outro, como se estivéssemos nos beijando desde o início dos tempos.

Luca responde ao beijo com entusiasmo, e usa as mãos em meus quadris para girar meu corpo, de modo que agora estamos um de frente para o outro e sorrindo. Levo as mãos automaticamente para seu cabelo, sem me importar se estou bagunçando os fios diligentemente penteados para que ele parecesse apresentável nas fotos oficiais do casório, e os puxo de leve, adentrando os fios sedosos com meus dedos.

Consigo ouvir alguns gritinhos ao nosso redor e tenho quase certeza de que um deles é da minha irmã, mas não me importo. Quer algo mais normal do que beijar alguém em uma pista de dança? Não estamos fazendo nada de mais.

Pelo menos é isso que digo a mim mesma, e tento me convencer de que é o que estão pensando, pois não há possibilidade de que consigam enxergar o turbilhão de emoções acontecendo dentro de mim, nem sentir o fogo correndo dentro das minhas veias com um simples beijo.

Não nos afastamos nem mesmo quando a música acaba, e não paramos de dançar. Passamos o resto da noite grudados, como se não tivesse sido exatamente isso que fizemos nos últimos dois dias, e ignoramos as piadinhas e os olhares de quem quer que fosse, inclusive da minha família e de alguns amigos de Luca, que vinham de vez em quando com shots de tequila para, segundo eles, nos mantermos hidratados.

Rá!

Não deixamos a pista de dança nem mesmo quando a banda é substituída por um DJ, e finalmente podemos nos divertir ao som de músicas em português, com Luca cantando "Evidências" um pouco alto demais, acompanhado pelos poucos convidados que sobraram em um coro superdesafinado que, se eu não estivesse igualmente animada, poderia facilmente me causar uma baita enxaqueca.

O sol já começa a despontar no céu quando enfim cedemos ao cansaço e entramos na *villa*, deixando alguns gatos pingados para trás.

Vamos direto até o meu quarto, onde compartilhamos um banho preguiçoso e caímos na cama, com Luca me puxando para descansar a cabeça em seu peitoral, onde me aconchego sem cerimônia alguma.

— Desculpa — ele diz, a boca pressionada no topo da minha cabeça, tornando sua voz abafada. Ergo o rosto para encará-lo, e ele encosta o nariz no meu. Tenho vontade de sorrir, então sorrio. — Não consegui ficar longe de você, mesmo na frente da sua família.

Balanço a cabeça, estou cansada demais para pensar nas repercussões das claras demonstrações de intimidade entre nós na frente dos meus parentes.

— Acho que eu te beijei primeiro, então no fim você não teve culpa de nada. — Não consigo nem ficar envergonhada pela minha óbvia falta de comprometimento com algo que eu mesma havia pedido para ele respeitar.

No fim, minha família continuará tirando suas próprias conclusões, não importa o que eu faça. Então é justo que eu dê motivos concretos para as fofocas que, com certeza, já começaram a se espalhar nos grupos de WhatsApp, roubando o espaço das correntes matinais enviadas religiosamente por minha tia-avó desde que ela aprendeu a usar um smartphone.

Luca me aperta contra si e deixa escapar um suspiro contente, que eu espelho logo em seguida. É isso, estou contente, feliz até, ouso dizer. Pela primeira vez em anos, não estou pensando no amanhã ou no daqui a pouco; estou completamente imersa no agora e, sinceramente? Não podia estar melhor.

26

Já é bem depois do meio-dia quando nos juntamos ao restante dos hóspedes da *villa* para almoçarmos o que restou do buffet de ontem, em uma mesa elegantemente organizada pelo staff no jardim. Minha irmã e seu marido estão sentados na ponta, o retrato perfeito da felicidade conjugal, enquanto o resto de nós ocupa as laterais da mesa e tenta disfarçar as olheiras e a ressaca com óculos escuros e copos exageradamente grandes de suco.

Luca e eu apagamos logo depois da festa, e é apenas quando acordamos que sou atingida pela constatação de que ainda teremos que enfrentar mais dois dias na Itália, rodeados por minha família, logo depois de termos passado o casamento quase inteiro grudados um no outro e, se minha memória não me falha, agindo como dois adolescentes cheios de hormônios.

Fico mortificada quando uma cena muito específica me vem até à mente, na qual, para impedir que eu ficasse com dor nos pés no dia seguinte, Luca simplesmente os massageou no meio da festa, puxando-me para sentar em uma cadeira qualquer enquanto ele se ajoelhava à minha frente e se ocupava com os movimentos maravilhosos de suas mãos. Lembro que, nesse momento, tia Maitê veio até nós e pediu o mesmo tratamento, apenas para receber a resposta: *Desculpe, mas as minhas mãos são apenas para minha* gattina.

Sério, onde estávamos com a cabeça? É quase como se houvesse alguma coisa no ar desse país que acaba com todas as minhas inibições. Ou talvez seja isso que eu tenha que repetir a mim mesma para justificar o motivo de estar agindo como alguém completamente inconsequente.

É só que, se estivéssemos apenas Luca e eu, como foi em Montemerano, acho que eu não estaria surtando tanto, mas aqui também estão pessoas que fazem parte da minha vida e que não vão simplesmente sumir, o que só torna tudo isso uma situação com um tremendo potencial para arrependimentos e lágrimas. O que seria apenas mais uma frustração solitária, quando isso inevitavelmente não der em nada, se transformará em um festival de sofrimento coletivo, cheio de *Eu te avisei* e *O que você fez para não conseguir segurar esse homem?*

Meu pai está fazendo um bom trabalho em conseguir manter o nível de constrangimento dos comentários da minha mãe o menor possível, mas, infelizmente, ela não é a única que parece estar obcecada pelo meu pseudo-relacionamento com Luca Treviani.

Bel está particularmente interessada em nosso histórico, recusando-se a acreditar que nunca tivemos nada um com o outro durante todos os anos em que nos conhecemos.

Tento prestar atenção no assunto que é foco do outro lado da mesa e deixo para Luca a tarefa de satisfazer a curiosidade inapropriada de sua estagiária, mas me arrependo assim que ouço as palavras saindo da boca da minha prima:

— Tia Maitê, por que seu namorado não apareceu ontem?

A mera menção ao novo namorado de minha tia é suficiente para acabar com todo e qualquer apetite que eu ainda pudesse ter, e deixo minha salada de lado no mesmo instante. Eu estava evitando pensar no homem que minha tia escolheu como seu novo parceiro, e estava sendo bem-sucedida nisso; não tinha sequer notado sua ausência durante o casamento da minha irmã. Mas agora, parando para pensar, é realmente esquisito. Não foi exatamente por isso que ele veio até a Itália? Para conhecer a família da namorada e participar da festa?

Minha tia, por sua vez, não parece incomodada com a pergunta no mínimo indiscreta, formulada por minha prima, e apenas sorri enquanto responde, sua voz calma e impassível:

— Ah, minha querida — ela suspira de um jeito teatral, como gosta de fazer quando tem as atenções voltadas para si —, Marcos teve uma reunião de emergência com o sócio e acabou ficando muito esgotado para participar da festa.

A justificativa oferecida por ele à minha tia serve apenas para ligar as sirenes de emergência no fundo da minha mente: PERIGO! PERIGO! PERIGO! As lembranças que tenho com o doutor Teixeira me atingem em cheio e servem de embasamento para todas as minhas preocupações.

— Numa sexta-feira à noite? — questiono, sem realmente olhar para ela, e espetando uma folha de espinafre com o garfo.

— Claro que não, Cat! — Tia Maitê abana a mão no ar, em um gesto desinteressado. — Você sabe que estamos adiantados em relação ao Brasil. Aqui era noite, mas lá ainda era de tarde.

Sinto a mão de Luca na minha perna, e viro o rosto para encontrar seus olhos azuis exibindo um brilho preocupado.

Tá tudo bem?

A ideia de ter meu antigo colega de monitoria ao meu lado enquanto relembro os meus sentimentos conflitantes em relação ao nosso professor faz com que eu queira vomitar, e tenho certeza de que esse embrulho no estômago nada tem a ver com a quantidade de álcool consumida na noite passada, até mesmo porque Luca fez questão de me manter hidratada e alimentada durante toda a festa justamente para atenuar a ressaca inevitável que nos aguardava, uma vez que não temos mais vinte anos e nosso metabolismo não é mais o mesmo dos tempos de faculdade.

Balanço a cabeça para sinalizar que sim, que estou bem, mas isso não parece satisfazer Luca, que abaixa o rosto em minha direção e sussurra:

— Não quer dar uma volta comigo? — ele fala com tanto carinho na voz que é impossível não me sentir comovida pela maneira como ele parece saber exatamente o que preciso e quando preciso, como agora, que tenho a necessidade gritante de escapar daqui. — Podemos passear pela orla e comprar algumas lembranças da viagem.

É assustadora a sensação de ter alguém que consegue ler minha mente de maneira tão perfeita, ao mesmo tempo que é algo extremamente reconfortante. Afinal, não existe vulnerabilidade maior do que não conseguir esconder como se sente, e com Luca é como se isso não existisse, como se nunca tivesse existido. Por mais clichê que isso soe, ele derruba minhas muralhas e constrói pontes, conectando-se cada vez mais a mim. Meu medo é que essas pontes sejam queimadas e eu fique sozinha, uma ilha isolada em um mar de minhas próprias inseguranças, sem nem um tijolinho para me proteger dos monstros que eu mesma criei.

— O que vocês dois estão cochichando aí? — minha mãe pergunta, alto o suficiente para que todas as cabeças da mesa se virem em nossa direção, e minhas bochechas ficam tão vermelhas quanto o gaspacho à la Almodóvar servido em uma sopeira de porcelana no centro da mesa.

— Nada. — Sou rápida, tomando cuidado para que minha voz não saia tão ríspida quanto eu gostaria, e forço um sorriso educado; a última coisa que quero é voltar a ser o centro das atenções.

— A gente só estava combinando de ir dar uma volta no centro, Tereza — Luca diz, mas não faz nenhuma menção de convidar mais ninguém para nos acompanhar, o que deixa minha mãe visivelmente chateada e arranca um sorriso sabichão de Luana, que parece olhar para mim com um grande *Eu sabia!* estampado na testa.

— A gente conheceu um café supergracinha anteontem, se quiserem posso anotar o nome para vocês! — Laura sugere, e eu sorrio agradecida para minha prima por mudar o foco da conversa da minha mãe e de sua indignação por estar sendo deixada de lado pelo suposto genro ideal. — Experimentei uma sobremesa de frutas amarelas que tenho certeza de que você vai amar, Cat!

— Queremos sim, Lau, obrigada.

O almoço segue normalmente, com todos conversando sobre os melhores momentos da festa e sobre como estão felizes por estar em um país tão bonito quanto a Itália, algo do qual não posso discordar quando admiro a vista dos sonhos que temos aqui do jardim da *villa*, com o mar se estendendo até o horizonte e as incontáveis construções coloridas dispostas pela orla, além, é claro, da natureza que é um espetáculo à parte, com uma miscelânea de flores diferentes graças à primavera.

Quando Luca e eu nos despedimos do pessoal para seguir com seu plano de um passeio na orla e conhecer um pouco mais do centro de Portofino, é inevitável não me sentir envergonhada pelos olhares insinuantes que recebemos da minha mãe e da tia Maitê, mas é Carlos que chama minha atenção. Meu cunhado, que normalmente é um poço de carisma e animação, parece desconfortável por algum motivo.

Comento sobre isso com Luca quando estamos descendo a ladeira em direção à cidade, mas ele não parece preocupado, e me diz que às vezes Carlos é assim mesmo, e que deve estar preocupado com o horário que devem sair para o aeroporto amanhã.

Minha irmã e seu marido passarão duas semanas viajando pela Ásia em lua de mel, e Luana fez questão de escolher os mesmos resorts em que sua *idol* preferida passou as férias no ano passado. Segundo minha irmã, não há nada mais importante do que a "instagramabilidade" de um local quando se viaja, afinal, ninguém quer fotos feias, não é? São nesses momentos que lembro quão jovem ela ainda é e o quanto ainda tem a aprender.

A brisa marítima sopra em meu rosto no momento em que alcançamos o calçamento de pedras antigas, e é impossível não esboçar um sorriso diante da paisagem à nossa frente: com os predinhos coloridos e o mar azul ao lado, Portofino parece saída diretamente de uma animação da Disney.

Fazemos uma parada no café indicado por Laura, e acabamos decidindo pelo *gelato* nas casquinhas artesanais, em vez da sobremesa que minha prima sugeriu. Foi chocolate para mim e limão para Luca, uma escolha que se mostra acertada quando nos sentamos em um dos bancos em frente à água para admirar o sol poente ao som de um sax longínquo, provavelmente vindo de algum dos restaurantes presentes na orla.

— Foi uma boa semana, não foi? Acho que sequer me lembro da última vez que pude simplesmente ficar assim... — Luca estica as pernas para a frente e apoia o braço livre no encosto do banco atrás de mim, a imagem perfeita de alguém sem um boleto para pagar. — Sem fazer nada além de admirar o pôr do sol e, claro, aproveitar uma bela companhia.

Sorrio e foco minha atenção no espetáculo da natureza diante de nós, admirando a maneira como as cores quentes se misturam no céu e refletem-se na água. Sinto seu olhar em mim, mas não me viro para encontrá-lo.

— Não esqueça o *gelato* — digo, dando uma lambida na massa cremosa de chocolate e deliciando-me com o sabor rico que dança em minha língua.

— Eu não ousaria. — Seu tom de voz é leve e brincalhão, e é justamente isso que faz meu coração se apertar, porque enquanto Luca consegue ser esse cara relaxado e que apenas vive o momento, não consigo parar de pensar na volta ao Brasil, quando todo esse encantamento e essa intimidade não serão nada mais do que lembranças distantes de uma viagem divertida e um pouco intensa demais.

E então, como se ele pudesse ler os meus pensamentos, Luca adiciona:

— Sabe, Catarina, acho que sua cidade fica a apenas algumas horas de carro de São Paulo, não é?

Finalmente viro o rosto e olho para ele. Luca não pode estar pensando o que eu acho que ele está pensando, mas o brilho que atravessa seus olhos é tudo, menos brincalhão, e a mudança abrupta na atmosfera leve entre nós faz com que respirar se torne uma atividade surpreendentemente complicada.

— São três horas quando não tem trânsito — digo, enfim, tentando ignorar o suor que se acumula nas palmas das minhas mãos.

— Não é tão ruim — Luca dá de ombros —, está decidido, então. Quando voltarmos, vou te levar para conhecer o restaurante dos meus pais. Acho que você é a única da turma da faculdade que nunca foi até lá experimentar o tempero da dona Alessandra.

Disfarço a empolgação diante do convite inesperado e volto minha atenção para o pôr do sol. Lembro bem de eventos como jogos universitários, ou seminários dos centros de pesquisa da faculdade, em que o *after* sempre consistia em ir jogar conversa fora no restaurante da família de Luca. Nunca me senti confortável em me juntar aos meus colegas, ainda mais quando quase todos sabiam da minha antipatia pelo cara alto e boa-pinta que praticamente dominava a cena social do curso de Direito.

Acabamos com o doce gelado, e Luca se levanta para descartar nossos guardanapos em uma lixeira próxima, voltando com uma garrafa d'água, que estende para mim. Tomo um longo gole enquanto ele se acomoda novamente ao meu lado.

Ficamos assim por um bom tempo, apenas observando o mar e o céu, e ouvindo os sons da cidade pequena ao nosso redor, aproveitando a presença um do outro sem necessidade alguma de preencher o silêncio que se estende entre nós, até que o dia vira noite e o cansaço dos últimos dias parece nos alcançar de uma só vez.

— Vamos voltar? Se passarmos mais tempo fora, minha mãe já vai ter decidido reutilizar a festa da minha irmã para o nosso casamento. — Levanto-me e estendo os braços para cima, espreguiçando-me sem cerimônias. — Além disso, ainda preciso arrumar minhas coisas, meu voo é logo depois do almoço amanhã.

Luca imita meus movimentos, mas o franzir de suas sobrancelhas denuncia uma tensão antes inexistente.

— Tão cedo? Achei que fosse voltar com o resto do pessoal na segunda. Pensei em irmos juntos até o aeroporto.

Não falo nada sobre as passagens promocionais compradas em um site duvidoso, nem sobre a impossibilidade de remarcá-las, até mesmo porque não faria muita diferença, de qualquer forma, ir embora amanhã ou depois. Doze horas a mais em solo italiano em nada mudariam a inevitável realidade de que esse envolvimento inesperado já se iniciou com um prazo de validade.

— Pois é, eu vou um pouco antes. — Dou um sorriso amarelo, e começamos nosso caminho de volta até a *villa*, com Luca envolvendo minha mão na sua com tanta naturalidade que é impossível impedir o borboletário que toma conta da minha barriga.

Minha mão é tão pequena dentro da dele, que sou imediatamente transportada para a nossa noite em Montemerano, quando passeamos pela cidade sob a luz do luar e fomos atingidos por uma chuva tão forte que me deixou questionando se estávamos em alguma adaptação cinematográfica de um livro do Nicholas Sparks.

No momento em que finalmente alcançamos o portão da *villa*, estou quase tendo uma síncope, enquanto Luca parece nem um pouco afetado pela subida íngreme que tivemos que fazer, em um calor muito facilmente próximo dos trinta graus.

É verdade que preciso começar a me exercitar, ainda mais agora que estou tão próxima dos trinta anos e já posso notar as mudanças em meu metabolismo, como no dia em que comi um X-tudo na barraquinha do seu Zé e foi o suficiente para me deixar com uma azia desgraçada por quase uma semana, além, é claro, dos quilinhos extras que começaram a aparecer logo depois do meu aniversário de vinte e seis anos.

Faço uma anotação mental para me lembrar de entrar em contato com o Thiago, meu amigo personal trainer, assim que voltar ao Brasil e implorar por um desconto no acompanhamento on-line.

— Tô louca pra tomar um banho gelado, arrumar minhas coisas e cair na cama — confesso, e Luca me recompensa com um de seus sorrisos debochados que, estranhamente, estou aprendendo a amar.

— Espero que eu esteja incluso nessa última parte, *gattina*.

— Vamos ver, talvez você seja sequestrado pela minha mãe no caminho.

— Então acho que a única solução é já ficar direto no seu quarto, não acha? — Ele empurra o portão e faz um floreio para que eu passe na frente, dedicando-se a uma interpretação exagerada de um maître em um restaurante chique. — Assim ajudo tanto com o banho quanto na arrumação da mala. Sou um homem muito proativo e diligente, você sabe.

Reviro os olhos, mas sorrio mesmo assim, adorando a dinâmica leve que já se estabeleceu entre nós.

— Não precisa de tanto, isso aqui não é uma entrevista de emprego — brinco, e viro a cabeça para olhar para ele por cima do ombro.

Luca fecha o portão e vem até mim, as mãos nos bolsos da bermuda e os olhos azuis brilhando com uma emoção desconhecida, mas que me deixa com as pernas bambas.

— Mas se fosse, você me contrataria? — Ele dá uma piscadela, e deixo escapar uma risadinha digna de uma adolescente apaixonada.

Entrelaço meu braço no dele e subimos a escadaria que dá para a porta do casarão, aproveitando para depositar meu peso sobre ele e ser praticamente arrastada degrau por degrau. Minhas pernas estão muito cansadas pela subida do centro até a *villa*.

— Bem — finjo pensar seriamente sobre o assunto —, com certeza seria convidado a participar da última fase do processo seletivo, mas eu nunca entendi muito sobre os critérios utilizados pelo RH.

— Você está...

— Luca? — Uma voz feminina que não reconheço o interrompe, e forçamos nossos olhos para longe um do outro e na direção da intrusa.

Sentada no sofá da sala de estar da Villa dell'Amore, rodeada por minha família e pelos amigos da minha irmã e de seu marido, está Clara Vilela, impecável como da última vez que a vi ao lado de Luca, quando anunciou seu divórcio aos milhares de seguidores nas redes sociais.

— Eu vou matar o Carlos! Juro que vou! — Minha irmã parece prestes a ter um ataque do coração a qualquer momento, mas eu me limito a continuar separando minhas roupas sujas das limpas, demonstrando toda a calma que não sinto.

Quando voltamos de nosso passeio, fomos surpreendidos com a presença da ex-esposa de Luca, convidada por ninguém mais ninguém menos do que o meu cunhado, para surpreender o advogado no melhor estilo novela das nove do Manoel Carlos. Acontece que, conforme me foi explicado por Luana, ele não avisou a mais ninguém sobre o plano mirabolante de juntar o melhor amigo com a ex e, quando nos viu juntos, era tarde demais para cancelar: a modelo já estava no avião, depois de ter ficado presa por horas intermináveis no aeroporto de Lisboa devido ao cancelamento de seu voo.

Por esse motivo, Clara chegou somente hoje, atrasada para o casamento, mas ainda disposta a conversar com Luca e, ao que tudo indica, tentar reatar o casamento.

— Parece que eles estavam conversando, e Luca deixou escapar que nunca tinha conseguido esquecer alguém do passado... Carlos ligou os pontos e acabou querendo dar uma de salvador da pátria. — Luana senta-se em minha cama e se dirige a Laura, que me observa em silêncio desde o momento em que subimos até meu quarto. — Eu só penso que o Luca pareceu muito caidinho pela Catarina para um homem que ainda ama a ex-mulher, não é, Lau?

Minha prima me estende os produtos de maquiagem, que deixei espalhados pela penteadeira enquanto me aprontava para o casamento, e diz, muito séria:

— Acho que o Luca combina muito mais com a Catarina do que com a Clara, mesmo que ela seja uma supermodelo e nossa Cat não meça mais do que um e sessenta. Sem ofensa, prima. — Fico em dúvida se isso foi um elogio ou uma afronta à minha estatura diminuta, mas, por via das dúvidas, murmuro um agradecimento e enfio o corretivo e a máscara de cílios dentro do nécessaire.

E eu tenho, sim, mais do que um e sessenta! Quer dizer, tenho três centímetros inteirinhos a mais.

— Ele nem pareceu animado quando a viu. — É a vez de tia Maitê entrar na conversa. De onde fuma, na varanda, ela ainda consegue ouvir tudo o que está sendo dito no interior do quarto, graças às portas duplas que permanecem abertas.

— Verdade! Parecia que estava vendo um fantasma! — minha irmã concorda, parecendo querer continuar com a narrativa de que Luca não quer nada com Clara e só tem olhos para mim.

Gostaria de ter toda essa autoconfiança, mas sei que nem mesmo adianta ficar chateada com o provável desenrolar dos fatos. As chances de o que quer que fosse que estivesse acontecendo entre Luca e eu sobrevivesse além das fronteiras da Itália eram quase nulas, de qualquer maneira.

— Sobre o que vocês acham que eles estão conversando? — Laura indaga, completamente alheia à impropriedade de uma pergunta desse tipo, e tenho vontade de acertá-la na cabeça com a mala que estou tentando organizar.

— Não é da nossa conta — digo, no que espero ser um tom ríspido o suficiente para que elas entendam que não desejo pensar sobre o assunto. — Tenho certeza de que, não é nada que diga respeito a nenhuma de nós.

— Mas você não tá nem um pouco curiosa? Se eu estivesse no seu lugar, estaria arrancando os cabelos! — Minha prima expressa toda a sua indignação apertando um travesseiro contra o peito e depois o arremessando com força na cama, quase atingindo Luana, que dá um gritinho assustado. — Onde já se viu? Levar a ex para conversar "a sós" na frente da atual!

— Pelo amor de Deus, Laura! Eu não sou atual de ninguém! — Desisto da missão impossível de dobrar o vestido amarelo usado no casamento e apenas o amasso em um bolo antes de jogá-lo na mala de qualquer jeito. — Luca tem todo o direito do mundo de conversar com a Clara sem que uma família inteira, que nem sequer é a dele, fique ouvindo, você não acha?

Minha irmã balança a cabeça, e é óbvio que ainda está indignada com a situação como um todo, mas me adianto antes que ela fale mais alguma coisa para inflamar meus nervos.

— Cadê a mamãe?

Tia Maitê, já tendo terminado seu cigarro, volta a se juntar a nós no interior do quarto.

— Adivinha? — Ela revira os olhos e me entrega a camisola da Florzinha perfeitamente dobrada.

Meus olhos se demoram um pouco demais na peça, me fazendo lembrar da última vez que a vesti; balanço a cabeça para me livrar da lembrança intrusa e a guardo na mala, ao lado dos shorts jeans e da saída de praia transparente.

— Não faço ideia, pensei que ela estaria aqui tentando me convencer a invadir o quarto de Luca e expulsar Clara da *villa*.

Quando Luca e eu voltamos de nosso passeio e encontramos Clara na sala de estar, minha mãe estava tão vermelha e nervosa que eu temi que ela sofresse um infarto naquele instante. Por algum motivo, ela olhava para mim como se *eu* fosse a grande culpada de tudo, como se eu tivesse convenientemente esquecido de mencionar o detalhe de que Luca ainda estava envolvido com a ex, como se eu soubesse de alguma coisa sobre isso! Rá!

— Ela deve estar tentando ouvir a conversa dos dois atrás da porta — Lu comenta casualmente, como se estivesse falando sobre a previsão do tempo, e não sobre mais uma atitude insana da mulher que nos deu à luz. — Pode apostar que o papai vai ter que ouvir ela reclamando sobre isso a noite toda. Tadinho.

— Bem, só espero que ela não seja flagrada. Já pensou na vergonha? — Lanço um olhar exasperado em direção à minha prima no exato instante em que ela termina de colocar mais uma paranoia na minha cabeça, mas a chef de cozinha apenas dá de ombros, como quem diz: *Não tenho culpa se sua mãe é louca.*

Ótimo, agora preciso me preocupar com a possibilidade de minha mãe ser pega enquanto tenta escutar atrás da porta. Tento ignorar o desconforto que sinto ao imaginar a cena e me concentro na tarefa que estou executando. Ainda preciso separar a roupa que usarei no avião e os itens de higiene pessoal que precisarei no dia seguinte antes de fechar a mala. Escolho uma calça jeans e uma camiseta branca com um tênis da mesma cor; nada de mais, porém muito confortável, que é exatamente o que procuro quando penso na verdadeira odisseia que terei de enfrentar para voltar ao Brasil, com três escalas em países diferentes e um total de vinte e duas horas. Para completar o visual, uma jaqueta de lona verde-escura, só para o caso de passar frio no avião.

Deixo as peças separadas em cima da penteadeira e começo a separar os outros itens essenciais em um nécessaire pequeno: escova de dentes, creme e fio dental, protetor solar facial, desodorante e creme para mãos, que guardo dentro de minha bolsa tiracolo marrom.

Só então fecho a mala, com a ajuda de Luana, que senta no tampo, e de tia Maitê e Laura, que me auxiliam a puxar os zíperes de cada lado da bagagem. O que sobrou do lado de fora, como meu computador e a roupa que estou usando agora, vai na mochila, junto com outros pertences pessoais.

— Obrigada, meninas! Agora, se me derem licença... — Vou em direção à porta do meu quarto e a abro. Sei muito bem que estou sendo mal-educada, mas não tenho vontade alguma de continuar a conversa sobre Luca e Clara. — Vou tomar um banho e dormir, amanhã preciso partir cedo para Gênova.

Sem parecer se importar com o modo com que praticamente as expulso do meu quarto, minha irmã me envolve em um abraço rápido.

— O mesmo motorista que te trouxe vem te buscar amanhã, já está tudo acertado, ok? — Faço que sim com a cabeça, sentindo-me envergonhada pelo meu egoísmo. Essa semana era sobre Luana e Carlos, e de algum modo consegui torná-la sobre mim. — Dorme bem, Cat.

— Obrigada, Lu.

Espero que ela saiba que estou agradecendo por muito mais do que o carro que me levará até o aeroporto.

27

Acordo cedo, sem a necessidade de nenhum alarme, e tomo meu banho com rapidez. Tenho apenas um objetivo: estar longe daqui quando o café da manhã for servido. Não estou nem um pouco interessada em ter que sentar em uma mesa com Luca, sua ex-mulher (atual?) e minha família, e decido que, para evitar essa situação, estou disposta a comprar um *panini* superfaturado no aeroporto para não viajar de barriga vazia.

Minha última refeição foi o *gelato* de chocolate de ontem, e já consigo ouvir o roncar do meu estômago enquanto prendo o cabelo em um rabo de cavalo alto e amarro os cadarços do meus tênis. Encaro meu reflexo e fico satisfeita; as olheiras são quase imperceptíveis, mesmo sem maquiagem, e ninguém poderá sequer insinuar que passei a noite em claro pensando em um homem com quem só fiquei por alguns poucos dias.

Termino de guardar meus últimos pertences na mochila e, junto da minha mala, saio do quarto, já sentindo falta do conforto dos lençóis caros e da vista espetacular oferecida por minha varanda. Logo estarei de volta no quarto de hóspedes de meus pais e com os fantasmas da adolescência ao lado, em um quarto que hoje serve como um depósito.

Deixo escapar um suspiro cansado. Preciso dar um jeito de sair de lá urgentemente! Não sei como serei capaz de aguentar minha mãe em meu ouvido, reclamando da chance perdida com Luca, ou meu pai, sempre impassível, sem demonstrar nenhuma emoção além do desgosto habitual desde que voltei a morar com eles e abandonei o Direito.

Percorro o longo caminho até a sala de estar da *villa*, disposta a esperar pelo motorista em algum dos confortáveis sofás, entretanto o cômodo não está vazio, como eu esperava que estivesse às seis e meia da manhã.

Luca está deitado no mesmo sofá em que encontramos Clara na noite passada, enrolado até o queixo com um lençol fino que deve estar fazendo mais mal do que bem, diante do calor que preenche o cômodo, e dorme tão profundamente que é possível ouvir alguns roncos baixinhos.

A imagem me causa confusão, e minha mente se enche de perguntas.

Por que ele está dormindo na sala?
Onde está Clara?
Eles brigaram?

Balanço a cabeça. Não tenho nada a ver com isso.

Tomo cuidado para não fazer barulho quando sento no sofá oposto, e rezo para que ninguém passe aqui e pense que estou apenas parada, observando-o dormir como uma *stalker* psicopata de um filme trash de terror. Abro a bolsa tiracolo, tiro dela meu Kindle e ligo o aparelho pela primeira vez desde que cheguei. Tento me concentrar na que pode vir facilmente a ser minha décima releitura de *Emma,* meu livro favorito de Jane Austen desde que assisti *As patricinhas de Beverly Hills* na Sessão da Tarde, tantos anos antes.

— Já acordada?

Desvio o olhar das discussões entre Emma e o sr. Knightley e encontro Luca, desperto, os olhos azuis irradiando uma emoção desconhecida, e seu antebraço sustentando o peso do tronco que ele ergue para olhar em minha direção.

Ele parece tão bonito, mesmo tendo acabado de acordar, com o cabelo bagunçado e o rosto amassado sendo iluminado pelos raios de sol que entram na sala pelos vitrais coloridos das janelas antigas, um verdadeiro arco-íris, no qual o azul sai vitorioso toda vez.

É tão injusto.

Limpo a garganta, tentando me livrar da sensação esquisita que ameaça tomar conta de mim a qualquer momento. Meus olhos ardem, e suor se acumula em minhas mãos. Não quero falar com Luca, estaria muito feliz em simplesmente seguir para Gênova sem ter que trocar palavras de adeus com o advogado.

— Bom dia — limito-me a responder, preferindo adotar uma fachada madura e educada, o retrato perfeito de uma mulher independente e desapegada. — Sim, estou esperando pelo motorista que me levará até o aeroporto. Meu voo é logo após o almoço e, como é internacional, preciso estar lá com pelo menos três horas de antecedência. Não quero correr riscos.

Fecho a boca quando percebo que já estou falando demais, oferecendo explicações que não foram pedidas, e me concentro no rosto de Luca, que parece ouvir tudo em um misto contraditório de divertimento e irritação.

— E você pretendia me acordar antes de ir embora? — Ele se senta no sofá e empurra o lençol para longe, e só então percebo que ele não está usando camisa, e me pego distraída pelo peitoral definido. — Ou o plano era que eu descobrisse só depois, quando você já estivesse embarcando?

Ops.

Pisco algumas vezes, confusa.

Ele está definitivamente irritado, o que não faz nenhum sentido. Forço-me a arrancar os olhos de seu abdômen e me concentro em seu rosto, que, mesmo com a testa franzida e os lábios contraídos um contra o outro, em uma clara tentativa de não demonstrar quão infeliz ele realmente está com a situação, ainda é indubitavelmente belo.

Como eu disse: é injusto.

Estou tentando ser madura sobre tudo o que está acontecendo, e ele está dificultando tudo de propósito.

— Eu ia te deixar dormindo, sim — digo, minha voz calma e comedida. Luca inclina o corpo para a frente e apoia os cotovelos nos joelhos, unindo as mãos no que parece ser um gesto apaziguador. — Não entendo pra que tanto drama, vocês todos não vão voltar para o Brasil amanhã? Não é como se eu estivesse indo embora para um lugar desconhecido ou algo assim. — Ele continua a me encarar como se eu fosse louca, o que me irrita profundamente. *Qual o problema desse cara?* — Você é melhor amigo do marido da minha irmã, não há dúvidas de que vamos acabar nos esbarrando por aí.

Luca deixa escapar uma risada seca e ergue uma sobrancelha.

— Nos esbarrando por aí? — O tom de voz utilizado pelo advogado é sarcástico, mas, diferente de antes, não há sequer um traço do brilho brincalhão que sempre o acompanhava, nem uma sombra das covinhas que passei a amar.

Um nó se forma em minha garganta, e dou de ombros, tentando transmitir tranquilidade.

— É, ué, como sempre foi.

— Certo. — Ele pausa, analisando-me com os olhos. — E é isso o que você quer? Que as coisas voltem a ser como sempre foram?

Abro e fecho a boca algumas vezes antes de responder. Ele sabe muito bem que isso está longe de ser o que eu quero, mas também sabe que não há outra alternativa para nós. Não tenho tempo nem espaço para mais ninguém na minha vida, não agora, pelo menos, e sei que Luca não é o tipo de homem que estaria disposto a esperar por mulher alguma. Além disso, ainda tem o pequeno detalhe da ex-mulher dele, que está dormindo em algum lugar da *villa*.

Ele se levanta e faz o curto caminho até mim com passos confiantes, apesar da expressão dura que toma conta das suas feições. Luca senta-se ao meu lado, mas não me toca. Também não faço nenhum movimento, apertando o Kindle em minhas mãos até que os nós dos dedos fiquem brancos.

— E como deveria ser, Luca? Nem sequer moramos na mesma cidade. — Ele abre a boca para contestar, mas sou mais rápida. — Além disso, não quero entrar no meio do seu relacionamento, não tenho vocação pra isso.

O advogado suspira, exasperado, e passa a mão por entre os fios escuros bagunçados.

— Você está sendo difícil de propósito — diz.

A certeza com que ele profere essas palavras deixa meu sangue fervendo, e me sinto uma boba por ter me deixado levar por alguns dias de gentileza, quando passei anos observando demonstrações contínuas de arrogância que provaram por A mais B que Luca Treviani é o homem mais odioso na face do planeta Terra. Não fui eu que falei para o meu melhor amigo que ainda não tinha esquecido minha ex-mulher.

Fecho os olhos e respiro fundo. Não vou deixar que ele me faça perder a cabeça, não mesmo. Sou uma mulher adulta e com inteligência emocional suficiente para não perder as estribeiras quando provocada por um cara tão infantil.

— Não sei do que está falando, de verdade. — Fico orgulhosa de quão contida eu pareço, mesmo com o monstrinho feio da raiva à espreita.

Não vou morder a isca.

— Você sabe que não tenho mais nada com a Clara, o Carlos não tinha nada que ter chamado ela aqui. — Luca parece exausto, como se não tivesse dormido, e me sinto um pouco culpada.

Eu devia ter esperado pelo carro do lado de fora.

Ignoro completamente sua tentativa de me enganar. Sei bem que ele não faz ideia de que Luana me contou exatamente o que fez com que Carlos decidisse preparar essa surpresa.

— Tanto faz. Não é da minha conta — digo, esperando que esse seja o final da discussão.

Guardo o Kindle na bolsa e me levanto, ajeitando a mochila nas costas e apoiando a bolsa tiracolo no topo da minha mala. Percebo seus olhos em mim o tempo inteiro, mas não ouso encontrá-los, preferindo me concentrar na tarefa de equilibrar meus pertences e dar o fora daqui o quanto antes.

Tenho certeza de que, quando chegar em casa, essa situação vai adquirir o seu tamanho real, que é minúsculo, em vez dessa coisa sem proporções que tem o poder de me sufocar enquanto estou aqui, no mesmo cômodo que ele.

Com sorte, conseguirei evitar um novo encontro até o dia em que Luana engravidar, quando terei, inevitavelmente, que vê-lo de novo em um batismo ou uma festa de aniversário temática de qualquer que seja o personagem infantil que estiver em alta quando acontecer.

Esboço o que espero ser um sorriso simpático em direção ao homem que permanece no sofá. A Catarina do passado estaria superorgulhosa de mim! Estou conseguindo sair com a cabeça erguida e depois de ter tido a última palavra, não dá pra ficar melhor do que isso. Bem... Talvez se ele estivesse vindo junto comigo, mas aí eu teria que jogar no lixo o fiapo de orgulho que ainda me resta, e *isso* é algo que não estou disposta a fazer.

— É, sim — Luca diz muito rapidamente. Ao perceber a interrogação em meu rosto, ele explica: — Da sua conta, quer dizer.

Minha respiração fica presa no meio do caminho, e meu coração bate tão forte que temo que ele consiga ouvir a sinfonia descoordenada formada por sangue, válvulas, ventrículos e átrios. Mas que diabos...?

— Por quê? — consigo perguntar, enfim. Minha voz tão baixa que me questiono se realmente verbalizei minha dúvida, ou se as palavras ficaram presas em minha mente.

Ele se levanta e fica de frente para mim, e preciso erguer o queixo para conseguir encarar seus olhos azuis, que exibem um brilho quase sobrenatural sob os raios de sol refratados pelos vitrais coloridos. Quero jogar os braços ao redor de seu pescoço e puxá-lo para um beijo, mas sei que, se fizer isso agora, só estarei tornando tudo muito mais difícil do que tem que ser.

— Porque a gente tá começando algo, não tá? — Luca parece tão vulnerável que, por um momento, uma fração de segundo apenas, eu me esqueço do que ele falou para Carlos sobre ainda pensar em Clara.

Ele não encosta em mim, mas está tão perto que posso sentir o calor irradiar do seu corpo, e me envolver por inteiro. Fecho os olhos. Não posso falar o que precisa ser dito enquanto ele me olha dessa maneira, como se eu fosse única no mundo.

— Não, a gente só ficou. — É como arrancar um band-aid. As palavras saem de uma vez só, atrapalhadas, uma sílaba atropelando a outra, e me sinto terrivelmente juvenil, como quando eu tentava explicar algo muito rápido na sala de aula para que o professor não percebesse que, na verdade, eu não havia estudado a matéria e tinha gasto todo o meu tempo decorando as falas de *Dirty Dancing*.

Ninguém deixa a Baby de lado.

Era o que eu costumava dizer sempre que era escolhida por último no time de queimada na educação física, como um mantra pessoal, quase sagrado. Enquanto houvesse música, vestidos rodados, melancias e um Patrick Swayze suado, eu sabia que era invencível, não importa quantas boladas insistissem em arremessar na minha cabeça.

Meu Deus, será que é por isso que minha mente não funciona direito? Pelo excesso de pancadas quando fingir que estava com cólica não era o suficiente para me livrar dos esportes em grupo?

Foco, Catarina.

Luca revira os olhos e contrai os lábios em uma linha reta; posso dizer que ele está a um passo de perder o controle das próprias emoções. Confesso que adoraria testemunhar o Luca certinho fora do sério, mas não por minha causa. Quando me responde, o advogado tem um semblante severo e parece desapontado comigo, o que só serve para agravar o estado em que me encontro: pronta para sair correndo, deixando até mesmo minha mala para trás.

— Eu não tenho mais idade para "ficar", Catarina. Se eu fiz tudo o que fiz com você, se passamos todo esse tempo juntos, foi porque eu te quero, porque queria dar uma chance a nós dois.

Fico tão chocada com o que sai daquela boca bem desenhada que acabo deixando escapar uma risada descrente. Luca não parece estar achando nada disso engraçado, mas não consigo parar de rir, dividida entre um medo completamente plausível e uma alegria totalmente irracional.

Talvez eu esteja enlouquecendo de vez, no fim das contas.

— Uma chance? Fala sério, Luca.

— Eu *estou* falando sério, Catarina. — Neste ponto, estou certa de que Luca ainda não acordou por completo, e provavelmente ainda está sonhando; é a única explicação lógica para as palavras que continuam saindo de sua boca, como se algum tipo de interruptor tivesse sido ligado, e eu não faço ideia de como desligá-lo. — Você sabe que eu nunca fui muito prestativo.

Nisso ele tem razão. Apesar do charme irresistível que ele exerce sobre todos, Luca Treviani nunca pôde ser chamado de generoso por ninguém; tudo o que ele faz tem um motivo. Bem, pelo menos era nisso que eu acreditava até poucos dias atrás.

— Eu quero saber o que acontece a seguir, você não quer? O que vem depois que a gente cruzar a linha que nunca ousamos ultrapassar — ele diz.

Balanço a cabeça; não tenho disposição para essa discussão, mas ele continua, sua voz aumentando de volume a cada palavra, e tenho a sensação de que ele está entrando em ebulição.

— Por que eu tenho certeza de que não imaginei tudo. Não passei os últimos dez anos te querendo sozinho, eu sei disso. Eu sei que você tava nessa comigo. Ou foi tudo coisa da minha cabeça? Os olhares, os toques, as piadas? Não tente me convencer de que o que vivemos foi algo restrito a essa semana, porque eu estou vivendo nessa agonia por quase uma década, caramba!

    O advogado está ofegante quando termina de falar, e, por mais que eu tenha ouvido tudo calada, também estou. Faço uma retrospectiva em minha mente desde o momento em que nos conhecemos até agora, e sei que é inútil negar algo que sempre esteve ali.

    Penso na frase clichê: *Existe uma linha tênue entre o amor e o ódio*, mas então eu nunca odiei Luca verdadeiramente, odiei? Ele me irritava e me tirava da minha zona de conforto, como está fazendo agora, inclusive, mas o coração acelerado que sempre acompanhava nossas interações nunca foi por causa de ódio. Luca me tira do sério pelo simples fato de que nele enxergo tudo o que meus pais queriam que eu fosse e não fui. É uma espécie de inveja da qual me envergonho, e que já foi até mesmo assunto em minhas sessões de terapia.

    Será que tudo isso sempre foi desejo reprimido?

    Bem, seja lá o que for, eu tenho uma certeza: não estou pronta para nada disso.

    — Você sabe por que nada aconteceu em tanto tempo, e sabe muito bem por que nada além pode acontecer agora — tento argumentar.

    Ele é um homem inteligente, não é possível que não entenda os motivos que tornam qualquer envolvimento mais sério entre nós impossível.

    Luca é o sol, e eu... eu sou Ícaro em queda livre.

    — Tudo o que sei é que eu estava certo em não te beijar naquele congresso, afinal. — Seu rosto é impassível e sua voz, cortante. Sei que seu objetivo agora é me machucar com a verdade, mas saber disso não faz com que o impacto doa menos. — Você sempre foge, Catarina. Não consegue encarar nenhuma situação que saia um pouquinho do seu controle.

    A afirmação, que ele entrega como se estivesse decepcionado comigo, inflama ainda mais a minha raiva pela situação que ele insiste em nos colocar. Será que ele não pode apenas aceitar que não é para ser? Tenho vontade de rir assim que o questionamento se materializa em minha cabeça. Mas é claro que não. Luca Treviani não chegou até onde chegou sem lutar com tudo o que tem pelas coisas que queria.

— Você não me conhece tanto assim. — Ergo o queixo, desafiando-o a continuar.

É sério que ele realmente acredita que a dúzia de vezes que nos esbarramos depois da graduação é suficiente para tirar tantas conclusões?

— Ah, mas eu conheço. — Luca aproxima o rosto do meu, e tenho que dar um passo para trás, esbarrando em minha mala no processo. Ele enrola um braço em minha cintura e impede minha queda; e o empurro antes que eu faça alguma coisa da qual possa me arrepender. — Te conheço tanto que você nem imagina. Sei dos seus medos, dos seus sonhos, das suas inseguranças, das suas manias... Sabia que você tem o costume de enrugar o nariz sempre que algo te desagrada? Não consegue disfarçar. — Ele estende a mão e toca meu nariz com o dedo indicador, e meu coração dispara dentro do peito; preciso me lembrar como se respira. — Eu presto atenção em você, *gattina*, principalmente quando você acha que não tem ninguém olhando.

Fecho os olhos e começo a contar.

Um.

Dois.

Três.

Chega.

Cansei de manter tudo escondido dentro de mim, de tentar fingir que nada aconteceu, de ter *vergonha*. É ele quem tem que sentir vergonha, não eu. Decido dar essa discussão como encerrada. O motorista já deve estar me esperando lá fora, e não quero chegar atrasada no aeroporto, Deus sabe bem que não tenho dinheiro para comprar uma passagem em cima da hora.

— Quer saber? É bom que isso tenha terminado, antes de começar. — Abro os olhos e tento ignorar o aperto no peito ao me deparar com sua expressão, tão desolada que parece que acabei de cometer o maior dos crimes. *Não se deixe enganar, Catarina.* — Eu não sei como fui tão idiota por pensar em ter alguma coisa justo com você, que nunca se importou comigo.

Luca deixa escapar uma risada incrédula, o que só me deixa indignada. Quer dizer que vamos continuar com esse jogo? Fingindo que nada aconteceu? Fingindo que ele não fechou os olhos e tapou os ouvidos em um dos momentos em que mais precisei dele na vida? Quando somente ele poderia ter me ajudado?

— Isso é uma piada? — indaga, preferindo continuar com a farsa.

Então algo me ocorre: será que o que aconteceu foi tão sem importância para ele que ele simplesmente apagou da memória? Talvez ele realmente não se lembre. A hipótese deixa meu sangue fervendo de raiva e indignação.

Chega de ficar dançando em volta do assunto; se ele não se lembra do que aconteceu, eu o farei lembrar.

— Piada, Luca, foi o que aconteceu naquele dia que você foi até o escritório do doutor Teixeira, viu o que ele estava fazendo, e ignorou por completo. — Lágrimas ameaçam cair dos meus olhos, mas me recuso a chorar novamente na frente dele, não quando estou verbalizando pela primeira vez aquilo que me devora por dentro há anos. — Eu pensei que, quando você visse o que estava acontecendo, fosse me salvar, mas não, você era só mais um dos idiotas que puxavam o saco do nosso professor, tão interessado em se dar bem que me deixou lá, sozinha com aquele monstro. Você já tinha seu escritório, não precisava mais dele, e mesmo assim não fez nada.

Fico horrorizada comigo mesma. Não pelo que ocorreu com meu ex-professor, mas pelo fato de que, por alguns momentos, cheguei a acreditar que isso não importava, que poderia jogar tudo para debaixo do tapete, ignorar o papel que Luca desempenhou no episódio mais traumático da minha vida e viver feliz para sempre com ele, como se nada tivesse acontecido. Como se esse dia não tivesse sido responsável por grande parte das minhas inseguranças e traumas.

O advogado balança a cabeça, desarmando a postura pela primeira vez. Ele estende a mão, tenta me tocar, mas não quero isso. Não quero perder o prumo, nem me render a ele novamente. Agora que finalmente falei sobre o fantasma que me assombra desde aquele dia, recuso-me a voltar atrás.

Não posso e nem vou abaixar a cabeça.

— Do que você tá falando, Catarina?

Sua confusão, tão evidente nos olhos azuis, me deixa consternada. A vida é mesmo engraçada, eventos acontecem e nos mudam para sempre, mas é como se não merecessem nem mesmo uma nota de rodapé na vida de outras pessoas. Depois que meu mundo desabou sobre minha cabeça, Luca provavelmente voltou para sua casa, tomou banho, fez amor com a namorada e depois um lanchinho da madrugada. Em seguida, deitou a cabeça no travesseiro e dormiu tranquilamente, tudo isso enquanto eu me despedaçava por dentro.

— Eu estou falando do dia em que você viu nosso professor tentando me agarrar e não fez nada, muito pelo contrário, entrou na sala todo sorridente e ainda o convidou para tomar um chope no restaurante dos seus pais. — Cuspo as palavras, e sou imediatamente transportada de volta para aquele dia.

Eu estava tão animada por ter conseguido um estágio em um escritório tão renomado como o do meu professor. Tinha esperança de ser efetivada como advogada júnior depois de me formar, afinal, já tinha até mesmo passado na prova da OAB. Fui chamada na sala de reuniões pelo doutor Teixeira e não pensei nada de mais sobre isso, pois era comum que ele se reunisse com os estagiários para delegar funções. Mesmo sendo um sócio do escritório, ele ainda fazia essa gentileza.

Ele estava sozinho na sala, sentado na cabeceira da mesa, e me chamou para mais perto; tinha alguns documentos que precisava me mostrar, algo sobre um novo cliente que estava chegando. Assim que parei ao lado dele, ele me puxou para o seu colo. Fiquei tão chocada que congelei no mesmo instante. Permaneci parada, até mesmo quando senti os lábios gelados do meu professor explorando meu pescoço, e só voltei a mim quando Luca entrou na sala; ele tinha uma reunião às dez horas, e tinha chegado um pouco antes. Levantei correndo, saí da sala e nunca mais voltei ao escritório.

Perdi o estágio, o cargo de monitora e reprovei na matéria, preferindo repeti-la no contraturno, no qual a professora era mulher e nem um pouco simpática; naquela época, era exatamente o que eu precisava.

Luca pisca algumas vezes, parecendo fazer um esforço tremendo para se lembrar do episódio, e fico orgulhosa de mim mesma por não ter começado a chorar, mesmo que a vontade não me faltasse.

— Catarina, eu juro por tudo que é mais sagrado, mas não faço ideia do que você está falando. — Sua voz é trêmula, e por um instante penso que é *ele* quem vai começar a se desmanchar em lágrimas bem na minha frente, mas ele não tem esse direito, essa dor é *minha*. — Quer dizer, eu me lembro desse dia, sim. Mas achei que vocês dois estavam envolvidos de alguma maneira, lembro que fiquei morrendo de ciúme, mas não tinha direito de falar nada, você nem gostava de mim. Depois disso, eu só achei melhor não tocar mais no assunto, não queria te deixar constrangida.

A mera hipótese levantada por ele é suficiente para me causar náuseas. Ele pensou que eu tinha um *caso* com o doutor Teixeira? Será que ele não viu o pânico no meu rosto enquanto aquele homem mais velho me tocava como bem entendia?

Eu estava em uma posição de vulnerabilidade. Era aluna, era estagiária, e sabia que o advogado tinha o poder de arruinar minha reputação no mercado antes mesmo de eu me formar, então me calei.

Sinto-me profundamente machucada com o que estou sendo forçada a reviver, ainda mais agora que sei o que se passou na cabeça de Luca ao ser a única testemunha do episódio mais traumático da minha vida.

Agarro minha mala novamente, já estou farta de tudo isso. Envolver-me com Luca foi um erro, vejo isso com muita clareza agora. Não importa o jeito como ele está me olhando, não importa como ele me faz sentir, nada mais importa, a não ser o fato de que preciso sair daqui.

Agora.

— Talvez você tenha esquecido, porque aquilo não mudou a sua vida, mas mudou a minha, irreversivelmente. Você pensou que eu estava tendo um caso com o meu chefe? — Deixo escapar uma risada seca. — Tem noção do quanto isso só prova que você nunca me respeitou? Tem alguma ideia de tudo o que eu passei? Que depois daquilo passei meses sem conseguir sair da cama? Eu tinha nojo de mim, vergonha... E só de saber que você tinha visto aquilo... Caramba, eu não queria ver ninguém. Nunca mais. — Caminho a passos largos até a porta principal, arrastando minha mala atrás de mim, e me viro para ele mais uma vez: — E quer saber de uma coisa? Eu não quero mesmo, não quero te ver nunca mais. Faça um favor pra nós dois e me esquece!

Saio da Villa dell'Amore com a cabeça erguida e os olhos secos.

Eu me recuso a chorar por Luca Treviani.

28

Aperto o botão de pause no controle remoto da TV que consegui contrabandear da cozinha até o meu quarto de infância e confiro o horário no visor do meu celular: *duas e meia da manhã*. Na tela, Carrie Bradshaw está sofrendo ao acabar de descobrir que o grande amor de sua vida, o Mr. Big, se casará com uma jovem de vinte e seis anos. O momento em que ela tropeça nos degraus do restaurante no qual recebe a notícia, congelado, é apenas o tempo suficiente para que eu possa fazer uma tão necessária pausa para o xixi e desça as escadas na ponta dos pés para encher minha garrafinha de água novamente.

Quando volto à segurança de meus cobertores fofinhos e aperto o play, não estou mais prestando atenção nas aventuras das quatro amigas que desbravam o mundo dos solteiros de Nova York na virada do milênio. Em vez disso, pego-me espiando, mais uma vez, o perfil de Clara no Instagram, em busca de qualquer pista que indique a retomada do casamento com Luca, e, mais uma vez, não encontro nada além de selfies perfeitas e fotos superproduzidas.

Faz pouco mais de duas semanas desde que retornei ao Brasil, e adoraria dizer que esse tempo não foi nada além de produtivo, mas infelizmente isso não poderia estar mais longe da verdade. Passei todo o tempo desde que voltei para casa embaixo dos lençóis, assistindo a séries antigas e me entupindo de comida gordurosa. A última vez que fiquei nesse estado foi justamente após a situação com o doutor Teixeira, e ter revivido esse trauma ao recontar tudo para Luca foi um gatilho e tanto para que um episódio de depressão fosse desencadeado.

Não sou nenhuma estranha ao desbalanço químico que acontece em meu cérebro, então não foi difícil constatar, após uma consulta forçada por meus pais com minha antiga terapeuta, que eu estava entrando de novo no espaço sombrio e desprovido de emoções em que eu havia ido parar alguns anos antes.

É bem frustrante. A sensação de que você é a única coisa que te impede de viver. A raiva que vem não é contra o mundo ou contra as pessoas que fazem parte da minha vida, mas contra mim mesma, que sei exatamente o que precisa ser feito para que a situação mude, mas que não tenho forças para fazê-lo, e tudo isso vira uma grande bola de neve de frustração e autossabotagem.

Voltar com a medicação não foi necessário, uma vez que tudo ainda estava muito no começo, mas os três encontros semanais com a doutora Janine foram inegociáveis. Percebi que a situação estava mesmo assustando meus pais quando eles se ofereceram para pagar pelas consultas, como um modo de assegurar que eu realmente fizesse o tratamento.

Sinto-me ridícula por estar assim, mas não é algo que eu possa controlar tão facilmente, o que só contribui para a raiva que sinto de mim mesma. Eu deveria estar focada em novos projetos, correndo atrás dos sonhos pelos quais joguei tudo para cima, mas, em vez disso, estou mofando na cama, tomando três banhos por semana e maratonando seriados dos anos 1990 de maneira quase obsessiva.

Nas vezes em que consigo pegar no sono, sonho com a Itália, e sou transportada novamente para as ruas de Montemerano e para as termas de Saturnia, com Luca sempre ao meu lado. O Luca do sonho não sabe sobre o doutor Teixeira e me trata como uma verdadeira princesa, o que só contribui para que o momento de acordar seja um processo frustrante e doloroso.

Tenho certeza de que meu estado patético é assunto constante no grupo da família no WhatsApp, mas estou fazendo um bom trabalho ao ignorar todas as notificações que aparecem no meu celular, usando o aparelho somente para ver vídeos no TikTok e jogar *Candy Crush* (além de checar o perfil do Instagram de Clara religiosamente, pelo menos duas vezes por dia). Só espero que Lu esteja curtindo sua lua de mel exótica com Carlos, e que, assim como eu, não esteja vendo essas mensagens.

São nesses momentos em que sinto falta de morar sozinha. Se eu ainda tivesse meu apartamentozinho, ninguém sequer teria ideia de que estou na pior, e eu poderia postar fotos antigas nos stories do Instagram para fingir que estou vivendo uma vida produtiva e feliz. O que piora tudo é não poder contar para minha família o que aconteceu com o doutor Teixeira, e sendo assim o consenso geral é o de que estou sofrendo por Luca Treviani, o que é uma humilhação sem tamanho.

Em meus quase trinta anos de vida, posso contar nos dedos as vezes que sofri de verdade por um cara, e aqui estou eu, há duas semanas enfurnada no meu quarto. Devem pensar que Luca partiu meu coração, o que nem é um equívoco tão grande. Ainda sinto vontade de chorar de raiva e de vergonha quando lembro que ele pensava que eu cheguei a ter um caso com meu ex-professor. Sei que não éramos próximos, mas havíamos convivido bastante durante o período da monitoria, então como ele pôde chegar a essa conclusão? Será que não era óbvio o que estava acontecendo naquela sala de reunião?

Desligo a TV e tento pegar no sono, mas meus esforços se mostram infrutíferos quando não consigo parar de pensar nas inevitáveis reuniões familiares em que meu assediador estará presente caso continue seu namoro com minha tia.

Pergunto-me como ele pode agir com tanta naturalidade, como se não tivesse pegado uma grande parte da minha autoconfiança e jogado no lixo, assim como o respeito que eu costumava ter por ele.

Quando os primeiros raios de sol atravessam as brechas das cortinas, ainda estou acordada, e neste ponto da privação de sono, minha mente já está criando cenários catastróficos, em que sou exposta por Luca em uma festa de ex-alunos da faculdade como sendo a monitora que dormiu com o professor para conseguir a vaga de estágio, ou no qual sou obrigada a voltar a advogar e preciso defender um homem mais velho acusado de abusar de uma estagiária.

Não demora muito para que meu pai entre no quarto, sem sequer ter o bom senso de bater, e comece a procurar alguma coisa no guarda-roupas que toma boa parte do cômodo. Deixo escapar um grunhido de irritação. Qual o problema dessa família com o conceito de privacidade?

— Ah, Catarina! Já está acordada? — Meu pai parece surpreso por me encontrar de olhos abertos tão cedo; não faço nenhuma menção ao fato de que nem mesmo cheguei a dormir. — Desculpa, filha, mas preciso encontrar a cópia do contrato de aluguel daquela *kitnet* no centro. O inquilino quer devolver o imóvel, acredita?

De repente, fico muito alerta. Lembro-me de quando meus pais pegaram um empréstimo no banco para construir cinco *kitnets* no terreno que meu avô havia deixado para o meu pai. Minha mãe costumava dizer que o dinheiro dos aluguéis seria a renda extra perfeita para aproveitar a vida e, de certo modo, ela não errou. Em três anos, eles quitaram o empréstimo, e desde então vivem basicamente da aposentadoria do meu pai e do aluguel das *kitnets*.

Como elas ficam bem no centro da cidade e são até bem ajeitadinhas, é uma raridade ter uma delas vazias. É minha chance!

Certo. Tenho que tocar no assunto com muito cuidado. Sento-me na cama e continuo observando meu pai revirar as gavetas. Penteio meu cabelo com os dedo e tento parecer mais ou menos apresentável, o máximo que consigo, tendo em vista que já faz dois dias desde meu último banho.

— E você sabe por que ele quer devolver o imóvel, pai?

— Parece que vai se casar e precisa de mais espaço, uma pena. Eu até ofereci a possibilidade de ampliar a sala juntando ela com a varanda, mas ele não quis. — Meu pai parece finalmente ter encontrado o que procurava, pois seu rosto se ilumina quando ele puxa uma pasta de plástico de dentro de uma das gavetas. — Agora temos que procurar outra pessoa para alugar.

Limpo a garganta, e meu pai se vira em minha direção.

— Bem, não terão que procurar por nada! Eu quero alugar a *kitnet*!

Laura chega por volta das oito da manhã para ajudar a levar minhas coisas da casa dos meus pais até a *kitnet* que passei quase um mês para conseguir convencê-los a alugar para mim. Minha prima aceitou ceder o porta-malas de seu Gol para carregar minhas caixas e malas de roupas em troca de uma porção de asinhas de frango à passarinho e um litrão de cerveja no barzinho localizado na esquina do meu novo lar.

Quando finalmente nos sentamos em uma das mesas de plástico com estampa de cerveja, após descarregar tudo no espaço minúsculo de vinte e quatro metros quadrados, estamos exaustas e suadas, e a bebida gelada vem como um alívio muito necessário depois de um dia de trabalho físico pesado. Eu não me lembrava do quanto as caixas de livros podiam ser pesadas; a musculação do ano inteiro já está paga apenas com minha mudança.

Laura levanta o copo americano em minha direção, e brindamos.

— À nova fase da sua vida, Cat! — Ela sorri e toma um gole longo de sua cerveja. — Estou feliz por você, e olha, sei que não sabe nem fritar um ovo, então estou disposta a te dar um desconto quando for ao meu restaurante.

Reviro os olhos, mas sorrio de volta. É a cara da Laura fazer propaganda de seu restaurante em qualquer situação.

— Agradeço pela oferta, mas não sei se tô a fim de ficar viajando pra São Paulo sempre que quiser me alimentar. Acho que vou comer aqui no Bar da Praça mesmo, prima. — Analiso rapidamente o cardápio antigo, e fico satisfeita ao ver a variedade de pratos feitos oferecida; dificilmente morrerei de fome.

— Tá certo, eu entendo.

Um garçom vem até nós e serve a porção de asinhas, que é devorada em menos de dez minutos, nenhuma de nós se preocupando em parecer educadas. Estamos famintas e não há nada mais gostoso do que chupar o osso para conseguir comer toda a carne, além, é claro, de lamber o óleo que lambuza nossos dedos.

— Mas olha, prometo que vou tentar ir mais vezes até São Paulo, inclusive estou estudando algumas oportunidades e, se elas derem certo, vou acabar tendo que ir toda semana. — Morro de saudades do concreto, da poluição e da vida corrida da maior cidade da América Latina, mas tenho consciência de que minha saúde mental ainda não está totalmente recuperada para que eu faça um retorno definitivo.

Sei bem que nunca estarei cem por cento, afinal não existe ninguém neste mundo que é totalmente feliz, mas estou esperançosa em conseguir chegar a um local em que eu esteja satisfeita comigo mesma e tenha maturidade emocional suficiente para conseguir lidar com as inevitáveis frustrações da vida.

É um pouco frustrante esse sentimento de que regredi tanto em minha caminhada ao ser confrontada com um único gatilho, mas estou tentando uma coisa nova, que é não ser tão dura comigo mesma e aprender a ser mais compreensiva com minhas próprias limitações, claro que sem adotar uma atitude conformista, mas olhando para toda a situação sob um prisma diferente, com mais empatia, como eu faria com uma amiga.

É louco parar para pensar que sempre fui tão legal com os outros e tão má comigo.

Apesar de tudo isso, ainda sou adulta e tenho contas a pagar. Meus pais não me deram nem um descontinho no aluguel da *kitnet*, e ainda preciso terminar de pagar à tia Maitê o dinheiro que ela me emprestou para comprar as passagens para o casamento de Lu. Sendo assim, acabei aceitando alguns trabalhos *freelance* como ghost-writer de autobiografias de *influencers*, o que, apesar de não ser exatamente o que eu sonho em fazer, ainda é uma maneira de ganhar uma grana legal com a minha escrita.

Despeço-me da minha prima no fim da tarde e vou para o meu apartamento. O local é bem pequeno, e minhas caixas ocupam quase tudo, mas não me sinto sufocada. Pelo contrário, a sensação de liberdade que toma conta de mim ao perceber que tenho um lugar só para mim depois de um dos anos mais difíceis da minha vida é tão grande que tenho vontade de ir até o janelão que banha a sala com a luz dourada do pôr do sol e dar um grito que seria capaz de assustar até mesmo o bêbado deitado no banco da praça.

Para evitar receber reclamações dos vizinhos logo no meu primeiro dia na casa nova, uso todo esse fôlego para encher meu colchão inflável, o que se mostra uma tarefa difícil, mas não impossível. Ocupo-me das horas seguintes desencaixotando os itens essenciais como o filtro de água e roupas de cama.

Tomo um banho gelado e aproveito o fato de que o apartamento já veio com as cortinas instaladas para exercitar o meu mais aguardado direito como uma mulher que mora sozinha: o de andar pelada livremente. Conecto meu celular com minha caixinha de som bluetooth, e a voz de Liniker preenche o espaço.

Acendo uma das minhas tão amadas velas aromáticas e abro uma garrafa de vinho tinto, depois me sento no colchão para começar meu ritual de *skincare*.
    Isso que é vida.

29

Estaciono o Toyota preto do meu pai na frente do casarão centenário que abriga o Instituto de Artes de Pinheiros, ou simplesmente IAP, e checo pela décima vez o meu reflexo no retrovisor. Ainda estou me acostumando com o meu novo corte de cabelo, os fios curtos que roçam minha nuca sempre que viro a cabeça; e o batom vermelho que escolhi com tanta certeza nesta manhã se torna de repente fonte de insegurança.

Incentivada por minha família, me matriculei em uma oficina de escrita criativa ministrada por Elaine Queiroz, uma das minhas autoras contemporâneas favoritas, e me sinto como uma adolescente em uma escola nova, com um medo irracional de não conseguir fazer amigos ou de ser a mais velha da turma, mesmo que eu saiba bem que isso não é motivo nenhum para ter vergonha.

Desço do carro carregando minha bolsa e uma lancheira térmica, que meu pai preparou para eu não gastar dinheiro comendo na cantina, e cruzo o curto caminho até a sala onde a aula acontecerá, deixando escapar um suspiro aliviado ao perceber que a maioria dos alunos tem mais ou menos a minha idade, salvo por um ou outro adolescente. Escolho uma carteira na segunda fileira e tiro meu bloco de anotações e meu estojo da bolsa; vejo que meus colegas optaram por tablets ou notebooks, e me sinto como Elle Woods em seu primeiro dia em Harvard, o que só pode ser um bom sinal, porque ela terminou o filme como oradora da turma, não foi?

Depois de alguns minutos, Elaine adentra a sala, os dreads arrumados em um coque no topo da cabeça, conferindo a ela uma altura extra além dos prováveis um e sessenta. Ela se apresenta e introduz uma dinâmica logo em seguida para que façamos o mesmo: escrever sobre uma lembrança de infância que ajudou a formar quem somos hoje e ler em voz alta na frente todos. Confesso que o exercício me tira da zona de conforto, uma vez que não existe nada mais vulnerável para um escritor do que apresentar o seu trabalho ao mundo, ainda mais um texto que foi escrito em dez minutos e não passou por nenhuma revisão.

Apesar dos pesares, existe algum tipo de magia que acontece sempre que começo a escrever, como se as amarras que criei para mim mesma fossem soltas, e eu consigo me derramar no papel com tanta clareza e intimidade que, quando coloco o ponto final no meu texto, percebo que talvez ele tenha ficado pessoal demais para ser exposto em uma sala de desconhecidos.

À medida que meus colegas vão verbalizando as palavras escritas em suas telas, percebo que não sou a única que tende a ser sincera demais quando escreve, e me pego lendo em voz alta sobre os meses em que meu pai saiu de casa, quando minha irmã ainda era apenas um bebê, e sobre toda a dor e incerteza que senti durante aquele período no qual tive que cuidar de uma mãe que não saía da cama e de um bebê que chorava o tempo todo quando eu mesma ainda era uma criança, e então meu pai voltou e todos agiram como se nada tivesse acontecido.

Lembro-me de sentir culpa por não conseguir ser a mesma menininha alegre de antes, enquanto os adultos pareciam muito confortáveis em apenas retornar aos papéis que antes lhes foram designados: a mãe rígida, o pai amoroso. A vizinha com quem meu pai tinha ido morar simplesmente desapareceu, e um senhor de barba branca que lembrava o Papai Noel se mudou para a casa amarela de muro baixo.

 É sábado, e a oficina toma o dia inteiro, mas me sinto energizada quando chega a hora do jantar e saio para me encontrar com Luana em um dos meus restaurantes favoritos. Não a vejo desde a Itália, e estou morrendo de ansiedade para ouvir sobre sua lua de mel e sobre a vida de casada, além, é claro, de receber os presentes que ela trouxe para mim da viagem.

O Asahi fica localizado em uma rua badalada do Jardins, e é praticamente impossível encontrar um local para estacionar em meio a tantos restaurantes e bares, o que me obriga a usar o serviço superfaturado de manobrista oferecido no local. Tento me consolar com o fato de que não gastei nada no almoço, então os cinquenta reais que pago para estacionarem meu carro é o dinheiro que eu teria usado caso quisesse comer a feijoada vegana servida na cantina do IAP.

 Entro no restaurante já me arrependendo por não ter trazido uma muda de roupas mais adequada, uma vez que minha calça jeans rasgada e a camiseta com estampa da Pastelaria do Beiçola de *A grande família* não combinam exatamente com o ambiente de sofisticação do restaurante japonês, que tem uma decoração minimalista em tons de preto e vermelho.

 Lu já chegou e está sentada na área do tatame, o que significa que preciso tirar os tênis e deixá-los no sapateiro ao lado da recepção. Respiro aliviada ao constatar que, mesmo depois de um dia inteiro usando o calçado, não estou com chulé, e me junto a minha irmã, dobrando as pernas e sentando por cima dos meus pés em uma posição que já vi infinitas vezes nas séries sul-coreanas da Netflix.

 Estendo as mãos em expectativa e abro um sorriso faceiro em direção à minha irmã, que me encara com uma sobrancelha erguida e os braços cruzados.

— O quê? — pergunta.

— Meus presentes! Vamos! Eu já sei que você comprou aquele creme antirrugas que eu estava querendo.

Assim que soube que a lua de mel da minha irmã seria na Ásia, fiz questão de redigir uma lista com todos os produtos de *skincare* que a tecnologia do Oriente é capaz de oferecer e anexei ao e-mail junto com as recomendações para a viagem e os melhores pontos turísticos de cada país, além de algumas frases essenciais nos idiomas nativos, como *Estou com fome* e *Preciso ir ao banheiro*.

Revirando os olhos, Luana puxa de trás dela uma sacola de papel dourado e a coloca bem em cima das minhas mãos. Meu sorriso aumenta ainda mais ao sentir o peso de seu conteúdo. Vasculho as embalagens luxuosas e fico muito feliz por ver que nenhuma delas se rompeu durante o voo.

— Obrigada, Lu! — Deixo a sacola de lado e me estico por cima da mesa para abraçar minha irmã, o que me rende alguns olhares irritados dos outros clientes, mas não estou nem aí. — Você é uma irmã incrível, por sua causa não terei rugas tão cedo.

— Imagine se eu resolvo fazer residência de dermato, você vai querer botox de graça até o dia em que eu me aposentar! — Minha irmã tem a voz bem-humorada, e percebo como a viagem fez bem para ela.

— Eu estaria apenas exercendo meu direito de irmã mais velha!

Um garçom se aproxima e anota nossos pedidos. Tento arranjar uma posição mais confortável; meus pés já estão começando a ficar dormentes com o meu peso por cima deles.

— Me conta como foi a viagem. Conseguiram visitar o lugar onde filmaram aquela cena de *Pousando no amor*?

— Conseguimos, mas as fotos não ficaram tão boas. O Carlos treme demais quando vai segurar o celular. — Compadeço-me da situação do meu cunhado, uma vez que sofro do mesmo mal sempre que alguém me pede para tirar uma foto. — E a viagem foi incrível, conhecemos tantos lugares maravilhosos e comemos muita coisa deliciosa. Tenho certeza de que devo ter engordado uns cinco quilos no mês que passamos por lá.

— Você tá ótima, e eu não estou mentindo só porque você me trouxe os produtinhos de *skincare*. Você tá realmente muito linda, até sua pele tá com um brilho diferente. — Nossas bebidas chegam, e me inclino para tomar um gole da minha sakerinha de morango no canudo de papel que os restaurantes insistem em usar, mesmo sabendo que eles se desmancham antes mesmo da bebida acabar. — A vida de casada claramente tá te fazendo bem.

Lu fica em silêncio por alguns momentos, me observando muito atentamente, e começo a me sentir desconfortável com tanta análise.

— Você também parece muito bem, Cat. Eu tava preocupada com você, a mamãe tinha dito que você não saía do quarto, mas agora tá até dirigindo pra São Paulo sozinha. Fico feliz — ela confessa, um sorriso pequeno brincando nos lábios pintados de cor-de-rosa. — Vai dormir lá em casa hoje, né?

— Lógico! Tô doida pra ver como ficou o apartamento depois da reforma. Você não mandou nenhuma foto, e sabe que sou curiosa.

Planejei passar o final de semana em São Paulo. Já que o sábado foi passado na oficina de escrita, o domingo será usado para matar um pouco a saudade que sinto da cidade e para encontrar algumas amigas da época da faculdade.

Nossa comida chega e nos deliciamos com a barca de sushi, que é composta de uma grande variedade de peixes frescos e deliciosos; aí está mais um item na lista de coisas que sinto falta na cidade pequena: a possibilidade de comer um sushi bem preparado, mesmo que para isso tenha que pagar um pouco mais caro.

O resto do jantar se passa muito tranquilamente, com Lu me contando sobre os lugares que visitou com Carlos e perguntando sobre como está sendo ter nossos pais como locadores da minha nova casa, o que está sendo uma experiência estranhamente tranquila até agora.

Depois da sobremesa, um *harumaki* de Nutella com banana, pegamos o Toyota e vamos até o apartamento que minha irmã divide com o marido na Alameda Santos, bem próximo ao Asahi e ao meu antigo apartamento na Alameda Jaú. Após passar por uma reforma longa, o antigo apartamento de quatro quartos adquiriu um visual moderno, mas sem perder o charme do chão de taco ou dos azulejos portugueses originais que revestem as paredes da cozinha.

É a mistura perfeita do estilo dos dois moradores, com espaço suficiente para a chegada de um bebezinho, o que Lu me garante que só acontecerá quando terminar o curso de Medicina, já que não tem ideia de como conseguiria conciliar as demandas da graduação com os cuidados de um recém-nascido. Concordo com ela, é uma decisão muito sensata e acertada.

Lu me leva até o quarto de hóspedes e me entrega uma toalha limpa.

— Cadê o Carlos? Queria dar um abraço nele.

Pela primeira vez desde que nos reencontramos, minha irmã parece desconfortável, e fico preocupada. Será que eles discutiram?

— Ele saiu com o Luca — ela explica, e percebo como seus ombros encolhem ao pronunciar o nome do advogado. Sinto-me culpada por colocá-la nessa situação, afinal, Luca é o melhor amigo do marido dela, e o convívio entre os dois é inevitável. — Acho que foram jantar no restaurante dos pais dele.

— Não precisa ficar sem graça, Lu — eu asseguro à minha irmã, tentando ignorar o bolo que se forma em minha garganta sempre que me lembro do modo como as coisas acabaram entre nós. — Luca e eu só ficamos uma vez, não tem por que todo mundo pisar em ovos como se tivéssemos terminado um namoro de anos.

Vejo o exato momento em que ela deixa escapar um suspiro de alívio e sorri novamente.

— Que bom! Sabe que ele sempre pergunta de você? — Duvido muito, mas tento esboçar uma expressão neutra. — Ele parece gostar de verdade de você, Cat. Tá na cara que o Carlos errou quando convidou a Clara. Tudo o que aconteceu foi uma conversa bem longa, na qual ele deixou bem claro que não tinha nenhum interesse em voltar com ela.

Não me permito ficar feliz com o que minha irmã revela. Talvez seja verdade, talvez não, mas o que importa é que essa nova fase da minha vida não tem espaço para drama com homem nenhum, principalmente com Luca.

— Bem, não importa. — Realmente não importa. O meu problema com Luca está longe de ser relacionado à sua ex-mulher de pernas quilométricas. — Sem querer ser chata, Lu, mas eu tô morrendo de sono...

— Não precisa dizer mais nada, vou te deixar à vontade. — Ela me dá um abraço um pouco longo demais e vai até a porta, parando no caminho para acrescentar: — Deixei um pijama limpo pra você usar lá no banheiro, qualquer coisa é só gritar. Boa noite, irmã.

— Boa noite.

Ela fecha a porta atrás de si, e então estou sozinha no quarto decorado em tons pastéis. Tomo um banho rápido e me maravilho, não pela primeira vez, com a facilidade com que consigo lavar meu cabelo agora que está curto.

O corte veio depois de um breve período de indecisão sobre uma mudança radical no visual, e não me arrependi quando vi as mechas longas caindo no chão branco do salão. Com meu aniversário de trinta anos se aproximando, a necessidade de mudança se tornou cada vez mais forte, até culminar no cabelo curtinho com o qual sempre sonhei, mas que nunca tive coragem de ter.

Quando me acomodo nos cobertores fofinhos borrifados com um perfume calmante, agradeço pela presença do ar-condicionado, luxo esse que não usufruo desde que me mudei para a *kitnet*, apesar do ventilador de segunda mão que comprei do vizinho do bar conseguir dar conta do recado. Mais ou menos.

Fecho os olhos, deixando que o cansaço do dia tome conta de mim, e em pouco tempo estou nos braços de Morfeu.

A segunda parte da oficina de escrita com Elaine Queiroz acontece em um sábado de chuva forte em São Paulo, e após mais um exercício desafiador e maravilhoso, a escritora me chama de lado enquanto meus colegas começam a sair da sala para aproveitar o horário de almoço.

— Você tem muito talento, Catarina — ela diz, os olhos gentis me analisando com cuidado, e sinto meu peito inflar de orgulho ao receber um elogio de uma pessoa que tanto admiro.

— Obrigada, Elaine, significa muito vindo de você.

— Quais os seus planos para amanhã? Já vai voltar para o interior? — Balanço a cabeça em uma negativa, e ela sorri, satisfeita. — Gostaria de apresentá-la à minha agente, mas ela tem uma viagem marcada para o exterior na segunda, então só seria possível fazê-lo amanhã.

Amanhã é o dia em que combinei de me encontrar com a tia Maitê para tomar uns drinks e admirar a nova exposição de uma amiga, mas tenho certeza de que ela não se importaria em remarcar para outra data quando eu disser que o motivo é um almoço com uma possível futura agente e a maravilhosa Elaine Queiroz!

Estou tão feliz que sinto que posso sair flutuando por aí, mas me esforço para manter uma fachada profissional enquanto trocamos nossos números de telefone e marcamos de nos encontrar na hora do almoço do dia seguinte em um restaurante próximo ao IAP.

Depois dessa interação, passo o resto do dia sonhando acordada e com dificuldade para me concentrar nos exercícios propostos em sala de aula, mas me esforço para entregar algo que preste mesmo assim, afinal não quero que Elaine se arrependa de ter me convidado para o almoço com sua agente literária.

Pela primeira vez em muito tempo, sinto que as coisas estão começando a dar certo para mim, e talvez, só talvez, eu não tenha cometido um grande erro ao decidir correr atrás dos meus sonhos.

30

Dois meses depois...
 Meu aniversário de trinta anos chega mais rápido do que eu esperava, e em um piscar de olhos estou assoprando as velas douradas que Luana comprou, enquanto um grupo de pessoas que não vejo há quase um ano canta uma versão esquisita de "Parabéns pra você", tudo em um bar escondido e supostamente descolado da Vila Madalena, chamado Goldies. O local até que é bem legal, com paredes vermelhas decoradas com pôsteres de filmes antigos e bancos de veludo verde-escuro, ambientado com uma *vibe* anos 1980 que eu curto bastante.
 É visível que minha irmãzinha realmente se empenhou para encontrar um lugar que combinasse comigo para comemorar não só as três décadas desde que habito este planeta, como também o meu primeiro grande contrato como escritora para a publicação de uma série de livros de comédia sobre uma protagonista alienígena que tenta se adequar à cultura "Faria Limer", e isso só foi possível graças ao almoço em que Elaine me apresentou à sua agente literária.
 Meus pais não ficaram nada felizes quando os informei que precisaria devolver a *kitnet* antes do prazo de doze meses estipulado em nosso contrato de aluguel, mas, graças ao adiantamento que ganhei da editora, pude pagar a multa imposta pela cláusula de quebra contratual sem grandes contrariedades

para minha conta bancária. Ainda preciso esvaziar o imóvel, mas tenho duas semanas para fazê-lo, e aí sim meu retorno a São Paulo será oficial.

Quer dizer, assim que eu encontrar outro lugar para morar e sair do quarto de hóspedes do apartamento da minha irmã.

— O que você pediu? — A voz do meu cunhado se destaca entre o vozerio dos meus amigos, que discutem sobre qual deve ser a próxima música a ser cantada no karaokê.

Ergo os olhos e o encontro com os braços ao redor de Lu, como uma daquelas fotos de iguanas que encontramos em publicações engraçadinhas na internet. São fofos, de qualquer maneira. Carlos tem se esforçado bastante para se reaproximar de mim, ainda mais depois do fiasco envolvendo Clara e Luca na Itália, mesmo com eu insistindo que ele apenas me fez um favor e ajudou a acabar com tudo antes que se tornasse algo mais sério.

Ele não parece compreender o que falo, já que continua a trazer o assunto Luca Treviani para a mesa sempre que nos sentamos para tomar café da manhã ou nos reunimos na frente da TV para assistir à novela das sete. Uma curiosidade que descobri nas duas semanas em que estou na casa da minha irmã? Meu cunhado é um noveleiro ainda maior do que a tia Maitê.

Sorrio para ele da maneira mais simpática que consigo e digo com a voz macia:

— É segredo, cunhadinho.

Luana deixa escapar uma risadinha conspiratória e pisca um olho para mim.

— Você está certa, Cat. Se quer que seu desejo se realize, não pode sair contando pra todo mundo. — Ela vira o rosto para deixar um beijo na bochecha do marido, e preciso desviar os olhos da cena para não vomitar com a quantidade de melação.

Não me leve a mal, eu estou superfeliz por minha irmã ter um casamento feliz, mas a convivência com o casal em fase de lua de mel tem conseguido elevar os meus níveis de glicose ao extremo, e estou começando a ficar temerosa da possibilidade de desenvolver diabetes se eu for forçada a continuar vendo cenas como essa diariamente.

Ergo a cabeça em um movimento rápido quando percebo a música escolhida por meus amigos: "Coração radiante", do Grupo Revelação. Se eu não reconhecesse a melodia, jamais adivinharia que a música que eles cantam, tão desafinados e com as palavras todas trocadas, é o mesmo pagode que cantei com Luca para um bando de adolescentes em Montemerano.

As lembranças me atingem em cheio no meio do peito, e agradeço ao universo por ter decidido pela não ingestão de álcool esta noite, uma vez que tenho certeza de que, se estivesse bêbada, já estaria mergulhada em lágrimas ao lembrar a maneira como me senti leve e feliz quando éramos apenas ele e eu, sem as interferências impostas pelo mundo real.

Fecho os olhos e coloco em prática um dos exercícios de respiração para controlar a ansiedade que venho aprendendo com a doutora Janine em nossas sessões, que agora já estão reduzidas a apenas uma vez na semana.

É meu aniversário e estou feliz, não preciso ficar remoendo coisas do passado ou pensando no que poderia ter acontecido.

Sou uma mulher que está finalmente aprendendo a se amar e a se perdoar por ser quem é, e essa nova habilidade vem sendo essencial para que eu possa lidar com questões das quais nunca sequer ousei chegar perto, como meu medo de rejeição e a necessidade quase patológica que sinto de ter a validação de todos ao meu redor, principalmente a dos meus pais.

Apesar de estar feliz como nunca estive antes, é impossível ignorar a vozinha bem no fundo da minha mente que insiste em me lembrar que tem alguma coisa faltando e que, se eu simplesmente deixasse de ser orgulhosa e de viver no passado, tudo poderia ser resolvido com facilidade. Não estou dizendo que acho que Luca e eu seríamos felizes para sempre, mas outra coisa que ando aprendendo com muito custo é que, às vezes, só ser feliz no momento basta. Ninguém pode me dar a garantia do "para sempre", nem mesmo Luca.

O medo da decepção foi meu companheiro inseparável por quase toda a vida, presente em cada decisão tomada, e, em uma tentativa inconsciente de escapar do inevitável sofrimento inerente à condição de estar viva, acabei me escondendo e fugindo de qualquer tipo de situação que não pudesse controlar.

Percebo agora que foi exatamente isso que aconteceu com Luca. É verdade que ele me magoou com sua percepção equivocada sobre o que aconteceu com o doutor Teixeira, mas sei também que fui injusta com ele quando poderíamos apenas ter conversado sobre o assunto e tentado superar. Não há garantia alguma de que conseguiríamos, mas talvez eu devesse a mim mesma uma tentativa de ser feliz com ele.

Afinal, quando foi a última vez que me senti tão viva e tão conectada com outra pessoa? Não posso dizer que me lembro.

Talvez seja bobeira ficar assim por causa de um casinho de poucos dias, mas bem no fundo eu sei que foi muito mais do que isso, e as palavras dele na sala de estar da *villa* me confirmaram que ele sentia o mesmo. Foram quase dez anos lutando contra essa força invisível entre nós para culminar em um dos momentos mais felizes da minha vida.

Talvez eu esteja sendo dramática, talvez não.

O que acontece é que agora me sinto muito envergonhada para procurá-lo, e ele não tentou entrar em contato comigo nem uma vez desde que voltamos ao Brasil. Eu pedi para que ele me esquecesse, então suponho que deveria me sentir grata, mas tudo o que consigo sentir quando penso nele é o quanto fui tola e como deixei que meus medos e traumas passados ditassem o curso da minha vida mais uma vez.

Balanço a cabeça para afastar esses pensamentos; não preciso ficar depressiva no meu aniversário. Além do mais, aposto que ele já deve estar em outra, assim como eu, que tenho focado totalmente na minha carreira.

Agradeço a uma garçonete que me entrega uma faca e alguns pratinhos de sobremesa e começo a servir as fatias do meu bolo preferido, de morango com nata, que Laura fez questão de preparar para o meu aniversário.

Fiquei um pouco chateada quando minha prima me informou que não poderia se juntar a nós para a comemoração, mas acabei entendendo, já que ela ainda tem o próprio restaurante para comandar, e sexta-feira costuma ser um dia bem ocupado para ela.

Assim sendo, entrego a primeira fatia para Lu, que sorri com gratidão antes de atacar a delícia açucarada. Agora que não precisa mais cumprir dietas malucas para entrar no vestido de noiva, que ela fez questão de encomendar dois números menor do que o seu tamanho verdadeiro, minha irmã está finalmente voltando a aproveitar as coisas boas da vida, como a ingestão de quantidades exorbitantes de açúcar, por exemplo.

Consigo aproveitar o resto da noite sem pensar em Luca uma vez sequer, e me rendo aos apelos das minhas amigas por uma performance deveras vergonhosa de "Barbie girl" da Kelly Key, que canto acompanhada da minha irmã e que vai parar imediatamente nos *stories* dos perfis do Instagram de todos os presentes na festinha.

Quando deixamos o bar, a rua já está deserta, e tenho certeza de que os funcionários estão dando graças a Deus. Sou a única sóbria, então faço questão de colocar cada uma das minhas amigas em seus respectivos Ubers depois de, claro, ligar a opção de compartilhar a localização em tempo real no celular de cada uma delas.

Depois disso, me amontoo no banco de trás de um Uber com Lu e Carlos e dou as direções do apartamento dos dois para o motorista de cabelo branco, que parece estar de saco cheio de bêbados em seu carro.

As luzes da cidade passam correndo pela janela do veículo em movimento, e me lembro momentaneamente do almoço que tenho marcado com meus pais amanhã, também para comemorar o meu aniversário. Deixo escapar um suspiro cansado, pois sei que minha mãe sempre encontra um jeito de fazer com que eu me sinta mal comigo mesma, e não tenho certeza se estou com paciência para suas críticas disfarçadas de preocupação.

Bem, parece que os exercícios de respiração da doutora Janine retornarão muito em breve.

— Mas esse contrato com a editora é como se fosse um trabalho formal? Tem benefícios? — meu pai questiona enquanto me passa a travessa de batatas cozidas; quando vê a expressão em meu rosto, adiciona: — Eu só estou preocupado com você, filha. Sabe que eu e sua mãe investimos muito para que pudesse se formar em Direito.

— Além disso — minha mãe decide dar a sua contribuição à conversa —, não é como se você não pudesse continuar escrevendo suas historinhas se ainda for advogada. O trabalho de um jurista não é justamente escrever? Você sempre teve esse talento.

Estamos no restaurante preferido dos meus pais em São Paulo, e mesmo que a homenageada do dia seja eu, não criei caso quando insistiram que nos encontrássemos no restaurante português famoso por sua caldeirada de frutos do mar, afinal eles pegaram a estrada apenas para me ver, não é? Tem que contar para alguma coisa, e é com isso em mente que respondo os dois na voz mais calma que consigo:

— Claro que o fato de eu ser escritora não me impede de exercer outra profissão, mas por que é tão difícil para vocês aceitarem que eu nunca me identifiquei com a prática do Direito? E como você mesma disse, mãe, eu tenho esse talento, e ele não está restrito à advocacia, posso escrever sobre muitas outras coisas.

Não comento nada sobre a ligação que recebi da minha agente esta manhã, contando-me sobre o interesse de uma plataforma de streaming em um dos projetos de série audiovisual que submeti há algum tempo. Confesso que não pensava tanto em trabalhar com roteiros, mas sendo uma grande fã de cinema, novelas e afins, é natural que minha escrita transite por esse nicho também.

Todos sabem que sempre fui alucinada por teatro e, apesar de não ter talento para a atuação, acabei me descobrindo com um talento escondido para a dramaturgia, que vem sendo cultivado com muito estudo desde que a possibilidade foi levantada por Elaine em uma das tardes que passamos conversando sobre escrever em cafeterias *good vibes* de Pinheiros.

— Então você quer ser jornalista? — Dona Tereza levanta uma sobrancelha e recusa educadamente quando um garçom se oferece para encher sua taça com o vinho branco escolhido por meu pai. — Filha, não acha que está um pouco velha para mudar de profissão assim? Pensamos que com a doutora Janine você voltaria a si.

Eu sabia bem que a insistência dos meus pais para que eu voltasse à terapia tinha em parte a ver com a esperança — vã — de que eu fosse confrontada com a inevitável constatação de que sempre gostei de ser advogada, e de que tudo isso não passava de uma crise de meia-idade precoce.

Infelizmente para eles, a terapia serviu para fortalecer ainda mais dentro de mim a certeza de que não nasci para o ambiente corporativo do direito empresarial, com suas regras engessadas e seus homens brancos e velhos ditando o que é aceitável ou não na vestimenta das jovens advogadas.

Sou uma força criativa, e foi uma longa jornada até que eu pudesse me reconhecer como artista sem sentir vergonha por isso. Não estou disposta a jogar tudo no lixo e voltar para a gaiola dourada em que passei boa parte dos meus vinte anos em troca de uma ilusão de felicidade. Claro, dinheiro é ótimo, não sou hipócrita, mas nada vale tanto quanto minha saúde mental ou o meu amor-próprio.

— Talvez jornalista, talvez roteirista... Quem sabe? — Dou de ombros, orgulhosa de mim mesma ao perceber que as palavras da minha mãe já não me machucam tanto assim, o que me dá a confiança que faltava para falar exatamente o que precisa ser dito: — O importante é que estou feliz, e gostaria que vocês ficassem tranquilos; sei que se preocupam, mas eu sei me cuidar. Se isso não der certo, vou atrás de outro trabalho, mas sinto que vai dar, gente. Nunca tive uma certeza tão grande na vida.

Entretanto, minha confiança não parece ser o suficiente para Tereza Fonseca.

— Se pelo menos você se casasse... eu ficaria mais tranquila.

— Não preciso me casar, mãe. — Faço um esforço para não revirar os olhos. Será que ela não entende que estamos no século XXI? Não preciso de um marido. — Será que vocês podem confiar no meu julgamento uma vez na vida?

Minha mãe abre a boca, certamente para me refutar, mas meu pai é mais rápido, colocando uma mão sobre a dela em cima da mesa e calando-a, antes de se virar para mim e dizer, muito sério:

— É isso que você quer? Ser escritora?

Tenho vontade de gritar. Estou falando isso há mais de um ano, por que parece que só agora estão começando a ouvir? Não que eu esteja reclamando, pelo menos é um começo, mas não diminui a minha frustração ao descobrir que passei tanto tempo falando para as paredes que queria ser escritora, uma vez que a impressão que dá é que meus pais estavam prestando atenção em tudo, menos nas minhas vontades.

Mas não grito. Em vez disso, lembro-me da voz da minha psicóloga: *A gente sabe que cresceu quando aprende a perdoar os nossos pais*. Então respiro fundo, disposta a ser tão compreensiva com eles como espero que eles sejam comigo, afinal essa é a primeira vez que eles são pais de uma mulher que está mudando a vida inteira por uma carreira que teoricamente é muito arriscada.

Sei que eles estão preocupados comigo, e é isso que segura minha língua e me impede de oferecer uma resposta afiada à pergunta do meu pai.

— Sim.

E então sou pega de surpresa, quando o olhar do meu pai adquire um calor que não vejo desde a minha adolescência e seus lábios se repuxam em um sorriso gentil.

— Então não somos nós que vamos ficar no seu caminho, não é, Tereza? — Ele aperta a mão da minha mãe, e ela alterna o olhar entre nós dois, parecendo chocada pelo marido estar me defendendo.

Não a julgo, também estou surpresa. Meu pai nunca contesta minha mãe, sempre preferindo observar os conflitos familiares calado.

— Mas César... — ela começa, a voz combinando com o choque presente nas feições delicadas de uma diva da antiga Hollywood.

Meu pai está decidido, e fico imensamente grata por seu apoio. Preciso me controlar para não chorar de emoção quando ele interrompe minha mãe.

— Nossa filha já é adulta e muito capaz de tomar suas próprias decisões. Ela é uma mulher forte e inteligente graças à criação que demos a ela; temos que confiar um pouquinho nisso, não é? — Posso ver o exato momento em que minha mãe vê que perdeu a batalha, mas não encontro a raiva que pensei que encontraria em seus olhos. — Como pais, só nos resta apoiar e dizer que você sempre terá um lugar para onde voltar, Catarina. Vamos torcer por você, filha.

O quentinho que toma conta do meu coração é estranho e nem um pouco familiar.

É só quando me deito para dormir naquela noite e fico parada, olhando para o teto do quarto de hóspedes da casa da minha irmã, que entendo que essa sensação de paz que me rodeou pelo restante do dia é justamente a compreensão de que, finalmente, consegui fazer com que meus pais me entendessem, e não só isso, me apoiassem.

Como é boa essa sensação!

Antes de fechar os olhos, ainda passo um tempo pensando que há outra conversa difícil que preciso ter, só espero ter forças para enfrentá-la.

31

Meu novo lar parece ter saído diretamente dos meus sonhos de infância, quando eu sonhava com uma vida tranquila e feliz, rodeada por livros e música. Mal consegui acreditar quando a corretora de imóveis me entregou as chaves da casinha de vila mais charmosa de São Paulo, com suas paredes amarelinhas e tijolos aparentes e janelas com moldura azul, além do quintal cheio de plantas que parecia ter o poder de me transportar para a tranquilidade de uma tarde no interior, mesmo no meio de uma cidade tão caótica.

Claro que não pude comprar *ainda*, mas alugar uma casa com três quartos é um marco e tanto em minha vida de adulta, ainda mais se contar que ela é localizada na Vila Mariana, um bairro residencial do tipo que famílias com filhos costumam morar e que tem idosos passeando pelas calçadas quando o sol está um pouco mais fresquinho.

A cozinha é um espetáculo à parte, com paredes de bolinhas amarelas e balcões de mármore branco. E é justamente neste cômodo que me encontro agora, saindo completamente da minha zona de conforto enquanto tento cozinhar algo além do famigerado macarrão instantâneo com ovo cozido.

Tenho dificuldade para conseguir entender a caligrafia na receita de rocambole de carne no caderno antigo que herdei da minha avó, mas decido seguir os meus instintos e adicionar uma pitada a mais de molho de soja na carne moída. A cara não está tão apetitosa, mas pelo menos o cheiro é bom, apesar de não se parecer com o que minha avó costumava fazer.

Rocambole de carne é a comida preferida de tia Maitê, e essa é minha tentativa de recebê-la para jantar em minha casa nova, para podermos finalmente conversar sobre o que me aflige desde que ela nos apresentou ao seu novo namorado no jantar de boas-vindas que Lu e Carlos ofereceram na Itália.

Tia Maitê sempre foi a minha pessoa favorita no mundo, e vê-la ao lado do homem que me atingiu de maneira tão terrível há tantos anos foi algo bem difícil de encarar. Então, quando tive a oportunidade de escapar de lá e embarcar em uma viagem meio sem pé nem cabeça ao lado de Luca, não pensei duas vezes.

Demorou um pouco, mas depois de muito pensar, sei que chegou a hora de encarar minha tia e colocar tudo em pratos limpos. Se existe uma pessoa neste mundo que tenho certeza de que estará ao meu lado independentemente de qualquer coisa, essa pessoa é ela.

Sei que posso contar com minha tia até mesmo se precisar de ajuda para esconder um corpo, e a terapia me fez entender que eu estava projetando minhas próprias inseguranças nela quando passei a evitá-la por causa de seu novo namoro, tomada por um medo irracional de que ela escolheria acreditar no doutor Teixeira, quando nunca tive nenhum motivo para duvidar de sua lealdade a mim.

Apesar de ser apaixonada por um bom um romance, tia Maitê sempre deixou algo muito claro: a paixão não é nada quando comparada com o amor verdadeiro.

E o amor é exatamente o que nos une desde que me entendo por gente.

A campainha toca no momento em que tiro o rocambole do forno e limpo minhas mãos no pano de prato. Atendo à porta e encontro minha tia, linda, com seu batom vermelho e cabelo ondulado, tão parecido com o meu, uma garrafa de champanhe em uma mão e uma orquídea branca na outra.

— Feliz casa nova! — O sorriso que tia Maitê tem no rosto é tão brilhante que é capaz de iluminar minha sala inteira, mesmo se as portas de vidro que dão para o quintal não existissem.

Agradeço pelos presentes e a deixo entrar, então coloco a orquídea em cima do aparador ao lado da porta e levo a champanhe até a cozinha para poder nos servir nas xícaras de chá descombinadas que eu trouxe da minha *kitnet*, já que ainda não comprei taças chiques.

Quando volto à sala, encontro tia Maitê sentada no sofá cor de caramelo e entrego uma das xícaras a ela, que beberica o líquido sem cerimônia antes de me sentar ao seu lado.

— E então? O que achou da casa? — Estou bem orgulhosa do que consegui fazer com o local, apesar de ter que admitir que, quando o aluguei, tudo já estava pronto, e só tive que trazer os móveis e a decoração.

Apesar do orgulho que sinto, a opinião dela ainda é importante para mim, uma vez que a tia Maitê sempre foi meu referencial de bom gosto.

— Está tudo uma graça, minha querida, a casa tem a sua cara, o que significa que não há outro adjetivo para descrevê-la que não seja *linda*.

Sempre achei que tinha jeito com as palavras, mas ao ouvir minha tia falar com um sorriso no rosto enquanto me encara com tanto afeto nos olhos castanhos, percebo que isso foi algo que puxei dela. Será possível me sentir tão filha dela quanto da minha mãe? Foi o colo da minha tia que procurei a cada coração partido, foi no ombro dela que chorei a cada nota vermelha, e era para os braços dela que eu corria sempre que precisava dividir alguma felicidade.

Como pude pensar que ela não me escolheria, quando me escolheu desde o momento em que colocou os olhos em mim naquela maternidade?

Sinto-me envergonhada pela minha covardia, mas não posso me dar ao luxo de fraquejar agora. Devo a verdade à tia Maitê, e tenho a obrigação de protegê-la de um homem abominável como o doutor Teixeira.

— Obrigada, tia. Ainda estou comprando umas coisinhas que faltam — levanto a xícara para provar meu ponto —, mas já me sinto em casa.

— Ah, mas isso vai se ajeitando aos poucos. Só percebemos que tem alguma coisa faltando quando precisamos dela. — Ela abana a mão livre em um gesto de pouco caso, mas as palavras despretensiosas conseguem me deixar pensativa.

Só percebemos que tem alguma coisa faltando quando precisamos dela.

Luca Treviani está faltando na minha casa. Na minha vida. Mas essa falta só se manifesta nos meus momentos de fragilidade, quando me pego precisando dele, do seu colo, das suas palavras, que sempre parecem certas mesmo nas situações mais erradas. Apesar disso, a falta nunca se fez tão presente quanto nos momentos de alegria, como quando assinei o contrato com a editora ou quando recebi as chaves para a minha casa dos sonhos.

Gostaria de poder comemorar essas conquistas com ele; em vez disso, me contentei em abrir garrafas de vinho e ouvir músicas antigas no volume máximo.

Fecho os olhos e respiro fundo, chega de distrações. Este momento é meu e de tia Maitê apenas.

— Tenho que confessar uma coisa — começo, sentindo o coração iniciar as marteladas dentro do meu peito. Os olhos grandes da minha tia encontram os meus e brilham de curiosidade. — Tentei fazer a receita de rocambole de carne da vovó, mas acho que ficou um pouquinho diferente.

Eu me xingo mentalmente pela falta de coragem, mas depois me forço a relaxar e vejo que essa foi a melhor escolha. Não quero estragar nossa refeição com um assunto indigesto como o assédio que sofri do meu ex-chefe, então a melhor opção realmente é comermos antes e só depois contar a verdade. Nada me dá mais confiança do que quando estou de barriga cheia.

Ela ri daquele jeito elegante que é só dela e se levanta para examinar o meu experimento culinário, que descansa na mesa de jantar. Olhando bem de perto, existe a possibilidade de o rocambole ter queimado só um pouquinho, se a crosta preta em sua superfície servir de indicação.

— Não parece tão ruim assim; fico feliz que tenha lembrado que era meu prato preferido. — Minha tia se senta à mesa, e eu a sirvo com uma fatia do rocambole e um pouco de arroz branco. — Pensei que tinha se esquecido de mim, não respondeu a nenhuma mensagem desde que desmarcamos o nosso passeio aquele dia.

Esboço um sorriso amarelo e me sento na cadeira oposta a ela, sem saber direito como explicar o fato de que, na verdade, eu a estava evitando para não ser obrigada a ouvir nada sobre o doutor Teixeira.

— Você achou que eu estava querendo cobrar o empréstimo? Porque já disse que não precisa pagar nada — ela diz, e eu me xingo mentalmente por ter ficado tão distraída com a mudança e os meus projetos de escrita que acabei me esquecendo de devolver o dinheiro que peguei emprestado para as passagens.

— Garanto que eu não estava fugindo das minhas dívidas, tia, só fiquei muito ocupada nesses últimos tempos. — Dou uma garfada no rocambole e experimento a comida com cuidado. Não é um prato que seria servido em um restaurante, mas também não está terrível. Penso um pouco enquanto mastigo, e adiciono: — Já, já eu pego meu celular e te faço um pix.

Finjo não perceber que ela apenas move a comida de um lado para o outro no prato, dado que eu nunca fui conhecida por minhas habilidades culinárias.

— É bom ver que você está bem, eu estava com medo de que estivesse sofrendo por causa daquele Luca. — Sua voz é cheia de preocupação genuína, o que só faz com que eu me sinta culpada por tê-la evitado com tanto afinco. — O Marcos me disse que ele sempre foi problemático, então você se livrou de uma boa, Cat.

Sinto meu sangue ferver antes mesmo de ela terminar a frase, e tenho que me controlar para não responder de maneira atravessada. Minha tia não tem culpa nenhuma, e é claro que ela acreditaria em qualquer baboseira que o namorado dissesse sobre Luca, até mesmo porque o boato que corre em nossa família é o de que ele estava tentando voltar com a esposa e acabou me usando para passar o tempo.

A maneira como a raiva me atinge é algo surpreendente. É verdade que a menor menção ao nome do doutor Teixeira é suficiente para deixar o meu sangue fervendo, mas desta vez me pego afetada pela mentira contada para prejudicar a reputação de Luca, justamente um aluno que sempre se inspirou tanto nele, a ponto de ficar cego diante do seu comportamento inadequado e abusivo.

É estranha a necessidade que tenho de defendê-lo, mesmo sabendo que essa é a última coisa que ele precisa de mim.

— Acho que o seu namorado deve ter se confundido, o Luca sempre foi um dos melhores alunos da faculdade. E até onde eu sei, ninguém nunca teve problemas com ele, muito pelo contrário, ele sempre foi adorado por onde passou.

— Mas esses são justamente os mais perigosos, não acha? Os melhores em manipular. — Sua voz é tão cheia de certeza que fico temerosa das histórias que meu ex-professor deve ter inventado a respeito de Luca.

O engraçado é que, se estivéssemos tendo essa conversa há uns seis meses, eu teria concordado com ela. Passei muito tempo tentando justificar o sucesso de Luca com teorias mirabolantes sobre sua excelente capacidade de manipulação, cega demais pelas minhas próprias inseguranças para admitir que ele é amado por todos pelo simples fato de ser uma pessoa *amável*.

Claro que Luca tem seus defeitos, como qualquer ser humano, mas se ele conseguiu chegar onde chegou, foi graças também a suas habilidades interpessoais, e isso não o torna uma pessoa ruim. Diferente do doutor Teixeira, que usa seu carisma e sua inteligência para assediar alunas e inventar histórias mentirosas sobre profissionais impecáveis, como é o caso de Luca. Com isso, decido que cheguei ao meu limite. Tia Maitê não conhece Luca, mas eu o conheço; e obviamente ela também não conhece meu ex-professor, mas eu também o conheço.

— Você não vai mais querer comer? — Indico seu prato intocado com o meu garfo, e ela tem a cortesia de parecer envergonhada, mas não a culpo por não querer comer a minha comida.

A massa do rocambole está densa e é quase como mastigar chiclete. Apesar de o sabor não estar ruim, ainda está bem longe do que o que minha avó preparava todo domingo para os almoços em família.

— Me desculpe, Cat — Minha tia não demonstra qualquer tipo de suspeita quanto a minha mudança abrupta de assunto, e finalmente descansa os talheres ao lado do prato intocado com um sorriso amarelo e um breve erguer de ombros. — É que eu estou seguindo uma nova dieta e não posso comer nada depois das cinco da tarde, mas ainda quero levar um pedaço desse rocambole para casa! Você tem alguma vasilha? Será meu almoço de amanhã.

Normalmente, eu faria algum tipo de piada sem graça sobre o alto índice de furtos de vasilhas entre familiares, mas estou tão nervosa pela conversa que estamos prestes a ter que apenas concordo com a cabeça, e me levanto para buscar um recipiente em que ela possa colocar um pedaço do rocambole para a viagem.

Em uma tentativa de ganhar mais tempo e, consequentemente, mais coragem, sugiro que tomemos o restante do champanhe acompanhado das mini éclairs de pistache que encomendei mais cedo da minha doceria preferida.

Nós nos acomodamos novamente no sofá e, enquanto devoro os doces sozinha, ela me conta sobre um novo retiro espiritual ao qual está planejando ir durante o período do Natal, daqui a quatro meses. Penso que essa pode ser uma ótima ideia, já que espero que até lá ela já tenha dado um pé na bunda do doutor Teixeira, depois do que eu tenho para dizer, e estará precisando de um tempo para trabalhar na cura interior.

Depois de me ajudar com a louça, tia Maitê começa a se preparar para ir embora, e sei que é agora ou nunca. O champanhe me deu um pouco mais de confiança, mas minha voz ainda sai fraca quando finalmente digo:

— Tia, precisamos conversar.

Ela para na metade o movimento de colocar a bolsa no ombro e se vira para me encarar. Percebo pelo vinco que se forma entre suas sobrancelhas, e pela maneira como seus olhos parecem procurar algo em meu rosto, que ela não faz ideia do que posso ter para falar em um tom tão sério.

Sempre fomos sinceras uma com a outra, e ela sempre foi muito mais uma amiga do que uma tia para mim, solícita a me aconselhar quando eu pedia ou disposta a simplesmente me emprestar seu colo para chorar sem fazer perguntas. O tipo de amor que a gente sabe que vem de outras vidas, uma conexão além de qualquer outra que eu já tenha experimentado, e sempre me senti muito sortuda por ter encontrado minha alma gêmea sem muito esforço, afinal, compartilhamos o mesmo sangue.

Lembro que, quando eu era criança, tia Maitê costumava brincar dizendo que tinha passado tantos anos sem conseguir ter amizades duradouras porque estava me esperando. Na época, eu me sentia lisonjeada e especial, hoje me pergunto o quanto de verdade aquelas palavras carregavam. Ela sempre foi uma explosão de cores, de sentimentos, de ideias, e às vezes, qualidades que seriam celebradas em um homem se tornam motivo de críticas quando estão atreladas a uma garota magricela de uma cidadezinha pequena.

Eu sempre soube que ela nunca se encaixou na nossa cidade natal, e muito menos em nossa família, acho que por isso sempre gravitamos ao redor uma da outra. Duas ovelhas com as cores do arco-íris no meio de um rebanho obediente.

Apesar de sempre ter ficado ao meu lado durante todos os momentos difíceis, ela estava morando em Portugal na época do incidente com o doutor Teixeira, e eu não tive coragem de contar para ninguém além da minha terapeuta sobre o que havia acontecido. Ainda havia muita culpa dentro de mim, como se algum gesto meu ou alguma palavra impensada pudessem ter encorajado as atenções indesejadas por parte do meu ex-chefe.

Quando eu finalmente aceitei que não tinha culpa de nada, já haviam se passado muitos anos, e todo mundo tinha se esquecido do meu período de escuridão, então nunca pensei em contar, não havia necessidade de reviver esse trauma, não quando tudo parecia ter acontecido em outra vida.

Até chegar o fatídico dia em que minha tia favorita apareceu na Itália de braços dados com o meu assediador.

— Você está tão séria. — Ela se senta na poltrona ao lado do sofá e deixa a curiosidade tomar conta das feições delicadas. — Sobre o que precisamos conversar?

Estou nervosa, mesmo sabendo que é bobeira ficar assim quando minha tia me conhece como a palma da sua mão, e posso sentir os sinais iniciais de uma crise de ansiedade se aproximando: respiração difícil, tontura, vontade de vomitar, suor frio... Neste momento, me arrependo de não ter aceitado a receita para um ansiolítico que minha psiquiatra sugeriu em nossa última consulta, mas eu estava me sentindo tão bem que a julguei desnecessária. Ledo engano.

Respiro fundo algumas vezes e fecho os olhos, tentando achar as palavras certas para dizer que o homem com quem ela anda se relacionando pelos últimos três meses, e por quem diz estar apaixonada, na verdade é um predador, alguém que se aproveita das posições de poder para abusar de mulheres mais jovens.

Posso sentir sua impaciência crescendo quando começa a bater com o pé no meu piso de taco. O som acompanha meus passos enquanto ando de um lado para outro, até que, por fim, paro na frente dela e começo:

— Tem a ver com o doutor Teixeira, tia. — A surpresa perpassa por seus olhos, mas ela se mantém calada, o que tomo como um incentivo para continuar. — Eu sei que você tá apaixonada por ele e tudo mais, mas preciso te contar uma coisa. — Aperto minhas mãos em punhos e uso tanta força que consigo sentir a unha cortando a carne, talvez seja a adrenalina do momento, mas não sinto dor alguma, pelo menos não fisicamente. — Acho que você já sabe que ele foi meu professor na faculdade, não é?

Ela assente muito lentamente e prende a respiração, como se soubesse que estou prestes a revelar algo muito grave. Ela sempre foi muito mais inteligente do que todos lhe davam crédito, e acho que até mesmo por isso ela se levanta de onde está sentada para me envolver em um abraço apertado.

É só então que percebo que estou chorando.

Lágrimas silenciosas rolam por meu rosto, e me sinto envergonhada por não conseguir manter a compostura. Eu estava me preparando para consolar minha tia, mas em vez disso é ela quem está sussurrando palavras de encorajamento contra meu cabelo.

— Você pode me contar qualquer coisa, Cat. *Qualquer coisa*, ouviu bem? — Ela usa os polegares para enxugar meu rosto e sorri, compreensiva. — Sou eu, sua tia preferida.

E então eu começo a falar. Conto sobre o primeiro dia de aula, sobre como o achei tão diferente dos outros professores;

sobre a monitoria que acabei tendo que dividir com Luca, e que só muitos anos depois fui entender que não era por eu ser incompetente, mas sim porque ele, como professor, não confiava que uma mulher tivesse capacidade para assumir tanta responsabilidade.

Conto sobre minha euforia ao conseguir o estágio, sobre como os primeiros meses foram ótimos e como ele me fez sentir inteligente e capaz...

E conto sobre o dia na sala de reuniões, quando ele se achou no direito de me tocar sem permissão e acabou matando uma parte de mim.

Ela ouve tudo em silêncio, acariciando minhas costas quando as lágrimas ficam muito fortes e preciso de um tempo para continuar, e juro que nunca me senti tão protegida quanto me sinto agora, expondo uma das minhas maiores cicatrizes para a mulher que foi responsável por me tornar quem sou hoje.

Quando termino meu relato, estou envergonhada demais para encontrar seus olhos. Não porque penso que sou culpada pelo comportamento do meu ex-professor, mas porque demorei tempo demais para contar o que tinha acontecido e acabei deixando que o relacionamento dele com a mulher que mais amo no mundo se aprofundasse cada vez mais. E se ele a tivesse machucado? Eu jamais seria capaz de me perdoar.

— Obrigada por me contar. — Ela parece tensa, mas decidida, e o olhar em seu rosto faz com que eu tenha arrepios. Nunca vi minha tia assim. — Eu preciso ir, você vai ficar bem? Não quer ligar para sua irmã vir aqui ficar com você?

— Não precisa. — Permaneço sentada enquanto ela faz o curto caminho até minha porta de entrada. — O que você vai fazer, tia?

Não há mais nenhum traço da mulher divertida que conheço quando ela vira o rosto em minha direção e ajusta a alça da bolsa no ombro, com uma obstinação que me faz acreditar que não há nada no mundo que ela não seja capaz de fazer, como uma leoa pronta para defender seus filhotes.

— Eu vou ensinar a um traste que não se deve mexer com uma mulher, ainda mais se essa mulher for você.

32

A linha azul do metrô está bem tranquila no fim da tarde de domingo, quando volto de uma corrida no parque que tive com Luana e algumas colegas do meu curso de escrita criativa, e me permito relaxar um pouco o meu modo de alerta em transportes públicos ao encostar a testa na janela fria do vagão.

Quase consigo ouvir a voz da minha irmã me alertando sobre a quantidade de bactérias presentes nas superfícies dos espaços compartilhados, mas nunca fui do tipo paranoica, e não é como se eu não fosse tomar um banho assim que chegasse em casa.

Deixo meus olhos passearem pelas poucas pessoas que também ocupam o vagão, e eles se demoram alguns segundos no casal em pé à minha direita. Um homem alto e uma mulher baixinha se abraçam enquanto ignoram os avisos escritos de que não se deve ficar apoiado nas portas do metrô. Minha mente inevitavelmente volta para a lembrança de olhos azuis profundos e risadas altas em um carro cor-de-rosa, e, não pela primeira vez, resisto ao impulso de pegar o celular e mandar uma mensagem para Luca.

Não estou sofrendo por estarmos separados, até mesmo porque nunca nem sequer estivemos juntos, mas estaria mentindo se não admitisse para mim mesma que todas essas conquistas com as quais tanto sonhei teriam um sabor mais doce se ele estivesse ao meu lado para comemorar comigo.

Estou perfeitamente contente com a guinada que dei em minha vida em tão poucos meses, mas também sei que é só o início do caminho que irei trilhar e que não será fácil. Aprendi uma coisa muito importante enquanto passei tanto tempo em minha própria companhia, sem dar espaço para as vozes da insegurança que sempre me acompanharam: diferente do que diz Tom Jobim, é possível, sim, ser feliz sozinho; mas é mais fácil manter a felicidade quando estamos acompanhados.

Por mais clichê que isso soe, a felicidade, quando dividida com alguém, tende a se multiplicar, e a tristeza tende a diminuir.

Meu relacionamento com meus pais, com minha tia (que deu um pé na bunda do doutor Teixeira enquanto lamentava não poder colocá-lo na cadeia), com minha irmã e minha prima, e até mesmo com os novos amigos que conquistei ao longo do caminho são essenciais para que este momento que estou passando seja um dos melhores da minha vida. E é impossível não ficar um pouquinho irritada comigo mesma por estar sempre percebendo a falta que Luca faz, tendo que fingir desinteresse quando seu nome é levantado por meu cunhado em alguma situação despretensiosa.

Ele não faz por mal, é o que Lu sempre diz. *Além do mais, é como você mesma sempre diz: nunca houve nada sério entre vocês, não é? Apesar de eu achar isso uma pena. Vocês formariam um casal tão lindo.*

O vagão para na estação Ana Rosa, e é minha vez de esvaziar um pouco mais o trem. Um cara vestido de Papai Noel está tocando um sino dourado enquanto pede doações para crianças carentes. Procuro alguns trocados na bolsa e consigo achar bem no fundo uma nota de dez reais amassada, que deposito na cestinha de palha que ele tem no chão do metrô.

Dezembro é um mês que multiplica todos os sentimentos por mil, e mesmo que eu sempre tenha tido uma família grande, por mais que às vezes nem tão unida, os feriados de fim de ano sempre tiveram a capacidade de me deixar melancólica, como se não importasse a quantidade de pessoas com as quais eu me rodeie, a solidão sempre é maior. E sendo alguém que sempre aproveitou a solitude, estou perfeitamente ciente das minhas próprias contradições.

Os últimos tempos foram repletos de reflexão e de autoconhecimento, o que é igualmente animador/empolgante e assustador. Não há nada mais aterrorizante do que se ver obrigada a confrontar seus medos mais profundos e admitir que nem todos os seus problemas são culpa das outras pessoas. Talvez seja por isso que me recuso a procurar por Luca. A culpa e o constrangimento pelo modo como o tratei, quando sei agora que ele não tinha culpa de nada, é algo que ainda não estou preparada para encarar. Ainda mais depois da constatação inevitável de que acabei me apaixonando por ele.

Pois é, me apaixonei pelo meu ex-rival da época da faculdade. Dá pra ficar mais clichê que isso?

E não, não foi algo que surgiu depois de passarmos uma semana em outro país. Como ele mesmo disse, esse é um sentimento que veio crescendo escondido dentro de mim por mais ou menos dez anos. Com todas as implicâncias sem sentido e os toques despretensiosos que sempre vinham como o prelúdio de algo mais... Algo que nunca chegava a se concretizar. Até aquela noite em Montemerano, quando nos vimos livres de todo e qualquer empecilho para a realização do que já estava escrito para ser há muito tempo.

Quando destranco a fechadura da minha porta, deixo meus tênis de corrida na parte de fora e entro em casa, pronta para tomar um banho gelado e me livrar do suor de um dia correndo com minha irmã, minha prima e meus amigos. Uma das minhas novas resoluções é justamente esta: colocar a saúde como prioridade, tanto a mental quanto a física, e hoje posso me orgulhar e dizer que já consigo correr cinco quilômetros direto e sem o risco de um ataque cardíaco.

Faço questão de conectar meu celular na caixinha de som bluetooth que ganhei de brinde em uma promoção do supermercado e, assim que entro no chuveiro, o espaço pequeno já está preenchido pela voz da Taylor Swift, minha fiel companheira quando o assunto é lavar o cabelo, mesmo que agora eu leve metade do tempo nessa tarefa, uma vez que depois da mudança de visual, meus fios mal batem nos ombros.

Saio do banho enrolada em uma das minhas melhores aquisições dos últimos tempos: um roupão branquinho e felpudo que envolve meu corpo como mil nuvens e faz com que eu me sinta no paraíso. Vou até a cozinha pronta para preparar um milk-shake de ovomaltine, porque é domingo e ninguém é de ferro, mas paro no meio do caminho. Um envelope cor de creme chama minha atenção, logo abaixo da minha porta de entrada, e tenho certeza de que ele não estava ali quando cheguei. Sei que sou distraída, mas não a esse ponto.

Antes de me abaixar para examinar o conteúdo do envelope, chego à conclusão de que quem quer que o tenha deixado aqui tem acesso à vila em que minha casa fica localizada, uma vez que a rua é trancada e o seu Lourival, o vigia, é muito cri-cri com quem entra e sai daqui.

Sento em uma das minhas poltronas estampadas, e minha curiosidade só aumenta ao perceber que não há qualquer menção a um remetente, apenas meu nome em uma caligrafia elegante adorna a frente do papel cartonado, que lembra vagamente aqueles envelopes usados para convites de casamento.

Sem querer perder mais tempo, abro o envelope sem qualquer cerimônia e acabo rasgando um pouco do papel no processo, mas não me importo. Sempre fui curiosa, e esse tipo de coisa é exatamente o que faz o meu coração acelerar. Seriam boas notícias me informando que ganhei na loteria? Ou seria uma carta me ameaçando de morte por eu ter esquecido de separar o lixo reciclável do orgânico?

Nunca se sabe.

Abro o papel cuidadosamente dobrado, e logo percebo que é uma carta longa, de no mínimo duas páginas, frente e verso. Será que alguém andou me espionando e descobriu minha estranha obsessão pelas cartas do sr. Darcy em *Orgulho e preconceito*? Bem, só me resta ler e descobrir.

Catarina,
Passei um bom tempo pensando em como começar esta carta, algo tão simples e tão poderoso quanto o seu nome, que iniciou uma guerra dentro de mim. Será que ainda tenho o direito de chamá-la pelo apelido? Privilégio que me foi concedido por tão pouco tempo? Por isso mesmo começo esta carta assim: Ca-ta-ri-na. Quatro sílabas que quando se juntam formam o mais doce dos nomes: o seu.
Ah, caso ainda não saiba quem está escrevendo, sou eu, Luca. Não sei por que, mas algo bem lá no fundo me disse que uma mulher como você gostaria de receber uma carta escrita à mão em vez de um longo e-mail ou uma mensagem de áudio no WhatsApp. Espero estar certo, e que você não esteja me achando um velho maluco por recorrer ao papel e à caneta.
Só pensei que uma escritora como você apreciaria esse gesto.
Vou te contar uma coisa: faz tanto tempo que não escrevo nada à mão, além da minha assinatura, que precisei comprar um caderno de caligrafia, desses infantis mesmo, para que minhas palavras ficassem legíveis. Se você está lendo esta carta agora, é provável que eu tenha finalmente conseguido, até mesmo porque jamais seria capaz de mandar um monte de garranchos para que você fosse obrigada a desvendar.
Quero que tudo entre nós fique muito claro, sem joguinhos e sem mistérios.
Bem, acho que já enrolei demais e acabei nem dizendo o que realmente quero dizer. Passei anos pensando que você não era nada além de uma paixão platônica, dessas de menino, sabe? Que vem e vai. E por um bom tempo, foi exatamente isso. Eu vivia minha

vida normalmente, até que você passou a aparecer, em uma aula, na cantina, em um congresso, até mesmo em uma audiência, como advogada da parte contrária, e aí meu coração parecia que queria pular do peito e eu tinha que me controlar para não me comportar como um adolescente, te irritando para chamar sua atenção.

Talvez você esteja me achando inconveniente, até mesmo porque não é segredo para ninguém que fui casado e, para ser sincero, eu amei a Clara. O problema acontecia quando você chegava e eu era obrigado a confrontar o fato de que eu não sentia por ela um décimo do que sentia por você, isso sem sequer você precisar se esforçar.

E foi assim, eu fui gostando de você de graça. Sem porquê. Sem pra quê. Apenas por você ser você, minha Catarina, minha gattina. Quando eu percebi, já era tarde demais, e aí estraguei tudo quando fui incapaz de enxergar o que realmente tinha acontecido naquele dia. Hoje, parando para pensar, vejo como eu apenas vi o que quis ver.

Eu admirava o doutor Teixeira, e ele sempre fez questão de mostrar o quanto era melhor do que eu, de modo que simplesmente fazia sentido que ele também tivesse conseguido a garota que habitava minha mente e meu coração desde o primeiro dia.

Então não me permiti sequer questionar o que realmente testemunhei, e acabei deixando para lá, enterrando a cena bem no fundo da minha mente. Não queria ser o cara patético que sentia ciúme de alguém com quem nunca tive qualquer coisa além de umas conversas bem-humoradas que, hoje sei, não foram tão divertidas assim para você. Novamente, eu só vi o que queria, e acabei te machucando no meio do caminho.

Não quero me passar por coitado, pois sei que errei com você incontáveis vezes, principalmente quando não me intrometi em algo que eu deveria ter me intrometido. Eu era mais jovem, mas isso não é desculpa.

A questão, Catarina, é que depois desses dias que passamos juntos, fui obrigado a admitir para mim mesmo algo que venho negando desde o dia em que você me proibiu de te chamar pelo seu apelido: o fato de que estou apaixonado por você. Loucura? Com certeza. Não que você não seja alguém apaixonante, mas é realmente inesperado que nossas poucas interações tenham sido suficientes para que eu sentisse por você algo que nunca senti por mais ninguém.

Naquela noite na pousada, você me perguntou sobre Clara, e hoje vejo que não fui exatamente honesto em minha resposta. Sim, eu amei a minha ex-esposa, acho que não teria ficado tanto tempo com ela se esse não fosse o caso. Mas era um tipo de amor diferente, daqueles que a gente vai construindo aos pouquinhos. Foi um amor que eu escolhi sentir, uma vez que, desde que começamos a namorar, tudo já parecia estar escrito em pedra.

Com você não. Com você foi o tipo de amor que eu não vi chegar. Que me atingiu em cheio, como se eu estivesse no topo de uma montanha-russa sem qualquer tipo de equipamento de proteção, e justo eu, que sempre amei aventuras, fugi. Então, aqui está outra admissão de hipocrisia: não é só você que foge quando as coisas ficam sérias, Catarina. Acho que é a reação natural do ser humano.

Naquele dia do congresso, eu estava quase noivo e mesmo assim pensei em jogar tudo para o alto e só ficar com você. Não me arrependo da minha decisão, acho que você merecia bem mais do que um homem pela metade e que estava disposto a trair uma namorada de anos. Você merece tudo o que a vida tem para oferecer de mais lindo, gattina*. Sou muito grato por ter tido a oportunidade de te conhecer de verdade. Sou grato pelas nossas conversas, pelas picuinhas, pela comida compartilhada e até mesmo pelo karaokê desafinado.*

E não, eu não te segui e consegui seu endereço novo como um psicopata. Pedi para o Carlos me ajudar a entregar esta carta. Sei que você é escritora e também sei de sua paixão pela literatura, então pensei que talvez este fosse o gesto romântico capaz de fazer com que você me dê mais uma chance. Desta vez com todas as cartas na mesa. Sem mentiras, sem joguinhos... Apenas você e eu e essa loucura maravilhosa que acontece quando estamos juntos.

Tenho caminhado de mais, comido de menos e pensado em você.

Talvez você fique feliz em saber que comecei a trabalhar em um caso pro bono. Estou defendendo uma mãe que foi presa por tentar furtar alguns pedaços de carne de um supermercado. Não sei se isso faz muita diferença para você, mas queria que soubesse que me inspirei na sua coragem de ir atrás do que quer para voltar ao ponto que me fez querer ser advogado em primeiro lugar. Obrigado por isso.

Obrigado por tanta coisa.

Por sua causa, o sol brilha mais bonito, as estrelas que se escondem com as luzes da cidade aparecem só para mim, e sei que estou sendo extremamente brega e romântico, mas você sabe que eu adoro um pagode bem meloso, não é? Esse sou eu.

E escrevo com esperança.

Eu me pego olhando as fotos que você tirou no meu celular e me sinto como um adolescente apaixonado. O problema é que esse amor é grande demais para caber dentro do peito de um adolescente.

Isso aqui é coisa de gente grande.

Espero que não fique chateada com minha invasão. É que cansei de ficar parado esperando para ver o que acontece. Sempre fui atrás do que quis, e eu quero você.

Você tem meu número. Me liga.

Vou te esperar. Um dia, uma semana, um mês... Já te espero há dez anos! E vou continuar esperando.

Você vale a pena, gattina.

Um beijo grande e um abraço apertado,
Do seu,
Luca.

P.S.: Depois de escrever tudo isso, minha admiração por sua escolha profissional cresceu ainda mais! Como dói sangrar a tinta no papel! Você é foda, Catarina, no melhor sentido possível da palavra.

No momento em que acabo a carta, não sei exatamente o que estou sentindo. Lágrimas borram o meu rosto e um sorriso bobo toma conta da minha boca, que não sabe ao certo se ri ou se grita. Sinto-me como uma personagem em um dos meus filmes favoritos ou uma das mocinhas dos livros de romance que eu costumava pegar escondido na biblioteca do colégio.

Olho em volta da sala vazia e tento pensar no que fazer, mas tudo o que vem à mente é o quanto preciso falar com Luca. Se ele não teve vergonha de vir atrás de mim, também não terei vergonha de engolir o orgulho e ir atrás dele.

Estamos longe de sermos perfeitos, e cada um tem sua parcela de culpa em tudo o que aconteceu, mas como posso dizer que quero ser feliz se não tenho coragem de aceitar a minha própria humanidade? A falha também nos define, e acho que nunca encontrei ninguém que combinasse tanto com os meus defeitos quanto Luca.

Nesses meses, acho que o mais importante de tudo foi a lição de que consigo ser feliz sozinha, mas não quero. A minha companhia me basta, e sei que ficarei bem de qualquer maneira. Mesmo que fiquem algumas cicatrizes pelo caminho, sempre posso contorná-las com estrelas. Mas também quero compartilhar minha felicidade com ele.

Com as mãos tremendo, procuro o seu nome na minha lista de contatos do celular e me lembro, com um pequeno sorriso, do dia em que o salvei, quando participamos de um grupo voluntário de justiça itinerante organizado pela faculdade. Nunca mudei o nome escolhido: *doutor Metido*. Na época, parecia apropriado pela maneira como ele sempre parecia saber de tudo. Hoje vejo que fui tão preconceituosa e orgulhosa quanto os personagens de Jane Austen, e fico feliz que o destino ainda esteja disposto a me dar uma segunda chance com um homem tão maravilhoso.

Meu Deus, o que será que está acontecendo comigo? Parece que o amor realmente deixa as pessoas meio descompensadas.

A ligação chama algumas vezes, e é tempo suficiente para que minha mente conjure todos os piores cenários possíveis. E se a carta for falsa? E se ele já se arrependeu? E se ele me confundiu com outra pessoa? Sei lá, é possível! Não é?

— *Gattina?*

33

O vestido vermelho chega até meus tornozelos em uma saia aberta e rodada, e me pergunto pela milésima vez se não estou arrumada ou desarrumada demais para um simples jantar. Em todos os anos desde que conheci Luca Treviani, jamais pensei que um dia estaria nervosa a respeito da minha aparência para um encontro com ele, mas a vida tem um jeitinho próprio de nos surpreender, e agora estou aqui, em dúvida entre um batom nude ou um escuro para nosso primeiro jantar juntos desde a última vez que nos vimos na Itália.

Depois de passarmos a noite inteira ao telefone como dois adolescentes, ficou decidido que ele viria me buscar em casa para jantarmos juntos e colocarmos os pingos nos is. Não me lembro de já ter me sentido assim antes, com o coração querendo sair pela boca e com os pés tão leves que posso sair voando por aí.

Percebo que é a primeira vez que ele me verá com o cabelo curto, e sou tomada por uma onda de insegurança. Sempre tive madeixas longas, e por muito tempo atribuí grande parte da minha beleza a elas. Ao cortá-las, eu fazia uma declaração de que a antiga Catarina estava finalmente pronta para dar espaço à mulher que sempre sonhei em ser.

Agora, enquanto analiso meu reflexo no espelho, não sei se essa foi a decisão acertada.

O interfone toca, e é o vigia avisando que Luca está lá na frente esperando. Não tenho mais tempo para me afundar em inseguranças, então pego minha bolsa pequena e guerreira, que uso em qualquer ocasião mais formal desde que a comprei em um brechó aos vinte anos, e tranco a porta atrás de mim, tomando cuidado para não tropeçar com os saltos finos na rua de paralelepípedos enquanto faço o caminho até o portão da vila e avisto o advogado, encostado na lateral de seu SUV preto e parecendo ainda mais lindo do que minhas lembranças me fizeram acreditar. É como se meu coração se tornasse ginasta dentro do peito, diante do sorriso despreocupado e genuíno que ele me oferece enquanto me aproximo a passos tímidos e incertos.

— Boa noite, *bella*. — Sua voz é grave ao mesmo tempo que é suave, e só então percebo o quanto senti falta disso.

O quanto senti falta de ter seus olhos azuis em mim. O quanto senti falta de ter a pele em brasa com um simples olhar.

É tão além da atração física e tão além de qualquer coisa que já experimentei que minhas reações tresloucadas de repente se revestem de sentido, afinal a reação ao desconhecido sempre é uma surpresa.

— Boa noite. — Consigo esboçar um sorriso tímido.

Não é como se fôssemos estranhos, mas meu corpo parece discordar do fato, com suas reações inesperadas; as palmas das minhas mãos suam descontroladamente enquanto entro pela porta do passageiro, que ele mantém aberta para mim. A proximidade me permite sentir o seu perfume, que me transporta para um lugar tão seguro e aconchegante que me deixa tonta. Como pode ele ser tão familiar quando mal tivemos momentos juntos?

Quando ele se acomoda no assento do motorista, já estou catalogando assuntos que posso trazer à tona para que não tenhamos de lidar com um silêncio constrangedor. Preocupação essa que se mostra totalmente infundada quando ele liga o rádio, se vira para mim antes de dar partida no carro, e diz, com um sorriso sincero brincando no canto da boca e deixando as covinhas à mostra:

— Obrigado por aceitar jantar comigo.

— Não tô nem te reconhecendo. — Inclino a cabeça para o lado e analiso melhor o perfil bem esculpido do homem, que afivela o cinto de segurança no lugar. Assim como eu, ele também parece ter decidido fazer uma mudança no visual, com os fios mais curtos e a barba mais bem aparada. Continua lindo como sempre, e não consigo conter um sorriso provocativo ao perceber que suas mãos tremem ao girar a chave na ignição. — Tá nervoso?

— Você bem que poderia me dar um desconto — sua voz é tranquila, um contraste evidente com o nervosismo demonstrado em suas ações —, não é todo dia que tenho a oportunidade de levar uma mulher como você para jantar.

— Quem vê pensa, né? — Volto minha atenção para o interior do carro, admirando o design minimalista em couro preto dos bancos e o painel tecnológico que exibe o aplicativo de mapas em um display colorido. — Se bem que acho que teria mais chances com as mulheres se ainda estivesse com o carro cor-de-rosa. Não concorda?

Fico satisfeita quando vejo, com o canto do olho, seus ombros relaxarem, e voltamos muito facilmente para a dinâmica que sempre funcionou entre nós. Não estou acostumada a ficar tão nervosa em primeiros encontros, nem mesmo quando são aqueles para os quais me preparei mentalmente por semanas, mas por algum motivo, que tenho medo de descobrir qual, sei que esta noite com Luca é especial.

Estamos completamente vulneráveis na frente um do outro, e não há nada mais assustador do que se despir de todas as suas defesas. Ao fazer isso, estamos dando ao outro a coisa mais poderosa que poderíamos dar a outra pessoa: a confiança. E com ela também vem a possibilidade de nos ferirmos como ninguém.

Estranhamente, meu coração parece tranquilo com isso. Com Luca.

O frio na barriga e o coração acelerado são apenas um bônus, do tipo que a gente sente quando está prestes a conseguir algo que queria há muito tempo. Será possível? Querer tanto algo sem sequer saber disso? Xingo-me mentalmente. Sempre me considerei tão atenta... e acabei deixando escapar algo tão óbvio quanto a força e a intensidade do que sinto pelo advogado, que avança pelas ruas da cidade rumo a um destino misterioso.

— Não vai mesmo me dizer para onde estamos indo? — Tento reconhecer os arredores conforme nos distanciamos do meu bairro, mas a baixa iluminação da cidade e meu senso de direção prejudicado não ajudam muito.

Quando me convidou para jantar, Luca se recusou a dividir comigo a informação do nome do local para onde estamos indo, e limitou-se a apenas me instruir a me vestir bem. Talvez eu já devesse estar acostumada com suas surpresas, mas a verdade é que cada vez que tenho o controle tirado de minhas mãos, é como se eu estivesse andando para um precipício com uma venda nos olhos.

Dramática?

Talvez.

Mas não é assim que todos os artistas são?

— Confia em mim, eu tenho certeza de que você vai amar. — Ele se vira rapidamente para me dar uma piscadinha, e sinto minhas bochechas esquentarem com o gesto despretensioso. — Você costuma gostar das minhas surpresas, não é?

Lembro-me rapidamente de nossa tarde nas termas de Saturnia, e sou forçada a concordar com ele. Luca tem um talento nato para me deixar sem palavras, o que é algo muito raro, considerando que sempre sou acusada por todos de ter engolido um rádio.

Ele dirige por quase uma hora, nada estranho para uma cidade da dimensão de São Paulo, mas extremamente estressante para uma pessoa ansiosa como eu. Durante o percurso, nos ocupamos com tópicos cotidianos como os estresses de mudar de casa ou os horários de pico do metrô, que ele não experimenta, pois está sempre de carro. Também aproveito e coloco para tocar algumas músicas novas que descobri, e fico feliz quando ele finge gostar até mesmo de uma que é extremamente açucarada, até para mim.

Desta vez, não preciso usar o celular dele para acessar o aplicativo de streaming de músicas, uma vez que posso carregar o meu normalmente nas tomadas brasileiras, então acabo não conseguindo descobrir se ele criou alguma playlist nova desde que nos vimos pela última vez, com um nome terrivelmente literal como CHORANDO POR CATARINA.

Ele estaciona o carro no subsolo do que parece ser um prédio comercial, com muitos andares e muito aço cromado e vidro na fachada. Tento me lembrar de algum restaurante novo no terraço de um desses prédios modernos, mas não consigo pensar em nenhum, e tenho quase certeza de que o Stella, o restaurante dos pais dele, fica em uma casa antiga no Bixiga — não que eu tenha passado um tempo considerável espionando o empreendimento pelo Google Maps ou algo assim.

Longe de mim.

Quero perguntar se é aqui que seu escritório fica, mas mordo a língua, decidida a deixá-lo manter a tal surpresa que levou apenas um dia e meio para preparar. Se sua ideia de jantar romântico é tomar vinho entre pilhas de volumes de processos, serei forçada a admitir que a beleza física é o aspecto mais brilhante de Luca Treviani. Uma lembrança da noite que passamos juntos atravessa minha mente sem qualquer aviso, e então estou com o rosto vermelho novamente.

Certo, preciso confiar mais em suas habilidades.

Ele abre a porta do passageiro com um floreio e mantém a mão em minha cintura até alcançarmos o elevador de portas duplas. Fico surpresa com minha reação ao seu toque. Meu corpo se inclina sem aviso em direção ao ponto de calor que seus dedos exalam através do tecido, e me pego imaginando seus dedos em vários outros lugares...

— Parece que consigo ouvir as engrenagens funcionando na sua cabeça. — A voz dele preenche todo o espaço da caixa de metal, e percebo que já entramos no elevador e estamos subindo. Maravilha! Acho que preciso comentar sobre isso na próxima sessão com a doutora Janine, não me lembro de ser tão desatenta. — O prédio é de um cliente e ainda não começou a ser usado. Os andares vão ser alugados por consultórios médicos.

Tento imaginar minha terapeuta com seus livros mofados e óculos de armação grossa ocupando uma das salas do prédio chique, e disfarço uma careta de desgosto. Não sou avessa à tecnologia, muito pelo contrário. Acho que não conseguiria sobreviver sem os avanços do Wi-Fi ou do chuveiro elétrico, mas nunca gostei muito desse tipo de arquitetura em que tudo parece esterilizado e sem vida.

Parando para pensar, talvez seja exatamente isso que esses médicos ricaços que têm condições de alugar um espaço aqui estejam procurando: uma maneira de se distanciar o máximo possível do fator humano que é inerente à medicina.

O elevador é panorâmico e nos oferece uma vista privilegiada da cidade, com suas luzes infinitas brilhando no horizonte. Bem diferente da paisagem que admiramos juntos na Itália, mas ainda assim muito bonita. É preciso saber apreciar a beleza em todas as suas formas.

Um som estridente anuncia que chegamos ao nosso destino, e arrisco uma olhadela no visor digital acima das colunas de números: estamos no trigésimo andar. A informação de que o prédio sequer foi inaugurado ainda serve para soar alguns sinos baixos de alerta bem no fundo da minha mente, já que este seria um ótimo lugar caso Luca estivesse planejando se livrar de mim.

Talvez eu esteja ouvindo muitos podcasts sobre crimes.

— Acho que eu não tenho dinheiro nem pra pagar uma consulta inicial com o tipo de médico que vai atender aqui — brinco, deixando que ele me guie por um corredor escuro.

— Bem, a maioria dos que se mostraram interessados são cirurgiões plásticos. — Ele solta minha cintura e puxa um cartão magnético de dentro do bolso da calça social. — Espero que não esteja pensando em fazer uma visita a nenhum deles.

— Quem sabe? A idade tá chegando.

É óbvio que eu jamais me submeteria a uma cirurgia plástica, não porque tenho uma visão moralista sobre as imposições da ditadura da beleza, e, sim, porque a mera ideia de me colocar *de propósito* em uma mesa gelada para ser aberta com bisturis é o suficiente para me provocar náuseas poderosas. Não importa quão habilidoso seja o profissional, o dia em que eu fizer uma cirurgia será por causa de uma situação de vida ou morte, ou sei lá, um osso quebrado ou algo assim.

— Você ainda parece igualzinha ao dia em que te vi pela primeira vez — ele diz, concentrado demais em inserir códigos numéricos em uma porta corta-fogo, depois de duas tentativas falhas com o cartão no leitor digital, para perceber o humor em meu comentário. — Além disso, não aconselho ninguém a se submeter a cirurgias eletivas. Sabe os riscos existentes em uma anestesia geral? Tenho uma área no escritório voltada somente para o direito médico por um motivo.

Reviro os olhos, aproveitando a baixa iluminação para fazê-lo sem ser percebida por Luca, que, *finalmente,* consegue destravar a porta pesada e a empurra para a frente, revelando uma pequena escada de emergência iluminada por luzes de LED brancas, daquelas que encontramos em hospitais.

— Pronto! — Sua voz é um misto de animação e alívio, provavelmente pelo fato de que nossa noite não será interrompida por uma porta trancada. Ele se vira e gesticula com o braço para que eu tome a frente. — Você primeiro.

Lanço um olhar rápido para minhas sandálias, que, apesar de não serem absurdamente altas, ainda têm um salto fino. Normalmente, eu reclamaria por ele ter feito com que eu me arrumasse toda para subir uma escada de aparência duvidosa, mas estou tão disposta quanto ele a fazer desta noite algo especial, então apenas me agacho e desafivelo as tiras das sandálias para tirá-las, antes de começar a subir os degraus estreitos com a ajuda das mãos dele, que permanecem em meus quadris até que eu alcance o topo.

De início, é praticamente impossível enxergar alguma coisa além das luzes da cidade e da Ponte Estaiada um pouco mais à frente, mas, quando meus olhos se acostumam com a baixa claridade, sou atraída para o meio do terraço, onde um cobertor serve de apoio para várias almofadas e uma cesta de piquenique.

Não consigo nem pensar no risco de incêndio que estamos sofrendo ao ver a quantidade de velas presentes no local, pois assim que abro a boca para elogiar toda a preparação, os primeiros acordes de uma música antiga preenchem o ar e me interrompem.

Viro o corpo para encontrar Luca, já de pé ao lado do que parece ser uma caixinha de som, estendendo a mão em um convite.

— Dança comigo? — pergunta, um toque de incerteza permeando os olhos azuis e cimentando a certeza em meu coração de que é *ele*.

Aquele homem, sempre tão seguro de si, agora parece um adolescente, nervoso diante da possibilidade de ser rejeitado. Entretanto, são as covinhas, que aparecem tímidas em meio à barba agora quase inexistente, que fazem minhas pernas tremerem na base, e então me pego indo em sua direção, e antes que eu possa raciocinar o que está acontecendo, meu corpo está colado ao dele, e seu perfume preenche o ar ao meu redor.

Talvez eu não devesse ceder tão facilmente, talvez esteja sendo juvenil ao permitir que ele entre com tanta facilidade no meu coração, mas a verdade é que não tenho escolha. A batalha já estava perdida bem antes de começar e, contrariando tudo o que julguei ser o certo nos últimos dez anos em que nos conhecemos, Luca é a minha pessoa.

Isso é muito louco, não é?

Ele me segura com firmeza, e tenho certeza de que, se alguém nos visse agora, jamais diria que estamos dançando. Nossos pés quase não se movem, enquanto nossos corpos permanecem entrelaçados em um abraço que eu não sabia que estava precisando.

Encosto minha cabeça em seu peitoral, e posso sentir seu coração acompanhando o tempo da música.

Estamos nos reencontrando depois de meses, mas é como se nunca tivéssemos ficado separados, o modo como nos encaixamos tão natural quanto o ato de respirar. Como me sinto confortável em seus braços, como se estivesse voltando para casa depois de muito tempo longe; tudo isso poderia me assustar um tempo atrás, mas hoje enxergo como realmente é: um presente do universo.

Não há sorte maior do que encontrar a pessoa dele em um mundo tão caótico quanto o nosso. Não acredito em almas gêmeas ou coisas do tipo, mas acredito nisto aqui, no tipo de conexão que acontece sem qualquer explicação e que depende somente de nós, do nosso livre-arbítrio, para florescer e fincar raízes em nossas almas.

— Fico feliz em ter influenciado seu gosto musical — comento, a voz baixa, contra o tecido escuro de sua camisa social.

— Você me influenciou em tanta coisa, *gattina* — ele responde, os lábios roçando a pele sensível da minha orelha e provocando arrepios por todo o meu corpo. Luca nos rodopia lentamente pelo terraço, e acompanha a voz do cantor em um brega que, confesso, é um dos meus preferidos.

E nada existe em você
Que eu não ame
Sou metade sem você
Mon amour, *meu bem*, ma femme

Quando a música acaba e o som ambiente é tomado por um jazz instrumental baixinho, nos sentamos no cobertor, e ele abre a cesta de piquenique, puxando de lá uma garrafa de vinho tinto e duas taças de cristal, além de uma variedade obscena de torradinhas, patês e aperitivos cujos nomes não ouso pronunciar nem em pensamento.

— É quase um lanche da madrugada gourmet — digo, em tom de brincadeira, enquanto ele serve nossas taças com o líquido escuro. — Jamais deveria ter subestimado suas habilidades.

O advogado dá uma piscadinha e se acomoda ao meu lado, levantando a taça em direção à minha, em um brinde.

— Está vendo? Eu sempre consigo te surpreender positivamente. — Ele arranca uma uva verde do cacho e a posiciona na entrada dos meus lábios; mordo a fruta e me delicio, fechando os olhos no processo de apreciar a doçura presente na iguaria sem sementes. — Diria que é quase um superpoder.

Analiso seu rosto, em busca de algum traço de humor, e não encontro nada além de um olhar que transforma meu sangue em fogo líquido.

— Acho que não é um superpoder muito bom. — Tento me distrair reorganizando os queijos finos na tábua por ordem de tamanho. Do menor para o maior. Gouda, gorgonzola, parmesão, brie, camembert...

— Ah, é? E qual escolheria? — Sua mão pousa em cima da minha, parando o que estou fazendo e espalhando aquele calor familiar e delicioso por toda a extensão do meu corpo.

Ergo os olhos para encontrar os dele, e preciso vasculhar minha mente para encontrar alguma resposta que faça sentido. Do que estamos falando, mesmo?

— Voar — respondo com um erguer de ombros, e volto minha atenção para a paisagem urbana que se desenrola até o horizonte, com suas luzes brilhantes e coloridas, um universo de gente vivendo suas vidas, completamente alheias ao fato de que aqui, no topo deste prédio, meu coração está prestes a se perder para sempre e se entregar de bom grado para o último homem com quem imaginei ficar na vida. — Ou teletransporte, assim eu poderia viajar para onde quisesse sem ter que enfrentar as filas intermináveis para embarcar nos aviões.

— Estou bem contente com esse meu superpoder — ele diz —, não há mais ninguém a quem eu gostaria de sempre causar uma boa impressão.

Sinto minhas bochechas esquentarem sob seu olhar escaldante em minha pele, e tenho que lutar contra a minha resposta natural a qualquer tipo de elogio: a de fugir ou fazer uma piada inapropriada. Em vez disso, decido que é hora de ser séria ao menos uma vez na vida.

— Mas você sabe que isso é impossível, não é? Não é como se eu nunca fosse ficar brava com você.

— Acredite, *gattina*, eu tive os últimos meses para aprender isso. — Agora é a vez dele de dar de ombros, e um sorriso despreocupado toma conta de suas feições masculinas. — Mas só o fato de você já estar falando de nós dois como uma coisa certa no seu futuro é suficiente para me convencer de que meu superpoder ainda não perdeu toda a sua força.

— Você é convencido.

— E você é abusada.

Paro por um momento e respiro fundo. Deixo minha taça de lado e me acomodo melhor em meus joelhos, sentando-me do mesmo jeito que as pessoas costumam se sentar em tatames, com as mãos por cima das pernas. Assim, eu o estou encarando de frente, sem qualquer barreira entre nós ou qualquer ângulo que possa contaminar a interpretação do que estou prestes a perguntar:

— Acha que combinamos?

Ele imita minha posição.

— Tenho certeza que sim.

— E o que é isso? — Gesticulo com as mãos para o espaço quase inexistente entre nós. — Eu sei que escreveu tudo aquilo na sua carta, mas quero ouvir da sua boca.

Luca vira o conteúdo de sua taça de uma vez só, e preciso me esforçar para não focar o pomo de adão proeminente em seu pescoço enquanto ele faz isso. A atmosfera entre nós é elétrica, e tenho medo de que qualquer movimento, por menor que seja, possa destruir o que vem sendo tão cuidadosamente construído. Seu olhar azul sustenta o meu por tanto tempo que temo ser sugada para dentro de seu oceano e não conseguir mais voltar, me transformar em uma prisioneira à deriva no mar azul que são seus olhos.

Posso ver que ele está nervoso, o que é uma mudança bem-vinda e inesperada para o homem que sempre conseguiu me deixar sem chão. Agora parece que sou eu quem detém esse poder sobre ele, e a constatação de tal fato faz eu me sentir poderosa. Estendo a mão para tocar seu rosto e, com a ponta dos dedos, contorno as formas de sua face.

Olhos, nariz, boca... Cada pedacinho que forma esse quadro que tanto gosto de admirar. As linhas na testa e ao redor dos olhos evidenciam que ele não é mais um garoto, e, sim, um homem. Luca segura minha mão com a dele e a mantém no lugar, inclinando seu rosto contra a palma da minha mão, como um gato faria.

Abro a boca, mas não consigo produzir nenhum som. Estou tão hipnotizada por ele, por nós, que é como se as palavras, minhas fiéis companheiras de longa data, escapassem de mim como areia entre os dedos.

Finalmente, ele solta minha mão e quebra o silêncio entre nós. Sua voz é firme, apesar de baixa, e acho que, se não estivéssemos tão perto um do outro, o vento poderia me impedir de ouvi-lo. Mas não é esse o caso, e o que ele diz faz com que meu coração, tão covarde e impulsivo, tão cheio de contradições, sambe dentro do peito, como se fosse destaque de uma escola de samba em plena Sapucaí.

— Catarina, eu sempre tive jeito com as palavras, e acho que é por isso que consegui tanto sucesso como advogado. — Deixo escapar uma risada baixa diante de seu tom convencido; é bem a cara de Luca se vangloriar até mesmo em um momento como esse. — Mas, por algum motivo, parece que elas fogem de mim quando sou confrontado com a ideia de expressar meus sentimentos. — Luca respira fundo mais uma vez, e é impossível não notar a maneira como ele parece segurar o cobertor embaixo de nós, com tanta força que os nós de seus dedos começam a embranquecer. — Assisti a todos os filmes românticos que você comentou que gostava, e mesmo assim não consegui encontrar um jeito ideal de te dizer que...

Tento imaginar Luca enfiado em uma cama e maratonando filmes românticos dos anos 1980. É como se eu pudesse flutuar para longe a qualquer momento, e a única coisa capaz de me manter no lugar são os seus olhos azuis, que exercem sobre meu corpo uma força tão poderosa quanto a da gravidade.

— Eu estou apaixonado por você.

O silêncio parece se estender por uma eternidade entre nós, não consigo encontrar as palavras certas para responder a sua declaração e tenho certeza de que nunca houve um momento na minha vida em que transbordei tanta felicidade como agora.

Luca, entretanto, parece entender meu silêncio como algum tipo de reprovação, já que, depois de alguns segundos me encarando como se estivesse com medo de que eu fosse desaparecer a qualquer momento, ele começa um novo discurso, dessa vez mais afobado, com as palavras atropelando umas às outras e sem tempo para respirar normalmente:

— Não — diz ele, decidido. — Eu *sou* apaixonado por você, porque isso aqui não é um estado passageiro. É permanente.

Suas mãos deslizam até meus ombros, onde ele inicia uma carícia quase invisível, mas tão potente que faz com que eu comece a suar, mesmo com o vento que corre no terraço.

— Eu sou apaixonado por você há tanto tempo que esqueci quando começou. Tudo o que sei é que um dia eu comecei a reparar o jeito como você prendia o cabelo com aquele lápis amarelo antes de toda aula, e comecei a esperar por esse momento como um idiota, porque eu sabia que assim poderia ver o seu pescoço e... *Meu Deus*, acho que nunca ninguém amou tanto um pescoço quanto eu amo o seu, e é por isso que, quando te vi com esse cabelo curto, eu tive que me controlar para não me ajoelhar aos seus pés.

Em um reflexo, passo as mãos pelos meus fios mais curtos e sufoco uma risada quando vejo ele exalar devagar diante da visão.

— É estranho, não é? Tanta importância para um pescoço. Mas quando você virava esse pescoço e olhava pra mim, e eu conseguia ver os seus lábios repuxando no que quase sempre era uma careta de desaprovação por causa de alguma piada minha, era como se meu coração fosse pular de dentro do peito e sair por aí, sambando em plena Avenida Paulista. Porque nem que fosse por míseros segundos, era em *mim* que você estava prestando atenção.

Tento me lembrar de nossas interações na monitoria, e realmente eu estava em um constante estado de irritação, principalmente por ter que dividir uma responsabilidade com a qual eu achava ser capaz de lidar sozinha, então sempre que Luca tentava amenizar o clima com um comentário idiota, eu sentia como se ele não me respeitasse o bastante para estar ali, como se tudo aquilo fosse uma grande brincadeira para ele.

— Eu namorei outras pessoas e até me casei, e não me leve a mal, eu gostava daquelas mulheres, mas com ninguém eu conseguia sentir esse sentimento esquisito e maravilhoso que toma conta de todos os sentidos, ao mesmo tempo que me faz sentir o mais poderoso dos homens. — Sua voz assume um tom urgente, apesar de ter um volume baixo, e ele se aproxima do meu rosto só mais um pouquinho, como se estivesse prestes a fazer uma confissão: — E eu sempre falei que você era tagarela, mas olha só pra mim falando sem parar porque, por sua causa, comecei a ouvir Reginaldo Rossi, não ironicamente.

Dessa vez é impossível não deixar a risada escapar, e ele me lança um olhar suplicante, apesar dos cantos de seus lábios começarem a se curvar para cima.

— Catarina, eu cheguei a chorar ouvindo "Garçom", você tem noção do que é isso? É o nível em que eu cheguei depois que tive a chance de ficar com você e estraguei tudo, e se você não me interromper, tenho quase certeza de que não vou parar de falar, e eu quero saber, não, eu *preciso* saber se tô sozinho nessa loucura ou se tô acompanhado, porque...

Coloco um dedo indicador em seus lábios, calando-o de vez. Não porque não estou adorando ouvir tudo o que ele tem a dizer sobre como me acha maravilhosa, mas porque sei que, se não fizer isso, passaremos a noite assim, e não terei a chance de fazer o que estou morrendo de vontade de fazer desde que coloquei os olhos dele, me esperando em pé ao lado daquele carro excessivamente chique.

— Luca.

— Hum?

Ele parece quase juvenil com os olhos em expectativa e os lábios fechados em um bico. Eu sorrio, um sorriso grande e verdadeiro. *Finalmente.*

— Eu também.

— Também o quê?

— Nossa, será que esse tempo que passamos separados afetou sua cabeça? — Uso minha outra mão para dar um soquinho de brincadeira em sua testa e contorno o desenho de seus lábios com meu dedo indicador. — Eu também sou apaixonada por você, *gattino*.

Dessa vez é ele quem sorri, mas não tenho tempo para admirar o formato de seus dentes ou as linhas de seus olhos, pois antes que eu possa piscar, ele já me puxou contra si e colou os lábios nos meus, em um beijo de dar inveja a qualquer cena final de comédia romântica.

— Te amo — ele sussurra contra minha boca.

— Te amo — respondo, só porque é verdade.

34

— Não precisa ficar nervosa, você tá linda.

A voz de Luca atrás de mim faz com que eu leve um susto, e encontro seus olhos no reflexo do espelho. Seu corpo longilíneo está encostado no batente da porta do meu banheiro, e ele parece tão absurdamente confortável no cenário da minha casa que é difícil lembrar que ele não mora aqui.

Ignoro seu comentário e tento, sem sucesso, amenizar o vermelho exagerado que o blush deixou em minhas bochechas. Eu não devia ter deixado para experimentar um produto novo justamente hoje, mas a moça da loja fez uma propaganda tão boa que acabei levando o item para casa, acreditando que ele seria o responsável por deixar meu rosto com aquele brilho natural e saudável, do tipo que faz as pessoas acreditarem que como muita cenoura e muita beterraba, e que bebo no mínimo três litros de água por dia.

Agora estou atrasada e parecendo que levei uma chinelada no rosto. Maravilha.

Forço uma expressão de calmaria e me viro para Luca:

— Por que você não vai me esperar na sala? Saio em cinco minutos. — Quando ele não faz qualquer menção de se mover, eu adiciono: — Prometo.

Com as mãos levantadas em sinal de rendição, ele me dá um beijo rápido e sai, deixando-me sozinha com o desastre que se tornou minha maquiagem justamente no dia em que vou conhecer a família do meu namorado.

Namorado. A palavra parece meio juvenil e pequena demais para definir o que Luca realmente é para mim, mas não há outra definição no dicionário que possamos usar. Amante? Não. Amásio? Não estamos nos tempos dos nossos avós, não importa o meu gosto musical. Marido? *Ainda* não. Sobra namorado, como um casal de adolescentes.

Uma semana e meia namorando com Luca Treviani, e odeio admitir que estou surpresa que chegamos até aqui. Não que tenha sido difícil, muito pelo contrário. Tudo foi acontecendo com uma facilidade tão grande que muitas vezes peguei implicância com besteiras só para ter certeza de que ainda temos capacidade de brigar um com o outro.

Ele se encaixou na minha vida como uma peça faltante de um quebra-cabeças que eu já julgava estar completo; não precisei tirar nada do lugar para que ele viesse e fizesse morada. Eu já tinha passado muito tempo limpando e mudando as coisas de lugar, e ele veio no momento exato em que tudo se encaixou.

Se eu fosse alguém olhando de fora, diria que tudo aconteceu rápido demais. A escova de dentes azul ao lado da minha amarela, as camisas sociais penduradas junto aos meus vestidos, a mesinha de cabeceira do lado esquerdo da cama com um exemplar de *A máquina de fazer espanhóis*, do Valter Hugo Mãe, lido pela metade. Mas a verdade é que tudo aconteceu no tempo certo.

Foram dez anos nos conhecendo devagarinho, nos apaixonando sem pressa alguma para que, agora que finalmente decidimos nos entregar um para o outro, possamos fazê-lo sem nenhuma ressalva, de corpo e alma, sem cinto de segurança ou notas de rodapé.

E agora estamos prestes a cruzar um marco importantíssimo em qualquer relacionamento: conhecer os pais. Bem, Luca já conhece minha família — até melhor do que eu gostaria —, mas o mesmo não pode ser dito de mim, que, diferentemente de nossos colegas de faculdade, nunca me aventurei a conhecer a cantina italiana administrada com primor por Alessandra e Rafael Treviani, e batizada em homenagem à filha caçula do casal, Stella.

O fato de ser dezembro também contribui para o meu nervosismo. O restaurante estaria inevitavelmente lotado, e não posso deixar de sentir que estarei atrapalhando um pouco um dia que seria muito lucrativo para a família.

Encaro meu reflexo no espelho e deixo escapar um suspiro de resignação. Não tenho tempo para refazer a maquiagem e não tenho interesse algum em deixar minha sogra esperando, então faço a única coisa possível: lavo o rosto e aplico um *lip-balm* rosado nos lábios.

Não é o ideal, mas encarar um encontro familiar de rosto limpo é melhor do que aparecer parecendo que levei dez tapas na cara.

Além disso, tenho uma pele boa o suficiente para que eu ainda seja confundida com uma menina de vinte e poucos anos.

Treino o meu sorriso uma última vez no espelho e então vou até a sala, onde encontro Luca distraído com um programa de reforma de casas passando na TV. Assim que percebe minha presença, ele desliga o aparelho e se levanta, aproximando-se de mim para depositar um beijo suave em minha boca.

— Pronta? — pergunta, enfiando o rosto no meu pescoço e aspirando meu perfume. Consigo sentir seu sorriso contra minha pele, e sei que nunca vou me cansar disso.

Depois de sua declaração no terraço, de que ele tem praticamente uma adoração pelo meu pescoço, Luca aproveita toda chance que tem para dedicar uma atenção especial ao local, e eu estaria mentindo se dissesse que não adoro a maneira como ele sempre encontra jeitos novos de me deixar de pernas bambas.

— Pronta. — Sorrio ao mesmo tempo que me desvencilho de seus braços para pegar a caixa de presente que descansa na minha mesinha de centro. — Você tem certeza de que sua mãe vai gostar?

Dois dias antes, carreguei Luca até o shopping comigo, em busca de algo que eu pudesse levar nessa minha primeira visita. Uma das coisas que minha mãe conseguiu me ensinar com sucesso é que nunca, em hipótese alguma, se deve aparecer na casa de alguém de mãos vazias, ainda mais se você tem esperanças de conquistar essa pessoa; então, apesar de o meu namorado ter tentado incansavelmente me convencer de que eu não precisava comprar nada para os pais dele, acabei optando por um conjunto lindíssimo de xícaras de chá e pires pintados à mão que me custou uma pequena fortuna.

— Ela adora essas coisas de casa, mas como eu disse antes: você não precisava ter comprado nada. — Ele vai até o cabideiro ao lado da porta de entrada e pega minha bolsa. Acho que nunca vou me acostumar com a imagem do homem imponente de quase um metro e noventa de altura carregando minha bolsa tiracolo. — A sua presença já é presente suficiente para os meus pais.

— Não interessa, tenho certeza de que tenho mais chances de agradar a sogra se aparecer com um presente. — Passo por ele, que mantém a porta aberta, e espero que Luca tranque tudo e venha abrir a porta do passageiro do carro estacionado na calçada.

Normalmente, eu o faria sem nenhum problema, mas tenho tanto medo de quebrar a porcelana delicada das xícaras, que decido deixar que ele aja como um cavalheiro. Ele gosta de cuidar de mim, e eu acabo aproveitando a mordomia de vez em quando, sempre tomando cuidado para não transformar isso em um hábito.

Luca abre a porta para que eu possa entrar e, somente quando deixo a caixa descansar em meu colo, permito que a respiração que eu nem sabia que estava segurando saia em um suspiro. Não sou exatamente conhecida por ser jeitosa, e a última coisa que quero é espatifar o presente no chão antes mesmo de ter a chance de testemunhar a reação dos pais de Luca ao recebê-lo.

— Sogra? — ele questiona assim que se acomoda atrás do volante, um sorriso brincalhão tomando conta dos lábios bem desenhados.

Só então percebo minha gafe: será que eu deveria estar chamando Alessandra de sogra? Ou esse é um termo reservado somente para casais casados? De qualquer maneira, Luca parece estar se divertindo às minhas custas enquanto surto internamente, e isso é inadmissível.

— Qual o problema? — Ergo o queixo em desafio, olhando-o de cima a baixo, o que se torna uma tarefa bem mais fácil quando estamos os dois sentados no carro. — Do que devo chamar a mãe do cara com quem estou dormindo?

Posso ver o exato momento em que a risada some de seu olhar, substituída por um brilho de pânico que faz com que agora eu queira rir, e faço uma pequena dança de comemoração dentro da minha cabeça.

— Como assim um cara com quem você está dormindo? — Sua voz é alta, e me pergunto se sempre foi tão fácil tirar Luca do eixo. — Catarina, nós somos um casal — ele afirma, o rosto muito sério, enquanto suas mãos apertam o volante com força.

— Somos? — provoco ainda mais, fingindo estar interessada no esmalte vermelho em minhas unhas.

— Tudo bem, me desculpe por ter brincado sabendo muito bem que você já está nervosa o suficiente. — O advogado está prestes a chorar, e tenho mais vontade ainda de rir; Luca consegue ser muito mais dramático do que eu, e isso quer dizer muita coisa. — Agora, por favor, admita que somos um casal e tudo ficará bem.

Viro meu rosto e olho para ele, tentando decidir se devo encerrar essa pequena discussão ou prolongá-la mais um pouco, mas chegaremos ao Stella em breve, e não quero torturá-lo sem motivo.

Em uma das nossas longas conversas antes de dormir (entramos em uma maravilhosa rotina de conversar, fazer amor e conversar mais um pouco, mas ainda assim dormimos antes das onze da noite por motivos de: somos adultos), Luca me contou sobre como se sente em relação a ficar com alguém, e me explicou de maneira muito convincente que ele, como um homem de trinta e cinco anos, não se sente nem um pouco confortável em fazê-lo, o que também não quer dizer que ele não tenha se envolvido sem compromisso com algumas mulheres depois que se divorciou, mas, sim, que sempre tomou cuidado para deixar tudo muito claro com elas, sem ficar para dormir e sem encontros diurnos, por exemplo, e definitivamente sem envolver as famílias.

Isso o levou a revelar que tinha decidido que nossa relação seria séria a partir do momento em que se deixou ser visto romanticamente comigo na frente de todos os meus parentes, o que só fez com que eu me sentisse uma boba pelo tsunami de inseguranças que tomou conta de mim mesmo depois desse fato. Sei bem que não devo me culpar pelo tempo que passamos separados, afinal, foi necessário para que eu conseguisse acessar traumas que tentei enterrar e lidasse com eles, o que não sei se seria possível se estivesse ocupada tentando construir um relacionamento com alguém que eu achava ser areia demais para o meu caminhãozinho.

— Tá bom, tá bom. — Aproveito que paramos em um semáforo vermelho e me estico no banco para deixar um beijo rápido em sua bochecha. — Sou sua namorada. Satisfeito?

— Muito. — Ele está sorrindo agora, e meu coração pula uma batida quando avisto as covinhas novamente.

Fico tão desconcertada pelo efeito que o sorriso de Luca tem sobre mim, que passo o restante do caminho em silêncio, tentando me convencer que não há nada de errado em me sentir assim quando estamos namorando, e que isso não me torna mais fraca de nenhuma maneira.

Estamos juntos, estamos apaixonados e nos respeitamos, não há motivo algum para que eu me sinta tão amedrontada toda vez que percebo o quanto tudo isso me torna suscetível a uma decepção gigantesca.

Tenho que parar de aceitar as coisas boas que a vida me dá como se eu fosse uma criança aceitando um doce de um estranho, esperando o sabor açucarado se dissipar em veneno, apenas para acabar acordando em um porão assustador e ter meus órgãos colhidos para a alimentação de uma viúva sem orelhas.

Nossa.

Por que minha mente funciona assim?

— Chegamos, *gattina*. — Luca quebra o silêncio quando estaciona na frente de uma casa antiga, mas muito bem cuidada, com paredes em tom de terracota e janelas com vidro decorado. Acima da porta de madeira pintada de amarelo, um letreiro em neon anuncia: *Stella: pasta e vino*.

Olhando de fora, o lugar me lembra um pouco o restaurante da *nonna* Sofia, com seu charme rústico e sua cara familiar.

— Deixa que eu carrego o presente, você vai precisar dos seus braços livres para abraçar. — Ele dá a volta no carro e abre minha porta, pegando a caixa do meu colo com a maior facilidade.

O acompanho até a porta de entrada do restaurante, que está claramente fechado, e de repente me sinto muito nervosa. Será que eles vão gostar de mim? Será que ficarão decepcionados pelo filho ter escolhido uma namorada que largou um emprego perfeitamente convencional como advogada para virar escritora? Pior: será que sentirão falta da ex-nora modelo?

Respiro fundo e tento me acalmar. Não é como se eu estivesse indo para a forca conhecer o meu carrasco. Vi fotos dos pais e da irmã de Luca antes e eles parecem adoráveis, como uma família normal e tipicamente brasileira, apesar das origens italianas. Além disso, eu sobrevivi trinta anos com os meus pais, acho que isso me dá munição para lidar com os pais de qualquer um.

— *Tesorino!* — A mulher que vi sentada ao lado de Luca em algumas fotos surge de trás do balcão e o abraça sem jeito, com a caixa como obstáculo. Sinto-me envergonhada imediatamente por estar atrapalhando o reencontro entre mãe e filho.

Se bem que, acho que eles se viram há algumas semanas, quando Luca visitou os pais para comemorar o aniversário da irmã.

Ah, bem, não sei, tudo o que sei é que essa mulher absurdamente bonita, com seu cabelo loiro curtinho e olhos tão azuis quanto os do filho, está me encarando agora como se eu fosse a pessoa que descobriu a cura do câncer, o que acende sinos de alerta acerca do que Luca contou sobre mim antes de virmos.

— Catarina — ela diz, meu nome soando como uma prece em sua boca, e me puxa para um abraço apertado; desta vez não há caixa nenhuma no meio. — Ouvi tanto sobre você! Estou muito feliz que tenha vindo nos visitar!

— É um prazer estar aqui, Alessandra, obrigada por me receber — consigo dizer quando ela finalmente me solta, e dou um passo para o lado para ficar mais perto de Luca. — Trouxe uma lembrancinha, espero que goste.

Luca entrega a caixa nas mãos da mãe, que a coloca em cima de uma mesa vazia e começa a rasgar o papel de embrulho sem cerimônia. Tento conter o sorriso que ameaça tomar conta do meu rosto ao vê-la tão animada quanto uma criança abrindo os presentes do Papai Noel, e fico extremamente satisfeita ao ver a expressão de pura maravilha quando ela enfim consegue uma boa visão do conteúdo da caixa.

— Minha nossa! — exclama, os olhos brilhando de empolgação, imitando muito bem a minha própria reação quando consegui encontrar o presente perfeito. — É muito lindo, Catarina! Muito obrigada!

— *Prego* — respondo, com um sorriso, e recebo um olhar de surpresa tanto da mãe quanto do filho diante da expressão italiana utilizada por mim. — Estou aprendendo algumas coisinhas em um aplicativo de idiomas, mas pretendo me matricular em um curso em breve. Meu sotaque é muito forte?

— Seu sotaque é perfeito, meu amor, e fico feliz que queira aprender. — Luca envolve minha cintura com um braço e me puxa para perto, depositando um beijo no topo da minha cabeça e fazendo meu coração disparar diante do termo que ele usa para se referir a mim. — Mas não precisa de nada disso, posso te ensinar eu mesmo, que tal?

Estou prestes a responder que não quero dar trabalho e que sei que ele não terá mais tanto tempo assim com o fim do recesso judiciário, quando minha sogra exclama, muito satisfeita:

— É ótimo que aprenda, querida. Assim, podemos criar os meus futuros netos com os dois idiomas sem problema!

O jeito como ela pronuncia palavras tão chocantes de maneira tão calma não deixa dúvidas de que ela realmente é mãe do homem que fica mais duro do que uma tábua ao meu lado. Assim como Luca, também fico tensa pelo comentário feito por ela, mas não tenho certeza se pelos mesmos motivos.

Nunca tive dúvidas de que queria ser mãe, o que acontece é que, conforme o tempo foi passando, fui fazendo as pazes com o fato de que isso talvez não estivesse nas cartas para mim.

Jamais tive um namorado com quem eu tivesse vontade de construir uma família, e depois que decidi mudar de carreira, vi que o plano que tracei quando ainda era adolescente, o de ter meu primeiro filho antes dos trinta e dois anos, estava ficando cada vez mais distante.

Acontece que preciso admitir que, desde que comecei a namorar Luca e até antes disso, se estiver sendo honesta, eu me permiti, sim, imaginar como seria ter ele como pai dos meus filhos. É o tipo de devaneio que tenho no banho ou quando estou esperando o metrô, quando minha mente vagueia pelos cenários imaginários ideais, em que tenho uma vida sem problemas.

Mas uma semana e meia de namoro é muito cedo para pensar nisso, e ainda não tivemos essa conversa, por mais que tenhamos, sim, conversado sobre nossas expectativas para o futuro: eu quero publicar pelo menos mais três livros nos próximos cinco anos, e Luca planeja expandir a área social do seu escritório para conseguir atender mais casos *pro bono* com relevância para a comunidade, casos esses pelos quais estou disposta a tirar a poeira da carteirinha da OAB e ajudar como puder.

De alguma maneira, filhos nunca entraram na lista de tópicos visitada por nós toda santa noite. E agora, a julgar pela maneira como ele parece prestes a ter um infarto diante do comentário inoportuno da mãe, temo que não seja algo que ele queira, e isso é o tipo de coisa que pode acabar com um relacionamento.

Não existe possibilidade de uma pessoa que quer filhos conseguir ficar com alguém que não quer; um dos dois tem que ceder, e não dá para ceder em algo tão sério quanto a vida de um ser humano.

— Cadê o papai e a Stella? — Luca limpa a garganta com um pigarro e muda de assunto.

Fico grata e ao mesmo tempo preocupada, pois sei que essa é uma conversa que precisaremos ter mais cedo ou mais tarde, e não tenho certeza se estou preparada para isso.

Alessandra, parecendo alheia à crise que conseguiu provocar dentro de mim e, aparentemente, também de seu filho, aponta com a cabeça para uma portinha nos fundos do restaurante.

— Eles estão lá em casa, colocando a mesa e deixando tudo perfeito para receber a nova integrante da nossa *famiglia*.

A mulher pega a caixa contendo seu presente e a guarda em um buffet ao lado do balcão. Quando repara que observo suas ações, ela me sorri com afeição e explica:

— Depois vou pedir para o Rafael levar lá pra cima, não confio em mim mesma para carregar essas coisinhas delicadas na escada sem provocar um acidente.

— Eu posso levar, mãe — Luca se oferece, mas ela apenas nega com a cabeça.

— Não. Ainda preciso pensar em um lugar de destaque para manter essas preciosidades e, por enquanto, o lugar mais seguro é o buffet. — Parecendo satisfeita com sua explicação e olhando de modo nada discreto para a mão de Luca ainda em minha cintura, ela bate as mãos uma na outra e sorri. — Vamos subir?

A casa em que Luca passou parte da adolescência fica em cima do restaurante de sua família, mas, apesar disso, é até bem espaçosa, com uma sala grande e três quartos que Alessandra faz questão de me mostrar durante um tour, inclusive o quarto de meu namorado, ainda com os pôsteres do Simple Plan e do Charlie Brown Jr. nas paredes e a roupa de cama do Super Mario Bros.

— Ele era uma boa referência de italiano — Luca tenta se justificar, coçando a nuca sem jeito enquanto suas bochechas adquirem uma coloração tão vermelha quanto o chapéu do encanador bigodudo —, e todo mundo gosta do Mario.

— Esse menino não saía do quarto quando compramos o videogame — Alessandra diz, com uma voz de quem sente muita falta dos tempos em que tinha o filho sob o mesmo teto, apesar do olhar atravessado que recebe do meu namorado. — Era uma luta, Catarina! Comecei a escutar aquela musiquinha até nos meus pesadelos.

— Não era tão ruim assim, mãe — ele retruca, parecendo-se muito com o pré-adolescente descrito pela italiana, apesar dos poucos fios grisalhos que já aparecem em seus cabelos.

— Tem razão, piorou muito quando ele começou a frequentar aquelas tais *lan houses* com o resto do pessoal do colégio, aí que ele não parava em casa mesmo.

Sorrio, me divertindo com a interação tão típica entre mãe e filho e sentindo-me vingada pelas vezes em que Luca foi testemunha dos sermões que levei da minha própria mãe.

Não é tão bom estar do outro lado, não é?, Olho pra ele enquanto somos guiados até a sala de jantar integrada com a cozinha.

Nunca falaremos disso. É o que ele me responde com os olhos azuis, e mantém a mão na parte baixa das minhas costas.

Quando chegamos ao cômodo onde a refeição será servida, a primeira coisa que chama a minha atenção é um quadro enorme na parede oposta à mesa de oito lugares. Nele estão pintados Luca, Alessandra, Rafael e Stella, esta última ainda bebê, e é uma das coisas mais assustadoras que já vi na vida, como se o pintor não soubesse ao certo que olhos humanos não deveriam se parecer com representações diretas de filmes de terror sobre fantasmas.

Sei que Luca sabe exatamente o que estou pensando e o quanto estou me esforçando para não rir da obra de arte bizarra, pois ele belisca o lado da minha cintura e mantém a boca pressionada em uma linha reta, depois aproxima o rosto da minha orelha e diz, bem baixinho:

— Foi um presente, não diga nada.

Faço que sim com a cabeça e me desvencilho de seu toque para ajudar minha sogra a trazer as travessas pesadas de comida e colocá-las em cima de descansos de panela de silicone na mesa.

— Está tudo com uma cara divina, Alessandra — elogio, sentindo minha boca encher de água diante da visão e do cheiro do bobó de camarão fumegante dentro de uma moranga. — Onde estão o Rafael e a Stella?

Como se estivessem ouvindo atrás da porta, um homem tão alto quanto Luca entra no cômodo acompanhado por uma moça de longos fios loiros e sorriso largo. A família é toda absurdamente bonita, o que só faz com que o quadro peculiar pareça ainda mais bizarro. Será que a pessoa que deu esse presente tinha algum tipo de raiva deles? É a única explicação.

Stella se aproxima de mim e me envolve em um abraço apertado enquanto dá pulinhos que tenho que acompanhar.

— Não acredito que finalmente tô te conhecendo! — Ela me solta, e posso ver como é parecida com o irmão, apesar de não ter herdado os olhos azuis da mãe. — Você tem noção de há quanto tempo eu tenho que ouvir esse bananão falando sobre como você é inteligente, bonita e blá-blá-blá?

— Stella, não chame seu irmão de bananão na frente da namorada — Rafael repreende a filha, mas o brilho carinhoso em seus olhos escuros me diz que ele não está zangado de verdade. — É um prazer finalmente conhecê-la, Catarina. Seja bem-vinda à família.

Ele estende uma mão em minha direção, mas a ignoro e o puxo para um abraço. A família de Luca pode ter suas peculiaridades, mas eu também tenho as minhas, e uma delas é que adoro um bom abraço, e é claro que o meu sogro não seria poupado.

Ele deixa escapar uma risada surpresa, mas retribui o gesto, afastando-se com alguns tapinhas nas minhas costas.

— Acho que já entendi por que meu filho é tão apaixonado por você, além da beleza, é claro. — O pai de Luca me lança um sorriso muito parecido com o do filho, e sinto meu braço ser puxado de leve pelo meu namorado.

— Por favor, vamos nos abster de dar em cima da minha namorada — Luca diz, já se colocando ao meu lado novamente como um cão de guarda, apesar do tom de brincadeira evidente em sua voz.

Os pais de Luca riem, enquanto Stella revira os olhos, claramente de saco cheio de tanta melação. Não posso julgá-la, uma vez que eu estava do mesmo jeito há apenas alguns meses, quando passei duas semanas como hóspede na casa de recém-casados.

Nós nos sentamos à mesa e imediatamente me sirvo de bobó de camarão, arroz de coco e farofinha de banana-da-terra, que deixa minha boca salivando. Confesso que, quando soube que viríamos almoçar aqui, pensei que seria o cardápio italiano, e por mais que eu seja alucinada por massa, a comida brasileira sempre tem um lugar de destaque no meu coração. Eu não poderia estar mais feliz.

Tenho fortes suspeitas de que Luca contou para a mãe o quanto sou apaixonada pelo bobó de camarão que ele faz, mas não estou reclamando de nada, uma vez que posso constatar, assim que coloco uma garfada da iguaria na boca, que é até melhor do que aquele que Luca preparou para nós no final de semana passado, quando recebemos Lu e Carlos para um almoço entre casais.

— E então? Meu tempero foi aprovado? — Alessandra pergunta, me olhando em expectativa.

— Mais do que aprovado! — respondo, tentando não parecer esfomeada. — A senhora não quer ir morar na minha casa?

— Me chame de você, *cara*. — Ela parece satisfeita enquanto serve o prato do marido com mais um pouco da maionese caseira. — E posso pensar na sua proposta. Você deve ser mais organizada do que a Stella.

— Eu não teria tanta certeza, mãe. — Luca se intromete, e chuto seu tornozelo por baixo da mesa, mas ele apenas se vira para mim com um daqueles sorrisos debochados que são sua marca registrada.

— Você fala isso, mas não sou eu quem deixa a toalha molhada em cima da cama — rebato.

— Ele sempre teve esse hábito — Rafael me ajuda, e eu sorrio para Luca, vitoriosa —, tenho certeza de que aquele apartamento dele deve cheirar a chulé.

— O quarto sempre cheirou — Stella concorda com o pai, e deixo escapar uma gargalhada quando o advogado começa a ficar vermelho, constrangido por ter seus podres expostos pela família.

Decido ser misericordiosa:

— O apartamento do Luca tem um cheiro ótimo, na verdade.

A verdade é que só estive na casa dele uma vez, pelo simples motivo de que odeio dormir longe da minha própria cama desde que investi muitos reais em um colchão ortopédico, mas a cobertura duplex era bem organizada e tudo tinha um cheirinho gostoso de carvalho. Quando perguntei onde ele tinha comprado, ele não soube me responder direito, e disse que a diarista que limpava o lugar duas vezes na semana é quem realizava as compras dos produtos de limpeza.

O resto do almoço se passa muito rapidamente, entre histórias vergonhosas da adolescência de Luca, como o dia em que ele acabou indo para o colégio com o uniforme tingido de rosa depois de um acidente na máquina de lavar e passou o resto do ano sendo chamado de Ken Humano por todos os seus amigos, e com a família dele perguntando sobre a minha vida, apesar de parecer que já sabiam de quase tudo, o que me fez olhar para Luca com curiosidade algumas vezes.

Claro que eu sabia que ele havia falado de mim para os pais, mas eles sabiam de detalhes que datavam de muito antes do começo do nosso namoro. Mesmo sabendo que ele aparentemente nutria essa queda por mim há anos, eu jamais poderia imaginar que ele dividia esses detalhes da sua vida com a família.

Eu sei que nunca fiz isso com a minha.

— Vocês dois vão passar o Natal conosco? Ou vão para o interior com a família da Catarina? — Rafael pergunta a Luca. Enquanto me serve com uma porção generosa de pavê de chocolate, ele dá uma piscadinha em minha direção e adiciona: — Garanto que não vai querer perder mais desse pavê. É minha especialidade.

— É mesmo, ele insistiu em preparar um para hoje justamente para convencê-los a passar o Natal aqui. — Alessandra entrega o plano do marido, que não parece nem um pouco constrangido por ter sido exposto.

Falta apenas uma semana para o Natal, e esse é outro tópico ainda não discutido entre mim e Luca. Não espero que passemos a data juntos, afinal nosso relacionamento ainda é relativamente novo, mesmo que não pareça, e, além disso, a minha família mora em outra cidade, o que nos impossibilita de usar o velho truque de comer a ceia em uma casa e a sobremesa na outra.

Para evitar ter que dar uma resposta, encho a boca com uma colherada de pavê que, *meu Deus*, realmente seria capaz de me fazer mudar de ideia em relação a qualquer coisa. Qualquer coisa *mesmo*.

— Nós ainda não decidimos, pai, mas não se preocupe. — Luca não parece preocupado com o assunto, então penso que também não devo ficar.

Em vez disso, me concentro na parte em que ele usou o plural para se referir a nós, como se passarmos os feriados de fim de ano juntos fosse algo natural, sem a necessidade de uma conversa prévia. Não consigo ficar chateada, não quando meu peito é inundado por algo quentinho e bom, que passei a reconhecer como o sentimento de pertencimento que Luca sempre tem o poder de evocar em mim.

Ele continua:

— A casa onde não passarmos o Natal será onde passaremos o Ano-Novo. Nenhuma família vai ficar de fora.

E então seus olhos azuis pousam nos meus, uma pergunta tácita pairando entre nós:

Tudo bem por você?.

Sim.

— Muito bem, então; não vamos pressionar as crianças, *amore*. — Minha sogra sorri para mim, seu sotaque italiano parecendo mais forte quando se dirige ao marido. — Você ainda pode fazer a sobremesa no Réveillon.

Segundo o que Luca me contou, seus pais chegaram no Brasil ainda crianças e se apaixonaram na adolescência, ao morarem próximos um ao outro em uma comunidade de imigrantes italianos no sul do Brasil. Quando se casaram, decidiram se mudar para São Paulo em busca de mais oportunidades, e pouco tempo depois tiveram o primeiro filho. Trabalharam muito tempo no restaurante de um amigo da família, Rafael como maître e Alessandra como *sous-chef*, até conseguirem juntar dinheiro suficiente para abrirem o próprio o negócio, o que só aconteceu quando estavam esperando por Stella, há quase vinte anos.

Terminamos de comer, e me levanto para ajudar Stella com a louça, mas sou impedida por Alessandra, que me chama até a sala para que possa me mostrar os álbuns de fotografias da infância de Luca, uma proposta irrecusável. Então Luca beija o topo da minha cabeça, murmura algo sobre precisar de um tempo a sós com a irmã e a segue com os pratos sujos até a cozinha.

Quando o sol começa a se pôr, fica claro que estendemos nossa estadia um pouco além da conta, e nos despedimos com vasilhas repletas de comida e promessas para nos vermos em breve, que pretendo cumprir o quanto antes, já que tenho como objetivo conhecer a família Treviani tão bem quanto Luca conhece a família Fonseca. E antes mesmo que cheguemos em casa, já estou planejando um dia de mulheres com Alessandra e Stella em nosso novo grupo do WhatsApp.

— Eles gostaram muito de você, *gattina* — Luca diz enquanto guarda as sobras do almoço na minha geladeira, e eu o observo, sentada no balcão da cozinha, minhas pernas balançando no ar.

— Você tinha alguma dúvida? — pergunto, divertida.

Ele fecha a porta do eletrodoméstico e se vira para me encarar, os olhos azuis passeando lentamente por meu corpo e se demorando um pouco mais no local em que minha saia parece ter subido demais.

Ele sorri como um predador e se aproxima de mim até que seus braços estejam descansando no balcão, um de cada lado meu, transformando-me em sua prisioneira (não que eu esteja reclamando).

— Mas é claro que não. — O advogado enterra o rosto em meu pescoço e aspira meu perfume, seus lábios movendo-se contra minha pele, me fazendo produzir um som muito parecido com um gemido. — Você consegue domar qualquer um, não seria diferente com a minha família.

Jogo a cabeça para trás, facilitando seu acesso a mim, e levo minhas mãos até seu cabelo, onde enfio meus dedos e o puxo de leve.

— Talvez seja algo no seu DNA que faz com que me veja como irresistível — explico em meio a suspiros conforme ele continua a explorar meu pescoço, suas mãos grandes saindo do mármore e encontrando a pele da minha coxa.

Ele mordisca o lóbulo da minha orelha e levanta a cabeça para me olhar bem no fundo dos olhos.

O azul que me encara assume um tom escuro de desejo, apesar de ainda ter um toque de divertimento escondido em algum lugar por ali.

— Essa teoria subestima o seu charme natural.

Deixo escapar uma risada baixa, feliz com o que existe entre nós. Essa facilidade de ser quem somos, sem censura, sem amarras, sem medo de ser julgado pelo outro. É libertador, ao mesmo tempo que é como se sentir em casa. Uma dualidade maravilhosa que se apodera de tudo e faz com que eu me sinta incrível sendo apenas eu mesma.

— Tem razão, é algo no *meu* DNA — eu o provoco, prendendo seu lábio inferior entre os dentes, e deixo que minhas mãos passeiem de seu cabelo até suas costas, que enrijecem com meu toque.

Depois de algum tempo, não há mais espaço para palavras, apenas sussurros abafados e o som de nossos corpos se unindo de novo, de novo e de novo, até que não há mais lembranças do tempo em que não fomos um só.

35

Sentada no sofá da sala de estar da casa dos meus pais e rodeada por decorações natalinas em prata e cor-de-rosa, enquanto beberico minha taça de champanhe e tento prestar atenção na conversa sobre os planos para o Ano-Novo do resto da minha família, observo, pelo canto do olho, Luca erguendo meus priminhos nos ombros e se assegurando de que cada um tenha sua vez na brincadeira de "aviãozinho", e tenho que me controlar para não o arrastar para o meu antigo quarto e produzir um bebê só nosso agora mesmo.

Não há nada mais afrodisíaco do que um homem que tem jeito com crianças.

A Conversa, como passei a chamá-la dentro da minha cabeça, aconteceu pouco antes de decidirmos passar o Natal com os meus pais e o Réveillon com os pais dele, na casa de praia que a família possui em Ilhabela.

Tínhamos acabado de voltar para casa, depois de assistir a uma performance particularmente inspirada de *Wicked* que, sem querer ser dramática ou coisa assim, mudou a minha vida, e eu estava toda cheia de energia e com aquela sensação gostosa que fica depois que somos expostos à magia do teatro musical, aquela que faz com que tudo pareça possível, porque em algum lugar do mundo, mais precisamente em um teatro antigo e bem cuidado, existem pessoas cantando e dançando com figurinos espalhafatosos, e elas falam de amor, de esperança e de revolução.

E então, a ideia de se sentar com o homem que você *sabe* que é o grande amor da sua vida e discutir a possibilidade de que, talvez, vocês possam ter filhos juntos um dia, não parece mais tão assustadora. O que é *A Conversa* perto do que Elphaba e Fiyero passaram para ficarem juntos? Ela teve que transformá-lo em um espantalho, pelo amor de Deus! Acho que eu poderia enfrentar um assunto desconfortável.

E foi pegando um pouco de coragem emprestada da bruxa de pele verde que, assim que Luca saiu do banho, vestido com seu pijama favorito que, na verdade, consiste em uma camisa velha do Charlie Brown Jr. e uma calça de moletom surrada, eu deixei escapar, com um desinteresse calculado, que estava viciada em ver vídeos fofos de bebês na internet e que essa overdose de fofura estava me fazendo pensar na possibilidade de ser mãe.

Um dia.

Acho que nunca esquecerei a maneira como ele olhou para mim, aqueles olhos azuis brilhantes em contraste com a barba escura que já começava a encher novamente, a toalha que ele usava para secar os cabelos apoiada em um dos ombros e a boca aberta em formato de "o", como se ele não estivesse esperando que eu fosse trazer esse assunto à tona tão cedo.

E então, no espaço infinito que cabe em um segundo, o azul de seus olhos se aqueceu, o "o" se transformou em um sorriso, e as covinhas, mesmo escondidas pela barba, se fizeram presentes nas feições do homem que tanto amo. E antes que eu pudesse entender o que estava acontecendo, ele estava em cima de mim e, depois, *dentro* de mim, enquanto dizia de novo e de novo o quanto não podia esperar para começar a nossa própria família.

Um dia.

— Ele tem jeito com crianças — minha mãe comenta, como se pudesse ler meus pensamentos —, vai ser um bom pai.

Saio do transe e sinto minhas bochechas esquentarem ao perceber que minha mãe sabe exatamente para onde eu estava olhando e o que eu estava pensando enquanto o fazia.

Esboço um sorriso amarelo e concordo com a cabeça, rezando para que ela não insista no assunto. A última coisa de que preciso é do resto da minha família começando a me questionar sobre meus planos futuros acerca da maternidade. De vez em quando, ainda tenho pesadelos sobre as coisas que eu era obrigada a escutar quanto à idade dos meus óvulos e os avanços da reprodução assistida.

Laura aparece na sala com uma bandeja recheada de aperitivos de darem água na boca, o que faz com que todos se calem por alguns momentos e se concentrem na tarefa importantíssima de se alimentar da maior quantidade possível de camarões empanados e espetinhos de aspargo com presunto de parma.

Enquanto estou ocupada, mastigando o que deve ser meu quinto camarão, sinto a presença masculina atrás de mim e, antes mesmo que ele me toque, sei que é Luca que se aproxima, seu calor me envolvendo como um cobertor quentinho ao mesmo tempo que a eletricidade invade meus sentidos.

— Vem comigo? — ele sussurra em meu ouvido, deixando minha pele arrepiada e, por um momento, preciso me lembrar de que estou rodeada por minha família e não posso pular em cima dele.

Viro meu rosto e encontro seus olhos perigosamente perto dos meus. Ele parece calmo, mas consigo perceber bem no fundo do brilho travesso alguma inquietação, o que faz com que eu me levante em um instante e o siga, sem fazer perguntas, em direção ao que costumava ser meu antigo quarto na casa dos meus pais.

Luca senta-se na cama e dá uns tapinhas no espaço ao seu lado para que eu me junte a ele. Seu nervosismo é palpável, e me pego preocupada com o que pode ter acontecido para que ele esteja agindo dessa maneira quando tudo parecia na mais perfeita ordem desde que pegamos a estrada mais cedo, para passar o feriado com minha família.

— Aconteceu alguma coisa? — pergunto, sem conseguir me conter de tanta curiosidade.

Ele faz que não com a cabeça e usa a mão para colocar uma mecha de cabelo insistente atrás da minha orelha, aproveitando para acariciar meu rosto no processo. Sei que a intenção é que fosse um toque terno e calmante, mas posso praticamente sentir a ansiedade querendo sair do meu corpo conforme espero que ele acabe com o mistério que nos trouxe até o quarto em que passei bons anos da vida e que estive habitando até muito recentemente na minha última estadia naquela casa.

— Relaxa, *gattina*. — Ele aproxima o rosto do meu e deposita um beijo casto na ponta do meu nariz, o cheiro de sua loção pós-barba se demorando no espaço mínimo entre nós e me deixando um pouco tonta. — Eu só não queria te dar seu presente na frente do pessoal.

— Ah, bem pensado! — exclamo, um pouco aliviada e ainda mais curiosa do que antes. — Amo minha família, mas eles podem ser bem intrometidos quando querem.

Talvez eu esteja sendo um pouco injusta, já que eles parecem ter melhorado consideravelmente desde que enviei uma longa mensagem no grupo da família explicando que estava com Luca e que esperava que todos se comportassem muitíssimo bem se não quisessem que ele saísse correndo e nunca mais desse as caras em uma reunião familiar.

Minha mãe foi a responsável por manter todos no eixo. Acho que seu maior sonho na atualidade é ter Luca como seu genro de papel passado e tudo, e ela não está disposta a colocar tudo a perder por causa de perguntas indiscretas de parentes nem tão próximos assim. Arriscaria dizer que ela gosta ainda mais dele do que de Carlos.

— Também gosto da sua família, mas queria que esse momento fosse só nosso. — Luca tira uma caixinha de veludo escuro do bolso de sua calça e sorri sem graça quando vê que meus olhos estão do tamanho de uma moeda de um real. — Não é uma aliança. Ainda.

Deixo escapar um suspiro de alívio e fico surpresa comigo mesma. Não é que eu não queira me casar com Luca, eu quero! E muito. Só não acho que estamos nesse estágio ainda. Não temos nem mesmo um mês de namoro, e mesmo que eu esteja disposta a pular de cabeça nesse relacionamento, há certas coisas que simplesmente não podem ser feitas às pressas, e casamento é uma delas.

Luca abre a caixa de veludo, e não sei exatamente o que eu estava esperando, mas com certeza não é o que ele me revela na palma de sua mão: bem ali, guardada como um segredo valioso, está uma chave dourada.

Acho que a confusão fica evidente em meu rosto, pois ele se apressa a explicar:

— Eu sei que você ama sua casa, então não estou te pedindo para morar comigo agora — sua voz é calma, mas posso ver que ele está nervoso com minha reação —, e talvez isso aqui seja uma loucura e você tem toda a liberdade para me dizer — fico feliz por ele entender que ainda não estou pronta para morarmos juntos, mesmo que seja praticamente isso que estamos fazendo desde o primeiro dia —, mas andei pensando que seria bom termos um lugar só nosso, pra conseguirmos escapar um pouco do caos da cidade e reviver a paz que tivemos naqueles dias na Itália, então comprei um chalé na serra pra gente...

Não deixo que ele termine seu discurso claramente ensaiado muitas vezes, e jogo meus braços ao seu redor, derrubando-o no colchão e aproveitando para encher de beijos seu rosto, testa, nariz, olhos, boca. Suas palavras são substituídas por uma gargalhada tão surpresa quanto gostosa quando ele percebe que não tenho intenção alguma de condená-lo por um presente tão maravilhoso e só um pouquinho exagerado.

Sorte dele que sou do tipo de pessoa que gosta do amor dos livros, das novelas, dos filmes e das músicas. Gosto do amor que não cabe em São Paulo e que precisa se abrigar em um chalé na serra, com declarações líricas e demonstrações tão grandes quanto privadas, daquelas que são só pra gente, mas que serão lembradas por uma eternidade.

— É uma loucura! — digo entre beijos, segurando seu rosto em minhas mãos e me deliciando com o carinho e o amor que ele consegue me transmitir com um olhar. — Mas eu amei, Luca!

Ele me beija de volta, e passamos um bom tempo assim, enrolados um no outro em minha antiga cama na casa dos meus pais. Algo que jamais sequer cogitei quando conheci o meu colega de faculdade irritante anos antes. Não tenho nenhuma pressa de voltar para a presença caótica da minha família, não quando posso ficar aqui nos braços do homem que amo e que me faz sentir como se eu fosse a mulher mais especial do mundo inteiro.

Quando finalmente nos afastamos, posso também presenteá-lo longe dos olhos atentos dos meus familiares; me abaixo e puxo uma caixa bem mal embrulhada de baixo da cama.

Nunca fui a mais jeitosa com trabalhos manuais, mas queria que esse presente também fosse especial, tendo em vista que é nosso primeiro Natal juntos, então dispensei os serviços oferecidos na papelaria e tomei para mim a missão de dobrar e colar com durex o papel de embrulho natalino, munida apenas de um sonho e de força de vontade.

— Isso aqui é pra você — digo, entregando-lhe o presente, e torço para que eu tenha acertado na escolha. — Não é tão legal quanto um chalé, mas escolhi pensando em você.

Ele me puxa para mais um beijo rápido e sorri.

— Correndo o risco de ser clichê: meu maior presente é poder estar com você.

Deixo escapar uma risadinha sem graça e indico com a cabeça para que ele abra logo o presente.

Observo com um pouco de nervosismo enquanto ele rasga o papel de embrulho e se depara com os conteúdos de algo sobre o qual passei um bom tempo quebrando a cabeça para decidir: um CD autografado do Grupo Revelação, que me deu um trabalhão para rastrear com um colecionador, e um conjunto de facas profissionais que comprei com a ajuda de Laura, que me garantiu que são o sonho de qualquer cozinheiro.

Luca parece maravilhado pelas facas, e o CD lhe arranca uma boa gargalhada, que logo é abafada quando nossos lábios se juntam novamente, em um beijo demorado e que me deixa com um frio gostoso na barriga.

— Amo você, Catarina — ele sussurra contra minha boca. — Feliz Natal.

Voltamos para a sala de mãos dadas, e não é difícil ignorar os olhares sugestivos que recebemos do resto dos presentes quando ainda estou com um sorriso de orelha a orelha e muito mais preocupada em criar uma pasta no Pinterest para reunir inspirações de decoração para nosso novo chalé.

───

Fecho os olhos e respiro fundo, sentindo a brisa marítima em minha pele, e penso no quanto sou grata por estar viva neste momento do tempo-espaço, em que posso ouvir uma música qualquer ao longe e sentir os braços do homem que amo ao meu redor.

A casa de praia da família Treviani é uma construção aconchegante e sustentável à beira-mar, e os últimos dois dias do ano foram passados entre churrascos barulhentos e divertidos, banhos de mar sob o sol da manhã e conversas intermináveis na varanda após o jantar, quando todos já estavam exaustos demais até mesmo para as partidas de UNO, competitivas ao extremo.

Agora, já perto da meia-noite que marca o fim de um ano que destruiu e reconstruiu todos os pilares que sustentavam minha existência, sinto a textura da areia molhada em meus pés descalços e tenho uma certeza inabalável de que o melhor ainda está por vir.

É tão louco como tudo pode mudar no instante de um segundo. Em um momento estamos perdidos, apenas nos deixando levar pelas circunstâncias da vida, e em outro assumimos a direção e sabemos exatamente para onde estamos indo. Claro que ativar a chave da mudança não é fácil, ainda mais quando precisamos lutar contra nossos próprios monstros, mas hoje posso dizer que tudo vale a pena. Estar aqui, viva, *vivendo*, vale a pena.

Ainda tenho meus dias de escuridão, nos quais apenas sair da cama parece impossível, e funcionar como um ser humano normal é a coisa mais desafiadora que eu poderia fazer. Entretanto, não são tão frequentes como já foram um dia, e hoje sei que não preciso enfrentar tudo sozinha. Tenho minha família, tenho a doutora Janine, tenho Luca e posso procurar acolhimento em qualquer um deles quando preciso.

Que privilégio.

— Então, quer dizer que a senhorita é supersticiosa?

Luca descansa o queixo no topo da minha cabeça, e sua voz reverbera em minhas costas. Não me preocupo em esconder o sorriso, mesmo sabendo muito bem que meus sogros estão próximos, e que Stella e sua namorada estão bem à frente. Se eu pudesse, jamais sairia desse abraço, mas como ele mesmo disse: não abrirei mão de minhas tradições de Ano-Novo.

— Não é superstição, Luca. É tradição.

Em algum lugar na praia, um grupo de jovens começa a contagem regressiva para o ano que se inicia, e me desvencilho do advogado para me aproximar do mar. Estendo a mão para ele, que logo entrelaça os dedos nos meus.

— São sete pulos? — questiona.

— Sete pulos em sete ondas, e terá o melhor ano da sua vida até agora — digo com a confiança de uma cientista.

Luca ri, e me pego admirando suas covinhas e a maneira como seus olhos refletem a luz da lua. Fico surpresa ao ver como sempre encontro detalhes novos para amar no homem que é detentor do meu coração, mas parece que isso não vai acabar tão cedo, e só tenho a agradecer.

Ele aproxima o rosto do meu e sussurra:

— Não duvido, já que você vai estar ao meu lado.

Sinto meu rosto esquentar como sempre acontece quando ele é descaradamente charmoso, mas ignoro a reação do meu corpo e mudo minha atenção para o mar escuro à nossa frente.

As vozes de felicidade dos demais ocupantes da praia irrompem ao mesmo tempo que os fogos de artifício coloridos iluminam o céu. *Feliz Ano-Novo!*

Com o canto do olho, vejo que Luca ainda me encara com um sorriso brilhante no rosto bonito.

— Feliz Ano-Novo! — digo entre risos enquanto pulamos as ondas de mãos dadas.

— Isso é uma promessa? — Ele envolve minha cintura e me puxa para si, acariciando meu nariz em um beijo de esquimó.

Eu sorrio e acaricio seu rosto com a ponta dos meus dedos, antes de responder:

— Um juramento.

Epílogo

Três anos depois...

Seguro a caneca de chocolate quente nas mãos, em uma tentativa de me esquentar um pouco, e estreito os olhos para enxergar melhor no escuro através da janela do chalé. Já passa de uma da manhã, mas espero ansiosa que Luca retorne de sua ida emergencial ao centro da cidadezinha em busca de manga-rosa e macarrão instantâneo de galinha caipira.

Pelo menos eu ainda consigo me sentir um pouco culpada por acordá-lo no meio da noite depois de um dia cansativo na estrada para saciar meu desejo por comidas aleatórias, mas não o suficiente para impedi-lo de sair em plena madrugada para perturbar os donos do mercadinho perto da praça.

Se estivéssemos em São Paulo, tal tarefa não seria um problema, mas nosso chalé fica em uma cidadezinha de menos de quinhentos habitantes, e temos o hábito de vir relaxar por aqui quase todo fim de semana, o que terá que parar de acontecer pelo menos por um tempo, tendo em vista que fico maior a cada dia que passa e que logo teremos uma nova adição à nossa pequena família.

Já tomei incontáveis broncas da minha irmã desde que ela começou a residência em ginecologia e obstetrícia alguns poucos meses atrás, pelo simples fato de que me recuso a deixar de lado nossas escapadas de fim de semana, apesar de a dor em minhas costas ser um lembrete de que talvez ela esteja certa e eu devesse mesmo ficar perto do hospital e da minha obstetra diante do avanço da minha gestação.

Ter um bebê agora não foi exatamente planejado... Mas não posso dizer que não ficamos felizes quando descobrimos que seríamos pais apenas alguns dias depois de voltarmos de nossa viagem de lua de mel.

Em um dia qualquer, depois de um jantar particularmente saboroso e de uma minimaratona de episódios das primeiras temporadas de *A grande família*, Luca me pediu em casamento. Assim, sem alarde, só eu, ele, um anel e uma vida inteira pela frente. Nós nos casamos pouco tempo depois, quando viajamos para a estreia de meu primeiro filme no Festival de cinema de Veneza, e, mais uma vez, foi um evento para dois.

Minha carreira como romancista e roteirista seguiu em um crescimento constante, e, para minha surpresa, acabei não abandonando o Direito de vez, usando minha nova plataforma para advogar em defesa de pessoas que não têm seus direitos fundamentais respeitados. Com a abertura de uma divisão do escritório de Luca voltada apenas para casos *pro bono*, pudemos ambos nos dedicar à prática de um Direito mais humanizado. Ainda temos muito a conquistar, mas eu diria que estamos no caminho certo.

O bebê brinca de pula-pula em cima da minha bexiga e me arranca de meus devaneios, forçando-me a abandonar meu posto da janela e correr até o banheiro. Quando saio, Luca já está esvaziando uma sacola na mesa de jantar, e quase choro de emoção ao ver que ele conseguiu minhas guloseimas pouco convencionais. Tenho certeza de que o dono do mercadinho deve estar bem irritado, mas não se pode negar o desejo de uma mulher grávida! Não quero meu filho nascendo com cara de manga-rosa.

— Aqui, *gattina*, vou esquentar a água para o macarrão instantâneo. — Luca faz uma careta e balança a cabeça em negação. — Não acredito que meu filho gosta de macarrão instantâneo quando vem de uma longa linhagem de cozinheiros italianos.

— Não precisa esquentar água, vou comer cru mesmo — digo, já me sentando à mesa e abrindo a embalagem do macarrão. — E pode parar de ser um esnobe culinário, isso aqui é uma delícia!

Ele bufa e se senta ao meu lado, ocupando-se com a tarefa importantíssima de descascar uma manga.

— Quando ele nascer, vou fazer questão de ensiná-lo a cozinhar, e então você será a única da família que come esse tipo de coisa.

Reviro os olhos, mas não perco o bom humor que a combinação duvidosa de massa seca com manga me proporciona.

— Qual seu plano? Fazer com que eu pare através de pressão familiar?

Ele me presenteia com um sorriso sabichão e ergue uma sobrancelha escura:

— Exatamente.

— Rá! Boa sorte. A dona Tereza tenta isso comigo há pelo menos trinta anos — brinco, aceitando o pedaço de manga que ele coloca em minha boca.

Poucas coisas na vida são melhores do que uma fruta docinha.

— Ela não tem os meus poderes de persuasão. — O conteúdo convencido das palavras de Luca contrasta diretamente com a expressão terna que exibe em seu rosto, e eu derreto um pouquinho por dentro.

— Ah, é?

Ele toca a ponta do meu nariz com o dedo indicador, e acaricia minha mandíbula antes de seguir com a mão até minha barriga. O bebê parece adivinhar, pois escolhe esse momento para chutar, e as covinhas de Luca se tornam mais evidentes do que nunca quando ele abre a boca em um sorriso satisfeito.

— Sim. Acho que você já devia saber disso, não? — pergunta.

Rio baixo e repouso minha mão sobre a dele.

— Tudo o que sei é que você saiu de casa de pijama e com os tênis trocados para comprar macarrão só porque eu pedi.

— Então talvez você seja mais persuasiva do que eu.

— Só talvez?

— Com certeza.

Matteo Fonseca Treviani chega em uma terça-feira chuvosa de março, depois de um trabalho de parto extenuante. Ele tem cabelo escuro como o pai, olhos verdes como os meus e um olhar curioso pertencente somente a ele. O amor do mundo inteiro cabendo dentro de um serzinho de três quilos.

Luca segura minha mão e sorri com os olhos.

Não precisamos de mais palavras.

Agradecimentos

Escrever este livro foi, antes de tudo, uma realização pessoal. Algo que eu me propus a fazer enquanto me recuperava de um acidente tenebroso que me deixou de cama por um bom tempo, mas, apesar disso, tenho consciência de que não teria passado da primeira linha sem as pessoas incríveis que tenho a sorte e o privilégio de ter ao meu lado nessa jornada tão doida chamada vida.

Gostaria de agradecer aos meus pais, Iêda e Rogério, pelo apoio incondicional até mesmo nos meus momentos mais difíceis. Aos meus irmãos, Matheus, Bruno e Duda, que me mostram que o amor não tem distância, seja em Natal, Brasília ou São Paulo. Aos meus amigos que mais são como família, Danielly, Arnaud, Bárbara, Victória, Holanda e Willian. A minha prima Ana Carolina, que sonha comigo. Ao meu querido professor Jonas Bezerra (in memoriam), por me incentivar a escrever sempre. Às amigas maravilhosas que deram seus pitacos sobre Catarina: Ariane, Nívia, Samanta e Carol. E à Taylor Swift, pelas músicas que me inspiram.

Primeira edição (junho/2024) · Primeira reimpressão
Papel de Miolo Ivory slim 65g
Tipografias Garamond e Komet
Gráfica LIS